5,896

| 비움과 채움 창작소설집 001 | 김동하 |

도서출판 비움과 채움

국립중앙도서관 출판예정도서목록(CIP)

5,896 : 누명 쓴 감옥살이 / 지은이: 김동하. -- 서울 : 비움과 채움, 2018
　　p. ;　 cm. --　(비움과 채움 창작소설집 ; 001)

ISBN　978-89-93104-44-8 03810 : ₩14000

한국 현대 소설[韓國現代小說]

813.7-KDC6
895.735-DDC23　　　　　　　　　CIP2018005790

누명을 쓴 모든 이들에게
이 소설을 바칩니다.

벼리

1. 악몽의 구렁텅이에 빠지다
진정 나를 버리십니까? / 8
잘못된 만남과 모함 / 15
멋진 모험의 길 / 24
나의 고등학교 시절 / 34
운명이 된 재판과 몸수색 / 42
소망의 씨앗과 미국 시민권 / 49
경찰 복귀와 아버지의 죽음 / 58
제이콥 변호사의 변호와 공격 / 66
문란했던 내 사생활 / 74
빅키 한의 증언 / 78
유죄 판결과 별세계 / 84

2. 또다른 세상을 만나다
하느님의 손길 / 94
마당과 휴게실(Yard and Dayroom) / 101
면회 그리고 슬픈 이야기들 / 111
제한조치와 방 수색(lockdown and search) / 122
자부심 대결 / 128
일자리와 보람 / 132
치료소 그리고 어이없는 이야기들 / 143
항소, 법원을 다시 가다 / 148
다시 형무소로 / 154
우쏘와 노르텐요의 싸움 / 163
다음 형무소로 이동 / 174

3. 미국 감옥의 속살을 보다

감옥에서 만난 한국 친구들 / 184
오쏘와 수렌요들의 싸움 / 189
서로 돕는 동양문화와 연애편지 / 195
흑인 대 멕시칸(Black vs Brown) / 205
친구의 배신과 켈리의 우정 / 214
수도회 응모와 응답 / 226
알파숙소(Alpha Dorm)로의 이동 / 235
한인 공동체 / 242
바보와 까마귀 / 246
새로운 친구들 / 257
침대 깔개(Mattress) / 264
한국인과 월남인의 패싸움 / 270
침대 깔개(Mattress) 배달 작전 / 281

4. 자유와 희망의 길을 걷다

에릭의 새로운 출발 / 288
켈리의 편지와 면회 / 296
예상치 못한 위기 / 302
꿈 / 313
자유(Freedom)와 또 다른 족쇄 / 323
숨죽이며 보낸 3년 / 332
힘든 취업의 길 / 337
새로운 출발 / 343

* **삶의 진실에 대한 문학적 탐색** / 김봉진 / 355

1
악몽의 구렁텅이에 빠지다

진정 나를 버리십니까?

　재판을 마치고 이제 모든 것은 배심원들에게 맡겨졌다. 그날은 금요일 오후였고 배심원들의 결정은 빨라도 그 다음 주로 미루어질 것으로 모두 추측했다.　어머니와 나 그리고 이 사건이 일어날 때부터 우리 곁에서 하루도 빠짐없이 함께 해 온 친구 게리, 우리 셋이 법원을 나왔을 때는 화사한 오후였고 길은 퇴근길의 차량들로 북적 거렸다.　길을 건너 주차장에 세워 놓은 차를 타면서 우리는 동시에 한숨을 쉬고 그 자리에 잠깐 그렇게 말없이 앉아있었다. 지난 3주일 동안 쌓인 긴장은 우리를 아직 짓누르고 있었고 집에 가는 차안에서는 누구도 아무 말 없이 조용했다.

　배심원들의 결정을 기다리는 시간은 매 순간이 피가 마르는 듯 했다. 날이 갈수록 그 초조함은 우리 모두의 신경을 칼날같이 날카롭게 했다. 내 변호사와 나는 우리가 할 수 있는 모든 것을 다했었기 때문에 후회는 없었다. 그렇지만 검사의 치밀하게 준비한 논거에 배심원들이 지나치게 동요되는 것 같아서 염려가 되었다. 변호사는 그래도 확률적으로 보면 기다리는 시간이 오래 걸릴수록 배심원들 사이에서 검사의 구형에 뭔가 동의하지 못하고 있기 때문이니 우리에게 유리할 것이라고 했다. 그러던 금요일 아침이었다. 재판을 마친 지 꼭 일 주일 되는 날에 변호사가 전화를 해서 배심원들이 드디어 판결을 내렸다며 법원으로 바로 나오라고 했다. 어머니와 나는 드디어 올바른 사실이 밝혀지게 된다는 순간을 맞이한다는 생각에 두근거리는 가슴을 안고 법원으로 달렸다. 우리는 차를 세운 뒤에 손을 꼭 잡고 법원으로 바삐 걸어 들어갔다.

　재판실로 들어서서 피고인 자리에 앉으니 잠시 후 배심원들이 한 명씩 들어오기 시작했다. 드디어 마지막 배심원이 배심원석에 앉자 판사가 배심원장을 향해 물었다.
"판결을 내렸습니까?"
"예."
"그럼 판결문을 서기에게 건네주십시오."
배심원장이 대답하면서 판사가 시키는 대로 했다. 서기는 자기 책상에서 배심원장 쪽으로 걸어가 판결문을 받아서 판사에게 건네줬다. 서류를 받은 판사는 잠시동안 서류를 쳐다보고 있었다. 이런 절차들이 왜 이리 긴 것인지 판결을 기다리는 내게는 모든 게 너무 답답하고 지루하기만 했다. 판사가 판결문을 살펴보는 모습을 보며, 나는 그 표정에서 뭔가 좀 파악해 보려고 안간힘을 다 써 봤지만 알 수 없었다. 판사의 얼굴은 그저 담담할 뿐이었다.

마침내 판사는 그 서류를 서기에게 되돌려 주면서 거기에 적힌 판결을 발표하라고 지시한 다음, 내 이름을 부르며 일어서라고 했다. 내 변호사와 나는 일어서면서 손을 꽉 잡았다. 서기가 판결문을 읽기 시작하는데 서론이 엄청 길었다. 무슨 죄목에 무슨 법조항이 해당되어서 적용한다면서 줄줄이 읽어 내려가다가 마지막으로 끝에 가서 유죄라며 22년을 구형했을 때 나는 내 귀를 의심했다.

'내가 잘못 들었겠지, 설마!'
그러면서도 그때 나는 순간 온몸이 얼어붙는 느낌이 들었고, 숨통이 막혀 숨을 내쉬거나 들이마시지도 못한 채 현기증이 나서 풀썩 주저앉았다. 의자에 석고상처럼 부동자세로 한참을 앉아 있다가 드디어 사람들이 웅성거리는 소리에 정신을 차려 변호사를 쳐다보니 나를 바라보는 눈이 영 심상치 않았다. 모든 게 영화 필름을 프레임으로 보는 것처럼 내 주위의 장면들이 멈춰 있는 것 같았다. 내 뒤를 보니 객석에 앉아 계시던 어머니는 바닥에 쓰러지셨고, 게리가 어머니를 일으키려고 애를 쓰고 있는 모습이 눈에 들어왔다. 그런데 모든 게 왜 이리 천천히 움직이지? 그러다가 다시 아무 것도 안 들리고 또 모든 장면이 정지된 것 같았다.

그 때 법정 간수 두 명이 내 뒤에 와서 내 팔 한 쪽씩을 잡고 일으킨 뒤에 내 두 팔을 뒷쪽으로 당겨서 두 손에 수갑을 채웠다. 그러자 비로소 나는 정신을 차렸고, 화면이 다시 움직이기 시작했다. 간수 두 명은 내 뒤에 나란히 서서 수갑을 찬 내 두 손과 내 목덜미를 잡고 나를 법원 안쪽에 있는 사무실로 끌고 들어갔다. 변호사는 안타까운 표정으로 나에게 '곧 찾아갈게' 라는 손짓을 하며 끌려가는 나를 바라보고 있었다. 간수들에게 끌려가면서 어머니를 보려고 아무리 고개를 꺾어보았지만 보이지 않았다. 간수 두 명은 서둘러 나를 법원 지하실에 있는 수감자 대기실(holding tank)로 끌고 갔다. 지하실로 가는 길은 법원 바깥을 거쳐가야 했는데, 그날따라 햇빛은 눈부시게 밝았다. 간수들에게 끌려가면서 이렇게 화사한 봄날에 내 인생은 이토록 허무하게 끝나는구나 하는 생각이 순간 내 머리를 스쳐 지나갔다.

"진정 나를 버리십니까?"
억울한 누명을 쓰고, 더구나 검사의 어처구니 없는 논고로 인해 유죄 판결을 받게 된 내가 법원 지하실에 있는 수감자 대기실 독방으로 끌려와서 하느님께 원망을 담은 일방적인 하소연이 시작되었다. 나에게 정말 어처구니없게 22년 형이라는 판결을 내린 검사에 대한 분노는 참을 수가 없었다. 앞으로 22년이라는 형이 나를 기다리고 있고, 이루 말할 수 없는 고난과 어려움이 홀로되신 나의 어머니를 기다리고 있다는 현실을 생각하면 내 마음이 갈기갈기 찢겨졌다. 어두침침하고 싸늘한 독방 시멘트 바닥에 주저앉아서 나는 온몸에 일어나는 경련과 싸우며 그 분께 악을 썼다. 가슴은 터질 것 같아 숨쉬기조차 어려웠고, 팔과 다리는 걷잡을 수 없도록 흔들거렸다. 나는 얼음장 같은 차가운 바닥에 엎드려서 하느님께 땅을 치며 외쳤지만 아무런 소용이 없는 짓일 뿐이었다.

얼마나 그렇게 시간을 보냈을까. 눈물을 닦으며 일어서서 벽을 주먹으로 마구 치다가 문득 이 괴로움을 벗어나는 길은 오로지 죽음뿐이라는 생각이 들었다. 그래서 나는 벽에다 내 머리를 박기 시작했다. 머리로 벽을 부딪칠 때마다 눈앞은 은빛으로 번쩍거렸다. 그러다가 낡은 싱크대 위에 붙어 있는 거울에서 눈물과 콧물로 범벅이 되어 있는 내 모습을 보았다. 바로 그 때 어머니의 얼굴이 내 앞을 지나갔다. 나는 잠시 멈추어 서서 그 거울을 뚫어지게 쳐다봤다. 아들에게 모든 희망과 행복을 걸고 당신의 모든 것을 쏟아부었던 어머니. 그런 어머니의 한 맺힌 마음에 나는 차마 더 큰 상처를 드릴 수는 없었다.

　미국 생활에서 모든 것을 나에게 의지하고 사시던 어머니가 이제 홀로 어떻게 살아가실 것인가를 생각하니 안타까움과 근심으로 가슴이 메어졌다. 나는 분노와 절망을 오가면서 이렇게 사느니 차라리 죽어버리는 게 낫겠다는 생각과 어머니를 혼자 두고 나만 떠나면 안된다는 생각이 내 안에서 끊임없이 싸우고 있었다. 차라리 죽어버리면 모든 고통이 끝날 텐데 하는 생각이 수십 번씩 들곤 했지만 그럴 때마다 어머니 얼굴이 떠올랐고 그래서 다시 마음을 가다듬었다. 그리고 내 마음을 붙잡는 것이 또 하나 있었다. 그것은 바로 나의 이 억울한 누명을 언젠가는 밝힐 날을 위해 이를 악물고 기다려야 한다는 자신과의 약속이었다. 만약 내가 자살하고 만다면 이 세상은 나를 단순히 더러운 일을 저지른 놈으로 낙인찍을 것이 분명하기 때문이다. 이대로 모든 걸 마친다면 내가 세상에 태어난 진정한 의미를 찾기도 전에 포기하는 게 된다. 아무리 괴로워도 이제 내 앞에 놓인 억울함을 풀고 내 인생의 참뜻을 찾아내는 길에서 내 삶의 의미를 찾아야 한다는 생각이 들기 시작했다. 그렇게 몇 시간 동안 독방에서 정신 나간 놈처럼 벽에 기대앉아 멍하니 벽만 바라보고 있는데, 간수가 와서 수갑을 다시 채우고 밖으로 끌고 나갔다. 그리고 밖에서 기다리고 있던 경찰차 뒷좌석에 나를 싣고 구치소로 갔다.

　구치소에서도 절망과의 싸움은 연속이었고, 처음 며칠은 뜬눈으로 새웠다. 그 며칠 동안 분노가 넘칠 때면 이상한 신체적인 현상이 일어나는 것도 경험했다. 춥고 어두운 이 독방 쇠 침대의 종이장 같은 침대 깔개 위에 누워서 떨리는 몸을 녹이려고 낡은 담요를 뒤집어쓰고 몸을 웅크리고 있으면 내 숨소리가 꼭 거센 바람 소리같이 내 귀에 들렸다. 세상이 버린 이곳에서 내가 정말 얼마 동안 살아남을 수 있을까? 내 앞에 기다리고 있는 22년이란 긴 세월을 어떻게 해쳐 나갈 수 있을까? 절망감이 들 때마다 문득 포기란 있을 수 없다는 아버지 말씀이 떠올랐고, 어릴 때부터 아버지께서 늘 교훈삼아 하시던 그 말씀이 나를 지탱시켜 주었다.

이렇게 절망과 싸우던 어느 날 변호사가 찾아와서 다음 단계로 어떻게 대처해야 하는지에 대한 설명을 했다. 나는 전혀 예상치 못한 판결을 받았기에 그때까지도 정신적으로 충격을 받은 상태여서 그가 하는 말에 고개를 끄덕이며 아무런 질문없이 듣기만 했다. 변호사는 재심 신청이라는 희망이 있으니 힘을 내라고 말했고, 다시 올 것을 약속하며 갔다.

그 다음날에는 어머니가 면회를 오셨다. 좁은 면회실 칸막이 방안에서 방탄유리를 사이에 두고 서로를 마주보는 순간 우리는 눈물로 말없이 서있었다. 나를 바라보고 서 계신 어머니 모습, 어머니를 바라보고 서 있는 내 모습. 우리는 서로에게 무슨 말을 해야 할지 그저 눈앞이 캄캄할 뿐이었다. 우리는 앞을 가로막고 있는 유리에 서로의 손을 대고 그칠 줄 모르는 눈물만 흘렸다. 눈앞에 훤히 보이는 어머니의 고생, 아무리 발버둥을 쳐봐야 아무런 소용이 없는 내 처지. 이는 나와 어머니의 피할 수 없는 현실이었다. 그렇게 한참을 있다가 눈물 사이로 내가 말문을 열었다.

"어머니, 이제 혼자 어떻게 지내실건지 앞날을 생각만 해도 미칠 것 같습니다."

"아니다. 나는 주위에서 도와주는 고마운 분들이 있어 괜찮다만 내 아들이 그 안에서 어떻게 살지 내 억장이 무너지는구나."

앞날이 캄캄할 텐데도 오히려 나를 위로하시는 어머니 모습을 보며 나도 정신을 차려야 했다.

"어제 변호사가 다녀갔는데 재심 신청을 할 것이고 거기에 희망이 있다고 했습니다. 그러니 힘내세요."

"내 걱정은 마라. 나는 내 아들을 믿는다. 그리고 꼭 진실은 밝혀질 것이니 아무리 힘이 들어도 우리에게 절망은 없다. 알았니? 꼭 기억해라."

어머니의 곧으신 모습을 보고 지난 며칠 동안 갈팡질팡하던 내 모습이 부끄러웠고 내 마음을 새로이 가다듬는 계기가 되었다.
"예. 잘 알겠습니다. 앞으로 도움이 필요하실 때 언제든지 제 친구들에게 부탁하시면 모두 잘 도와 드릴 겁니다."
"그래, 그래. 다음 주에 또 오마. 내 걱정은 말고 안에서 불편하고 답답하지만…"
어머니께선 눈시울을 훔치며 말을 잇지 못하시면서 그저 내 얼굴만 쳐다보고 계시는데 간수가 와서 면회시간이 끝났다고 소리쳤다. 어머니와 나는 우리를 가로막고 있는 유리에 서로의 손을 대고 눈물로 작별을 했다.
어머니의 굳센 모습을 보고 반드시 억울함을 풀겠다는 다짐을 더욱 굳힐 수 있었다. 그날 이후 면회 온 친구들을 통해 들으니 밖에서는 사람들이 나를 어리석고 경솔한 행동을 한 아주 나쁜 놈으로 말들을 하고 있다고 했다. 더구나 어머니에게까지도 욕을 하면서 우리 가족을 아주 나쁜 집안이라고 떠들어댄다고 했다. 그저 남의 일이라고 그렇게 쉽게 말을 함부로 하는 이들이 거의 모두가 독실한 신앙인이라 자부하는 사람들임을 알게 된 순간 나는 믿음까지도 의심하게 되었다.
나는 진실을 밝히려고 발버둥 치며 희망을 걸고 재심 신청을 했다. 구치소의 수감자에게 '법원 출두'라는 명령이 내리면 약 5-6시간 전에 간수들이 수감자를 법원 지하에 있는 독방에 데려다 놓고 거기서 순서를 기다리게 한다. 예를 들어, 오전시간에 출두명령을 받으면 새벽 4시에 사람을 깨워서 쇠사슬로 묶어서 법원으로 데리고 간다. 이때는 잠이 덜 깨서 반은 잠이 든 채로 비틀거리며 간수를 따라간다. 법원 절차를 마치면 다시 그 지하 독방으로 끌고 가서 처박아 놓는다. 그러면 간수가 와서 수감자를 데리고 구치소 방으로 돌아가는데, 3-4시간이 더 걸린다. 지하의 독방은 구치소 방보다 훨씬 더 춥기 때문에 수감자들 모두 빨리 자기 방으로 돌아가려고 문밖으로 지나가는 아무 간수나 붙잡으며 하소연을 하지만 아무런 소용이 없다. 더럽고 쓸쓸한 구치소 방조차 그리울 때도 있게 만드는 게 이들이다.

재심 신청을 받는 날, 나는 또 쇠사슬에 손과 다리가 묶인 모습으로 어머니와 우리를 도와 주시는 분들을 법정에서 보게 되었다. 법정에서 재심을 주장하는 새 변호사가 여러 가지 법 조항들을 나열하면서 재심의 필요성을 강조하였다. 그러나 판사는 더 이상 오래 듣기가 피곤하다는 태도를 보이더니 너무나도 쉽게 기각이라는 판결을 내렸다.

재심에 유일한 희망을 걸었던 나로서는 너무도 실망이 컸다. 법정의 간수들이 대화를 철저히 금지해서 말을 못했지만, 모든 절차를 마치고 끌려나오는 중 잠깐 어머니와 눈을 마주칠 수 있었다. 눈물이 가득한 어머니의 한 맺힌 눈에는 당신 생명보다 더 귀하다고 여기던 자식을 빼앗긴 서러움과 분노가 가득했다. 어머니의 애처로운 모습을 보다보니 하염없이 흐르는 눈물이 앞을 가렸다. 이렇게 미국 땅에서 나의 옥살이가 시작되었다.

이날도 나는 법정에 새벽부터 불려갔다가 긴 여행길을 거쳐서 9시간이 넘게 걸려 내 방으로 돌아왔다. 하루 종일 꽁꽁 얼은 몸을 녹이려고 일단 종이장 같은 담요 안으로 들어갔다. 그렇게 한참 담요를 뒤집어쓰고 있으니 몸이 조금 녹기 시작하면서 나른해져 눈을 잠시 붙였다. 1-2시간 자고나니 눈이 떨어져서 일어나 침대에 바로 앉았다. 이 때 사방의 벽이 좁혀지면서 나를 조으는 느낌이 들었다. 뭔가 가슴을 누르는 느낌이어서 호흡하기조차 힘들었다. 너무 아파서 나도 모르게 가슴을 두 손으로 안고 방바닥을 뒹굴다보니 가까스로 통증이 서서히 가라앉기 시작했다. 식은땀에 젖은 몸을 일으켜 침대에 웅크리고 누워 있으니 내 숨소리로 방은 울리는 듯했다. 차츰 정신이 조금씩 들고나니 가장 먼저 생각나고 걱정되는 게 아침 법원에서 뵈었던 어머니의 모습이었다. 자식을 빼앗긴 어머니의 마음을 어떻게 다 표현할 수 있겠는가. 잠시 후 정신을 가다듬고 나는 이 사건의 시작으로부터 여기까지 온 과정을 돌이켜보았다.

잘못된 만남과 모함

 1990년 연말을 함께 보내려고 고등학교 동창 조영이 조폭 부하들 몇 명과 샌 디에고에 내려와서 나는 그들과 며칠을 함께 지냈다. 모두 술을 좋아하니 자연히 우리는 술집을 자주 찾았다. 그러던 중 샌 디에고 근처에 한인이 경영하는 괜찮은 술집이 새로 열었다는 소문을 듣고 그 해의 마지막 밤은 그곳에서 보내기로 했다. 그 술집에 들어서면서 시설이나 여종업원들이 모두 로스앤젤레스(LA)의 고급 술집 수준인 것을 보고 우리 모두는, '야, 여기 괜찮은데…' 하면서 자리를 잡았다.
 여러 명의 여자들이 나와서 우리를 특별실(VIP)로 안내했고, 시간이 조금 흐른 뒤에 술과 안주를 가지고 여자들이 들어왔다. 그 중에 맨 나중에 들어오는 여자가 눈에 확 들어왔다. 그녀는 내 눈에만 그런 게 아니었다. 다른 녀석들도 그 여자에게서 눈을 떼지 못했다. 나이는 약 30대 초반쯤 보였고, 커다란 눈과 오똑 한 코, 그리고 갸름한 얼굴이 남자들의 시선을 한 몸에 받을 것 같은 매혹적인 모습이었다. 거기에다가 적당하게 큰 키와 토실토실한 젓가슴과 아주 가는 허리, 그리고 길고 잘 빠진 다리에 가냘픈 발목까지 보기 드문 미모였다. 이 여자에게 우리 모두는 한 눈에 반해버렸다.
 이 여자는 우리 모두의 눈총을 한 몸에 다 받고 있다는 것을 알면서도 자신의 섹시한 매력을 마음껏 과시하는 여유를 부렸다. 그 모습은 노련한 사육사가 동물들을 갖고 노는 듯 했다. 우리 모두가 그 여자에게만 집중해서 관심을 두다보니 다른 여종업원들은 '저게 또 손님들을 독점하는구나' 하면서 불평을 했다. 그 모습을 보니 그런 일이 이 술집에서는 늘상 일어나는 일인 것 같았다.

그녀는 아무런 내색도 하지 않고 유유히 자기 할 일을 하다가 내 옆에 와 앉았다. 다른 녀석들은 다들 자기 옆으로 와 앉으라고 법석을 떨었지만, 그녀는 웃음을 지으며 내게 소곤소곤 얘기를 하기 시작했다. 나는 매우 기분이 좋았다. 그래서 재미있게 그녀와 얘기를 나누었고, 만난 장소가 장소인 만큼 나는 가지고 놀기엔 좋다는 생각으로 대했다. 그 여자도 그런 분위기에 익숙한 듯이 노련하게 나의 시선이나 의도에는 개의치 않고 편안하게 받아줬다.

시간이 흐르면서 술자리는 점점 더 혼잡스러워져 갔다. 그녀와 나는 별 내용이 없는 대화였지만, 그래도 재미있게 얘기를 했다. 들뜬 기분이 든 나는 그녀에게 그날 밤을 함께 보내자고 했다. 내 말에 그녀는 의외로 쉽게 응해왔다. 술집이 문을 닫는 시간인 새벽 2시에 함께 나가기로 하고, 나는 기대감에 차서 술을 계속 마셨다. 그때까지도 나는 주량이 좀 약한 편이어서 그저 기분 좋을 정도를 계속 유지하면서 환상적인 몸매와 인형 같은 얼굴을 가진 그녀와 침대에서 즐기게 될 것을 상상하며 한참 들떠 있었다. 그녀의 알몸을 머릿속에 그리다보니 술기운에도 마음이 설레었다.

영업시간이 끝나갈 무렵, 주차장으로 나온 나는 조영에게 상황을 설명했다. 조영은 웃으며 말했다.

"운 좋은 놈! 신나게 놀아라."

조영 일행들은 나에게 너무 심하게 다루지 말라고 놀리면서, 다음날 만나기로 하고 헤어졌다. 친구들이 다 떠난 후 그녀가 옷을 갈아입고 나왔다. 청바지에 하얀 티셔쓰를 입은 심플한 옷차림이 그녀의 각선미를 더욱 잘 나타내주어 무척이나 유혹적이었다. 그 모습을 보고 더욱 더 올라오는 욕망을 애써 가라앉히면서 나는 그녀를 내 차에 태워 일단 그곳을 벗어났다. 그녀의 집으로 향하는 차안에서 그녀는 자신을 정식으로 소개했는데, 이름이 빅키 한이었다.

그녀의 아파트는 평범했고, 여느 여자들처럼 아기자기하게 꾸며놓고 살고 있었다. 나는 소파에 앉았고 그녀는 냉장고에서 시원한 음료수와 과일을 가져와 내 옆에 자리를 잡았다. 나는 술기운이 가시지 않아 붕 떠있는 기분에 그녀를 바라보고 있으니 생각은 하나뿐이었다. 어차피 여기까지 온 내 목적은 뻔한 거니 별 의미없는 얘기를 몇 마디 하다가 바로 그녀에게 키스를 했다. 그녀의 반응도 뜨거웠고 나를 더 흥분시켰다. 우리는 그렇게 한참동안 서로를 부둥켜안고 거칠게 키스를 했고, 나는 그녀의 젖가슴을 어루만졌다. 그러다가 그녀를 달랑 안아 들고 침대로 가서 눕힌 다음 옷을 벗기기 시작했다. 처음에는 벗기기에만 집중하다가 팬티와 브라자만 입고 내 앞에 누워 있는 그녀의 몸매를 천천히 구석구석 살펴보며 그 완벽함을 즐겼다. 통통한 젖가슴, 쏙 들어간 허리, 길고 가냘픈 다리 그리고 부드럽고 하얀 피부가 너무 매력적이었다. 그냥 처다보고만 있어도 나는 점점 더 흥분되었다. 나머지 속옷을 다 벗어던진 후 우리는 서로의 알몸을 더듬으며 환상적인 밤을 보냈다.

아침에 깨어나 보니 그녀는 부엌에서 뭘 만들고 있었다. 나는 그녀 뒤로 가서 껴안으며 목에다 키스를 했다. 그녀는 식탁으로 과일을 가지고 와서 먹고 가라면서 미소를 짓고 내 손을 잡으며 말했다.

"우리 그냥 부담 없이 서로 보고 싶을 때 만나자. 우리 사이에서 미래 같은 거 얘기 하긴 좀 그렇잖아?"

나는 이 여자의 말투와 태도에 푹 빠져들었고, 너무 쉽게 굴러들어온 행운에 너무나 기분이 좋았다. 그래서인지 그녀의 말을 듣고 나서 내 마음은 더없이 편해졌다. 앞으로도 아무런 부담이 없이 편하게 만나서 즐길 수 있는 여자라는 생각이 들었다. 나는 내 마음에 드는 여자가 생긴 행운으로 기쁨에 겨워하면서 그날 아침 그녀의 집을 나왔다.

나의 이런 생활은 그 후로도 계속되었다. 빅키 한을 알고 나서 처음 몇 달 동안은 그녀와 매주 만나 서로를 즐겼다. 처음에는 밤에만 만났지만, 시간이 지나면서 주말에 만나서 함께 멀리 여행도 가곤 했다. 남들이 보기에 우린 한 쌍의 부부처럼 보였겠지만, 솔직히 난 그녀와 만날 때마다 아무런 부담이 없이 내 욕구를 만족시킬 수 있어서 좋았다. 우리는 서로를 너무 잘 안다고 생각했고, 서로 필요한 만큼 이용하면서 지내고 있으니 더 할 나위 없는 파트너라고 생각했다.

그런데 이런 관계도 시간이 흐르니 처음과 같은 즐거움과 흥미가 줄어들면서 나는 때때로 지루함을 느끼기 시작했다. 그럴 때마다 그녀는 나에 대해 강한 애착을 보이기 시작했다. 그럴 때마다 그녀는 앞으로 우리 관계에 대해서 어떻게 할 것인지 묻곤 했다. 그 말을 처음 들었을 때는 조금 어처구니가 없어서 되물었다.

"네가 우리 사이엔 미래 같은 건 없다고 했던 말, 기억이 안나?"

그때마다 그녀는 당황한 듯 어물거렸다.

"응, 그게 아니고 그냥 해본 말이야."

그러면서도 그녀는 강한 집착의 눈빛을 숨기지는 못했다. 그런 모습을 보게 되면서 나는 더욱 더 그녀가 싫어지기 시작했다. 그 당시까지만 해도 나는 결혼 같은 것은 '바보들이나 하는 것'이라는 생각을 하고 있었다. 왜냐하면 결혼한 사람들은 대다수가 행복 해 보이지 않았다. 또 만약 내가 결혼을 하게 된다고 해도 빅키 한과 같은 여자와는 절대 할 리가 없다고 생각했기 때문이다.

나에 대한 빅키 한의 집착을 느끼게 되면서, 아쉽긴 하지만 이제 이런 관계를 깨끗이 끝내야겠다는 생각이 들기 시작했다. 그래서 차츰 그녀와의 만나는 횟수를 줄여나갔다. 그러나 막상 관계를 완전히 끊으려고 하니 그녀의 완벽한 몸매가 눈에 자꾸 아른거려서 미련을 못 버린 채 밍그적거리면서 시간을 보냈다.

그 날도 여느 때와 같이 출근 준비를 했다. 마침 이웃 도시 경찰서에서 한국어 통역 요청이 있어 거기로 가서 일을 처리하고 출근하려고 집을 나왔다. 그곳에 도착해서 통역을 마치고 나오려는데 내 삐삐가 울려서 보니 어머니였다. 그때까지만 해도 휴대용 전화는 드물었고, 대부분 삐삐를 사용하였다. 집에 전화를 했더니 어머니가 받으셨는데, 갑자기 형언할 수 없는 비명을 지르셨다. 놀란 나는 어머니를 진정시키려고 몇 마디 질문을 했다.

"어머니, 무슨 일입니까?"
어머니의 음성은 두려움과 눈물로 가득 차서 알아듣기 힘들었다.
"이상한 사람들이 와서 너를 구속해야 한단다."
나는 도무지 이해가 안가서 다시 물었다.
"예? 나를 구속한다니 그게 무슨 말입니까?"
어머니 음성은 갈수록 더 떨리며 외치신다.
"나도 모르겠다! 빨리 집에 와라!"
"뭐가 잘못된 거니 너무 걱정 마시고 계세요. 제가 십분 내로 집에 갈게요."

나는 바로 전화를 끊고 주차장으로 나갔다. 그때 내가 나가는 건물 입구에서 사복을 입은 두 명의 형사가 내 쪽으로 급히 걸어오고 있었다. 바로 그 순간 그 두 명의 얼굴과 움직임을 봐서 나를 찾으러 우리집에 갔다가 없으니 내 스케줄을 확인하고 내가 있는 이곳으로 급히 온 것이라는 걸 알았다. 나는 그들의 의도를 알아채고 그들 쪽으로 달려가다시피 다가가서 물었다.

"무슨 일이냐?"

내 말이 띨어시기도 전에 둘이서 앞뒤로 나를 덥쳐 수갑을 채우려고 했다. 순간 나는 자동반응으로 뒷쪽에 있는 녀석의 얼굴을 팔꿈치로 한 대 쳤다. 그러나 워낙 갑자기 당한 탓에 내 손에는 벌써 수갑이 채워졌다. 그 다음 자신들은 브레이든 바로 옆에 있는 도시인 아빌라[1] 시경찰서 형사라고 밝힌 뒤에 바로 나를 끌고 차로 갔다.

이 때 체포자에게 자세한 설명이 없는 게 당연한 것을 나도 많이 해 봐서 잘 알았지만, 나도 여느 사람들처럼 묻고 또 물었다. 아무런 대답도 없는 그들에게 나는 최후의 방법으로, 같은 경찰인데 무엇 때문인지는 얘기를 해줘야 하는 것이 아니냐고 물었다. 이런 내 항의에도 불구하고 그들은 아무런 말이 없이 자기네 차 뒷좌석에 나를 밀어 넣더니 곧바로 경찰서로 갔다. 뒷좌석에 앉혀진 나는 계속해서 항의도 하고 질문을 했으

---

[1] 빅키 한이 사는 곳으로, 사건이 일어났던 도시.

나 그들은 그저 침묵을 지킬 뿐이었다. 나를 체포하다가 얼결에 얼굴을 맞은 녀석은 부어오른 광대뼈를 어루만지면서도 아무런 말이 없었다.

경찰서에 도착해서 나를 고문실에 끌고가서 탁상에 용접되어 있는 수갑을 내 손목 하나에 채우고는 모두 다 나가 버렸다. 이쯤 되어서야 나도 제 정신을 차렸고, 경찰들의 수작이 보이기 시작했다. 나도 예전에 지금 내 처지의 반대편에서 다 해본 일들이었다. 이런 식으로 범인을 홀로 방에 넣어놓고는 거울로 보이는 양면 유리를 통해 바깥에서 형사들은 범인의 초초하고 지치는 모습을 관찰한다. 한참 후에 들어가면 대다수가 불안하고 초조함에 못이겨서 자신의 잘못을 말하기 시작한다. 나는 유리 반대편에서 분명히 나를 쳐다보고 있을 놈들을 향해 가운데 손가락을 몇 번 올려줬다.

한 시간이 넘게 지나니 한 녀석이 들어왔다. 그는 나를 체포하던 중에 나에게 얼굴을 맞은 마커스 형사였는데, 드디어 내가 왜 이렇게 와 있는가를 얘기했다. 나를 강간혐의로 구속한다고 했고, 미란다 경고를 체포자에게 알려줄 의무가 있기 때문에 그 경고를 알려준다면서 말했다.[2]

나는 녀석의 미란다 경고에 하도 어처구니가 없는 말이어서 나도 모르게 콧방귀를 끼고 웃으면서 물었다.

"그럼, 내가 누구를 강간했단 말이오?"

그의 대답은 딱 세 마디였다.

"빅키 한."

나는 어이가 없어 목소리가 나도 모르게 높아지며 되물었,

"빅키 한? 빅키 한? …"

"그래요, 빅키 한."

"그 여자하고 나는 지난 2년 동안 서로 그냥 쉽게 즐기는 상대로 만나고

---

[2] 미란다 경고는 1966년 미국 연방 대법원 판결로 제정된 법으로서, 체포자를 심문하기 전에 반드시 그에게 미국 헌법 5차 수정안의 자기 부죄를 거부할 수 있는 권한을 알려야하는 경찰의 의무를 말한다. 아리조나에서 25세 청년 엘네스토 알투로 미란다를 납치, 강간 그리고 강도혐의로 체포한 경찰이 미란다를 체포할 당시 미국 헌법이 미국 시민에게 부여하는 바로 이 자기 부죄를 거부할 수 있는 권한을 위반한 실수를 바탕으로 미란다에게 무죄 판결을 내린 역사적인 사건이었다.(Miranda Warning: You have the right to remain silent. Anything you say can and will be used against you in a court of law. You have the right to an attorney. If you cannot afford an attorney, one will be provided for you.)

있는데 강간이 무슨 말이오?"

"빅키 한은 당신이 1994년 8월 20일 밤에 그녀를 구타하고 강간한 뒤 도망갔다고 했다. 그녀는 그때 바로 9-1-1에 신고했고, 우리가 그녀의 집에 가서 조사한 결과 당신을 구속할 충분한 증거가 있다고 결정했다."

나는 이게 꿈인지 생시인지 어이가 없어 그 형사를 한참 동안 멍하니 쳐다보고 있다가 서서히 그날 밤 일어났던 일을 떠올렸다.

빅키 한과 나는 우연히 한 술집에서 만났다. 그녀는 그 술집에서 종업원으로 일을 했고, 나는 친구들과 함께 연말 파티에 참석한 사람 중 하나였다. 처음부터 우리는 쉽게 만났고 서로 부담 없는 관계를 맺었다. 그렇게 몇 개월이 지나갔고, 2년째까지 부담 없이 서로의 요감을 충족시켜 주는 파트너로 지냈다. 그런 까닭에 그저 서로의 육체적 파트너일 뿐이라고 생각했다. 그런데 그녀가 약 4-5개월 전부터 결혼 이야기를 꺼냈고, 나는 그 말을 무시하긴 했지만 부담스러워서 그녀와 만나는 횟수를 줄이기 시작했다.

그러던 어느 날 밤 그녀는 내게 전화를 해서 평수보다 훨씬 밝고 다정한 음성으로 자기 집으로 오라고 했다. 나는 그 여자의 달콤한 유혹과 부드러운 살결을 거부하지 못하고 만나러 갔다. 그 집에 가니 내가 좋아하는 음식을 잔뜩 차려 놓고 기다리고 있었다. 저녁 식사를 하는 동안, 그리고 후식을 먹을 때까지 지난 3-4개월 동안의 어색함은 사라지고 예전의 부담 없는 우리 사이로 되돌아갔다. 그렇게 둘이서 소파에 앉아 있다가 침실로 옮겨가서 한참 동안 서로를 애무하며 즐긴 후에 잠이 들었다. 깨어 보니 새벽 5시여서 나는 침대에 걸터앉아 옷을 입기 시작했다. 옆에 잠들어 있던 그녀는 잠이 덜 깬 목소리로 나에게 물었다.

"뭐 해? 어디 가?"

"응, 집에 가야지."

"에이, 그러지 말고 오늘도 같이 있자. 내가 아침도 맛있게 해줄께."

그러면서 내 등뒤에서 나를 껴안았다. 그래서 나는 좀더 퉁명스럽게 말했다.

"집에 가야 돼!"

그렇게 말하면서 일어서니 그녀는 따라 일어나서 내 앞쪽으로 가 부엌에서 비치는 희미한 불빛 사이로 내 얼굴을 뚫어져라 쳐다보았다. 나는 그 분위기가 영 불편해서 그녀를 피해 거실 쪽으로 걸어 나갔다. 나를 따라 나오던 그녀는 손을 잡으며 느닷없이 말했다.

"자기야, 우리 결혼하자."

전혀 예상치 못했던 그 말을 듣고 난 나는 어이도 없어서 막 웃었다. 그러자 자존심이 크게 손상당한 듯 그녀는 싸늘한 눈초리로 분노에 차서 말했다.

"왜, 웃어?"

나는 계속 웃다가 지난 3-4개월 동안 쌓였던 생각을 털어 놓기 시작했다.

"야, 우리는 처음부터 쉽게 만나서 쉽게 지내기로 했잖아. 우리가 서로 그렇게 지내는 게 좋다고 했던 말 기억 안나? 그런데 지금 와서 무슨 결혼…"

그녀의 다음 질문이 순간 내 말문을 막았다,

"나랑 결혼하면 안돼?"

나는 빅키 한이라는 여자와 이런 대화를 나눠야하는 자체가 싫었고 화가 나서 외쳤다.

"나는 너하고 결혼 안해! 첫째, 나는 지금 결혼할 마음이 없고 둘째, 내가 결혼할 마음이 있다고 해도 너하고는 안해! 그냥 놀자면서 만난 처지에 무슨 결혼?"

내 말을 듣던 그녀는 표현하기 힘든 싸늘하고 분노에 찬 얼굴 표정을 지었다.

"그럼, 나는 그동안 네 노리개였던 말이야?"

"서로 그냥 별 생각 없이 만났고, 그렇게 지내다 보니 편해서 계속 만난 거 아냐? 네가 그렇게 부담없이 만나자고 말한 거 기억 안나?"

"나를 이렇게 비참하게 무시하고 너는 편할 줄 알아? 이 새끼야!"

"시끄러, 이년아! 너하고 다시 안 만나. 너와 나 사이엔 결혼이란 건 절대 없어!"

이렇게 소리치고 나는 신발을 신었다. 그러자 그녀가 독기에 찬 목소리로 말했다.

"지금 이 순간, 여기서 나가면 네 인생은 끝나는 줄 알아."

"시끄럽다! 우린 이제 끝이야."

"그래, 내가 끝을 보여주지."

그러더니 부엌으로 뛰어가 과도를 집어들고는 미친 년 같이 자신의 왼팔을 긋기 시작했다. 바로 피가 흐르면서 부엌 바닥 위로 피가 뚝뚝 떨어지기 시작했다. 그녀의 그런 모습을 처음 본 나로서는 당황하지 않을 수 없었다. 그렇지만 나는 그녀의 어처구니 없는 행동을 보고 비웃으면서 말했다.

"이게 정말 미쳤구만!"

"그래, 나는 미친년이다, 이 개새끼야! 나는 너 망하는 꼴을 볼 거다."

이렇게 입에 거품을 물고 외치더니 이번엔 벽에다 자신의 이마를 쾅쾅 소리가 나도록 마구 박았다. 그러면서 다리를 자기 손톱으로 긁다가 두 손으로 자신의 목을 조르는 행동을 하다가 다시 이마를 벽에 박는 등 완전히 정신 나간 짓을 하고 있었다.

"쾅! 쾅!"

벽에 부딪치는 소리를 내며 계속 벽에 얼굴을 박는 모습이 너무나 어처구니도 없고, 여기 저기 피가 흘러내리는 모습이 역겨워서 나는 바로 그 집을 뛰쳐나왔다. 뛰쳐나가는 내 뒤에다 대고 그녀는 악에 바쳐서 소리소리 쳤다.

"도망가도 소용없다, 이 망할 놈아. 네 인생은 끝났어!"

멋진 모험의 길

우리나라가 너무도 가난했던 1959년, 나는 남해에서 태어났다. 이름은 외할머니가 지어주신 김성이었다. 나는 친지들과 이웃들의 귀여움을 온몸에 받으며 어린 시절을 보냈다. 나라 전체가 가난했으니 모든 것이 풍부할 리는 없지만 자식을 위한 어머니의 사랑과 희생 그리고 외할머니의 특별한 정성 속에서 즐겁게 생활을 했다. 내가 학교 들어갈 나이가 됐을 때 아버지는 아들 장래를 위해 영어를 가르쳐야 한다면서 그 당시 정계에 있는 친지의 도움을 얻어 외국인 학교에 나를 입학시켰고 우리 가족은 서울로 이사를 했다. 영어는 물론, 미국 역사와 문화 그리고 그들의 근성 등 모든 것을 배워 놓으면 장래 내 삶에 도움이 될 수 있다며 친지들과 동료들의 만류에도 불구하고 그런 결정을 하셨다.

내가 초등학교 2학년 때인 1968년, 아버지가 유럽 회사에 취직이 되면서 우리 가족은 우리나라를 떠나게 되었다. 김포공항에서 비행기를 타기 전까지 할머니의 손을 꼭 잡고 있던 나는 그냥 할머니랑 있고 싶다는 생각밖에 없었다. 바로 그 순간이 나를 가장 사랑해 주신 할머니와 마지막 이별이 될 거라고는 아무도 몰랐다. 할머니의 장녀였던 어머니는 할머니와 떨어지지 않으려는 자식을 데리고, 또 가장 가까웠던 모녀의 정을 남겨두고 그렇게 정든 땅, 정든 이들과 이별을 했다.

그 이후로 아버지는 회사일로 유럽 전역을 다니셨고, 우리 가족은 아버지를 따라 이사를 다니며 몇 년을 보냈다. 그 덕분에 나는 여러 외국어들을 금방 배웠다. 나중에 미국에서 생활하면서 써먹을 기회가 없어서 대부분 잊어버리긴 했지만 그래도 간단한 대화는 할 수 있었다. 그럴 때마다 아버지께서는 그게 바로 당신의 앞날을 보는 능력 덕분이라면서 농담을 하시곤 했다. 너무 자주 이사를 다니니 어릴 때 깊이 사귄 친구가 없어서 아쉽긴 하지만, 그래도 여러 나라의 풍습과 다양한 문화를 접하면서 다양한 경험을 할 수 있어서 좋았다.

영국에 처음 도착 했을 때는 1970년대 초였다. 한국 식당을 찾아가는데 택시 운전사는 한참을 헤매다가 무전으로 운행관리원에게까지 물어보았지만 한국 식당을 찾지 못했다. 그는 할 수 없이 웃으면서 우리에게 한국식당 대신 중국 식당은 어떠냐고 물었다. 부모님은 길을 못 찾아서 애먹는 아저씨가 안쓰러웠는지 그냥 중국 식당으로 가자고 했다. 한국 음식점에서 김치를 먹을 기대를 잔뜩 하고 있던 어린 나는 그 말을 듣고 삐지긴 했지만 어찌할 수가 없었다.

이테리에서도 잠깐 동안 살았는데, 어느 주말에 우리 가족 셋이서 로마 콜리시엄 근처를 걸어가다가 소매치기를 당하기도 했다. 멋진 풍경 사진을 찍으며 구경을 하고 있을 때 갑자기 소매치기가 어머니 지갑을 낚아채서 도망을 갔다. 그 때만 해도 젊으셨던 아버지는 재빨리 뒤쫓아가서 그 소매치기를 잡아 주먹으로 얼굴을 때리면서 어머니 지갑을 다시 뺏어왔다. 그 광경을 지켜보고 있던 주위의 다른 관광객들이 지갑을 들고 우리한테로 오는 아버지를 보고 박수를 치며 환호를 올리기도 했다.

이렇게 여러 나라에서 머물면서 초등학교와 중학교를 다니다가 고등학교 들어갈 나이가 되었다. 부모님께서는 내가 고등학교와 대학교는 미국에서 다녀야 한다고 결정하셨다. 우리 부모님의 자식에 대한 교육 열정은 유별났고 그 열정 중에 나를 평생 이끌어준 한 가지 원칙이 있었다. 인간의 성품이 형성되는 가장 중요한 시절에 우리 민족에 대한 강한 애국심을 내 마음 깊숙이 흔들리지 않도록 꼭꼭 심어 주신 것이다. 특히 아버지께선 아무리 우리가 외국에 살아도 우리말과 풍습은 절대 잊지 않아야 된다면서 내 머리 속과 마음에 세뇌가 될 정도로 심어 주셨다.

그 무렵 아버지께서 즐겨 하시던 말이 있었다. 우리나라 역사와 민족성은 훌륭한 점이 많지만, 아쉽게도 우리 자신의 역사와 우리의 독특함을 아끼고 지키고자 하는 열성이 부족하다는 점이었다. 특히 유태인들이 가지고 있는 자신의 역사에 대한 자부심과 끈기 그리고 강인함을 우리 민족과 비교하면서, 자신의 역사를 모르는 자는 자신의 정체성을 잃고 끝없는 바다위에 표류하는 선박과 같다고 말씀하시곤 했다. 남에 것을 아무리 잘 안다고 해도 내 것을 모르고 알고 싶어하지도 않는다면 뿌리와 중심이 없이 바람이 부는 대로 끌려 다니는 가장 나약하고 한심한 인간이 되기 때문에 남의 비꼬움을 받아 마땅하다고 했다. 서양 문명, 그것도 유행처럼 흘러가는 것에 너도 나도 지나치게 관심을 가지고 따라 하면서 진정 필요로 하는 우리나라 역사와 문화를 보존하고 후손들에게 물려주려는 집념을 가진 사람들이 너무 적은 세태를 비판하신 것이다. 아버지는 아무리 우리가 여러 나라로 이사를 다녀도 '너는 한국사람'이라는 사실을 항상 자부심을 가지고 기회가 될 때마다 올바른 행동으로 보여주라고 자주 내게 말씀하셨다.

  너무 어린 나이에 우리나라를 떠난 나에게 아버지는 우리 역사를 많이 못 배웠다면서 한국 교과서를 구해 직접 가르쳐 주셨다. 이렇게 공부하면서 우리 선조들의 공헌과 희생을 배우고 느끼면서 자연히 애국심도 커졌다. 세종대왕, 이순신 장군, 안중근 의사를 비롯한 우리나라 역사에서 빼놓을 수 없는 분들에 대해서는 특별히 더 가르쳐 주셨다. 나중에 미국에 와서도 교포들 사이에서 자기 자식이 영어를 너무 잘해 한국말은 못한다는 것을 자랑 삼아 하는 부모들을 만나면, '내걸 확실히 알고 남의 것도 알아야지, 저 바보 같은 인간이 자식까지도 바보로 만드는구나' 하셨다. 그러면서 애국심이란 뭐 거창하게 일궈나가는 게 아니고 매 가정마다 부모가 자식에게 일상생활에서 기회가 될 때마다 행동으로 보여주고 마음속에 심어 주어야 하는 의무라고 하셨다. 그러려면 최소한 우리말과 글은 가르쳐야 되지 않겠느냐고 누누이 말씀하셨다.

  그 당시 미국으로 가려면 초청이민이 가장 쉽고 빨랐는데 미국에는 우리를 초청해줄 친지가 아무도 없었다. 취업 이민은 가능했지만 대기 명단이 너무 길었다. 그래서 우리 세 식구는 가족회의를 열고 우선 세 나라를 선택했다. 그때 아버지께서는 나도 가족회의에 포함 될 나이가 됐다면서 내 의견을 물어보셨다. 처음에는 영국, 프랑스 등 유럽의 몇몇 나라도 언급되었지만 끝에 가서는 미국, 호주, 캐나다로 좁혀졌다. 우리가 선택한다고 했지만 솔직히 말하면 선택은 우리가 하는 게 아니고 이 세 나라의 대사관 중에서 어느 곳이 우리 가족에게 관광비자를 내줄 것이냐를 가지고 논의를 한 것이었다. 그래서 영국, 이테리, 독일, 프랑스, 스페인에 있는 미국, 호주, 캐나다 대사관을 찾아다니며 비자 신청을 했다. 아버지께서는 미국 비자를 비교적 빨리 받았지만 어머니와 나는 계속 거절을 당했다. 그래서 스페인의 한 호텔 방에서 초조한 마음으로 다시 한 번 가족회의를 했다.

  아버지는 왜 어머니와 내가 비자를 받으러 갈 때마다 거절을 당하는가를 궁리하시며 우리의 여권을 들여다보기 시작하셨다. 한장 한장 넘기다가 맨 끝장에서 겹친 안쪽 구석에 적힌 아주 작은 까만 글씨를 발견하셨다. 아버지는 어머니와 내게 그것을 보여 주며 혹시 우리가 썼느냐고 물으셨다. 우리는 쓴 적이 없었다. 아버지는 당신 여권의 맨 끝장을 열고 같은 부분을 훑어봤는데 아무 글씨가 없었다. 이게 분명히 지금까지 다니며 되자 맞은 미국 대사관 직원들이 서로 주고받는 암호인 게 분명하다고 하셨다. 한 곳에서 비자를 거절하면 그렇게 암호를 사용해 다음 장소에서도 거절하도록 서로에게 알리는 방법이 분명한 것 같다며 우리 여권의 그 부분을 덮을 적절한 용지 같은 것을 찾기 시작하셨다. 아버지께서 몇 년 전에 한국에 다니러 갔을 때 기내에서 기록했던 세관 보고서 복사본을 찾아서 어머니와 내 여권에 암호가 적힌 부분을 덮어보니 복잡하게 적힌 여권에 붙일 한글 용지로는 안성맞춤이었다. 아버지는 즉시 호텔 로비에 가서 고무풀을 사와서 그 한글 용지를 암호 위에 단단하게 붙이셨다. 크기도 딱 맞았고 또 종이가 두꺼워서 암호는 비치지 않았으며 아버지께서 얼마나 섬세히 풀을 발라서 붙였던지 4면 어느 곳에도 빈틈없이 딱 달라붙어 있었다.

  아버지께서는 며칠 전에 비자 문제로 고민하며 호텔 식당에서 혼자 술을 한잔 하다가 우연히 만난 우리와 비슷한 처지의 외국인과 대화 중에 노르웨이에 있는 미국 대사관이 유리하다는 이야기를 들었다고 했다. 그래서 우리 가족은 노르웨이에 있는 미국 대사관이 우리의 마지막 기회라고 보고, 만약 거기에서도 비자를 받지 못하면 귀국하기로 하고 바로 그 다음 날 노르웨이로 향했다. 그 당시 부모님은 내가 이곳저곳 외국에서만 학교를 다녔으니 한국으로 돌아가면 그 어려운 교육 체제에 적응하지 못해서 방황할 수 있다는 우려 때문에 외국에서 살 생각을 하신 것이다.

떨리는 마음으로 노르웨이에 도착해서 미리 미국 대사관 주소를 찾아서 현지답사를 한 뒤 며칠 뒤에 어머니와 나는 미 대사관에 들어섰다. 긴장된 마음으로 긴 시간을 기다리다 우리 차례가 돼서 어머니와 나는 대사관 직원을 향해 다가섰다. 이때 아버지는 우리와 함께 대사관에 들어가지 않았다. 대사관에 들어가는 사람은 모두가 신분증을 제출해야 했는데, 그들이 아버지 여권을 보면 미국 입국 비자 받은 게 있으니 의심을 살게 뻔했기 때문이다. 세 가족이 몽땅 미국으로 관광을 간다는 것은 그 당시 관광을 빙자해서 미국에 불법체류를 할 거라는 의심을 사기에 충분했기 때문에 비자 거절이 분명하다는 생각 때문이었다.

우리가 여권을 제출하고 주시해서 봤더니 대사관 직원이 가장 먼저 열어보는 곳은 아버지가 추측했던 바로 그 맨 뒷장 안쪽이었다. 우리는 그 사람이 아버지가 붙여놓은 한글용지를 알아볼까봐 가슴이 두근거렸다. 대사관 직원은 여권을 몇 번 훑어보고 만지작거리더니 물었다.

"왜 미국에 갑니까?"

내가 대답했다.

"나는 어릴 때부터 디즈니랜드를 가는 게 소원이었어요. 그래서 어머니와 나는 한국으로 귀국하는 길에 당신의 거대한 나라를 꼭 구경하고 싶어요."

나는 아버지가 코치해준 대로 대답했다. 그 직원이 몇 마디 더 물어보는 것마다 나는 그럴싸하게 대답을 했다. 어린 게 자기네 말로 곧잘 대답을 하니 귀엽다는 표정으로 어머니와 내 여권에 육 개월 관광비자를 찍어주며 말했다.

"디즈니랜드에서 좋은 시간 보내세요.(Have fun at Disneyland.)"

나는 설레는 마음을 안고 태연히 대사관을 나왔다. 그 당시 얼마나 기뻤는지 아직도 대사관의 그 직원 말이 그대로 생생하게 기억날 정도이다. 밖에서 초조히 기다리고 계시던 아버지는 우리와 함께 한참 떨어진 곳까지 표시내지 않고 걸어가서 얼싸안고 기쁨을 나눴다. 이때 아버지가 수고했다며 처음으로 내게 악수를 해 주셨다. 아버지와 처음 악수를 하고나니 나는 괜히 어른이 된 기분이었다.

지금은 없어진 팬암(PanAm) 항공사 비행기를 타고 우리 세 가족은 설레이는 마음으로 1973년에 뉴욕으로 향했다. 말로만 듣던 뉴욕에 도착해 보니 정말 크고 정신없이 복잡했다. 아직도 기억에 남는 것은 상상했던 것보다 지저분했다는 점이다. 내가 받은 미국 사람의 첫 인상은 같은 서양 사람이지만 유럽 사람만큼 다정하거나 친절하지는 않았다. 뉴욕에는 아는 사람이 아무도 없어 일주일만 있었기 때문에 별다른 기억은 없고 그저 자유의 여신상과 엠파이어 스테이트 건물에 가보고 복잡한 시내거리를 걸어다닌 기억이 전부다. 낯선 땅에서 우리에게 가장 필요한 것은 아는 사람의 도움이었다. 그래서 우리와 영국에서 한동안 이웃으로 살다가 미국 네바다 주 라스 베가스시로 이사를 떠났던 최씨네 가족을 찾아 라스 베가스 행 비행기표를 끊었다.

라스 베가스는 네바다 주는 물론 미국 전역에서 제일 큰 도박시설로 유명한 도시다. 낯설은 길이었지만 그동안 배운 영어로 길을 모를 때마다 물어서 가니 생각보다 어렵지 않았다. 라스 베가스 공항에 도착해서 택시를 타고 최씨네 집을 찾아갔다. 미국에 와서 처음으로 낯익은 사람들을 보니 어찌나 반가운지 몰랐다. 나는 유난히 가는 곳마다 김치 타령을 했는데, 그럴 때마다 아버지는 희한하다는 눈초리로 나를 보며 이렇게 말씀하셨다.

"니, 김치 문지 10년도 안덴기 우째 가는 데마다 김치 타령이고. 니

참 웃기는 자슥 아이가."
　최씨네 집에서 우리 가족은 오랜만에 김치와 밥으로 우리 음식을 먹을 수 있었다. 오랜만에 만난 우리 두 집 가족들은 반갑게 저녁 식사를 하고 그동안 서로가 여기까지 오게 된 긴 여정으로 얘기꽃을 피웠다. 최씨네는 나와 동갑인 외동딸이 있었는데, 우리는 예전부터 알았기 때문에 반갑게 만났고 그 아이는 내게 미국식 영어를 몇 가지 가르쳐 주기도 했다.
　우리는 라스 베가스에 정착을 할지를 고민하면서 최씨네 집에서 약 두 달을 보냈다. 그런데 라스 베가스에는 거의 모든 일자리가 노름장에 있었던 까닭에 부모님의 생각과는 맞지 않았다. 게다가 아버지께서 늘 말씀하신 게 자식 교육 때문에 미국을 온 것인데, 라스 베가스의 학교를 몇 군데 알아본 결과 아버지 눈에는 영 마음이 들지 않았다. 우리가 고민하는 것을 보고 최씨네가 켈리포니아, 샌 디에고에 아는 정 씨가 꽃가게를 경영하고 있으니 거기 가면 일자리도 구할 수 있을 것이고, 큰 도시인만큼 학교도 라스 베가스보다는 훨씬 나을 것이라고 하며 정씨네에게 미리 전화를 해서 우리를 소개해줬다. 우리 가족은 최씨네에게 두 달 동안 진 신세를 언젠가는 꼭 갚겠다는 약속을 하고, 라스 베가스를 떠나 그레이하운드 버스를 타고 샌 디에고로 향했다.
　샌 디에고는 처음 도착하는 순간부터 뉴욕이나 라스 베가스와는 달리 뭔가 친근감이 갔다. 많은 사람들의 얼굴에서 미소를 볼 수 있었고, 유럽의 한 도시를 상기케 하는 분위기를 군데군데서 느낄 수 있었다. 우리는 밤늦게 도착했기 때문에 정씨네는 다음날 찾아 가기로 하고 그레이하운드 버스 정거장 근처에 있는 조그만 호텔에 방을 잡았다. 최대한으로 줄였지만 그래도 꽤 되는 이삿짐을 끌고 방에 들어가 대략 씻고 잠을 자려고 하는데 원래 대식가인 아버지와 그것을 그대로 닮은 아들인 나는 배가 출출해서 잠이 안온다며 함께 호텔 옆에 있는 구멍가게로 갔다. 거기 들어가니 조그만 가게에 별게 다 있었다. 우리는 식빵, 딸기 쨈, 과일, 과자 등 여러 가지를 샀다. 아울러 마실 것을 찾으니 과일 그림이 그려있는 통조림에 혼합음료(cocktail mix)라는 글이 적혀 있는 것을 보고 유럽에서 먹었던 과일혼합(fruit cocktail) 통조림과 같다고 생각하고 샀다. 호텔 방에 돌아와서는 빵과 잼으로 진수성찬을 만들어 먹었는데, 허기가 최고의 반찬이라는 말대로 정말 맛있게 먹었다. 아버지와 나는 혼합음료를 들이키기 시작했고 시원한 게 좋았다. 그렇게 두 병째 마시고 있는데 어머니가 한 모금 마시더니 얼굴을 찌푸리며 통조림에 적힌 내용물표를 한참 들여다보시다가 말씀하였다.

"어, 이거 알코올이 들어있네?"

아버지와 나는 서로의 얼굴을 멍하니 쳐다보다 내가 병을 하나들어 내용물표를 읽어보니 정말 알코홀 성분이 9% 라고 적혀 있었다. 어머니는 '어린 자식에게 술이나 먹이는 무슨 이런 아버지가 있냐'며 잔소리를 했다. 나는 좀 전부터 알딸딸하고 붕 떠있는 처음 느껴보는 기분의 원인을 그제서야 알게 되었다. 아버지는 '그래서 아까부터 이 녀석 얼굴이 뻘것구먼' 하시면서 나를 쳐다보고 평소 장난을 좋아하는 아버지의 전형적인 모습으로 말을 이어갔다.

"머스마가 언젠가는 마실 긴데 마 됐다. 그 대신 이번은 실수로 한기니까 나중에 다 크고 마시라이. 알았제!"

어머니는 어이없는 얼굴로 잔소리를 계속하셨고, 나는 화장실로 뛰어가 거울을 보았더니 정말 내 얼굴은 빨간 홍시처럼 돼 있었다. 내 모습을 본 나 스스로가 우스워서 막 낄낄 거리니 아버지도 웃으시고 원망하시던 어머니도 함께 웃으셨고, 이렇게 샌 디에고에서 우리 가족의 첫 추억을 만들었다.

다음날 정씨네 꽃 가게를 찾아갔다. 정씨 부부의 첫 인상이 좋았다. 그렇지만 아버지께서는 차후에 오해가 없도록 정씨네에게 우리는 현재 영주권이 없고 따라서 노동 허가도 없다는 사실을 먼저 명확히 밝히면서 말을 시작했다. 정씨네는 그것은 크게 중요한 게 아니라면서 임금을 현찰로 주겠다고 했고 우리 가족이 당분간 지낼 수 있는 근처의 아파트도 소개해줬다. 마침 우리가 정씨네를 찾아갔을 때는 바쁜 계절이라 손이 많이 필요했는데 잘 왔다며 우리 새 식구에게 모두 일을 해달라고 요청했다.

아버지와 나는 꽃가게에서 남자들이 할 일이 있을지 의아하게 여겼지만, 알고보니 꽃가게 일은 여자들이 조용히 소일하듯이 하는 일과는 거리가 먼 노동일이 많았다. 꽃을 꼽고 장식하는 디자인은 고도의 기술을 필요로 하지만, 그 뒤에 따르는 준비 작업은 거칠고 힘들었기 때문에 오히려 남자가 해야 하는 일이었다.

그날부터 우리 식구는 정씨네 꽃가게에서 일을 시작했다. 어머니는 자연히 정씨 아주머니를 따라다니며 꽃꽂이 기초부터 배우기 시작했고, 아버지와 나는 정씨 아저씨에게 남자들이 하는 플랜트 다듬는 작업부터 재료 운반과 정리까지 하는 전체적인 일을 배웠다.

나는 곧이어 고등학교에 입학해서 나름대로 미국 생활에 서서히 적응해 나갔다. 고정적인 일자리가 생긴 부모님은 주중에 꽃가게에서 일을 하시고, 나는 주말에 정씨네가 맡은 결혼식 장식을 하러 나갈 때 따라가서 무거운 장식품 운반과 설치(set-up) 작업을 하면서 아르바이트(part-time)로 돈을 벌었다. 시간이 흐르면서 정씨네의 신임을 받은 부모님은 매주 수요일 새벽에 꽃시장을 정씨네와 함께 나가기 시작했고, 꽃가게 일의 모든 분야에 경험을 쌓으셨다.

우리 세 가족이 처음 뉴욕 공항으로 들어오면서 받았던 6개월 입국 체류 기간이 지나면서 우리 가족은 불법 체류자가 됐다. 우리는 똑 같은 사람이었지만, 6개월이 되는 날까지는 '관광객'이었고, 그 다음날은 '불법체류자'가 되는 첫 날이었다. 그 때까지만 해도 미국은 모든 게 후한 탓에 우리가 일상생활 하는 데는 아무런 지장이 없었다. 지금과 같이 사사건건 이민자의 신분을 따지지 않았기 때문에 우리는 별 문제가 없이 평온한 나날을 보냈다. 단지 아버지가 일하는 전문 분야 직종은 미국 시민권이 없이는 취업을 할 수 없었기 때문에 앞으로 미국 생활을 위해서는 빨리 영주권을 얻어야만 했다. 그 일을 해결해주는 방법을 찾아야 했기에 우리 가족은 먼저 이민 전문 변호사를 물색하기 시작했다.

몇 년이 지나 정씨네는 꽃가게 지점을 두 개 열면서 그 중에 하나를 우리 부모님이 살 용의가 있으면 팔겠다고 했다. 부모님은 정씨네 덕에 그동안 안정된 수입과 꽃 사업에 필요한 지식을 쌓아왔고, 특히 이 가게의 모든 지출과 매상을 누구보다도 잘 아는 아버지는 이런 좋은 기회를 놓칠 수 없다고 하면서 그 동안 모은 돈으로 정씨네 제안에 주저없이 응했다. 또 한 가지 정씨네에게 고마웠던 것은 이 때 영주권이 없다는 사실을 알고 사기를 치려는 이들과는 달리 매우 양심적으로 판매 가격에 욕심을 부리지 않고 공정한 가격을 정해서 우리와 합의를 보았고, 우리가 영주권을 받을 때까지 자기네 명의로 사업을 할 수 있는 조건도 마련해줬다. 그 무렵 부모님은 모은 돈으로 샌 디에고 옆에 있는 도시인 브레이든에 자그만 집을 한 채 사셨고, 우리 가족의 미국생활은 자리를 잡아갔다.

나의 고등학교 시절

1970년대 미국 고등학교에서 공부하기는 쉬운 편이었다. 숙제는 매일 약 한 시간 정도 걸리면 끝낼 수 있었고, 시험공부는 주말에만 하면 됐다. 그 덕분에 나는 고등학교를 괜찮은 성적으로 졸업했고, 부모님보다 훨씬 편하게 미국생활에 적응을 했다. 물론 한국에서 다닌 외국인 학교와 유럽에서 생활할 때 배웠던 영어 덕을 톡톡히 본 것이다. 등교 첫날부터 의사소통에 아무런 문제가 없으니 이민자 자녀들이 흔히 겪게 되는 주눅이 드는 것 같은 것은 전혀 없었다. 게다가 나는 어린 나이부터 좀 거친 편이었고, 누군가가 나를 이유없이 괴롭히면 바로 쥐어박는 버릇이 있었다. 그래서인지 친구들도 별 어려움이 없이 사귈 수가 있었고, 선생님들과도 쉽게 가까워 질 수 있었다.

첫날 독일어반에 들어가서 수업을 받을 때였다. 앞줄 책상에 앉아 있는데 선생님이 출석을 부르기 시작했다. 내 이름을 부르길래 '여기요(here)' 하고 대답했다. 그런데 선생님이 내 이름 부르는 발음을 듣고 맨 뒷줄에 앉아있는 좀 껄렁해 보이는 흑인 남학생이 막 웃다가 내 이름 발음을 흉내내면서, '칭, 충, 챙' 하고 소리를 지르며 놀렸다. 그러자 그 옆에 앉아있던 같은 무리들 몇 명이 그 녀석을 따라 소리를 지르면서 나를 놀렸다. 나는 일어서서 그들과 눈을 마주쳤다. 그 녀석은 내가 서있는 모습을 보더니 양팔을 벌리며,

"뭘 봐?"

하고 내게 소리를 질렀다. 이런 상황에서 선생님은,

"자, 그만 다들 조용하세요."

하면서 칠판에 그날 학습 내용을 쓰기 시작했다. 이때 너무 화가 난 나는 앉아있던 의자를 번쩍 들어 그 녀석들 쪽을 향해 던졌다. 내가 예상 외로 화를 내며 의자를 던지자 그들은 날아오는 의자를 피하느라 이리 넘어지고 저리 넘어지고 했다. 이번에는 내가 그 모습을 보고 손가락질을 하면서 막 웃었다. 내가 던진 의자가 뒹굴어가면서 벼락 치는 소리를 내자 다른 학생들은 물론 칠판에 글씨를 쓰던 선생님도 깜짝 놀라시며 돌아섰다. 선생님이 눈이 둥그래져 가지고 나를 쳐다보고 있는데 녀석들 중에 한 명이 소리쳤다.

"선생님, 저기 서 있는 중국놈이 이 의자를 던졌어요."

이때만 해도 동양 사람은 무조건 중국 사람으로 통할 때였다.

"야, 비겁한 놈아. 시비는 너희가 시작해 놓고 고자질까지 하냐!"

하면서 나도 맞고함을 쳤다. 선생님은 내게 다가와서 아주 못마땅하다는 눈초리를 하면서 내 팔을 잡더니 자기 책상 옆으로 끌고 가서 교무실로 보내는 종이쪽지를 써서 내게 건네주며 가라고 했다. 미국에서 첫 입학한 학교에서 나는 그렇게 첫 날을 보냈다.

그날 하교 후 나는 바로 집에 가자마자 영어 이름을 짓기로 결심했다. 그런데 아는 이름은 없고 이름을 찾아볼 수 있는 책도 없고 해서 고민하다가 집에 있는 성서에서 이름을 찾기로 했다. 혼자 눈을 감고 성서를 열어서 페이지를 손가락으로 찍고 거기에 나오는 이름을 앞으로 내 미국 이름으로 정한 것이었다. 그렇게 해서 찍은 이름은 케인(Cain)이었다. 케인 김 (Cain Kim). 혼자 불러보니 내 귀에는 그럴싸하게 들렸다. 서둘러 지은 이름이었지만, 이 이름은 앞으로 미국 생활에서 나의 정체성을 나타내게 되었다.

그때만 해도 학생수가 500명이면 동양인 학생 수는 약 10명 정도밖에 안되던 때였다. 나처럼 별난 놈은 꼴통짓을 하고 다니니 아무도 안 건드렸지만, 대체적으로 조용하고 순진한 동양계 학생들은 타 인종 학생들로부터 놀림을 많이 당했다. 그런데 내가 10학년 때 우리학교에 배짱이 좋은 한국 학생 한 명이 왔다. 처음 만났을 때 서로 자기를 소개하는데, 이름은 조영이었다. 우리는 이름이 서로 외자로 같다면서 신기해하며 금방 허물없는 사이가 됐다. 조영은 한국에서 고등학교 1학년을 마치고 왔지만 영어가 부족하여 10학년을 다시 시작했다. 알고보니 성격도 비슷하고 대체로 코드가 잘 맞아서 우리는 날로 더 친해졌고, 학교를 졸업할 때까지 거의 붙어 다니다시피 했다. 특히 다른 동양 학생들이 당했다는 소식을 들으면 대신 나서서 복수를 해주는 두 명의 꼴통이 되었다. 조영은 배짱이 좋아 졸업을 할 때까지도 영어는 잘 하지 못했지만 전혀 주눅이 들지 않았다.

어느 날 조영이 영어 번역 부탁이 있다고 하면서 나를 찾아왔다. 듣고 보니 다툼이 생겼을 때 써먹으려는 협박 한 마디를 영어로 그럴싸하게 만들어 달라는 것이었다. 조영이 내게 해준 말을 간단히 정리해서 영어로 운율(rhyme)까지 맞춰서 옮겨보니 이렇게 나왔다.

'멍청해 보여도 난 난폭해(What I lack in intelligence, I make up in violence.)'

둘이 소리 내서 읽다가 학교 화장실까지 가서 거울을 보고 인상을 긁으며 소리를 질러가며 연습을 해 보았더니 제법 멋있게 보였다. 영은 그 표현이 마음에 든다며 낄낄 거리다가 목소리를 굵게 해가면서 계속 반복해서 암기했다. 이 문장을 사용하면서 아무에게나 덤비는 배짱으로 유명해진 조영은 졸업을 할 때까지 우리학교 학생들 사이에서 가장 겁이 없는 동양학생이 되었다.

동양인 수가 적어 무시를 당하고 있던 시절에 내가 가장 먼저 들어간 게 학교 축구부였다. 나는 유럽에서 중학교에 다닐 때부터 골키퍼를 했고, 미국에 와서도 골키퍼로 나갔다. 그런데 내가 오기 전부터 있던 백인선수가 이미 골키퍼 주전으로 뛰고 있었다. 그는 나보다 키가 약 10cm나 더 크고 나이도 두 살이 더 많았다. 선수 선발 하는 날, 그가 나를 보더니 자신의 골키퍼 주전 자리에 위협을 받았다고 생각했는지 자꾸 시비를 걸며 윽박지르려고 했다. 한번 다투고 싶은 마음이 있었지만 그러면 새로 들어온 나는 문제아로 축구부에서 쫓겨날 수 있었다. 그래서 나는 그의 수작에 별 반응을 하지 않고 내심 기회가 오기만을 기다렸다.

그런데 코치가 연습하는 내 모습을 보고 잘 한다고 칭찬만 해 줄 뿐이지 경기에는 들여 보내주지 않았다. 나는 기다리다 못해 기회를 스스로 만들어야겠다고 결심했다. 우리 학교의 라이벌과 경기할 때를 나의 기회로 생각하고 전반전이 끝나기만을 기다렸다. 경기는 우리가 0-1로 지고 있었다. 전반전이 끝나고 중간 휴식시간에 선수 모두가 휴게실에 모였을 때 코치는 간단한 격려의 말로 후반을 준비하도록 했다. 나는 전반전에 백인 주전 선수의 실수로 우리가 한 골을 내줬기 때문에 계속 코치와 눈길을 마주 치려 했다. 코치와 눈길이 마주 칠 때마다 나는 언제든지 경기에 들어갈 준비가 돼 있다는 신호를 온 몸으로 해보았지만, 야속하게도 코치는 무반응이었다.

후반이 시작되면서 양팀 선수들이 운동장에서 몸을 풀며 준비를 하고 있을 때였다. 나는 마지막 순간까지 기다리다가 주심이 공을 들고 중앙선으로 갈 때 미리 훔쳐 두었던 선수교체 카드를 부심에게 보이고 골키퍼 교체를 요구했다. 부심은 조금 이상하다는 듯이 우리 쪽 벤치를 쳐다보는 게 분명히 코치에게 확인하려는 눈치였다. 운이 따라서인지 마침 코치는 휴게실에서 아직 나오지 않은 상태였다. 그러자 부심은 드디어 선수 교체판에 주선 골키퍼 선수번호를 빨강 분필로 적고, 내 번호는 파란 분필로 적은 뒤 번쩍 들며 호루라기를 불었다. 그와 동시에 나는 미친 듯이 우리 골대 쪽으로 재빨리 뛰어갔다. 그 순간 백인 선수는 눈이 둥그래져서 혼란스런 표정을 하고 서 있었다.

"후반은 내 꺼야!"

그런 그에게 나는 이렇게 말하면서 벤치로 가라는 신호로 엉덩이를 툭 쳐줬다.

"노, 노. 코치는 내게 교체한단 말이 없었어!"

그는 이렇게 소리치면서 코치 쪽을 바라보았는데 여전히 코치는 벤치에 없었다. 알고 보니 그 때 코치는 화장실에서 볼일을 보고 있는 중이었다. 결국 주심이 호루라기를 불고 경기 시작을 알렸고, 부심은 백인 선수에게 즉시 경기장을 벗어나라고 명령했다. 그는 매우 실망한 모습으로 어깨가

축 늘어지고 고개를 숙인 채 서서히 골대 뒤쪽으로 걸어 나갔다. 경기는 다시 시작되었고 나는 후반전 여러 차례의 선방으로 무실점을 하고 결국 2골을 넣어준 우리 공격수들 덕분에 우리팀이 2-1로 이겼다.

경기를 마치고나서 우리 선수들은 기분 좋게 승리를 자축하며 경기장을 뛰어 나왔다. 나는 코치의 눈치를 보며 휴게실로 들어가는데 코치는 나를 멈춰 세웠다. 나는 '아이고 이제 죽었구나' 하고 생각했는데 예상 외로 코치는 악수를 해 주며, '잘 했어, 잘 했어.'를 연발했다. 코치와 말을 마치고 나니 좀 놀랍기도 하고 안심도 되어 기분좋게 휴게실로 들어가려고 돌아섰다. 그 백인 선수는 코치와 내가 나눈 대화를 들었는지 불쾌한 눈초리로 아무 말 없이 지나가며 나를 째려봤다. 바로 그때 나는 이 녀석하고는 언젠가는 한 번 싸움을 크게 하게 되리라고 짐작하였다.

1970년대 우리 또래에서는 이소룡을 흉내내는 것이 유행하였다. 나도 온 방안의 벽과 천장까지 이소룡 포스터를 붙일 정도로 이소룡을 좋아하였다. 그리고 시간만 나면 차고에 가서 거울을 걸고 쌍절봉을 연습했고, 그의 특이한 몸짓과 소리까지 흉내 냈다. 쌍절봉을 돌리는데 숙달이 되는 동안 수없이 팔꿈치와 뒷통수를 실수로 때려서 사흘이 멀다하고 멍이 들어가면서 연마했다. 그리고 쌍절봉이 제법 손에 익었을 때는 학교 가방에 넣어서 들고 다녔다. 이소룡 영화에서 본 것처럼 처음에는 바지 안의 허리쪽에 끼고 다녀봤지만 의자에 앉을 때 나무가 살을 긁어서 물집이 생겨 그리 실용적이지 못했다. 옷도 운동복만 사서 입고 다니면서 내가 할 수 있는 최대한의 노력으로 이소룡의 모든 것을 흉내 내고 싶었다.

내가 객기를 부려가며 참여했던 축구 경기가 끝난 뒤, 일주일 동안은 별다른 일이 없이 지냈다. 그렇지만 그 백인 녀석이 분명히 무슨 수작을 부릴 것을 짐작하였고, 그 때를 위해 쌍절봉을 가방에 가지고 다녔다. 그러던 어느 날 연습 후에 휴게실로 들어가니 거의 비어 있었다. 나는 가방을 사물함에 넣고 사물함 앞에 앉아서 운동복으로 갈아입으려고 준비를 하고 있는데 갑자기 그 백인 골키퍼가 친구 두 녀석하고 내게 욕을 퍼부으면서 다가왔다. 나는 이미 가방을 사물함 안에 넣어놓은 상태여서 절실하게 필요한 쌍절봉이 없었다. 세 녀석이 나를 둘러싸고 위협을 가하자 나는 '올게 왔구나' 하는 생각으로 재빨리 일어섰다. 백인 녀석 골키퍼는 손가락으로 내 가슴을 쿡 쿡 찌르면서 소리를 질렀다.

"야, 개같은 차이나 놈아.3) 네가 무슨 수작을 써도 골키퍼 자리는 내꺼야!"

"그 얘기를 하려고 세 놈이나 왔냐?"

"주둥아리는 살아가지고 계속 떠드는데, 넌 오늘 우리가 단단히 손을 봐서 앞으론 축구를 못하게 해 줄 거야."

분위기를 보니 먼저 공격하지 않으면 이 좁은 공간에서 세 녀석과 다투는 것이 확실히 불리했다. 그 녀석의 말이 떨어지자마자 나는 그 녀석의 사타구니를 축구공 차듯이 걷어찼다. 그 녀석은 곧바로 '헉' 소리를 내며 주저앉았고, 나머지 두 녀석은 당황한 모습으로 한 발짝 뒤로 물러섰다. 바로 이때 나는 그 두 녀석에게 말했다.

"너희 친구인 이 녀석이 오늘 죽는 꼴 보기 싫으면 너희는 덤비지 마라. 싸움은 이놈과 나 사이다."

두 녀석은 망설이면서 잠시 서로를 쳐다보더니 내 쪽으로 시선을 돌렸지만 덤비지는 않았다. 아직 무릎을 꿇고 신음 소리만 내고 있는 녀석을 나는 뒤로 올라타서 목을 조르기 시작했다. 목을 조르면서 나는 이 녀석에게 계속 욕을 퍼부었다. 그런데 이 녀석이 덩치도 크고 힘이 워낙 좋다보니 서서히 일어서기 시작했다. 아마도 내가 시간을 너무 끌어서 나에게 맞았던 충격이 회복되는 것으로 보였다. 이 녀석은 나를 업은 채로 완전히 일어서더니 뒤에 매달린 나를 때리려고 뒤로 주먹질을 연거푸 했지만 내가 피하면서 조였던 목을 놓지 않으니 자기 몸을 뒤로 던지면서 뒤쪽 사물함에다가 매달린 나를 들이박았다. 사물함에 몇 번 부딪치게 되자 내 등이 너무나 아팠다. 그래서 이 녀석의 목을 풀어줘야만 하나 아님 계속 조르고 있어야 하나 하면서 망설이고 있는 찰나, 마침 그 녀석의 커다랗고 하연 귀가 눈에 들어왔다. 나는 '에라! 모르겠다' 하고 그 녀석의 귀를 콱

---

3) 그 당시 백인들이 동양 사람들에게 인종 차별적으로 하는 욕.

물었다. 내 이빨이 그 녀석의 귀를 무는 순간 그 녀석은 돼지 목 따는 소리를 지르더니 모든 동작을 멈췄다. 나는 이빨로 그 녀석의 귀를 물고 있으면서 그 녀석의 귀에 대고 속삭였다.

"너 오늘 귀 한쪽 날아가고 싶냐? 자꾸 이러면 네 귀를 깨끗이 잘라 버린다."

그러면서 한 번 더 강조하듯이 깨물었다.

그제서야 놈은 드디어 항복한다는 듯이 두 손을 들고, '오케이, 오케이.'를 반복했다. 나는 그 녀석을 밀어차면서 등 뒤에서 뛰어 내렸고, 그 녀석은 반쯤 너덜거리는 귀를 잡고는 울면서 휴게실을 뛰쳐나갔다. 그러자 이번에는 남은 두 녀석이 내 쪽으로 다가왔다. 재빨리 나는 내 사물함으로 가서 가방에 있는 쌍절봉을 꺼내서 돌아서니 두 놈이 나를 쫓아오다가 내 쌍절봉을 보고 급히 멈췄다. 나는 내 쌍절봉 실력에 자신만만해서 오히려 큰소리쳤다.

"거기 서 있지 말고 빨리 들어와! 조금 전에 막 쫓아올 때는 용감하더니 왜 거기 그렇게 우두커니 서 있냐? 너희 친구는 그 정도로 보냈지만 너희 둘은 더 좋은 걸로 해줄게. 빨리빨리 들어오라니까!"

이 두 녀석은 내가 비꼬아서 이렇게 말하자 약이 바짝 오른 모습이었지만, 내 쌍절봉 때문에 쉽사리 덤비지는 못했다. 그러나 여기에서 시간을 오래 끌면 코치가 들어올 수도 있었기 때문에 나는 빨리 휴게실을 벗어나야만 했다. 그래서 내가 먼저 쌍절봉을 마구 휘두르면서 녀석들을 향해 뛰어나갔더니 두 녀석은 드디어 기겁을 하고는 바깥으로 도망쳤다.

나는 내 사물함 앞으로 다시 돌아와서 잠시 가만히 앉아 있었다. 그러자 긴장이 풀리면서 입에서 이상한 냄새가 나는 것을 느끼고 세면기로 달려가서 거울을 보니 입가에는 그 녀석의 귀에서 나온 피가 벌겋게 묻어 있었다. 나는 마구 침을 뱉으며 세면기에서 물을 받아 입을 씻어냈다.

다행히 때가 1970년대여서, 이런 사고를 쳤지만 크게 처벌받지는 않았다. 그 일로 학교 내의 처벌은 있었지만 경찰에 신고하는 일은 없었다. 그러나 이 사건이 전교에 소문이 나면서 항상 백인들의 놀림에 시달리던 동양계 학생들 사이에서는 내 인기가 올라갔고, 학교를 졸업할 때까지 나를 함부로 건드리는 녀석은 아무도 없었다. 그 뒤부터 동양계 친구들이 인종 차별이나 놀림을 당하면 조영하고 내가 한 팀으로 나서서 놈들의 코를 납작하게 만들어 주곤 했다.

운명이 된 재판과 몸수색

"그날 밤 당신 둘이 다투고 난 뒤 당신이 그녀를 칼로 위협하여 폭행하고 강간을 한 뒤 구타했다고 한다. 911 신고를 받고 그녀의 집에 출동한 경찰들이 이 사진들을 찍었다."

이렇게 말하면서 마커스 형사는 내 앞에 폴라로이드 사진 여러 장을 내 놓았다. 그것들은 모두 빅키 한의 얼굴과 몸을 찍은 사진들이었다.

한 장은 자신이 칼로 그어 피범벅이 된 왼팔이었고, 또 한 장은 골프공 크기만큼 부어오른 이마였다. 그리고 나머지는 시퍼렇게 멍든 목과 빨갛게 긁힌 허벅지 사진이었다. 나는 사진 한 장 한 장을 넘기면서 나도 모르게 중얼거렸다.

"이년이 사람을 잡네."

비로소 그날 밤 그녀가 입에 거품을 물고 외쳤던 말들이 서서히 선명하게 다가왔다. 어쨌거나 나는 이 모든 상황을 설득력 있게 설명해야만 했다. 나는 사진을 한 장 한 장씩 들고 설명했다.

"이건 그녀가 자신의 팔을 과도로 그어서 낸 상처이고, 이마는 벽을 스스로 들이박으며 낸 상처입니다. 목에 난 상처는 스스로 자기 두 손으로 조르면서 낸 상처이고, 허벅지는 자기 손톱으로 긁은 상처입니다. 이 모든 것을 내 앞에서 보라는 듯이 행하면서 내 인생을 끝낼 거라고 소리 질렀습니다. 그 당시에는 그 말이 무얼 뜻하는지 이해를 못했지만, 이제와서야 생각해보니 왜 그렇게 미친 짓을 했는지 알겠습니다. 청혼을 거절당한 분노로 나에게 보복하겠다는 심사인데, 그걸 이해하지 못하겠습니까? 아무튼 그녀가 완전히 미친 짓을 하길래 나는 더 이상 보고 싶지 않아서 서둘러 그 집을 나온 것뿐입니다."

"그럼 당신이 빅키 한을 강간했다는 혐의를 부인하는 거요?"

"당연히 부인합니다. 그날 밤 우리는 서로 동의해서 성 관계를 가졌을 뿐이지 절대 강간한 것은 아닙니다."

마커스 형사는 질문을 바꿔 가면서 여러 방식으로 몇 시간 동안 심문을 했다. 그러나 내가 끝까지 강간은 절대 아니라는 주장하니까 마커스 형사는 심문실을 나갔다. 곧이어 마커스 형사는 수갑을 들고 들어와서는 나보고 일어서서 돌아서라고 하곤 내게 수갑을 채웠다. 나는 마구 항의했지만 아무런 소용이 없었다. 끌려나오는 나를 보는 다른 수사관들도 모두 나를 정말 강간범으로 보는 눈초리였다. 마커스 형사는 밖에서 기다리고 있는 빈 경찰차 뒷좌석에 나를 밀어 넣은 뒤 차안으로 고개를 숙여 넣으며 나에게 제안을 했다.

"모든 걸 자백하면 형을 줄여 줄 수 있는 길이 있다."

이때 내가 처한 현실에 대해 조금씩 깨달아가고 있던 나는 마커스 형사의 제안이 단지 나를 유혹하는 수작에 불과한 것을 깨닫고는 바로 대답했다.

"당신이 형을 줄일 수 있는 권한은 없다는 걸 나 알고 있다. 겁에 질려있는 구속된 사람들에게나 써먹는 비겁한 수작을 나에게도 쓰냐? 네가 하는 수작은 다 알고 있으니 나를 무시하지 마라!"

내가 더 이상 아무런 대응을 하지 않으니 마커스 형사는 비꼬는 눈초리로 쳐다보더니 말없이 차문을 닫고 경찰서 건물 쪽으로 걸어갔다.

경찰차 뒷좌석에 실려가면서 내 머리 속으로는 별의별 생각이 다 지나갔다. 나를 놀려주려 한 장난처럼 생각되다가도 '정말 내 인생은 여기서 끝나는 건가?' 하는 두려움도 들었다. 그럴 때마다 나는 고개를 저으며 '진실은 곧 밝혀지고 나는 이 악몽에서 벗어날거야' 하는 다짐을 스스로에게 했다.

이런 식으로 갈팡질팡 여러 가지 생각을 하다보니 어느 새 구치소에 도착했다. 난생 처음 죄수가 되어 들어가 보는 구치소. 거기는 내가 근무할 때 수없이 범인들을 잡아넣었던 곳인데, 내가 범법자의 처지에서 새삼 살펴보니 너무나도 낯선 곳이었다. 간수 중에는 낯익은 친구들도 있었는데, 그들은 수갑을 찬 내 모습을 보면서 깜짝 놀라했다. 벌써 저 뒤쪽에서는 간수들 몇 명이 내가 잡혀온 죄목을 보고는 수군거리기 시작했다. 제정신이었으면 수치심 같은 것도 느꼈겠지만, 그때 나는 너무나 갑작스런 사태로 인해 충격에 빠져서 구속 절차 대부분을 어떻게 보냈는지 기억조차 없다.

나는 장장 10시간이나 이리 저리 끌려 다니다가 마지막 절차로 몸수색을 당했다. 나체로 수색을 하는 몸수색은 내 삶에서 가장 수치스러운 일이기도 했다. 처음에는 형광등이 유난히 밝은 구석방에 대려가 옷을 벗으라고 한다. 팬티만 남기고 다 벗었더니 팬티도 벗으라고 한다. 너무 벗기가 싫어서 잘 안내려간다. 알몸을 만들어 놓고 팔을 앞으로 주욱 뻗으라 한다. 그러면 밝은 불빛 아래 방안에서 손전등으로 양팔을 비추어 본다. 그 후 팔을 위로 들어 올리라 하고 겨드랑 밑을 비추어 본 뒤 입을 벌리라고 한다. 그리고는 입안을 비추어 보면서 혀를 움직이라고 한다. 그 다음 허리를 앞으로 굽히고 머리카락을 손가락으로 훑어내리라고 한다. 그 일을 마치고 바로 서면 불알을 손으로 걷어올리라고 하고 그 밑을 손전등으로 비추어 본다. 이러면 몸 앞쪽 수색이 끝난다. 그런 다음 뒤로 돌아서라고 하여 발바닥을 하나씩 들어 보여 달라고 하고는 마지막으로 허리를 앞으로 굽힌 다음 양 손으로 자신의 엉덩이를 벌려 보이라 한 뒤에 손전등으로 항문을 비추어본다. 이것을 나체 수색이라 부른다.

구치소와 형무소에서는 이처럼 나체수색을 통해 죄수들이 스스로를 더 비참한 존재로 여기게끔 만든다. 10년 넘는 수감생활을 하게 되면 적어도 500번의 나체수색을 당하게 된다. 이것이 바로 수감자들의 존재성을 말살시키기 위한 형무 체제의 목적이고 정책이기도 하다. 또한 이러한 나체수색은 간수들이 고분고분하지 않는 수감자들을 골탕 먹일 때 즐겨 써먹는 수법이기도 하다.

이런 수치스러운 일을 당한 후 나는 여섯 명이 함께 쓰는 방으로 배치되었다. 구치소에 전직 경찰 신분으로 들어오게 되면 목숨을 보장받지 못할 정도로 매우 위험하다는 것은 예전부터 알고 있었다. 그렇기 때문에, 나는 배치된 방에 발을 들여 놓는 첫 순간부터 신경을 바짝 세웠다. 방에 들어서면서 그 방에 있던 녀석들의 눈빛을 하나하나 살펴봤는데 다행히 다들 본인들의 문제에 급급해서인지 다른 사람에게는 전혀 신경을 쓰지 않고 있었다. 나는 빈 침대에 배당 받은 담요와 수건을 놓고, 그 자리에 한참동안 가만히 앉아 있었다. 10시간이 넘도록 시달렸어도 긴장해서인지 피곤한 줄을 몰랐는데, 어두침침한 방에 조용히 앉아 있으니 드디어 눈이 무거워지기 시작했다.

다음 날, 대낮 같이 밝은 불빛과 시끄러운 소리에 눈을 떠보니 벌써 아침식사를 나누어 주고 있었다. 구치소에서는 아침을 새벽 3:30-4:00 사이에 주고 점심은 오전 10시, 저녁은 오후 4시에 준다. 나는 잠이 덜 깬 상태여서 아침을 받아서 침대 옆에 놔두고 다시 잤다. 나중에 일어나서 보니 말라비틀어지고 한 덩어리가 돼버린 오트밀과 새까맣게 탄 펜 케이크였는데, 차마 먹을 수가 없었다. 그래서 버리려고 하니 옆에 있는 친구가 달라고 해서 주고는 조그만 우유 한 통만 마셨다. 첫날 세 끼를 받았지만 차마 음식이라고 할 수도 없는 것들이었다. 구치소에서 주는 음식이 너무 형편없어서 제대로 먹지 못하고 사흘을 보냈더니 허기가 지기 시작했다. 할 수 없이 몇 개 되지는 않지만 구치소에서 주는 빵과 과일만 먹으며 몸을 지탱하다가 나중에는 고기를 좋아하는 수감자들과 빵을 교환해서 먹었다. 그렇게 먹기 시작한 후로는 조금이나마 허기를 면할 수 있었다.

구치소에서는 허기와 괴로움뿐만 아니라 절망감도 나를 끊임없이 따라다녔다. 구치소에 갇힌 수감자들은 하루 평균 23시간 방에 갇혀 지내다가 30분에서 1시간 정도 방문을 열어줘서 샤워를 하거나 전화를 할 수 있게 했다. 그러나 운이 나쁘면 별 이유도 없이 이틀, 사흘 연달아 방문을 열어 주지 않는다. 그땐 방안에서 새 목욕(bird bath)[4]을 해야 한다. 그리고 구치소에선 책이 없으면 안된다. 멈춰진 것 같은 시간을 책 없이 보내려면 온갖 잡념과 불길한 생각들이 사람을 미치게 만든다. 이렇게 절망에 빠져

---
[4] 새들처럼 간단히 몸을 씻는 것.

보낸 지 열흘 째 되는 날, 간수가 방문을 열고 내 이름을 부르며 나가라고 했다. '이게 웬일이야?' 하면서 나가보니 내 보석금이 해결돼서 나가도 된다는 거였다.

나는 그동안 내 보석금이 350,000달러로 정해졌기 때문에 희망을 갖지 않았는데, 나와서 알고 보니 부모님께서 집을 담보로 잡히고 보석금을 마련하셨다고 했다. 나는 한 방에 있는 친구에게 받은 성서만 들고 급히 뛰어나와서 간수를 따라갔다. 구치소 뒷문 쪽에 있는 사무실에 가서 간단한 석방 절차를 마치니 긴 복도 끝에 있는 큰 문을 열어주면서 나가라고 했다. 나는 너무 기쁘고 믿기 어려워 간수를 한 번 더 쳐다보았더니 빨리 나가라고 손짓을 했다.

구치소 밖으로 한 발을 내딛으니 밤이었다. 내 뒤로 구치소의 문이 '쾅' 하고 닫혔다. 문 밖에는 직장 동료 중에 가장 친했던 백인 친구 게리와 하와이 친구 케이가 미소를 지으며 기다리고 있었다. 나는 너무 기뻐서 그들을 껴안고 한참을 그대로 서 있었다. 그런 후에 게리의 차쪽으로 걸어가며 시원하고 맑은 밤공기를 마음껏 마시고 하늘을 쳐다보니 별들이 유난히 반짝여 보였다. 그동안 나는 내 삶에만 매달려서 밤하늘의 별조차 쳐다볼 마음의 여유를 갖지 못했다. 지옥 같았던 구치소를 벗어나 집으로 향하는 게리 차 안에서 나는 계속 안도의 한숨만 내쉴 뿐 할 얘기는 별로 없었다. 오로지 드는 생각은 다시는 구치소에 가지 않아야겠다는 생각뿐이었다.

집에 도착하니 어머니와 아버지께서 집 앞까지 나와서 기다리고 계셨다. 어머니의 모습은 자식을 다시 찾은 기쁨으로 이번 일의 억울함과 두려움이 범벅되어 있었고, 아버지는 어딘가 모르게 야윈 모습이었다. 내가 차에서 내리자마자 어머니께서는 나를 안으시면서 '내 아들아, 내 아들아!'를 반복하시며 우셨다. 그렇게 한참 어머니와 나는 서로를 끌어안고 울었다. 아버지께서 다가와 집에 들어가자고 내 손을 잡을 때까지 어머니는 내 얼굴을 쳐다보고 볼을 만지며 눈물을 멈추지 못하셨다.

부모님과 나 그리고 게리와 케이, 이렇게 모두가 식탁에 둘러앉았다.

식탁은 내가 가장 좋아하는 음식들로 가득했다. 나는 허둥지둥 급히 먹으면서 며칠 동안이지만 그동안 골았던 배를 가득 채웠다. 모든 음식들이 너무나 맛있었다. 배가 어느 정도 채워진 뒤에는 천천히 맛을 음미하면서 먹었다. 식사 후에 몸을 씻으면서 몸에 남아있던 더러운 구치소의 때를 때수건으로 깨끗이 벗겼다. 몸을 씻은 후에 거실로 다시 나와서 부모님과 친구들하고 자유의 기쁨을 나눴다. 그러나 임시로 풀려났기에 풀려난 기쁨도 잠깐이었고, 내일부터는 변호사를 고용하여 사건에 관련된 대책을 세워야만 했다. 거실에 모인 우리 다섯 사람은 서로 머리를 모아가면서 앞날을 의논하고 계획을 세웠다.

변호사는 경찰직 생활로 10년 경험이 있으며, 변호사로서도 15년 경험이 있는 데이빗 제이콥 씨로 정했다. 그는 재판까지 가려면 비용이 100,000달러가 들고, 그 돈을 2주 내에 지불해야 한다고 했다. 그 당시 우리집은 부자는 아니어도 나름대로 풍족하게 생활하고 있었지만 집안에 이처럼 큰 목돈은 없었다. 그래도 부모님과 함께 집에 모아둔 돈과 내가 직장에서 은퇴 준비로 투자해 놓았던 돈, 그리고 게리와 케이가 각자 3,000달러씩 내놓아서 약 70,000달러가 모였다. 나머지 액수는 어머니께서 한국에 계시는 이모님을 비롯한 친지분들께 빌려서 채운 뒤에 일주일 뒤 제이콥 변호사에게 지불했다.

제이콥 변호사와 나는 하루 날을 잡아 사건 내용과 앞으로 대처방안을 상세히 의논했다. 그는 빅키 한의 악독함에 놀라운 표정을 숨기지 못하면서, 이런 터무니없는 사건을 가끔 보긴 하지만 이렇게 악독한 여자는 드물다고 했다.

"이게 바로 우리 속담에서 말하는 '버림받은 여자의 분노는 지옥보다 더 무섭다(Hell hath no fury like a woman scorned.)'는 말을 떠올리게 하는군. 서로가 좋아서 성관계(sex)를 해놓고 결혼을 거절당하니까 강간이란 누명을 씌우는 건 너무 어처구니 없는 일이지만, 당신도 아다시피 미국 법은 피해자에게 유리하도록 되어 있으니 무조건 이것을 거짓이라고 혐의를 부인하는 것만으로는 부족하고 현실에 맞지도 않소. 그래서 최고의 방법은 이 여자의 사생활을 조사한 뒤에 신빙성이 없는 부분을 공략해서 배심원들로부터 빅키 한에게 불신감을 갖도록 하는 것이 중요하오."

그러면서 바로 자신이 고용하는 사설탐정에게 전화를 해서 무슨 자료가 필요하고 어떤 식으로 조사를 하라는 지시를 했다. 물론 변호사는 돈으로 만나는 사이이지만 부모님과 친구들 외에 내 입장을 이해해주고 나를 믿는 사람이 있다는 사실이 내게는 큰 힘이 되어 주었다.

한편 내 사건을 맡은 담당 검사는 첫 법원 출두 때부터 나에 대한 감정이 안 좋았는지 억지까지 부리는 모습을 보였다. 이미 결정되었던 내 보석금이 너무 낮은 금액이라고 억지를 부리던 담당 검사는 판사로부터 이미 끝난 일을 가지고 시간을 낭비한다는 주의를 받기까지 했다. 법원에서는 첫 한 달 동안 일주일에 한 번씩 제이콥 변호사와 나의 출두를 요구하였고, 마지막으로 잡힌 내 재판 날짜는 6개월 뒤였다. 나는 내 인생을 좌우할 수도 있는 이 재판 준비에 내 모든 것을 쏟아 부었다.

소망의 씨앗과 미국 시민권

부모님께서는 미국 영주권을 고민하시다가 미국에 이민을 온지 오래되고 우리와 잘 지내던 이웃 한인 가정이 있어서 그들을 믿고 우리의 영주권 문제를 의논하고 변호사를 추천 받으려고 찾아갔다. 그런데 이들은 우리에게 영주권이 없다는 사실을 알고나서부터 눈에 띄게 우리 가족들을 무시하였다. 어려운 상황에 있는 사람들과 서로 돕고 나누며 살아온 부모님의 사고방식하고는 너무도 다른 이들의 태도를 보면서 우리는 도저히 이 사람들의 행동을 이해할 수가 없었다. 더구나 이 사람들은 다른 한국 이웃들에게 우리가 불법체류자라고 소문까지 냈다. 진짜 미국 사람들도 전혀 신경을 쓰지 않는데 같은 동족들로부터 괜한 텃세 같은 차별을 받게 되니까 더 많이 슬프기도 했다. 아버지는 이런 일을 당하실 때마다 이렇게 넋두리를 하곤 하셨다.

"내가 영어나 기술이나, 어느 하나 경력을 봐도 즈그들한테 안 뒤진다. 못난 놈들이 영주권 하나 있다는 이유로 나를 무시해? 즈그들은 꼴랑 친척 초청 덕으로 이민을 왔지만 나는 내 힘으로 왔다. 참 더러워서!"

우리 세 가족은 한인 이웃들로부터 영주권이 없다고 알려진 뒤로 여러 가지 곤란한 일들을 겪어야만 했지만, 부모님은 꽃가게를 꾸준히 키워 나가셨다. 그 무렵 나는 고등학교 졸업반이라서 대학입시를 준비하고 있었고, 오리곤 주에 있는 대학으로부터 축구 스카우트를 받고 있던 중이었다. 그런데 우리 학교의 지도교사(counselor)가 내 고등학교 성적과 종합된 기록을 검토한 결과 앞으로 경찰직에 몸담는 게 어떻겠느냐고 새로운 제안을 해왔다. 나는 경찰직을 제안받고 나서 경찰에 대한 호기심이 새롭게 생겨났다.

며칠 뒤 나는 브레이든 경찰서로 가서 경찰 아카데미에 들어가기 위한 조건과 여러 가지 정보를 얻어와서 읽어보니 무엇보다 가장 매력적인 것은 항상 총을 차고 근무한다는 것이었다. 실제로 보면 총이란 것은 썩 좋은 게 아니지만, 그때 내 나이에는 총을 차고 제복을 입은 경찰의 모습이 너무나 멋있게 보였다.

나는 오리곤으로 가서 축구도 하고 싶었고, 샌 디에고 대학을 마치고나서 경찰 아카데미에 가고 싶기도 해서 결정을 하는데 애를 먹었다. 왜냐하면 부모님 가게 일과 집안 일 등 내가 많이 도와야 할 상황이었기 때문이다. 나는 내 욕심만 채우려고 오리곤으로 그냥 가버릴 수는 없어서, 결국 샌 디에고 대학을 택하고 부모님 곁에서 집안 일을 도와가면서 경찰 과정을 밟기로 결심했다. 그렇게 결정을 하고나니 마음이 홀가분했다.

그러던 어느 날 고등학교의 한국 친구 중에 서민기라는 친구가 자기 집에서 여러 한국 친구들이 밥도 함께 먹고 대학 갈 준비과정을 의논하기 위해 모이니 나도 오라고 초대해서 갔다. 한 두명 빼고는 다 아는 친구들이었고, 민기의 어머니가 해주신 음식을 우리 모두 잘 먹고 얘기가 시작됐다. 대다수가 컴퓨터 공학을 전공할 계획이라고 했다. 이때는 북가주의 실리콘 벨리가 번창하던 초창기여서 캘리포니아는 물론이고 미 전역의 대학 진학생들 사이에선 컴퓨터 공학이 가장 인기있는 전공과목이었다. 한국 학생들은 거의 다 수학을 잘 해서 공학 분야를 많이 택했다. 그런데 나는 도무지 숫자하고는 거리가 멀었다. 오죽하면 고 2학년 때 내가 잘 따랐던 이테리계 수학 선생님이 나에게 이런 농담을 한 적도 있었다,

"다른 한국 학생들은 수학을 정말 잘 하는데, 너는 왜 이렇게 못하나?"

나는 능청을 떨며 이렇게 대답했다.

"다른 미국 사람들은 야구를 정말 잘 하는데, 선생님은 왜 그렇게 못하세요?"

그러면 선생님이 웃으면서 말했다.

"그래, 그래. 네 말이 맞다."

그렇게 민기네 집에 모두 모여앉아 얘기를 하고 있는데 다른 한 친구가 나에게 물었다.

"너는 뭐 전공할 거야?"

내가 대답을 하려는데 민기 어머니가 지극히 당연하다는 말투로 내 대신 대답을 해줬다,

"케인은 대학 못 가지. 영주권도 없는데 …"

이 말을 듣던 나는 눈에 불이 나는 것 같았다. 예민한 사춘기 나이에 다른 친구들 앞에서 이런 모욕적인 말을 듣는 순간 내 머리끝에는 총알처럼 뜨거운 열기가 올라왔다. 그런데도 민기 어머니는 자신이 했던 말이 나에게 얼마나 큰 상처를 주고 있는지를 전혀 깨닫지 못한 채 너무 태연한 표정을 짓고 있었다. 열이 오른 내 모습을 본 친구들은 어색해했고, 그런 분위기에 불편해 하는 게 눈에 역력하게 보였다. 나는 민기 어머니에게 욕지거리라도 퍼부으며 뛰쳐나오고 싶었지만 그렇게 하면 결국은 나와 더불어 부모님까지 욕을 먹게 될 것이 분명했다. 그래서 나는 아무 말 없이 바로 내 책가방을 메고 그 집을 나왔다. 내 뒤를 따라 뛰어나온 민기는 미안하다는 말과 함께 다시 들어가자고 했지만 나는 분하고 서러운 마음을 달래며 쓸쓸히 집으로 돌아왔다.

이처럼 영주권이 없다는 이유로 같은 동포들로부터 서러움을 겪은 일은 한 두 가지가 아니었다. 그때만 해도 한국 식당이 드물어서 한국 요리사로 영주권을 얻는 방법이 있는 것을 알고 어머니는 아는 분의 소개를 받아 한국 식당을 찾아간 적이 있었다. 우리 세 가족이 함께 갔는데, 식당 주인이 하는 말을 듣고는 너무나 어이가 없었다. 식당 주인은 그 식당에서 어머니에게 한국 요리사로 영주권 신청을 해주면 첫째, 그 대가로 10,000 달러를 선불로 내놓아야 하고 둘째, 영주권이 나올 때까지 2-3년은 무료로 일을 해야만 한다고 했다. 이 말을 들은 아버지는 말했다.

"내가 영주권이 없지 두뇌가 없는 게 아니오."

이렇게 조용히 말한 아버지는 바로 그 식당을 나왔다.

그 뒤 내가 대학에 입학 했을 때 미국 연방정부는 미국에 있는 모든

불법 체류자들이 고대하던 불법 체류자 사면법을 드디어 통과시켰다. 우리 가족은 온갖 수모를 겪고 나서야 영주권을 받게 되었고, 나는 이제 내 꿈을 이룰 수 있다는 희망에 가득 차서 용기를 얻고 더욱 열심히 공부해 사법과 영어 두 가지 전공(double major)으로 대학을 졸업했다.

그러나 내가 지망하는 경찰직은 영주권이 아니라 시민권이 필요했다. 시민권 시험을 칠 수 있는 자격은 영주권을 받고 5년이 지난 뒤에야 주고 있었다. 그래서 대학을 마치고 일 년 쯤은 부모님 꽃가게에서 일을 했다. 기다리는 시간을 최대한으로 줄이기 위해 나는 영주권을 받은 지 4년이 지났을 때 시민권 신청서를 접수시켰고, 5년 1달째 되는 날에 시민권 시험에 합격했다.

시민권을 받고나서 몇 달 뒤에 60명을 뽑는 브레이든 경찰서 시험이 공고되자마자 나는 즉시 지망을 했다. 첫 단계인 필기시험에서 1,000명이 넘게 지망했는데, 두 번째 단계인 체력시험 때는 그 수가 700명으로 줄었다. 첫 두 단계는 점수 평가없이 간단한 통과/탈락 (pass/fail) 결과로 진행되었고, 나는 두 단계를 모두 통과했다. 마지막 시험이자 가장 중요하고 순위를 결정하는 단계는 세 명의 현직과 전직 경찰들이 진행하는 면접시험이었다. 나는 이 시험에서 새로 경찰로 뽑힌 60명 중 5위의 점수로 합격했다. 합격 소식을 받던 날, 형언할 수 없이 기뻤고 그동안 불법 체류자 신분으로 겪었던 모든 수모가 한 방에 날아가는 속이 후련한 순간을 맛보았다. 집에 바로 가서 부모님께 소식을 전하니 어머니는 눈물을 글썽거리셨고, 아버지는 싱글벙글 거리시며 큰소리로, '잘했다!' 하시면서 내 생에 두 번째로 악수를 해주셨다.

나는 그토록 갈망했던 경찰이 된 탓인지 경찰 아카데미에 들어가서 공부할 때 어려운 거나 힘든 것은 거의 없었다. 모든 게 새롭고 재미있어서 스폰지가 물을 빨아드리듯이 매일 모든 훈련 과정을 빠짐없이 흡수했다. 나는 6개월 과정의 아카데미를 끝마치고 드디어 실습 훈련에 들어갔다. 여러 가지로 암기해야 할 것을 빼놓고는 실습과정은 아카데미보다 훨씬 더 재미있었다. 실습기간은 3개월이었는데, 한 달씩 낮일, 오후일, 밤일을 교대제로 경찰 교사는 같은 차를 타고 함께 근무하면서 처음에는 훈련에 무게를 두고 가르쳤다. 그러다가 시간이 갈수록 매일 실습에서 배운 것을 얼마나 효과적으로 상황에 맞추어 이행 하나를 측정하며 점수를 주는 과정이었다. 마지막 2주는 교사가 한 차에 함께 타고 근무하지만 없는 것과 마찬가지였다. 왜냐하면 비상시가 아니면 그는 나의 일처리를 채점만 하지 아무 도움을 주지 않았기 때문이다. 나는 경찰 근무를 해볼수록 내 평생의 직장이라는 확신이 왔다. 그래서 철저히 공부하고 일처리도 빈틈없이 해서 내 실습기간을 좋은 성적으로 합격했다. 드디어 정식 경찰이 되어 나 홀로 근무를 하기 시작하게 되면서 나날이 갈수록 더 즐거웠다.

1980년대 초반부터 샌 디에고, 브레이든 외 주위 도시에 한인 인구가 부쩍 늘어났다. 그래서 한인들이 관련된 사건에 통역관으로 자주 불려 다녔다. 그때 참으로 딱한 일도 겪었고, 재미있는 일도 많이 겪었다. 하루는 휴일날 집에서 자고 있는데, 아침 일찍 한국에서 고아들을 입양시켜 주는 봉사 단체에서 예정됐던 한국 통역관이 갑자기 못 나오게 됐다며 경찰서를 통해 내게 통역 요청을 해왔다. 급히 준비를 하고 나가서 샌 디에고 공항에서 그 봉사자들을 만났고, 조금 후에 비행기에서 내리는 아주 어린 동양 아이들을 만났다. 낯선 외국 땅에 내려 겁먹은 모습의 아이들을 보니 너무도 애처로워 눈시울이 뜨거워지는 것을 느꼈다. 모두 10명이었는데, 나이는 세 살에서 일곱 살 사이로 보였다. 봉사자들과 내가 각자 아이들 한 명씩 손을 잡고 모두 함께 주차장으로 걸어갔다. 나와 손을 잡은 어린 여자 아이는 곱게 빗어 딴 머리에 체크 무늬의 옷차림 그리고 반짝이는 까만 구두의 모습이 너무나 귀여웠다. 내가 이름이 뭐냐고 물어도 수줍어 대답을 못하고 그냥 고개만 숙였다. 봉사자들이 붙여준 명찰이 왼쪽 가슴에 붙어 있었고 이름은 '민송희'였다.

'어떻게 이런 아이를 버릴 수 있을까? 아니, 부모가 사고를 당했나?'

그 순간 여러 가지 생각이 내 머리를 스쳐갔다. 나중에 부끄럽게도 우리 나라가 고아 입양 수출이 세계 1위라는 사실을 알고 깜짝 놀랐다. 어쩌다 그런 불명예스러운 1위를 차지했을까? 일제 강점시대와 6.25라는 비참한 역사를 딛고 일어나서 아시아의 경제 기적을 일으킨 우리나라라고 자부하고 있는데, 그런 자부심과는 너무 어울리지 않는 모습이었다. 해답을 찾지 못한 나로서는 그 이후로 만나는 미국인 봉사자들에게 괜히 미안하고 부끄러웠다.

내가 한국말로 말하는 것을 듣고는 내 앞에 걸어가던 몇몇 아이가 자꾸 뒤를 돌아봤다. 주차장에 도착해서 봉사자들과 아이들을 한 곳에 모아놓고 봉사자 두 명이 미니버스를 부르러 간 사이에 아이들이 모두 내게로 모여들었다. 아마도 외국인들 얼굴보다는 나의 한국 얼굴이 편했나보다. 나는 아이들의 긴장을 조금이나마 풀어주려고 장난도 치고 우스개 소리도 했더니 몇몇은 빙그레 미소까지 지었다. 나는 아이들의 모습이 너무 가여워서 마음 편하게 해주고 싶어 몸짓발짓을 해가면서 웃게 했다.

내가 하는 모습을 보고는 옆에 있던 봉사자들도 함께 놀아줬다. 그렇게 약 30분 정도 함께 있다가 차가 와서 다들 타야 하는데 아이들이 내 곁을 떠날 생각을 안했다. 봉사자들이 아이들 한 명씩 달래서 차에 태우는데 꽤나 시간이 걸렸다. 마지막으로 내 손을 잡고 공항에서 걸어 나왔던 어린 소녀만이 남았는데 내 손을 꼭 잡고 놓으려 하지 않았다. 내가 아무리 달래도, 손을 때려 해도 눈물을 흘리며 두 손으로 내 손을 잡고 놓지 않았다. 이쯤 되니 이 어린 소녀보다 내가 더 슬퍼져서 눈물을 참느라고 혼이 났다. 봉사자들은 딱한 표정으로 우리를 쳐다보고 있었다. 나는 그 소녀 앞에 무릎을 꿇고 두 손으로 어깨를 잡고 얼굴을 마주 대며 얘기했다.

"지금은 저 언니들하고 가고 나중에 아저씨가 꼭 너희 집에 놀러갈게."

나는 그렇게 말을 하고, '자 여기 약속' 하면서 새끼손가락을 내밀었다. 얼굴을 천천히 드는 소녀의 눈에서는 그때까지도 구슬 같은 눈물이 흐르고 있었다. 눈물이 흐르는 소녀의 볼을 닦아주며 새끼손가락으로 약속을 했고, 소녀는 나를 꼭 껴안고 한참 그렇게 있었다. 이 어린 것이 아무도 모르는 낯선 땅에 어디다 마음을 둘 수 있을까? 그렇게 해서 우는 아이를 겨우 차에 태우고 창밖으로 손을 흔드는 아이들과 작별하며 나는 그 자리에서 버스가 보이지 않을 때까지 손을 흔들고 서 있었다.

　아이들을 다 보내고 주차장으로 걸어가며 허전한 내 마음과 발길은 무겁기만 했다. 차를 타고 집으로 운전을 해 가는 길에 이 아이들이 고아가 된 이유가 뭔지, 또 외국으로 입양 되어야 하는 이유가 뭔지, 앞으로 새 집에 가서 적응을 잘 할지 등 여러 가지 생각과 아이들의 모습이 머리속을 스쳐가며, 참았던 눈물이 나도 모르는 사이에 하염없이 내 볼을 적시고 있었다.

　부모님 꽃가게가 기반을 잡고 안정될 무렵 나는 경찰 근무에 차츰 숙달되어 뜻있고 보람찬 나날들을 보내고 있었다. 물론 그 사이 어린 시절의 이상과 사회의 현실이 맞지 않아서 때로는 실망도 겪었지만 그래도 나의 모든 것을 바친 뜨거운 첫사랑도 해보면서 세상이 무너질 것만 같은 실연도 경험했다. 이제는 나도 차츰 어른이 되어가는 중이었다. 1980년대 중반부터 샌 디에고 전역에서 한국인이 관련된 사건이 발생하면 브레이든은 물론이고 이웃 도시들 그리고 연방 정부의 조사 기관들까지 나에게 한국어 협조를 의뢰하니 조사에 동참해날라고 종종 요청해왔다.

　그 중에서도 미국 재무성 세관 수사부와 협력했던 사건이 이었다. 한인 중년 남자가 한국에서 거액의 달러를 밀수해서 사업을 하다 탈세 혐의로 구속돼 조사를 받았는데, 그 사람과 가족은 매우 큰 호화주택에 살고 있었다. 자택 수색에서 현찰 6,000,000달러를 숨겨둔 것이 드러나 압수되었고, 압수된 돈 이외에도 훨씬 더 큰 돈을 밀수로 들여와서 사업을 한 사실이 드러났다. 그가 지닌 모든 돈은 모두 부정한 돈이어서 결국 모두 미국 세관에 압수당했는데, 그의 끝없는 욕심이 모든 재산을 잃게 만든 것이다. 이 일을 통해 사람의 끝없는 욕심이 가져오는 결말에 대해 새삼 배울 수 있는 계기가 되기도 했다.

　경찰 근무 3년째 되던 해의 어느 날이었다. 내 담당 구역을 순찰하고 있는데 내 앞의 교차로에서 차 한 대가 내 순찰차를 못보고 빨간불 신호를 위반하며 고속으로 지나갔다. 웬만하면 넘어가곤 했는데, 이 차는 내가 탄 경찰차 바로 앞에서 너무도 유유하게 신호와 속도위반을 범하며 지나갔다. 나는 그 차를 금세 따라 잡아서 경고음을 틀고 세웠다. 내가 차에서 내리면서 보니 그 차안에는 동양계 노인 부부가 타고 있었다. 여자가 운전석에 앉아 있어서 그녀에게 다가가서 물었다.

"면허증과 등록증 주세요. 내가 왜 당신을 세웠는지 압니까?"

그 아줌마는 긴장된 나머지 차 핸들만 두 손으로 꽉 잡고 나를 쳐다보지도 못하며 말했다.

"모르겠어요."

그런데 그 음성이 내 귀에 익은 목소리였다. 혹시나 싶어 허리를 굽혀 그 아줌마의 얼굴을 자세히 봤다. 바로 민기 어머니였다. 내 어린 가슴에 당연한 듯이 그렇게 대못을 박았던 그 노인네가 지금 여기 내 앞에 긴장된 모습으로 앉아 있구나. 나는 잠시 기다리라고 명령하고 내 차로 돌아와서 이 아줌마를 어떻게 혼을 내줄까 궁리를 했다.

내가 그 아줌마 차에 다시 갔을 때 두 노인 모두가 더 긴장해있는 모습이었다. 그 때가 여름이었는데, 햇살이 따가워서 나는 진한 색안경을 쓰고 있었다. 또 제복을 입고 있는 내 모습이 고등학교 때의 모습과는 많이 달라졌기 때문인지 두 노인 모두 다 나를 전혀 몰라보고 있었다. 그래도 나는 운전석 바로 옆으로 다가가서 민기 어머니가 내 얼굴을 자세히 볼 수 있도록 자세를 잡았다. 그런데도 아줌마는 나를 빤히 쳐다보며 자신의 운전 면허증과 차 등록증을 내게 건네주면서도 나를 전혀 알아보지 못했다. 바로 이때 '내가 케인입니다' 하고 말을 할까 하려다가 심술이 나서 조금 더 이 아줌마를 진땀 흘리게 하고 싶었다.

나는 내 차로 다시 한번 돌아와서 한참동안 위반 딱지를 쓰는 척 하다가 이번에는 민기 아버지 쪽으로 다가가서 색안경을 벗고 두 노인에게 내 얼굴을 보였다. 하도 긴장을 하고 있어서인지 몇 초 동안 나를 빤히 쳐다보다가 드디어 민기 아버지가 나를 알아보았다. 내가 인사를 드리고 한국말을 하니 그제서야 민기 어머니도 나를 알아보고 안심했다는 듯 한숨을 쉬었다.

그런데 민기 어머니는 여전히 뻔뻔스러웠다. 조금 전에 범한 교통위반에 대해서는 전혀 아랑 곳 하지 않고 그저 자식의 친구이니 자신에게는 당연히 위반 티켓은 주지 않을 것이라는 태도를 보였다. 그래서 나는 더 이상 끌지 않고 바로 얘기했다.

"제가 고등학교 졸업반 때 민기의 초대로 여러 친구들과 어머니 집에 갔을 때 제게 한 말씀 기억나세요?"

민기 어머니가 어리둥절한 모습을 보였다. 아마도 제대로 기억을 못하는 게 분명했다. 그래서 나는 그 때의 기억을 상기시켜 주었다.

"그때 '케인은 영주권도 없는데 어떻게 대학을 가느냐'고 하신 어머니의 지나친 염려 덕분에 저는 이렇게 엄연히 대학을 졸업하고 경찰 아카데미를 졸업해서 당신 앞에 서 있습니다. 어머니가 제 입장이라면 딱지를 떼겠습니까 안떼겠습니까?"

내 말을 듣던 민기 어머니는 '내가 그랬나?' 하는 멋쩍은 표정을 지으면서 아무런 말이 없었다. 나는 면허증과 차 등록증을 되돌려 주며 말했다.

"제가 민기를 봐서 딱지는 안 뗍니다만, 어른이 어른답지 못할 땐 아랫사람도 가르칠 의무가 있다고 봅니다. 인생은 없는 놈이 항상 없는 것은 아니고, 있는 놈이 항상 있는 것은 아닙니다."

그렇게 말하면서 두 노인을 뚫어지게 쳐다보니 아무 말도 못하고 내 눈길을 피했다. 내 차로 돌아와서는 '영주권이 없다고 어린 아이를 업신여기던 고약한 사람에게 통쾌한 설욕을 했다'는 생각을 하니 속이 시원했다.

경찰 복귀와 아버지의 죽음

재판 날짜가 임박해 오던 어느 날 갑자기 법원에 출두하라는 통보가 왔다. 제이콥 변호사와 함께 가보니 검사가 재판 준비에 문제가 생겨 재판 연기를 요청했다고 했다. 판사는 그 말을 듣고 우리 쪽을 향해 동의하겠느냐고 물었다. 제이콥 변호사는 단호하게 우리는 모든 준비가 됐으니 연기 요청에 응할 수 없다고 했다. 판사는 입장이 곤란하다는 표정으로 검사를 보고 그러면 얼마나 시간이 더 필요하냐고 물었다. 검사는 최소한 3개월이 더 필요하다고 하니 판사는 검사와 변호사를 자기 사무실로 데리고 들어갔다. 한참 있다가 세 사람이 다 나왔는데, 제이콥 변호사가 내 쪽을 향해 싱긋이 웃었다. 나는 무슨 일인가 궁금해 그에게 눈짓으로 물어 봤지만 그는 아무 말 없이 내 옆에 와 섰다. 드디어 판사가 말문을 열고 재판날은 그 날로부터 10개월 후로 정했다고 하면서 그날 절차를 마쳤다. 나는 제이콥 변호사와 법원을 걸어 나오며 '무슨 일이냐?' 그리고 '왜 재판을 10개월이나 연기했느냐?'고 계속해서 물었다. 그는 웃으면서 말했다.

"실제로는 우리 쪽도 시간이 더 필요했어. 내 사설탐정이 빅키 한의 뒷조사를 하는데 시간이 더 걸린다고 하고, 나도 증거물들을 조사하고 작전을 짜는데 시간이 더 필요해. 그런데 검사가 먼저 시간이 더 필요하다고 하니 밑겨봐야 본전이라고 큰소리치며 재판 연기에 마지못해 응해주는 척 하고 우리에게 유리한 몇 가지 내용을 받아냈지."

나는 이 사람의 여유와 재빠른 판단력에 감탄하면서 새삼 믿음이 갔다. 그렇게 이야기를 하면서 주차장으로 함께 걸어 나올 때, 제이콥 변호사는 내가 전혀 예상치 못했던 말을 했다.

"자, 그럼 이제 시간이 많이 남았으니 그동안 다시 경찰직으로 복귀해야지."

나는 이게 무슨 말인가 하면서 어리둥절해 있었다. 왜냐하면 이 사건이 터진 그 다음 날에 바로 나는 해고를 당했고, 처음 재판 날짜가 잡혔을 때는 재판에만 몰두해 있다 보니 직장 복귀는 생각도 못했던 것이다. 변호사 말은 경찰서에서 너무 급히 나를 해고하면서 올바른 절차를 밟지 않아서 나의 권리를 위반했으니 공무원 집행 위원회(Municipal Employees Review Board, MERB)에 공청회를 신청하면 직장 복귀는 물론 여러 가지 이익을 얻을 수 있다고 했다. 그 중 가장 큰 이익은 빅키 한을 공청회 증언대에 부를 수 있다는 것이었다. 빅키 한이 증언대에서 어떻게, 무슨 대답을 하는지 살펴보면서 법원 재판을 준비하게 되면 재판 연습 기회도 되고, 여러 가지 도움을 얻을 수 있다고 했다.

며칠 후에 변호사 사무실로부터 공무원 집행 위원회에서 공청회 날짜가 3주 뒤로 정해졌다는 통보를 받았다. 나는 그 3주 동안 제이콥 변호사를 여러 번 만나 만반의 준비를 했고 드디어 공청회 날이 되었다. 공청회는 시청 내에 있는 조그만 회의실에서 열렸다.

우리 쪽은 나와 제이콥 변호사였고, 경찰서를 대표해서는 브레이든 시 정부 변호사가 빅키 한과 한국 통역관을 데리고 나왔다. 위원회의 행정관들은 시 정부 내에서 행정부 고관직에 있는 두 명의 남자와 한 명의 여자로 구성되어 있었다. 디귿 자 모양으로 생긴 탁자가 있는 방에서 중간 탁자에 행정관들이 앉고, 우리와 시 변호사 쪽은 서로를 마주 보며 나머지 두 탁자에 자리를 잡았다. 그 날 밤 이후로 처음 보는 빅키 한은 전혀 다른 모습이었다. 눈을 아래로 내려 깔고 요조숙녀인 것처럼 얌전을 빼고 앉아 있었는데, 왼쪽 팔엔 붕대를 매고 있었고 얼굴에는 멍이 아직까지 희미하게 남아 있었다. 곧 이어 행정관들은 간단한 자기소개를 한 뒤 앞으로 모든 진행 절차가 녹음된다는 사실을 양쪽에 알리고 심문을 시작했다.

빅키 한과 시 변호사의 일문일답으로 그 날에 대한 증언이 시작되었다. 빅키 한은 통역관을 통해 나를 이런 상황으로 몰아넣은 거짓말들을 태연히 때로는 눈물까지 흘려가며 그 자리에서 반복하였다. 처음에는 태연하게 말하다가 문제의 그날 저녁에 대해서는 나와 잠자리를 동의해서 했다고 처음에 말했다가 조금 있다가는 그 대답이 질문을 잘못 이해해서 한 실수였다면서 말을 돌리기 시작했다. 그 후 몇 번이나 더 그런 식으로 말을 바꾸면서 안절부절 못했다. 그녀는 이처럼 한참 애를 쓰며 대답하다가 갑자기 일어서서 통역관이 잘못하고 있다고 영어로 소리치고는 통역관만을 탓하며 화를 냈다. 나는 그녀의 그런 불안한 모습을 보며 결국 그녀의 거짓말이 들통나게 되리라는데 희망을 걸었다. 빅키 한이 영어로 돌발적인 말을 하는 걸 들은 행정관 중에 한 사람은 놀라운 표정을 지으며 그녀에게 물었다.

"당신은 영어를 할 줄 아네요. 그런데 왜 한국어 통역관을 요구 했나요?"

이때 시 변호사가 대답을 하려는 빅키 한을 가로막고 대답했다.

"실은 이 사람이 긴장한 나머지 실수를 한 것 같습니다. 지금부터는 통역관만을 통해서 대답하도록 하겠습니다."

행정관은 개운치 않다는 표정을 지으며 말했다.

"영어든, 한국어든 상관없지만 영어를 할 수 있으면서 한국어 통역을 요구한 것은 뭔가 부정직한 느낌을 줍니다."

그러면서 시 변호사에게 계속 진행하라고 했다. 일이 이쯤 진행되면서 제이콥 변호사와 나는 빅키 한의 거짓말이 이런 식으로 계속 드러나게 되기를 기대하였다.

제이콥 변호사가 빅키 한을 심문할 차례가 왔다. 제이콥 변호가는 그녀가 거짓말을 하고 있다는 사실을 행정관들에게 더 깊이 심어주려고 그녀가 말을 바꾼 부분을 집중해서 공격했다. 제이콥 변호사가 거세게 몰아붙이니 당황한 빅키 한은 앞뒤가 맞지 않게 대답하거나 같은 말을 여러 번 번복하곤 했다. 그런 상태로 빅키 한이 증언을 끝마치자 나는 좋은 결과가 나올 것이라는 기대를 갖게 되었다.

이번에는 내가 증언석에 앉을 차례였다. 제이콥 변호사와 나의 일문일답은 직선적이고 주요 요점만을 다루는 것이어서 간단히 끝났다. 그 다음은 시 변호사의 질문 차례였는데, 그는 같은 질문을 다른 형식으로 반복하는 등 여러 가지 방법을 사용하여 나를 궁지에 몰려고 했다. 그렇지만 나는 처음 체포당했을 때 예상외로 당황했던 실수를 다시 하지 않으려고 차분하고 자신있게 대답을 했다. 시 변호사는 아무리 질문해도 특별한 사실이 없으니 한 시간 쯤 질문을 하다가 끝마쳤다. 행정관은 모두에게 수고했다고 말하면서 공청회를 마감했고, 일주일후에 결과를 각 변호사 사무실로 통보하겠다는 말로 모든 과정을 끝냈다.

공청회가 끝난지 일주일이 되는 날, 전화 소리에 우리 세 가족은 동시에 전화기 쪽으로 뛰어갔다. 전화를 받은 어머니는 변호사라며 내게 전화기를 건네주었다. 나는 전화기를 받자마자 물었다.

"좋은 소식이냐, 나쁜 소식이냐? (Good news or bad news?)"

그런데 제이콥 변호사는 한동안 아무 말이 없다가 갑자기 너털웃음을 웃으며 말했다.

"경찰 복귀다!"

나는 '감사합니다.(Thank you!)'를 연발했고, 그 다음날 필요한 서류를 가지러 변호사 사무실로 가겠다고 하고는 전화를 끊었다. 부모님과 나는 드디어 모든 사실이 제대로 밝혀지기 시작한다면서 서로 얼싸안고 기쁨을 나누었다.

하루는 아버지께서 요즘 숨이 가쁘고 소화가 잘 안된다고 하셨다. 좀처럼 몸이 아프다는 말씀을 안 하시던 아버지가 그런 말씀을 하시니 나로서는 놀라지 않을 수 없었다. 그동안 내 일에만 매달려서 급급하게 지내다보니 몇 달 전부터 고통스러운 표정을 가끔 짓곤 하는 아버지를 무심하게 대했었다. 아마도 평소에 말이 별로 없고 모든 걸 인내심으로 견디어 내시던 분이어서 더 그랬던 것 같다. 그 말씀을 듣고 나서 아버지 얼굴을 자세히 살펴보니 많이 야위셨다. 즉시 우리 담당 의사에게 예약을 신청하였다. 그런데도 불길한 마음이 가시질 않아서 체중기를 가져와서 아버지 몸무게를 재보니 평상시보다 5kg이 줄어 있었다. 아버지의 얼굴을 자세히 살펴볼 수록 불길한 마음은 더해갔다. 걱정하는 나를 보고 아버지께서는 지나친 호들갑을 떤다고 하며 오히려 나를 안심시키려 하셨다.

다음날, 의사는 아버지를 진찰하자마자 바로 위 조직 검사와 폐 검사 (x-ray)를 신청했다. 며칠 후 나온 결과는 우리 세 가족에게 절망을 느끼게 했다. 진단 결과는 암이었고, 폐에서 발병해서 이미 위장까지 번졌다고 했다. 이미 암이 많이 진전된 상황이라 수술은 아무런 소용이 없고, 다만 약물과 방사선 치료 밖에 할 수 없는데 예후가 좋지 않다고 했다. 이 말을 듣고 난 나는 아버지를 쳐다보면서 흐르는 눈물을 주체할 수가 없었다. 아버지께서는 '6.25 전쟁도 나를 못 죽였는데 이까짓 것쯤은 문제없다' 고 하시면서 병원을 걸어 나가셨다. 나는 아버지 뒤를 따라 나가면서 아버지의 병을 일찍 발견하지 못한 죄책감과 후회로 나 자신이 너무 미웠다.

집에 돌아온 후 어머니와 나는 아버지의 식생활을 완전히 바꾸기로 했다. 평소에 드시던 짜고 맵고 방부제가 많이 들어 있는 가공된 음식은 모두 없애고 모든 것을 유기농 음식으로, 특히 야채와 과일을 많이 드시도록 하면서 간단한 운동도 규칙적으로 하시도록 했다. 원래 대식가였던 아버지께서는 유기농 음식이 양도 적고 맛도 없다고 늘 불평을 하셨다. 아버지가 항암 치료를 받으시는 것을 보면서 나는 암이라는 게 얼마나 무서운 것인지 깨달았다.

아버지는 젊을 때부터 건강하시기로 소문이 났었다. 한국에 계실 때 아무리 추운 겨울에도 내복 한번 입은 적이 없을 정도였고, 힘은 타고난 장사였다. 그렇게 건강하시던 분이 암을 진단 받은 지 꼭 2개월 만에 몸무게가 거의 15 kg이나 빠졌고, 날이 갈수록 눈에 띄게 몸이 악화되기 시작했다. 몸은 고통스러워도 정신은 맑으신 탓에 집안 일과 내 사건에 관해 잊지 않고 물어보시거나 당부의 말씀을 하셨다. 나는 그때마다 모든 게 다 잘 돼가고 있으니 염려하지 말고 빨리 완쾌하는데 집중 하시라고 했다. 아버지의 병조차 내 사건의 충격으로 말미암아 생긴 병이라는 생각이 들어 지난날의 내 삶을 돌이켜보며 심한 후회를 했다.

아버지의 병을 치료하기 위한 약과 방사선 치료는 그 부작용이 무시하지 못할 정도로 다양하게 나타났다. 암 세포를 죽인답시고 몸에 필요한 건강한 세포까지 다 죽이게 되니 몸이 견디어 낼 수가 없는 것이다. 날이 갈수록 악화되는 병세로 인해 나오는 기침은 아버지를 단 10초도 가만 두지 않았다. 그렇게 하루 종일 기침을 하다가 지쳐서 잠을 자려고 하면 밤에는 기침이 더 심해진다. 기침을 그토록 짧은 간격으로 끊임없이 몇 주 동안 하게 되니 나중에는 숨이 차서 말도 잘 못하고 기침으로 인해 생겨나는 신체적 충격으로 갈비뼈까지 금이 가는 일도 생겨났다.

의사에게 아버지 고통이 너무 심하니 무슨 방법이 없겠냐고 하니 기침에는 별 수가 없다면서 진통제와 몰핀을 처방해 줬다. 이 약은 사람을 거의 혼수상태로 빠지게 해서 환자가 세상 모르게 잠을 잘 수 있게는 하지만 치료 효과는 전혀 없었다. 그래도 몰핀을 맞고 잠이라도 조금 잘 수 있으니 고통이 너무 심할 땐 그 약을 드리지 않을 수가 없었다. 힘겨운 얼굴로 주무시는 모습을 바라보고 있으면 내 가슴이 미어지곤 했다. 불효자가 되어 힘들게 잠드신 아버지의 손을 만지면서 나는 연신 죄송하다는 말씀을 드리며 눈물을 흘렸지만, 이 모든 것은 아무런 소용이 없었다.

암을 진단받은 후 4개월이 되던 날, 집에 계시던 아버지께서는 갑자기 의식을 잃으셨다. 구급차를 부르기보다 내차로 모시는 게 오히려 더 빠르게 병원에 도착 할 수 있다고 생각하여 아버지를 차에 모시고 어머니와 함께 병원으로 차를 몰았다. 5분 정도 걸려 응급실에 도착해서 아버지를 안고 뛰어 들어가 응급실 테이블에 아버지는 뉘었고, 곧바로 의사들과 간호사들이 기계와 전선을 아버지 얼굴과 몸에 부착시켰다.

아버지에게 산소를 공급하고 심폐소생술(CPR)을 하고나니 아버지는 차츰 의식을 되찾기 시작하였고 안정을 찾으셨다. 의사들은 나를 병실 바깥으로 불러내더니 이제 아버지는 입원해 계셔야 한다고 했다. 그렇게 말하는 의사들의 얼굴에는 이제 얼마 남지 않았다는 표정이 역력했다. 나는 그래도 그 사실을 부정하고 싶었다. 그리고 아버지를 다시 찾아가 보니 아버지는 거짓말처럼 의식을 완전히 되찾으셨고 어머니와 말씀을 나누고 계셨는데 기침도 적게 하셨다.
 아버지는 나를 보더니 당신 곁으로 오라고 손짓을 하셨다. 나는 조금이라도 고통을 덜 겪으시는 것 같아 보이는 아버지의 모습이 고마워 눈물을 훔치며 다가가서 내 귀를 아버지 입 가까이 댔다. 힘은 없지만 평소와 같이 뚜렷한 음성으로 당신이 가고 나면 꼭 어머니를 모시고 성당에 나가라고 당부하셨다. 나는 그게 무슨 말씀이냐고 하면서, 아버지는 회복해 퇴원하실 테니 그런 말은 하지 말고 빨리 나아서 우리 세 가족 함께 성당에 나가자고 말씀 드렸다.
 "왠지 내가 지금 짜장면이 먹고 싶구나, 곱빼기로."
 역시 대식가 아버지답게 하시는 말씀을 들으면서 나는 울다가 웃는 표정을 지으면서 말했다.
 "예. 금방 사올 테니 어머니하고 말씀 나누고 계세요."
 이렇게 말한 뒤 병원에서 뛰어나와 가장 가까이 있는 중국집을 찾아 짜장면을 사서 병원으로 다시 달려갔다. 내가 짜장면을 들고 헐레벌떡거리며 방에 들어섰을 때 어머니는 아버지 가슴에 얼굴을 파묻고 울고 계셨다. 아버지 얼굴을 보니 너무나 평화스러웠고, 오랜만에 편히 주무시고 계시는 것 같았다. 그런데 어머니는 왜 저렇게 눈물을 흘리시고 계실까 하면서 이상한 느낌이 들었다. 나중에 생각해 보니, 그때 나는 현실을 거부하는 잠재의식에 빠져 있었던 탓에 그 상황을 제대로 잘 깨닫지 못하고 있었다.
 내가, '어머니!' 하고 부르니 어머니는 고개를 들고 눈물이 범벅된 얼굴로 내게 안기시며, "네 아버지가 가셨다." 하고 말씀하시면서 울부짖었다. 나는 그 말을 믿을 수가 없었다. '아버지는 저렇게 평화스러운 모습으로 주무시는데 웬 말씀입니까?' 하고 생각하면서 어머니를 진정시키려고 아버지에게 다가가서 아버지 손을 잡았다. 아버지 손에는 아직 온기가 남아 있었지만 가슴은 뛰지 않았다.
 "아버지! 아버지!"
 그 때서야 현실을 깨달은 나는 아무리 불러보았지만 아버지는 아무런 대답이 없었다. 아버지께 드릴 거라고 들고 있던 짜장면 그릇을 바닥에 떨어뜨리고, '아버지!'를 소리쳐 부르면서 아버지 얼굴을 어루만져 보았지만 아버지는 아무런 반응도 보이지 않았다. 나는 계속해서 아버지를 고함쳐 불렀다. 내 고함 소리를 듣고 병실에 들어온 의사와 간호사들이 '아버지는 곧 깨어난다'고 말해주길 간절히 바라면서 그들을 쳐다보았지만 그들은 한결같이 내 눈길을 피했다.

나는 드디어 아버지가 돌아가셨다는 현실을 깨닫기 시작했다. 매정하게도 왜 드시고 싶다던 짜장면을 사러 갔다온 사이에 돌아가셨는지 임종 순간을 지켜보지 못한 나는 형언할 수 없는 슬픔이 커져만 갔다.

아버지 장례식을 치르고 에스페란사 묘지에 아버지를 모셨다. 묘지에서 아버지 관에 흙을 뿌리며 마지막 인사를 드렸다. 평생 당신의 가정을 위해서 그 어떤 일도 마다 하지 않으시고 매사에 의리와 용기로 처신했고 애국심과 가난한 이들을 업신여기지 말 것을 교훈으로 남기신 아버지. 나는 오랜 시간 아버지 묘지 앞에 서서 흐르는 눈물 사이로 아버지의 삶을 회상해 보았다.

제이콥 변호사의 변호와 공격

　아버지를 잃은 나는 아픔을 홀로 삭이면서 시간을 보냈다. 때때로 절망감도 들었지만 앞으로도 어머니를 모셔야 하고, 지금 막다른 골목에 처한 상태에서 억울한 누명까지 벗어야 했기 때문에 그냥 주저앉아 있을 수만은 없었다. 만약 아버지께서 살아계셨다면 절대 포기하지 말고 끝까지 싸워 진실을 밝히라고 하셨을 것이다. 그래서 경찰 복귀에 필요한 행정 절차를 마치자마자 다시 출근했다. 그런데 경찰서 간부들은 그 판결을 영 마땅치 않게 여기면서 나를 경찰서 한 구석에 있는 사무실에 처박아놓았다. 공무원 집행위원회가 근무 판결을 내려서 할 수 없이 나의 복귀를 받아들이긴 했지만, 말단들이 하는 일만 나에게 맡겼다. 극히 제한된 사무적인 일만 시킬 뿐이지 제복도 입지 못하게 하고 차를 타고 순찰을 나가는 것도 허락하지 않았다. 억울한 심정이 들어 제이콥 변호사에게 그 내용을 말했더니 간부들이 위반하는 모든 것을 정확히 기록해 놓고 사건이 다 해결된 후 그들을 권력 남용죄로 소송을 걸면 보상까지 받을 수 있으니 지금은 참으라고 했다.

　나는 일단 직장에 복귀한 것만을 위로삼고 또 공무 집행위원회에서 내린 결과를 보면 앞으로 있을 재판에 대한 희망도 생기고 해서 모든 것을 참기로 결심했다. 예전에 나와 함께 잘 지냈던 직장 동료들 몇몇은 내 사무실로 찾아와서 반갑다며 나를 믿는다고 격려도 해줬다. 동료들 중에는 자신들의 호기심과 편견으로 나를 손가락질 하고 수근거리는 사람도 있었다. 그럭저럭 다시 출근은 했지만 매일 반복되는 무의미한 일에 그동안 꿈꾸어왔던 경찰직에 대한 보람과 의미를 다시는 찾아보기가 힘들어졌다.

이렇게 몇 달을 보내고 있던 어느 날, 제이콥 변호사가 재판 날짜가 한 달 후로 정해졌으니 빠른 시일에 최종 준비를 마무리 하자고 했다. 우리는 며칠 동안 공무 집행위원회를 승리로 이끌었던 모든 요소들을 재점검하면서 재판 준비를 끝냈다. 제이콥 변호사의 사설탐정도 좋은 소식을 가지고 왔다. 지난 몇 달 동안 빅키 한을 뒷조사한 결과 그녀는 지난 10년 동안 술집에서만 줄곧 일을 했으며, 그동안 남자관계가 매우 복잡했다고 했다. 또 그 여자와 헤어진 두 명의 유부남을 만나 증언을 받았다고 했다. 두 사람 다 그녀와 관계를 맺으며 잘 지내다가 결혼하자고 하여 거절하자 그녀가 부인들에게 그동안의 관계를 폭로하겠다고 협박했고 돈을 뜯어냈다고 했다. 그런데 증언을 해준 이 두 남자들은 증언으로 인한 피해 우려 때문에 내 재판 때 증언대에는 설 수가 없다고 했다. 그래도 빅키 한의 복잡한 과거사와 상습적인 갈취 행위를 재판 과정에서 폭로한다면 사실을 밝히는데 큰 도움이 될 것으로 생각했다.

기다리던 재판이 시작 되는 날, 나는 긴장된 마음으로 법원에 도착했다. 재판을 맡은 판사는 예전에 제이콥 변호사가 몇 차례 재판을 함께 진행한 경험이 있는 원로 판사였다. 검사는 역시 마커스 형사를 데리고 나왔고, 우리 쪽에서는 제이콥 변호사와 내가 자리를 잡고 앉았다. 재판은 드디어 판사의 재판 규정에 관한 길고 상세한 안내와 지시로 시작됐다. 판사가 지시 내용을 끝내자 이어 배심원 선정이 있었는데, 그 절차를 거치는데 이틀이 걸렸다. 검사와 변호사에게는 각각 상대방이 선정한 배심원을 이유 없이 거부 할 수 있는 여섯 번의 기회가 있었다. 이들 배심원들이 재판의 판도를 결정하기 때문에 양쪽 모두는 배심원 선정에 신중을 기울였고, 치열한 신경전으로 인해 많은 시간이 걸린 것이다.

재판 3일째 되는 날, 드디어 무죄를 주장하는 변호사와 유죄를 주장하는 검사의 개시 진술(opening statement)로 증언이 시작되었다. 그 후 검찰 당국이 기소자 측 증인들을 먼저 심문하도록 순서가 되어 있었고, 검사의 첫 증인은 마커스 형사였다. 검사는 마커스 형사의 이름과 직종을 묻는 차례로 사건에 관한 질문을 하기 시작했다. 그들이 주고받는 일문일답은 이미 양쪽에서 다 알고 있는 사건의 내용들이었다. 말하자면 마커스 형사가 이 사건의 수사를 시작하게 된 동기, 빅키 한과 만나 진술을 받고 기록한 내용, 나를 심문한 내용 그리고 그 외의 사건에 관련된 모든 자료들을 자세히 설명했다. 사건 내용이 길고 복잡해서 긴 시간이 걸려 검사의 심문이 끝났다.

다음은 마커스 형사를 제이콥 변호사가 심문할 차례였다. 제이콥 변호사는 마커스 형사에게 친근하게 인사를 하며 시작했다. 이는 제이콥 변호사가 예전에 경찰 근무할 때부터 마커스 형사와 안면이 있었고, 몇 차례 수사에서 함께 해본 적도 있기 때문이었다. 둘이 서로 안면이 있어서 나는 제이콥 변호사의 마음이 약해질까 염려를 했다. 그런데 제이콥 변호사의 심문 태도를 보고 곧 그런 걱정을 할 필요가 없다는 것을 확신했다.

마커스 형사는 증언 막바지에 가서 전혀 예상치 못한 거짓 증언을 했다. 내가 구속된 첫날 오랜 시간 그의 심문을 받고난 뒤 경찰서를 나오면서 내가 먼저 '모든 걸 자수하면 형을 줄여주겠나?'라고 그에게 제안했다는 것이다. 이 말은 제이콥과 나를 잠시 어리둥절하게 만들었고, 제이콥은 즉시 이는 수사 그리고 재판 규정에 위반된 행위라고 항의하며 휴정을 요청했고 판사는 허락했다. 그 시간을 이용해 우리는 재판소를 나와 근처에 있는 조그만 카페에 들어갔고, 자리에 앉자마자 제이콥은 내게 물었다.

"마커스에게 그런 말을 했나요?"

"그런 말을 절대 한 적이 없습니다."

"그럼, 도대체 이 녀석이 무슨 수작을 부리는 거지요?"

그 말은 내가 구속당하던 날, 심문을 마치고 구치소로 데려가려고 경찰차에 태우기 직전 단 둘이만 있을 때 '자수하면 형을 줄일 수 있는 길을 찾아보겠다'면서 마커스 형사가 내게 먼저 한 제안이었다.

"그래요? 그럼 이 녀석이 옛 버릇을 아직 못 고쳤구나!"

제이콥 변호사는 이렇게 말하면서 서둘러 일어섰다. 내가 '그게 무슨 말이냐'고 묻기도 전에 그는 법원을 향해 급히 걸어가고 있었다. 나는 그 뒤를 따라가며 그 옛 버릇이란 무엇을 뜻하는지 궁리를 하면서 발걸음을 재촉했다. 재판이 다시 재개되자마자 제이콥 변호가는 말했다.

"마커스 형사의 휴정 직전 증언은 처음 듣는 이야기입니다. 첫째, 이런 사실이 만약에 있었다면 왜 공식 보고서에 포함돼 있지 않고 또 심문 녹음테이프에도 기록되어 있지 않습니까? 둘째, 이 조목을 검찰 당국이 우리 쪽에 통보하지 않은 건 규정 위반이고 셋째, 재판 중에 규정 위반으로 근거된 증언은 취소해야 마땅합니다. 이렇게 심각한 위반은 무효 재판감입니다. 판사님의 선처를 요청합니다."

판사는 이 말을 듣고 제이콥 변호사와 검사를 판사석 뒤에 있는 자기 사무실로 불러들여 한참동안 토론한 뒤 각자 제자리로 돌아왔다. 판사는 배심원들을 향해 좀 전에 마커스 형사의 증언 마지막 부분은 없었던 것으로 하라는 단순한 지시 외에는 아무런 다른 조치를 취하지 않았다. 마커스 형사의 교활한 수작으로 배심원들의 마음에 이미 생긴 의혹을 돌이키기는 매우 부족한 조치였다. 제이콥 변호사가 이렇게 큰 거짓말은 재판을 충분히 무효시 할 수도 있는 것이니 재판 무효를 선언해달라고 판사에게 요구했지만 거절당했다고 했다. 곧이어 제이콥 변호사가 내게 말했다.

"이 자전은 될 수 있으면 피하려 했는데 놈들이 선택권을 주지 않는군."

이어 제이콥 변호사는 자리에서 일어나 마커스 형사를 증언대로 다시 불러 물었다,

"마커스 형사, 당신은 지금까지 경찰생활을 몇 년 했습니까?"

"23년째 되오."

"그 긴 세월 동안 많은 수사를 하면서 거짓 증언 혹은 부정을 범한 적이 있습니까?"

"없소."

"단 한 번도?"

"단 한 번도 없소."

"확실합니까?"

"확실합니다."

"그럼, 한 가지 의문점을 풀어 주십시오. 1987년 6월 11일, 이 날짜가 당신에게 의미가 있습니까?"

제이콥 변호사의 이 질문에 마커스 형사의 흔들리는 모습이 뚜렷하게 드러나고 있었다. 마커스 형사는 자신의 당황과 분노를 애써 숨기려는 듯 한숨을 내쉬더니 낮은 목소리로 대답했다.

"의미가 있소."

"무슨 의미가 있는지 얘기해 주시오."

"당신은 이미 다 알고 있는 것 같소."

"쉽게 얘기해 주기 싫단 말이지요. 좋아요. 그럼 내가 한 가지씩 질문을 하지요. 그 당시 당신이 한 수사는 무슨 사건이었나요?"

"강간 사건이었소."

"수사단이 몇 명이었습니까?"

"다섯 명."

"그 사건을 수사하는 동안 큰 문제가 하나 생긴 걸로 알고 있는데 그게 무슨 문제였지요?"

"증거 위조요."

"무슨 증거가 어떻게 위조됐나요?"

마커스 형사는 표독스런 표정으로 제이콥 변호사를 쩨려보며 씁쓸하게 말했다.

"피해자의 증언을 위조했소."

"그게 무슨 말인지 좀 더 자세히 설명해 주시오."

"피해자가 처음에 강간을 당했다고 신고를 해서 조사를 시작했는데 몇 달 뒤에 강간이 아니었다고 했소. 그래서 우리 다섯 명의 수사단은 지금까지 해온 수사가 헛될 수 있기 때문에 그 피해자에게 여태까지 거짓 증언을 한데 대해 벌을 받을 거라고 겁을 준 뒤 피해자가 강간 주장을 계속하도록 했소."

"그를 윽박질렀단 말이지요! 좋아요. 그럼 다섯 명 수사단이 모두 동의해서 이 일을 계속 밀고 나갔소?"

"우리 다섯 중 한 명이 양심에 어긋나니 더 이상 피해자를 협박으로 거짓 증언을 시키는데 동참하지 못하겠다며 소란을 피워 그는 그 시점으로부터 수사에서 빠졌소."

"그래도 그 사건은 끝까지 강간 사건으로 재판까지 간 걸로 아는데 어떻게 그렇게 됐지요?"

"문제가 더 커지기 전에 남은 우리 네 명이 회의를 해서 계속 강간 사건으로 밀고 나가기로 결정을 했소."

"그 회의를 주동한 사람이 누구였습니까?"

"… 나였소."

"그럼 당신네 계획이었던 증거 위조가 잘 숨겨진 것 같은데 어떻게 그 사실이 폭로됐나요?"

"재판 중 피해자가 증언대에서 도저히 더 이상 거짓말을 못하겠다고 울며 증언했소."

"그 재판 결과는 어떻게 됐습니까?"

"무죄 판결이 되었소."

마커스 형사의 대답이 배심원늘 마음에 스며들어가도록 제이콥 변호사는 어색할 정도로 긴 시간동안 재판장에 침묵이 흐르도록 아무 말 없이 배심원들을 하나하나 바라보았다. 그런 다음 말을 이어갔다,

"그 피해자의 폭로로 인해 경찰서 내에서 당신 다섯을 대상으로 조사를 했던 걸로 알고 있는데…."

"그렇소."

"자체 내부조사(Internal Affairs)를 받으며 무슨 사실이 밝혀졌나요?"

"그 질문은 너무 광범위해서 뭘 물어 보는지 모르겠소."

패배를 인정하는 듯이 마커스 형사는 이런 식으로 빈정대며 말하자 제이콥 변호사는 웃으면서 말했다.

"당신 말이 맞소. 그 조사 결과로는 당신과 수사에 동참했던 세 명이 증거 위조의 주 인물은 당신이라고 증언했다고 알고 있는데 맞습니까?"

"맞소."

"당신은 증거 위조를 했습니까?"

이때 마커스 형사는 난처한 입장이었다. 만약 증거 위조를 했다고 하면 자신의 말에 대한 신빙성이 엉망이 되는 것이고, 안했다고 하려니 제이콥 변호사가 이미 증거를 다 가지고 질문하고 있으니 거짓 증언이 되는 것이다. 그는 망설이다가 마지못해 대답했다.

"그렇소. 그렇지만 …"

하고 마커스 형사가 추가 설명을 하려는데 제이콥 변호사가, '묻는 말에만 예, 아니오 라고 대답하면 됩니다' 라고 하면서 마커스 형사의 입을 막고 그에 대한 증언 심문을 끝마쳤다. 결국 마커스 형사는 낭패스런 모습으로 증언대를 내려갔다.

마커스 형사를 증언대에 올려놓고 요리하는 제이콥 변호사의 모습은 마치 영화 한 장면을 보는 것 같았다. 나는 그날 재판 절차를 마친 뒤에 제이콥 변호사의 사무실로 가서야 비로소 제이콥 변호사가 마커스 형사를 몰아부친 내력을 알게 됐다. 제이콥 변호사가 경찰직에 있을 때의 동료들은 이젠 대다수가 부근 도시 경찰서 간부직을 맡고 있었고, 그들 중에는 제이콥 변호사와 옛 의리를 지켜가며 잘 지내는 친구들이 있다고 했다. 이번에 내 사건을 맡게 되면서 마커스 형사가 담당 수사관이라는 것을 알게 된 후, 아빌라 경찰서에 있는 경찰 간부직 친구에게 물었더니 마커스 형사는 '더럽다(dirty)라는 평을 받고 있는 인물' 이라고 했단다. 그래서 그 친구에게 좀 더 상세한 내용을 물어서 듣고 알아낸 게 바로 예전의 증거 위조사건이었다. 그 사건 당시 경찰서 내에선 굉장히 큰 스캔들이어서 알 만한 사람은 다 알고 있었지만 외부, 특히 경찰에 적대적인 변호사에게 그런 정보를 누설한다는 것은 전례없는 일이었다. 제이콥 변호사의 친구인 경찰 간부는 비밀을 보장해 줄 것을 요구하면서 마커스 형사의 증거 위조 사실을 상세하게 설명해 준 것이었다. 제이콥 변호사는 이 정보를 받은 뒤에도 될 수 있으면 재판에서 쓰지 않으려고 했다. 왜냐하면 증거 위조한 사실이 외부로까지 밝혀지면 마커스 형사는 최소한 강제 은퇴

나 법적 처벌을 받을 수도 있기 때문이었다. 제이콥 변호사는 그 사람의 앞길을 완전히 망치는 것은 피하려고 했는데 마커스 형사가 나에 관해 거짓 증언을 했기 때문에 선택할 여지가 거의 없었다고 했다. 나는 그제서야 제이콥 변호사가 마커스 형사를 증언대로 다시 불러 심문하려고 일어서면서 내게 했던 말의 뜻을 알게 되었다.

문란했던 내 사생활

경찰 생활도 수년이 지나자 나는 많은 것에 숙달됐고 너무 편해지면서 무질서한 삶을 살기 시작했다. 모든 일에 지나친 자신감이 들면서 교만에 가까운 태도로 모든 일을 처리했다. 말하자면 너무 경솔했고 자만으로 가득 차 있었다. 그러다보니 자연히 일상생활은 문란해져 갔고, 사사건건 다른 사람들과 마찰도 자주 일어났다.

고등학교 때 가장 나와 코드가 맞고 친했던 한국 친구인 조영은 공부에 관심이 없었는데, 졸업 후에 로스앤젤레스로 이사를 갔다. 그 후 연락이 끊겨서 서로의 소식을 모르고 지내다가 내가 경찰이 된 후 로스앤젤레스에 있는 다른 친구들을 만나기 위해 갔을 때 한국 식당에서 우연히 만났다. 우리는 동시에 서로를 알아보고 너무 반가워서 그와 나는 옛 이야기로 꽃을 피웠다. 우리 일행은 조영 일행과 합석을 해서 식사를 함께 했다. 그런데 우리 일행 중 다른 친구들 몇이 그 분위기를 어색해 하는 느낌을 받았다. 그래서 조영이 화장실 간 사이에 조용히 그 이유를 물어보았더니 한 녀석이 말했다.

"야, 케인. 너는 제가 뭐하는지 몰라?"

"제가 뭐하는 것 하고 우리 옛 친구 사이하고 무슨 상관이야?"

"상관은 없지. 그런데 영이 로스앤젤레스에서 잘 나가는 조폭단체에 가담해 있는데, 우두머리 바로 아랫자리를 맡고 있데."

"그래? 학교 때부터 저 녀석은 뭔가 크게 할 거라고 난 짐작했었지. 벌써 우두머리 바로 밑이면 젊은 나이에 빨리 올라간 거네. 역시 우리 영이 답구나."

"너는 경찰인데, 저 녀석하고 이렇게 만나는 거 괜찮아?"
"아니 그게 무슨 상관이야? 지금 나는 영하고 옛 친구로서 만나는 거지 딴 거 없어. 그런데 그것 때문에 아까부터 그렇게 불편한 표정들이야?"
"너희 둘은 학교 때부터 잘 지냈고, 이렇게 오랜만에 만나니 반갑겠지만 우리는 솔직히 졸업 후 같은 동네 살면서도 영을 오늘 처음 만나는 거야. 그동안 찾아볼 수도 있는데 그렇지 못한 우리가 영은 별로 반갑지 않을 거야. 조폭길로 나간 자기를 무시한다고 생각할 수도 있겠지."
"그럼, 그게 사실이란 말이구나. 영이 택한 길을 너희는 무시하는 거냐?"

친구들의 침묵이 술에 취한 내게는 바보스럽게 보였고, 옛 친구를 무시하는 그들이 미워서 나는 열을 내어 말하기 시작했다.

"왜 말들을 못해? 너희들 젊은 놈들이 왜 꼰대들처럼 생각하냐? 각자 자기가 하고 싶은 거 하는데 왜 친구한테 손가락질이야? 너희들 다 교회 다닌다고 자부하는 놈들이지? 거기에 남을 비판하지 말라고 적혀있지 않냐? 내 친구들이 이런 위선자일줄 몰랐구나."
"그건 너의 생각이고. 아무튼 우린 영이 나오기 전에 가 볼께."

그렇게 말하면서 다들 일어섰다. 나는 솔직히 영이 조폭이라는 사실보다 다른 친구들이 지니고 있는 케케묵은 그런 선입관이 더 싫었다. 자리로 돌아오던 영은 주위를 둘러보더니 웃으며 말했다.

"다른 놈들은 마님들 잔소리 겁나서 일찍 들어간다 그러디? 어리석은 놈들. 어릴 때는 기집애들한테 빠지더니, 이제 와선 마누라하고 애들한테 잡혀서 그저 돈 버는 기계에 불과해."
"맞아, 맞아."
"공부 못한다고 무시당하던 내가 지금은 그 녀석들보다 더 편하게 살잖아. 내가 하고 싶은 거 하면서 말이야."
"내 친구가 좋아하는 거라면 나도 무조건 좋다."
"야, 오늘 우리 이렇게 오랜만에 만났는데 좋은데 가서 신나게 놀자.

로스앤젤레스에서 물이 최고로 좋은 데가 내 구역이거든."

그날 저녁 우리는 밤을 새워가며 놀았다. 영은 나에게 자주 오라고 했고, 나도 그 후에 기회만 되면 로스앤젤레스로 영을 찾아가서 속된 욕구 만족에만 취해서 시간을 낭비하는 의미 없는 삶을 살았다.

이런 내 삶이 머지않아 우리 집안에 상상치 못할 재난을 가지고 오게 될 건지는 전혀 모르고 나는 계속 그런 생활을 즐기면서 방탕한 삶을 계속 살아가고 있었다. 그때는 그 육체적인 쾌감에 빠져서 다른 것은 아무 것도 눈에 들어오지 않았다.

미국에서 경찰직에 근무하는 대다수는 자기 자만에 빠져있는 경우가 많다. 왜냐하면 휴일에도 권총을 휴대할 수 있었고, 일상생활을 하는데 거의 마음대로 할 수 있기 때문이다. 경찰들 사이에서 '동직자의 예절(Professional Courtesy)'이라고 부르곤 했는데, 위반 행위를 해도 아무런 처벌을 받지 않는다. 물론 이 모든 것이 공식적인 방침은 아니었지만 비공식적으로 일상생활의 많은 분야에 적용되었다.

이런 생활에 젖어 있으면 생각이 단순해지고 자만에 빠져들면서 자연히 대인 관계나 사회생활에서도 겁없이 달려들어 처리하게 된다. 이런 행위가 수 십 년 동안이나 비공식적으로 진행되어 이미 습관화 된 현실이었다. 그땐 나도 그 곳에 몸을 담고 있었으니 그 일원으로서 무서운 것이 없이 행동했다. 일부 몇몇 경찰은 동료들의 비리에 불만을 느껴서 바로 잡으려는 의도로 비리를 폭로했다가 결국 다른 동료들로부터 고립당하거나 위협까지 받고나서 더 이상 견뎌내지 못하고 경찰을 그만 두는 경우도 있었다.

나의 자만과 경솔이 하늘만큼 치솟고 있을 때 로스앤젤레스에 있는 영과 나는 자주 만났다. 로스앤젤레스 한인 타운은 물론이고 그 부근에 다른 동양 사회들도 젊은이들이 많아서 놀기 좋아하는 젊은이들에겐 지상낙원이었다. 로스앤젤레스에 가서 영을 만나면 그는 나를 친구나 부하들에게 소개할 때마다 고등학교 동창이라는 사실과 현직 경찰이라는 사실을 빼놓지 않고 자랑했다. 영은 나를 소개할 때마다 이렇게 즐겨 말했다.

"내가 아는 짭새 중에 유일하게 믿을 수 있는 짭새, 내 친구 케인이다."

 조폭 세계를 드나들 때마다 나는 영 덕분에 매우 편하게 지냈고, 보통 사람이 볼 수 없는 것도 많이 보게 되었다. 그런 탓에 놀 때는 자연히 그의 구역 안에 있는 술집을 찾았고, 아리따운 아가씨들을 마음대로 골라서 마음껏 즐기면서 놀았다.

 현직 경찰로서 조폭 세계에서 노는 친구들과 사귀면서 나는 내가 부정한 짓만 하지 않으면 된다고 생각했지만, 주변에서는 그런 나를 우려의 눈으로 보는 사람들이 많았다. 그들이 가끔씩 나에게 충고를 해주곤 했지만 영과의 의리를 중요시했던 그 시절에 나는 그런 소리가 귀에 들어오지 않았다. 그래서 시간이 날 때마다 영을 찾아갔고, 영 덕분에 술과 여자를 부담없이 즐기면서 세월을 보내고 있었다. 훗날 이런 나의 무질서한 생활이 나한테 큰 독소로 작용하게 된다는 사실을 그때까지는 전혀 깨닫지 못하고 있었다.

빅키 한의 증언

드디어 기다리던 빅키 한의 증언 순서가 되었다. 제이콥 변호사와 나는 공무원 집행위원회에서 우리를 승리로 이끌게 만들었던 작전을 다시 사용해서 재판에서도 이기기를 기대하고 있었다. 그런데 검찰청도 공무원 집행위원회에서 겪었던 패배를 바탕으로 새로운 작전을 도입할 계획을 세운 모양이었다. 끔찍했던 그 일이 있던 날로부터 거의 1년이 다 되어가는 재판날까지도 그녀는 팔을 석고붕대를 하고 있었다. 재판장에 걸어 들어오는 모습과 표정에서도 어떻게든 자신을 불쌍하게 보이려고 했다.

빅키 한은 증언대에 앉아서 눈을 내리 깔고 나지막한 목소리로 검사의 질문에 대답했다. 검사는 그녀에게 내가 폭력을 가하면서 강간을 했다는 취지로 묻고 그런 상황을 최대한으로 강조하면서 질문을 해 나갔다. 그 질문들에 대해 빅키 한은 처음에 흐느끼면서 대답하더니 점점 갈수록 크게 울음섞인 목소리로 대답했다. 그리고 끝마무리에서는 내가 그를 마구 패고 부엌칼로 팔을 그으면서 바닥에 눕혀놓고 강간했으며 아직도 그 순간의 악몽으로 시달린다면서 법정에서 대성통곡을 했다. 검사는 추가 증거물로 그날 밤 빅키 한이 받은 의료 진찰 결과를 배심원들에게 보여줬다. 그 진찰서에는 나의 유전자(DNA)가 그녀의 몸에 있었다고 기록되어 있었다. 그녀와 나는 그날 밤 서로의 몸을 원해서 관계를 맺었으니 내 유전자(DNA)가 그녀의 몸에서 발견된 것은 당연지사였다. 그런데 그런 사실을 강간당했다는 주장의 근거 물증으로 내세우고 있었다.

너무도 불쌍해 보이는 빅키 한의 통곡하는 모습을 검사는 5분이 넘도록 증언대에 내버려 두었다. 그 모습을 바라보는 배심원들의 모습에는 동정심이 가득 묻어났다. 그녀의 뛰어난 연기력에 모든 사람들이 설득당하는 상황이 벌어지고 있었다. 그런 상황을 바꾸기 위해서 제이콥 변호사는 증인이 증언대에서 묻는 질문에 제대로 대답을 하지 않는다면서 판사에게 항의를 했지만 아무런 소용이 없었다.

배심원들을 비롯하여 재판장에 있는 모든 이들이 그녀의 슬픈 연기에 홀려 있었다. 배심원들은 모두가 빅키 한의 연기에 감동을 받은 모습이었고, 그 중 몇몇 사람은 나와 눈이 마주칠 때 나를 몹시 저주스러운 눈초리로 쳐다보기까지 했다. 나는 불길한 느낌을 털어낼 수가 없었지만, 지금까지 잘 변호해온 제이콥 변호사의 실력을 기대하는 길밖에 없었다.

검사가 질문을 마친 후 제이콥 변호사의 차례가 되었을 때 자리에서 일어나 울고 있는 빅키 한에게 더 이상 지체하지 않고 질문을 시작했다. 제이콥 변호사는 매우 차분하고 친절하게 달래듯이 질문을 했다.

"빅키 한, 당신은 케인 김씨를 어떻게 알게 됐습니까?"

"제가 일하는 데서 만났습니다."

"당신은 어디서 일을 했습니까?"

그녀는 조금 망설이는 표정이더니,

"술집."

이라고 조그맣게 대답했다.

"그럼 처음 만날 때부터 서로 결혼 얘기를 했습니까?"

"처음부터는 아니지만 시간이 흐르면서 케인 김씨가 제게 결혼하자고 했습니다."

제이콥 변호사는 의아한 표정으로 다시 한번 되물었다.

"케인 김씨가 당신과 결혼하자고 했다고요?"

"그렇습니다."

그녀는 처음부터 끝까지 태연하게 거짓말로 내 인생을 망치려고 작정하고 있었다. 그녀의 거짓말에 분노가 치민 나는 참지 못하고 자리에서 일어나 소리쳤다.

"거짓말 하지 마, 이년아!"

내가 벌떡 일어나 소리치자 판사는 내게 자리에 앉으라고 하면서 '한번 더 그런 식으로 발언하면 나를 퇴장시키겠다'고 경고했다.

제이콥 변호사는 빅키 한에게 질문을 계속했다.

"빅키 한, 당신은 지금 이 법정에서 사실만을 말하기로 맹세하고 증언을 하고 있다는 걸 다시 한번 명심하길 바랍니다. 사실은 당신이 먼저 케인 김씨에게 결혼하자고 한 게 맞지요?"

그러나 빅키 한은 천연덕스럽게 '아니오.' 하고 대답하면서, 제이콥 변호사가 끈질기게 묻는 말에도 흥분하지 않고 차분하게 대답을 이어갔다. 아마도 공무원 집행위원회에서 패배를 당한 이후에 검사로부터 많은 지도를 받은 게 분명해 보였다. 수시로 자신의 감정을 조절하지 못해서 불쑥불쑥 허튼 말을 실수로 내뱉었던 이전의 모습은 전혀 볼 수가 없었다. 제이콥 변호사가 아무리 자극적으로 질문을 해도 이번에는 흔들리지 않고 차분하게 대답을 했다. 결국 빅키 한은 모든 상황을 차분하게 설명하면서 자신의 잘못을 부인하였고, 피해자로서의 역할을 완벽히 해낸 것이다. 게다가 검사나 제이콥 변호사가 질문을 할 때마다 고통을 참는 모습으로 계속 눈물까지 흘리다보니 모든 배심원들은 그녀의 말을 완전히 믿는 것 같았다.

제이콥 변호사는 우리 좌석으로 와서 몇 가지 서류를 집어 들고 그녀를 향해 다시 묻기 시작했다.

"당신은 헨리 김 그리고 테리 주를 아십니까?"

순간 그녀는 당황하는 모습이었다. 잠시 망설이면서 검사쪽을 바라본 뒤 그녀는 대답했다.

"예."

"어떻게 압니까?"

"저는 한 때 그 두 사람과 연인 관계였습니다."

"그럼 지금도 그런 사이인가요?"

"아니요."

"언제 인연이 끝났습니까?"

"끝난 지는 오래 됐습니다."

"어떻게 끝났습니까?"

"……"

그녀가 아무런 대답을 하지 않자 제이콥 변호사는 계속해서 물었다.

"헨리 김 그리고 테리 주. 이 두 사람 모두 당신이 술집에서 일하며 쉽게 만나 섹스를 즐기던 유부남들 맞지요?"

"……"

그녀는 대답없이 제이콥 변호사를 노려보았다. 제이콥 변호사는 이에 아랑곳 하지 않고 계속해서 말을 이어나갔다.

"당신은 이 두 남자에게도 결혼하자고 했고, 그들이 거부하자 그들 부인에게 당신들 관계를 폭로하겠다는 협박으로 돈을 뜯어낸 사실이 있지요?"

"……"

이렇게 제이콥 변호사가 추궁을 해도 아무런 대답이 없자 제이콥 변호사는 판사를 쳐다봤다. 판사는 빅키 한을 바라보며 제이콥 변호사의 질문에 대답을 해야만 한다고 말했다. 그러자 빅키 한은 마지못한 듯 말했다.

"그들과 연애는 했지만 돈을 뜯어 낸 적은 없습니다."

"그럼 끝까지 돈을 받은 걸 부인한단 말이지요?"

"예."

제이콥 변호사는 서류 몇 가지를 손에 들고 판사를 향해 말했다.

"판사님. 제 손에 들고 있는 건 헨리 김과 테리 주 씨의 자필 증서입니다. 그 내용은 그들이 빅키 한과 오랫동안 성 관계를 맺으며 지냈는데 그녀가 결혼을 요구할 때 거부했다가 그녀로부터 협박을 받고 결국 요구받은 돈을 지불했다는 내용의 진술과 수표 사본입니다. 이 서류를 증거물 A로 등록해 주십시오."

제이콥 변호사의 질문을 마칠 때쯤 나는 배심원들의 표정을 또다시 하나하나 살펴보았다. 검사가 빅키 한을 질문할 때 나를 쳐다보던 증오스런 표정은 거의 볼 수 없었고, 일부 배심원들은 의혹에 찬 표정을 짓고 있었다. 나는 제이콥 변호사가 그녀의 거짓을 명확히 밝히면서 그녀가 단지 불쌍한 피해자만은 아니라는 것을 배심원들 앞에서 입증해 주었기 때문에 조금은 안심을 했다.

내 증언 차례가 되었을 때 나는 증언대에서 비교적 간단하게 대답하였고, 특별히 인상적인 질문도 없었다. 제이콥 변호사와 검사의 질문에 그때 일어났던 사실 그대로를 말했고, 전체적으로 간단명료하게 대답을 했다. 검사는 의심에 찬 표정으로 나에게 구체적인 상황을 설정하여 질문을 다양하게 했지만 내가 성실하게 대답을 해주니 질문을 끝냈다.

이제 마지막으로 남은 것은 제이콥 변호사와 검사의 마지막 진술뿐이었다. 그 진술에 대해 배심원들이 어느 쪽을 더 믿느냐에 따라 유무죄가 결정이 나게 되어 있다. 그런데 재판의 이 마지막 단계는 검찰에게 더욱 유리하도록 법률이 정해져 있었다. 변호사와 검사가 공평하게 한 번씩 마지막 공술을 배심원들에게 말하는 것이 아니고 검사가 먼저 시작한 뒤에 변호사가 그 뒤를 이어 피고의 주장을 마치면 검사는 배심원들에게 한 번 더 고소인의 주장을 강조할 수 있는 기회가 있는 것이다.

검사는 이러한 점을 잘 알고 있어서 이를 최대한으로 활용하였다. 재판 규정에 정한 시간을 위반해 가면서까지 사건에 관계없는 내 사생활, 즉 친구 중에 조폭으로 있는 조영을 들먹이면서 나를 최대한으로 나쁘게 평가하는 말을 반복해서 언급하여 배심원들에게 나에 대한 의심을 심어 주려고 안간힘을 썼다. 게다가 이와 같은 검사의 언급 행위는 판사의 아량에 속해 있는데 판사는 아무 말 없이 그냥 검사가 계속 말하도록 내버려 두었다. 이때 피고 쪽에서는 아무런 반론도 할 수 없게 법이 정해져 있기 때문에 검사에게만 유리한 법률이었다. 결국 배심원들의 판단에 가장 마지막으로 영향을 끼치는 것은 검사 측의 주장이 될 수밖에 없었다. 그래도 나는 마지막 희망을 걸고 있었다. 이번 재판의 전체적인 흐름으로 봐서는 우리 쪽이 사실관계를 충분히 밝혔다고 믿었고, 빅키 한의 거짓말과 마커스 형사의 거짓된 행위도 제이콥 변호사가 분명히 밝혔기 때문이다.

판사는 재판을 마감하면서 배심원들의 결정을 기다리는 것만 남았으니 나에게 멀리 가지 말고 분명한 연락처를 법원 서기에게 전해주고 가서 기다리라고 했다. 제이콥 변호사와 나는 힘든 재판이었지만 비교적 가뿐한 기분으로 법원을 벗어나며 서로에게 격려를 했다. 평소 권투를 좋아하던 그는 미소 띤 얼굴로 우리가 판정승으로 이길 거라면서 악수를 하고 헤어졌다.

유죄 판결과 별세계

내가 유죄 판결을 받게 되자 나는 물론 제이콥 변호사도 자신이 변호사 생활을 하던 중에 이렇게 어처구니없는 판결을 내리는 배심원들은 처음이라면서 분노를 감추지 못했다. 빅키 한이 거짓말을 한 것과 그동안 사귀던 남자들에게 상습적으로 결혼하자고 협박하여 돈까지 뜯어낸 사실도 밝혀냈고, 또한 마커스 형사의 옛날 잘못된 행위까지 밝혔는데도 어찌된 셈인지 배심원들은 나에게 유죄 평결을 한 것이다.

내가 대학을 다닐 때 정치학 교수를 비롯해 여러 교수들이 미국의 배심원 제도의 우수성에 대해 자부심을 가지고 말했던 기억이 났다. 그 때는 아무런 생각도 없이 들었지만, 내가 직접 법정에서 배심원들에게 이런 판결을 받고 보니 배심원 제도의 큰 약점을 피부로 체험하고 있었다. 배심원들은 대개 9명으로 이루어져 있는데, 그 중에서도 주로 강한 주장을 하는 사람이 주도권을 쥐고 사건에 대한 심의를 하게 된다. 그 때 주도권을 잡은 사람이나 아니면 고집이 아주 센 사람이 자신의 의견만을 강하게 주장하면 다른 이들은 따르게 되어 있다. 왜냐하면 배심원 의무(jury duty)를 빨리 끝마쳐야 집에 갈 수 있기 때문이다.

그래서인지 배심원 의무는 미국 시민들이 가장 싫어하는 일 중에 하나가 되었다. 배심원 의무 통보를 받으면 대다수 사람들은 무슨 핑계를 대서라도 그 일에서 빠지려고 한다. 왜냐하면 배심원으로 뽑히면 재판 기간 동안에는 단지 시간 당 최저임금만을 받고, 때로는 집에도 못가고 호텔에서 법원으로 바로 출퇴근을 해야만 하기 때문이다. 그래서 제대로 된 직장이 있거나 개성이 뚜렷한 사람들은 이런 의무에서 대부분 빠져 나간다. 그리고 남는 사람은 대다수가 별 할 일이 없는 사람들만 배심원으로 뽑히게 된다. 그러다보니 재판에서 일어나는 복잡하고 미묘한 상황이나 처지를 잘 이해하지도 못하는 때가 많고, 사건의 내용을 충분히 분석하고, 이해해서 올바르게 결정을 내리기보다는 법정 분위기나 감정에 휩쓸려 결정하는 예가 훨씬 더 많아지고 있다.

이제는 폭행 강간범이라는 억울한 누명까지 쓰고, 구치소 독방에 앉아서 형량을 선고받을 날만을 기다리다보니 후회만이 꼬리를 물고 나를 괴롭힌다. 특히 내가 빅키 한에 대한 미련을 버리지 못하고 갈팡질팡했던 모습과 그 날 아침 빅키 한의 결혼 요청을 받고 과격한 말과 업신여기는 행동으로 여자의 자존심을 무참하게 짓밟았다는 생각에 나의 어리석음과 감정적인 행위에 대한 후회가 한없이 밀려왔다. 그러나 때는 이미 늦었다. 나는 독방에서 밀려오는 절망과 매순간을 싸우면서 하루하루를 버텨나갔다.

구치소 방들은 열리는 창문이 없기 때문에 공기가 몹시 탁하며 음식은 최대한으로 줄여서 주고 실내 온도는 냉방장치를 강하게 틀어놔서 항상 겨울 같은 느낌을 준다. 옷은 팬티, 바지 그리고 반팔 티셔스를 두 벌씩만 준다. 그래서인지 추위를 조금이나마 덜기 위하여 두 벌을 한꺼번에 다 끼어 입고 지내는 이가 태반이다.

유죄 판결을 받은 후 제이콥 변호사가 몇 번 면회를 왔다. 그는 매우 미안한 표정을 지으면서 강간은 형량이 20년이 넘을 거라는 말을 해주었다. 그 이유는 검사청에서 나를 강간 혐의로 기소할 때 그 날 저녁 내가 그를 네 차례나 강간했다는 빅키 한의 말을 바탕으로 강간 4건으로 기소했기 때문에 나온 결과였다. 캘리포니아의 법에 따르면 강간은 1건 당 5년 6개월의 형을 부여할 수 있도록 되어 있으니 결과는 22년형이 된다는 말이기도 했다. 그 말을 듣고 나는 앞으로 20년이 넘는 시간을 이곳에서 어떻게 살아남고 버텨낼 수 있을지 걱정과 두려움이 들어서 뜬눈으로 밤을 보냈다. 더욱 걱정되는 것은 어머니가 홀로 어떻게 생계를 이어나가실 것인가 하는 문제였다.

드디어 형량을 공식적으로 선고하는 선고날짜가 다가왔다. 이미 재판 유죄판결 때 언급됐고 예상했던 형량이었지만, 법정의 간수가 공식적으로 22년이라는 형량 선고서를 읽을 때는 또다시 막막한 기분이 들었다. 제이콥 변호사는 그나마 내게 실마리 같은 희망을 주려고 항소 절차를 바로 시작할 테니 힘내라고 했다. 그러나 항소라는 것은 앞으로 몇 년이 더 걸릴지, 또 성공할 것인지 아무런 보장이 없었다. 형의 선고를 받고 법정을 나서면서 나는 어머니와 한없는 생이별의 고통을 느껴야만 했다.

법원의 모든 절차를 마친 후 나는 지역 구치소(County)에서 돌렌씨아 주 형무소(Dolencia State Prison: DSP)로 옮겨졌다. 돌렌씨아 주 형무소(DSP)는 지금은 유명한 관광지로 바뀐 알카트라즈 감옥(Alcatraz Prison)과 비슷한 무렵에 동일한 설계로 지어졌고, 악명이 높기로는 알카트라즈 감옥(Alcatraz Prison)에 버금간다고 했다. 형무소에 처음 도착했을 때 나는 절망과 두려움으로 범벅이 된 상태였다. 이곳은 바닷가 바로 옆에 있어서 공기가 차고 안개가 거의 매일 끼는 곳이었다. 내가 도착했던 날도 예외는 아니어서 우중충한 날씨와 어둑한 형무소를 보니 내 처지가 더욱 서글프게 느껴졌다. 그러나 몇 달 전에 구치소에서 만났던 한 노인 수감자가 '큰집에 가면 절대 그 누구에게도 약한 모습을 보이지 마라'는 충고를 새삼 떠올리면서 마음을 굳건하게 먹었다.

도착 후 모든 수속을 밟는 8-9시간 동안 나는 노인 수감자가 해준 이 말을 길잡이로 삼아 행동했다. 지역 구치소에서 수감자들을 버스로 운송해서 주 형무소에 데려다놓으면 인수처(Intake and Release: I & R)의 담당 간수들이 이제 막 도착한 수감자들의 이름을 한 명씩 부르면서 명단을 확인한다. 이 수속을 마치면 한 사람씩 몸수색을 하게 되는데 구치소에서 입고 온 옷을 모두 벗기고 '나체 수색'을 한다. 수감자들은 알몸이 된 상태로 '이리 가라, 저리가라, 이거 해라, 저거 해라' 하는 그들의 지시에 따라 움직이고 나서야 배당하는 옷을 받는다. 그러면 대기실(holding tank)로 몇 명씩 밀어 넣는데, 거기에서 한참을 기다리고 있으면 한 사람씩 이름을 불러 확인한 후 행정 절차를 마무리 한다.

이렇게 한 나절을 보낸 후 인수처(I & R)를 벗어나기 전에 마지막 절차로 머리와 얼굴, 수염을 형무소 이발소에서 깎아야 한다. 그런 이후 비로소 인수처(I & R)의 모든 수속을 마치면 건물 밖으로 내보내는데, 야드(Yard)라고 불리는 철조망이 둘러싼 넓은 형무소 마당인 그곳에서 모든 죄수들을 한 줄로 세워 놓고 간수가 방 배치 절차를 진행한다. 이런 절차를 다 끝마치면 배치 받은 방이 있는 건물로 여러 간수들이 죄수들을 끌고 간다. 그러면 이미 들어와서 감옥생활을 하는 죄수들은 행진하는 신참 죄수들을 구경하려고 여기저기서 모여든다. 동물원의 원숭이 꼴이 된 신참 죄수들은 먼저 들어온 사람들의 텃세를 심하게 받아야만 했다.

억울한 심정으로 지낸 탓인지 나는 더욱 더 춥고 떨리는 긴장이 절정에 다달아서 걸어가는 도중에 다리부터 배 그리고 어깨까지 한기가 들린 것처럼 무의식적으로 떨었다. 그러면서도 누가 나의 이런 모습을 볼까봐 이를 악물고 다리를 꼬집고 비틀어가면서 겨우 방에 도착하였다.

돌렌씨아 주 형무소(DSP)의 방은 구치소의 방보다 훨씬 적은 넓이 1m, 길이 3m, 높이 2m의 협소한 방이었는데, 그곳에 두 명을 집어넣었다. 여기에 창살로 된 약 50cm 넓이의 문이 있고, 방안에는 쇠 침낭이 한쪽 벽에 아래 위로 붙어 있다. 방 뒤쪽에는 조그만 세면기와 변기가 있다. 그리고 희미한 불빛을 비추는 구닥다리 형광등이 침낭쪽 벽에 아래와 위쪽에 하나씩 붙어 있다. 방에 도착했을 때 그곳에서 한 방을 같이 쓰는 나의 첫 감방동료(cellie)[5]를 만났다.

내가 처음 배치를 받은 방에 도착했을 때 그 방에 있는 형광등을 모두 꺼놓아서 캄캄했다. 그래서 아무 것도 보이지 않았고 바깥에서 들어온 나는 한동안 그 어두움 속에서 초점을 잡기가 어려웠다. 이 때 잔뜩 긴장해 있는 나를 맞이한 사람이 필리핀-멕시코 혼혈의 중년 친구였는데, 그는 한 쪽 눈이 없었다. 간수가 방문을 열고 들어가라는 손짓을 하는데, 그 침침한 방안을 보니 도저히 발이 안 떨어졌다. 간수가 나를 떠밀다시피 해서 방안으로 들어서니 이 친구가 그 어두움 속 침낭에서 갑자기 일어나

---

[5] 감방동료(cellie): 두 명이 함께 한 방을 쓰는 방(cell)에서 그 방을 함께 쓰는 사람은 '쎌리'(cellie)라고 부른다.

내게 다가왔다. 갑자기 웬 애꾸눈이 스윽 다가오는 모습에 나는 너무 놀라서 본능적으로 한 발짝 뒤로 물러섰다. 이 친구는 새로운 쎌리(cellie)가 왔으니 단지 인사하려고 일어난 것뿐이었는데도 나는 그 순간 간이 오싹하는 기분이었다.

우리는 간단히 서로 자기소개를 했고, 나는 인수처(I & R)에서 받은 세면도구 몇 가지와 낡은 이불 두 개뿐인 짐을 대강 정리한 뒤, 윗 침대에 올라가 가만히 누워서 몸과 마음을 추스렸다. 희미한 형광등 불빛에도 벽 이곳저곳에 묻어 있는 마른 핏자국들이 보였다.

그곳에서 며칠을 지내보니 애꾸눈은 괜찮은 친구였다. 우리는 첫날 했던 행동들을 서로 얘기하면서 함께 웃기도 했다. 나는 이곳 돌레씨아 주 형무소(DSP)에서 여러 쎌리(cellie)들을 만났다. 거기는 수감자 전수수용시설(Inmate Reception Center)이어서, 다른 형무소로 배치 받기 전에 대기하는 곳이므로 떠나는 사람과 새로 오는 사람으로 늘 북적거리고 이동이 많았다. 그곳에서 여러 쎌리(cellie)들을 만나다 보니 좋은 사람도 있었고, 힘들게 만드는 사람도 있었다.

그곳의 식사는 구치소보다는 질과 양이 비교적 조금 나았다. 식당(chow hall)은 두 군데가 있는데 실내 운동장만큼이나 컸고, 한꺼번에 약 500~600명이 앉을 수 있는 쇠로 만든 식탁들이 쭉 늘어져 있었다. 들어가면서 뒷부분에 있는 음식 라인에 한 줄로 서서 음식을 배급받는데, 식탁에 가서 앉기 바쁘게 간수들은 식사시간이 끝났으니 빨리 일어나라고 고래고래 고함을 쳤다. 그런 탓에 요령이 생기기 전에는 입에 퍼넣자마자 대략 씹어 삼키게 되고 방에 돌아오면 몇 시간 동안 소화가 되지 않아서 매우 불편했다. 그 때 고참자들을 보니 빈 라면 봉지를 가지고 와서 음식을 거기다 몰래 담아 호주머니에 넣어가서 그 음식을 방안에서 천천히 먹는다는 것을 알게 되었다. 나도 그 모습을 보고 그들이 하는 대로 따라 하면서부터 비로소 소화 불량은 면할 수가 있었다.

이때 우연히 관찰하게 된 것이 있다. 새벽 6시쯤에 아침식사를 하러 식당(chow hall)으로 가야 하는데, 대부분 겨우 일어나서 산송장(zombie)

처럼 걸어서 식당으로 가는 이들이 태반이었다. 특히 겨울에는 상당히 추운 탓에 구할 수 있는 옷가지들을 이것저것 주워 입고 모두들 몸을 움츠리고 울 모자(beanie)를 푹 내려 쓰고 갔다. 그들은 식사하는 동안에도 모자를 쓰고 음식을 먹었다.

나는 이 모습을 보면서 학창 시절에 읽었던 알렉산더 솔제니친(Alexander Solzhenitsyn)의 《이반 데니소비치의 하루(A Day in the Life of Ivan Denisovich)》에 나오는 한 장면이 저절로 떠올랐다. 바로 시베리아 수용소에서의 식사시간 모습을 그린 구절이었다. 그 책의 주인공인 이반 데니소비치(Ivan Denisovich)는 그 추운 시베리아 수용소에서 식사 중에 모두들 털모자를 뒤집어쓰고 먹는 장면을 그리면서 자신은 어릴 때부터 식사 때는 모자를 벗어야 된다는 종교적 교육이 남아있어서 아무리 추워도 식사 때만은 모자를 벗었다고 했다. 다른 이유지만 그와 비슷하게 나도 어릴 때 아버지께서 식사 때는 머리에 무엇이라도 있으면 안된다는 것을 거의 세뇌 교육수준으로 철저하게 배운 덕분에 아무리 추워도 식사 때는 모자를 벗고 먹었다. 그때 왜 그 책의 그런 구절이 생각났는지 모르지만 기분이 매우 묘했다.

지역 구치소 안에서도 밖에서 가족이나 친구가 돈을 넣어주면 라면과 과자 종류 그리고 간단한 세면도구 정도는 살 수 있는 매점이 있다. 그러나 구치소의 매점에서 파는 물건들은 모든 게 지나치게 비싸다. 예를 들면 보잘 것 없는 미국 라면이 밖에서는 10개에 1달러 정도 하는 것을 1개에 1달러를 받는다. 그러니 여기에서 라면을 사먹는 사람은 부자라면서 모두가 부러워한다. 이런 식의 비리가 일상적으로 일어나지만, 더 놀라운 것은 수감자를 상대로 장사하는 이가 캘리포니아에서 유명한 삼진법을 제정시킨 주지사의 친척이라는 사실이었다. 그걸 보면서 어느 곳이나 부자들의 횡포는 다 마찬가지라는 생각이 들었다.

이곳에 처음 들어와서 그동안 지니고 있었던 나의 고정 관념은 산산조각이 났고, 인생관과 모든 것을 다시 생각하게 되었다. 현재 미국 전역에는 2백만명이 넘는 수감자들이 있다. 이것은 그 어느 나라보다 월등히 많은 것이고, 자국민을 이렇게 많이 감금시키는 나라는 세계 역사에도 전례가 없다. 또한 체포와 수감은 별개이며, 체포당했다고 다 수감되는 것은 아니다. 만약 체포를 당하는 숫자까지 포함한다면 9천만명에서 1억명 가까이 된다. 이것은 미국 전 국민의 약 1/3 이 체포를 경험해 봤다는 말이 된다. 미국 국민들의 경찰에 대한 거부반응도 여기에 가장 큰 원인이 있다. 그런데도 일부 정치인들은 사회 안전을 위해 필요한 조치라고 정당화시키려 한다.

돌렌씨아 주 형무소(DSP)에 도착한지 약 2주 후에 가족이나 친구가 들여보내준 돈이 있으면 세면도구 등 일상 필수품과 몇 가지의 음식 종류를 살 수 있는 매점(canteen)을 갈 수 있다는 사실을 알게 되었다. 매점은 아무 때나 갈 수 있는 것이 아니고 수감자 번호 뒷자리 두 번호 순서로 명단을 만들어서 한 달에 3번 가게 가는 순서를 발표한다고 했다. 가게에서 파는 상품목록(Canteen price list)을 구해서 보니 라면, 건조쌀, 고추가루, 꽁치 통조림 등이 첫 눈에 들어왔다. 내 순서가 돌아온 날, 나는 라면 다섯 상자, 건조쌀 50봉지, 고추가루 다섯 봉지, 꽁치 통조림 30개를 사와서 방에 풀어 놓으니 조그만 방이 꽉 찼다. 지난 약 8개월 동안이나 음식 같지도 않은 음식만을 먹다가 라면과 밥을 라면 봉투에 넣고 뜨거운 수돗물로 5분 정도 불린 후에 물을 빼고 그 위에 통조림 꽁치를 얹고 고추가루와 라면 스프를 뿌려 먹었다. 첫 숟가락을 떠서 먹어보니 너무나 맛이 있어 눈물이 날 정도였다.

주 형무소에 있는 수감자들 사이에서는 모든 게 물물교환으로 이루어진다. 우표에서부터 신발까지 모든 게 교환 대상이 된다. 우표는 여기서 돈에 가장 가까운 것으로 취급되고, 제일 인기 있는 물품은 담배이며 그 다음은 커피이다. 갓 들어온 재소자들은 살 돈이 없지만 담배를 피우고 싶으면 신고 들어온 90-100달러짜리 운동화를 손으로 말아 만든 이쑤시개 같이 가느다란 담배 10-20개와 교환한다. 그래서 여기서 좀 오래 세월을 보낸 사람들은 담배와 커피를 꼭 저장해 놓는다. 그러다가 새로 들어온 신참이 신발이나 다른 괜찮은 것을 가지고 있으면 담배와 커피로 유혹해서 낚아챈다. 때론 돈은 없지만 남이 가지고 있는 뭔가가 탐이 날 때는 폭력을 쓰거나 윽박지르기를 뺏어 가는 경우도 있다. 이곳에서는 강한 자들이 약한 자를 지배하는 곳이기 때문에 이러한 행동도 다 사람을 봐 가면서 한다. 그래서 이곳 세계에서는 약한 모습을 보이면 수없이 당하게 된다.

바깥세상과는 완전히 고립되고 절망적인 환경에 놓인 형무소라는 곳에서 이같이 동물세계처럼 약육강식이 이루어지고 있다는 것을 내가 직접 체험하기 전까지는 상상도 하지 못했다. 형무소에 있는 사람들을 보면 개개인의 말 못할 사정이 수없이 많이 있다. 그런데 그런 상황을 전혀 모르면서 무조건 감옥에 있다는 사실 하나만으로 그들에 대해서는 잘못을 저질렀으니 마땅히 벌을 받아야 한다는 등 쉽게 비판을 하는 경우가 대부분이다. 그러나 살다보면 모든 인생은 그렇게 흑백처럼 단순하지만은 않다는 것을 깨닫게 된다.

이러한 암흑세계에서 유일하게 인간의 따스함을 체험할 수 있는 곳은 예배실(chapel)이었다. 나는 매 주일마다 허락되는 미사 시간을 손꼽아 기다렸다. 거기에는 연로하신 자상한 신부님이 계셨고, 근처에 있는 마더 데레사 수녀회(Missionaries of Charity)에서 수녀님들이 와서 주일 미사를 함께 드리고, 주중에는 우리 방 앞으로 직접 와서 책자를 나눠 주며 격려의 말씀으로 우리에게 힘을 주었다. 이들 신부님과 수녀님들의 정성으로 많은 수감자들은 감화를 받고 삶을 이어간다.

한 번은 수녀님들 오시는 날이라서 방문 쪽에 서서 어느 분이 오시는지 이쪽저쪽을 바라보며 기다리고 있는데, 처음 보는 수녀님 한 분이 우리쪽을 향해 걸어 오셨다. 항상 오는 수녀님 한 분이 몸이 편찮아서 대신 오신 미카엘라 수녀님이었다. 안경을 쓴 젊은 분이었고 얼굴은 평화 그 자체였다. 방들을 하나씩 들여다보며 독서 자료와 따뜻한 말을 건네주다가 내가 있는 방 앞에 와서 창살 사이로 나에게 말했다.

"힘들지요?"

그 말을 들을 때 나도 모르게 내 눈에서는 눈물이 왈칵 쏟아졌다. 나는 눈물을 훔치며 말했다.

"제 홀어머님이 항상 걱정됩니다."

그리고 이런 저런 얘기를 많이 주고받았다. 이 분은 특별한 은총을 받은 분이라는 생각이 들었다. 나이답지 않게 온화한 표정으로 사랑스런 표정을 지은 탓에 누구나 지니고 있는 어려움을 마음 놓고 털어놓을 수 있도록 해주었다. 한참동안이나 그렇게 내 방 앞에 서서 말씀을 해 주고는 '파드레 피오(Padre Pio)'와 '성 맥시밀리언 콜베(St. Maximillian Kolbe)'의 책을 주었다. 그리고 떠나기 전에 어머니와 나를 위해 기도하겠다며 성호를 그었다.

비록 철망이 우리 사이에 있었지만 나는 수녀님 앞에 무릎을 꿇고 두 손을 모아 기도를 드렸다. 수녀님은 기도를 마치고나서 성가를 불러 주었는데, '놀라운 은총(Amazing Grace)'이었다. 수녀님의 평화로운 음성으로 부르는 가사 하나 하나가 내 가슴을 파고드는 것 같았고, 내 얼굴은 눈물 콧물로 범벅이 되어갔다. 마치 야생동물처럼 우리 안에 갇힌 채 돌바닥에 무릎을 꿇고 있었지만, 이 성가를 듣는 그 짧은 순간 동안 나는 하느님의 자비와 은혜를 피부로 체험할 수 있었다. 처절한 절망 속에서 좌절감에 빠져있는 나에게 미카엘라 수녀님의 위로는 천사의 현신처럼 느껴졌다.

2
또다른 세상을 만나다

하느님의 손길

　미국 형법 체계에서 감옥에 갇히는 수감자들은 지역(County)에 있는 구치소와 주(State)에 있는 형무소로 나뉘어진다. 지역 구치소는 그 지역의 인구수에 따라 10명에서 10,000명까지 수용하는데, 규모가 다양하다. 주 형무소는 평균 5,000명부터 8,000명까지를 수용한다. 주마다 조금 다르긴 하지만, 캘리포니아 주에선 형량을 삼년 미만 받은 사람이나 재판 전과 재판 중에 있는 사람은 구치소에 수감한다. 그리고 재판이 끝나고 형을 삼년 이상 받은 모든 이는 형량을 마칠 때까지 형무소에 수감한다. 캘리포니아에는 지역(County)마다 구치소가 있고, 형무소는 총 34군데가 있다. 1970년대까지는 형무소가 13개뿐이었는데, 1985년부터 1995년 사이에 21개를 더 지었다. 불과 10년 사이에 21개나 늘어난 것은 그 당시 주 상원과 하원 그리고 주지사가 삼진법과 여러 징벌 조항을 새로 제정했기 때문이었다. 그 법률에 따라 경범자와 중범자들을 무더기로 한꺼번에 잡아들여서 수용하다보니 수용할 장소가 모자라게 되었다. 그래서 주 예산을 수십억 달러나 써서 이렇게 많은 형무소를 지은 것이다.
　새로 지은 주 형무소들은 평균적으로 5,000명에서 8,000명의 수감자를 수용하는 '인간 창고(human warehouse)'였다. 그런데 이러한 시설도 수감자가 늘어나면서 모자라게 되자 이제는 1명씩을 수감하던 낡은 형무소의 방에 2인용 침대를 넣어서 2명씩을 수용하기 시작했다. 그래서 하루아침에 수용량이 2배로 늘어났을 뿐만 아니라, 그에 따른 비용도 어마어마하게 늘어났다. 이런 방식의 징벌적인 처벌정책을 강경진압(tough on crime) 작전으로 불렀다. 이 정책은 범죄를 엄하게 처벌해야 자신들의 재선에 유리하다고 생각한 주 지사와 주 상원의원과 하원의원들 대다수가 동의하여 만들어졌다. 1990년대 미국, 특히 캘리포니아 주에서는 이런 생각을 지닌 정치인들이 계속해서 선출되었고, 그러다보니 캘리포니아 감옥의 수감자는 날로 늘어나서 한때는 200,000명에 육박했다. 이러한 흐름이 미국 전역으로 퍼지면서 자국민을 1,000,000명 넘게 감옥에 가두는 결과를 가져왔고, 전 세계적으로 자국민 수감률이 세계 1위가 되었다. 미국 인구는 세계의 5%에 불과하지만, 미국의 수감자 수는 세계 수감자의 25%를 차지하고 있는 것이다.

나는 돌렌씨아 주 형무소(DSP)에서 6개월을 보내고 나서 지은 지 불과 5년 밖에 안되는 아이슬라도(Aislado)형무소로 옮겨졌다. 아이슬라도는 농업을 주로 하는 캘리포니아 중부에 있는 시골동네인데, 시골의 넓은 땅을 이용해서 기존에 있는 트리스테(Triste)라는 형무소 바로 옆에 지은 5,000명을 수용하는 새 형무소였다. 캘리포니아 주 전체가 본래 멕시코 땅인 곳이다 보니 도시 이름들은 거의 대부분 스페인(Spanish) 이름이다. 아이슬라도라는 이름도 스페인어로 '고립되다'라는 뜻을 지닌 것처럼, 그곳은 형무소가 들어서기에 딱 맞는 이름을 가진 벌판 도시였다.

간수들은 우리를 버스에 태우기 전에 또 한번의 나체 수색을 한 후 양손과 양 발에다 쇠고랑을 채우고 팔 움직임을 제한하기 위해 허리에다 쇠사슬(chain)을 감아 채우고 거기에다 수갑을 채운 양손을 걸어 맨다. 발목에 채운 쇠사슬의 길이가 매우 짧아서 발걸음을 짧게 디디지 않으면 넘어지기가 쉽다. 이 자세로 버스에 차곡차곡 쌓이듯이 포개어서 목적지로 떠났다. 거리로는 약 130 마일 정도 밖에 안되는데, 이동 버스 담당 간수들은 군것질을 하느라고 두 번이나 판매점에 들려 시간을 보내고는 두 시간이면 충분히 갈 수 있는 길을 총 다섯 시간이나 걸려서 아이슬라도에 도착했다. 그리고 여기서도 다시 한번 나체 수색을 했다.

캘리포니아 주 형무소들은 모두 4급으로 나뉘어져 있는데, 형량을 위주로 들어오는 수감자들에게 점수를 준다. 예를 들면, 내 경우에 22년 형량에 다른 부수적인 것들을 계산하여 받은 점수는 67점이었다. 당시 51점 이상은 모두 4급(level 4) 형무소로, 36점에서 50점까지는 3급 형무소, 19점에서 35점까지는 2급 형무소 그리고 18점 미만은 1급 형무소로 배치되었다.

　4급 형무소에 있는 수감자들은 거의 90%가 종신형을 받고 희망없이 막가는 인생들이라 가장 험하고 싸움도 많았다. 그 반면에 서로의 처지가 절망적이기 때문에 서로를 대할 때 매우 조심스레 예의를 정확히 지킨다. 이것을 보고 서로가 서로를 존중(respect)해 준다고 한다. 동양계, 흑인, 멕시칸 그리고 백인 수감자들은 모두 자기 인종들과만 거래를 할 뿐 다른 인종들과는 절대 깊은 친분을 맺지 않는다. 물론 소수의 예외도 가끔 있는데, 그것은 서로의 이익을 위해 마약 거래를 할 때뿐이다. 겉으로 보기에는 평소에 잘 지내는 흑인과 백인 사이 같지만, 만약 이 두 인종 사이에서 패싸움이 일어날 때는 서로 자신들이 몰래 만든 무기를 사용하여 서로에게 휘두르다가 사망자까지 나오는 경우도 있다.
　6개월간 돌렌씨아에서 주 형무소 생활을 하면서 그런 생활에 약간 숙달되었지만, 새로운 곳에서 또 다시 적응을 해야 한다는 것은 결코 쉬운 일이 아니었다. 지역 구치소와 돌렌씨아 주 형무소(DSP)에서도 그랬듯이, 어디를 가든 형무소에서 내 전직이 경찰이라는 사실이 발각되면 그 순간부터 생명의 위험이 따르기 마련이었다. 이런 위험은 내가 형을 마치는 날까지 피할 수 없는 현실이었다. 버스에서 내리는 순간부터 줄곧 신경을 곤두새운 채 긴장 상태로 장시간 인수처(I & R)에서 절차를 마친 후에 내가 배치받은 야드의 건물로 가서 방으로 들어가니 데이빗이라는 중국계 미국 친구가 웃으면서 맞이했다. 어린 아기 때 대만에서 미국 백인 부부에게 입양되어 온 친구라서 그 친구는 얼굴만 동양 사람이지 말이나 생각은 완전히 미국 사람이었다.
　이 친구도 나중에 애기를 자세히 들어보니 기가 막힌 사정이 있었다. 서로 자기소개를 한 후에 이 친구가 버스 타고 오는 게 보통 힘든 일이 아니란 것을 다 겪어봐서 안다며 따끈따끈한 라면을 끓여주는데 배가 고팠던 탓인지 그 맛이 정말 환상적이었다. 앞으로 나는 이 친구와 4년 넘게 한 방에서 보내야 했기 때문에 서로 사이좋게 잘 지내기를 매일 하느님께 기도하면서 감사를 드렸다. 이곳은 꼴통 집합소라 해도 과언이 아닐 정도로 별난 사람들이 많은 곳인데, 데이빗은 성품도 무난하고 경우가 바른 친구였다. 그와의 인연 덕분에 다른 동양 친구들과도 큰 어려움 없이 친해질 수 있었고, 몇 번이나 아슬아슬한 충돌이 일어났을 때도 그 형무소에서 가장 오래 있었던 데이빗이 한 마디를 해주면 그것으로 끝났다.

시간이 흐르면서 나름대로 다른 동양인들 사이에서 내 자리를 잡게 되었지만 처음 들어오는 사람에게 자연히 해당되는 질문들, 즉 무슨 사건으로 몇 년을 받았느냐 등등은 피할 수 없었다. 그러나 나는 이 모든 질문을 피해갈 수 있었고, 그것은 데이빗이 내 보증인처럼 함께 해주었기 때문이었다. 나는 데이빗과의 인연이 바로 하느님의 손길이라 믿고 싶었다.

이곳에서는 3개월마다 수감자들은 30파운드씩 음식과 세면도구 등을 가족들로부터 받을 수 있었다. 이 사실을 알자마자 나는 친구들에게 연락해서 30파운드씩 한국 라면, 통조림 김치, 고추장, 된장, 김, 마른 멸치, 꽁치 통조림, 마늘지 등등을 보내달라고 했다. 이것을 분기별 소포(Quarterly Package)라고 부르는데, 수감자들 사이에서는 줄여서 소포(Package)라고 했다.

내가 첫 소포를 받아오니 데이빗은 자기 가족이 보내주는 미국 음식과는 전혀 다른 생전 처음 보는 식품들이라며 매우 신기해했다. 나는 물을 끓여 라면을 요리하고, 통조림 김치와 마늘지를 데이빗과 함께 먹었다. 그 순간 어찌나 맛있었는지 모른다. 예전에는 풍부하게 매일 먹던 것들이라서 그 맛을 모르고 지냈는데 이곳에서는 매번 먹을 때마다 감사한 마음으로 먹었다.

그 이후 한 동안은 매일 저녁에 식당(chow hall)에 가지 않고, 데이빗과 나는 라면과 김치로 요리를 해서 방안에서 배불리 먹었다. 그러다 보니 30파운드 분량의 음식이 한 달도 되지 않아서 다 떨어졌다. 그래서 나는 또 다른 친구에게 연락을 해서 3개월이 지나지 않았기 때문에 내 이름으로는 받을 수 없으니 데이빗 이름으로 소포를 보내달라고 부탁했다. 그렇게 해서 우리는 3개월마다 60파운드의 한국 음식을 받아먹었다.

그 무렵 그곳에 있는 월남 친구들이 숙주나물을 키운다는 소문이 돌았다. 그래서 물어보니 간단하다며 소포를 받을 때 녹두를 요청해서 받으라고 했다. 그 다음에 비어있는 플라스틱 인스턴트 커피병의 밑부분에 물이 잘 빠지도록 구멍을 여러 개 뚫고 깨끗이 씻은 녹두를 구멍 뚫린 병바닥에 약 2-3cm 높이로 골고루 깔고 그 위를 깨끗한 손수건으로 덮은 뒤 하루에 물을 10-15번 주라고 했다. 그러면 약 일주일 안에 두 명이 먹을 충분한 양의 숙주나물이 나온다고 했다. 그래서 일단 집에 연락해 다음 소포에 녹두를 사 보내달라고 했다.

소포를 기다리는 동안 빈 커피병을 구해서 구멍 뚫는 작업을 시작했다. 월남 친구들이 알려준 대로, 작은 종이핀(paper clip)을 구하여 길게 일자로 만들어 방바닥에 갈아 뾰족하게 만든 뒤 라이터 불에 달궈서 병 밑바닥을 찌르면 플라스틱이 녹으면서 천천히 구멍이 났다. 그런데 구멍하나를 뚫고 나면 열이 식어서 다시 라이터 불로 종이핀을 달궈야 하고, 구멍은 50개 넘게 뚫어야 하니 이 작업을 끝내는 데도 몇 시간이 걸렸다.

드디어 소포를 받고 녹두를 준비해 두었던 병에 넣고 키우기 시작했다. 이틀이 지나자 신기하게도 숙주나물이 싹을 틔우기 시작했고, 매일 조금씩 커가는 게 보였다. 정말 일 주일이 지나니 두 명이 먹을 양이 충분히 나왔다. 그 때부터는 숙주나물이 안들어가는 음식이 없을 정도로 방안에서 요리를 할 때마다 넣어서 해먹었다. 바깥세상에서는 야채가 필요하거나 숙주나물이 먹고 싶으면 언제든지 가게에 가서 사오면 되지만, 이곳에서는 삶의 지극히 근본적인 것들도 구하기 어려운 생활이어서 수감자들은 아주 작은 것에도 감사할 줄 아는 사람이 된다.

아버지께서는 오랜 가톨릭 신자이셨고 평소 신부님과 수녀님을 잘 모셨으므로 우리 집에는 신부님과 수녀님들이 자주 왕래하셨다. 그중에 원로 수녀님 한 분께서는 내 사건 이후로 2-3개월에 한 번씩 어머니와 함께 면회를 오셨다. 오셔서 희망을 늘 말씀하시면서 나에게 꼭 매일 일기를 써서 모든 것을 기록하도록 당부하셨고 약속까지 하도록 했다. 그러면서 그런 기록은 먼 훗날에 본인은 물론이고 억울한 사람들을 위해 반드시 쓰이게 된다고 강조하셨다. 처음에는 정신이 없어서 실행을 못했지만 차츰 수감생활에 적응 하면서부터 수녀님과 약속한 일기를 쓰기 시작했다.

공책을 여러 권 구해서 그걸 종이로 묶은 뒤 한 권으로 만들어서 거의 매일 잠자리에 들기 전에 이 일기장에 기록을 했다. 이렇게 일기를 통해 내가 현재 처한 어려움을 인내하고 낱낱이 기록하면 언젠가는 새로운 출발에 필요한 요소가 될 것이 분명했다. 일기를 쓰면서 한편으로는 수감 생활을 낱낱이 기록한다는 점도 있었지만 내가 처한 고통스런 현실과도 싸워야 했다. 그렇지만 일기장은 차츰 매일 나의 모든 것을 털어놓을 수 있는 편한 벗이 되어갔고, 수년이 지나면서 낡은 일기장은 점점 불어나서 이사를 갈 때마다 성서 다음으로 내 재산 2호로 나와 함께 다녔다. 내 사건 당시에 내 곁에서 도와주시던 신부님과 수녀님을 은인이란 낱말로 표현하기에는 부족할 정도로 나에게 많은 사랑을 베풀어 주셨다.

그런 수녀님들과 나는 이곳 아이슬라도에 와서도 서신으로 계속 연락을 하고 있었다. 하루는 일을 다녀와서 샤워하고 방에 들어가 있는데 간수가 우편물을 배달하면서 우리 방 앞에 서서 내 이름을 불렀다. 건물마다 담당 간수가 배달된 우편물을 방 번호대로 정리해서 매일 이 시간쯤에 전해주곤 하는데, 이것을 우편물 배포(mail call)라고 한다. 수감자들이 가장 소중하게 여기는 것은 가족과의 면회이고, 그 다음이 바로 이 우편물 배포(mail call)였다.

내 이름을 듣고 반갑게 문 쪽으로 가서 받아보니 원로 수녀님의 편지였다. 평소 때보다 커다란 봉투여서 반가운 마음에 급히 뜯어보니 편지가 여러 장 들어 있었다. 접힌 편지들을 펴보니 한 장은 수녀님의 편지였고, 다음 여러 장은 수녀님께서 그 당시 지도하고 계시던 39명의 수련 수녀님들이 쓴 격려, 위로, 희망을 전하는 글들이었다.

너무도 예상치 못했던 편지를 받고 그 내용을 읽어 내려가면서 내 마음은 감사와 황송함으로 가득 차서 앞이 흐려지기 시작했고, 곧이어 편지지 위로 눈물이 떨어졌다. 내가 상상도 할 수 없는 신앙과 봉헌의 삶을 택한 이 아름다운 영혼들께서 문란한 삶을 살았던 나에게 이토록 소중한 글들을 보내주신 것이 믿어지지 않았고, 새삼 하느님의 손길을 깨달았다. 한 분 한 분의 글을 읽고 또 읽으며, 나에게는 이 메마른 곳에서 주님에 대한 생각을 다시 할 수 있는 소중한 기회가 되었다.

마당과 휴게실(Yard and Dayroom)

별세계인 형무소에는 여러 가지 독특한 요소들과 규칙들이 있다. 여기에서 말하는 규칙은 형무소 행정부에서 집행하는 규칙을 말하는 것이 아니고 수감자들 사이, 특히 서로 다른 인종들 사이에서 지켜야만 하는 무언의 규칙들이라고 할 수 있다. 수감자들이 가장 많은 시간을 보내는 곳은 방(cell)이고, 그 다음은 야드(Yard)라 불리는 건물 바깥에서 수감자들이 활동을 할 수 있는 철조망으로 둘러싼 마당이다. 그 다음으로는 주간 휴게실(Dayroom)인데, 그곳은 수감자들이 방에서 나와 건물 안에서 시간을 보낼 수 있는 실내 공동 공간이다.

형무소마다 다르지만 주간 휴게실과 야드에는 수감자용 전화가 있다. 그래서 참 보잘 것이 없긴 하지만, 모든 수감자들이 한 자리에 모일 수 있는 유일한 장소가 바로 야드다. 여느 공동체든 그들이 진행하는 모든 일들은 모두 야드에서 이루어진다. 수감자들끼리 나름대로 사회, 정치, 경제, 종교, 교육, 체육, 문화 활동에 따른 모든 사건들이 그곳에서 서로를 상대로 하여 일어난다. 사회 활동과 문화 활동을 보면, 드물지만 타 인종들 사이에서 음식이나 선물을 나눌 때도 주로 야드에서 한다.

동양인들은 매년 두 번, 설날과 크리스마스 때 모두 음식을 만들어 야드로 가지고 나와서 함께 먹는 관례가 있다. 이곳에서 서로 없이 사는 처지이지만 이때가 되면 제한된 재료 탓에 국적 없는 가지각색의 음식이 나온다. 좁은 방안에서 모자란 도구로 만들어서 가지고 나오는 음식들이지만 그럴싸한 음식도 있고, 다들 배를 곯은 탓에 입맛이 변한 것인지 맛 또한 괜찮다. 모두들 실컷 먹고나서 술은 없으니 소다로 씻어 내린다. 그런데 이렇게 대대적으로 한 그룹으로 모여서 함께 나누어 먹는 것은 동양인들뿐이다. 우리 동양인들이 그렇게 먹을 때마다 다른 인종들은 지나가면서 부러운 눈길로 우리를 쳐다본다.

야드에서는 가끔 기타를 치면서 몇 사람이 모여 노래를 하기도 하는데, 이때 다른 인종들도 모여들어서 신청곡을 요청하면서 시간을 보내기도 한다. 그리고 교정 예술(Arts in Prison)이라고 불리는 프로그램을 통해 수감자들은 기타, 색소폰, 키보드로 제한된 악기들을 구입할 수도 있고, 또 악기를 다룰 줄 아는 소수의 수감자들은 주로 예배실(chapel)에서 즉흥 연주(jam session)같은 걸 하기도 하고, 가끔은 야드에 모여서도 한다. 교정 예술 프로그램은 악기뿐만 아니라 미술 도구도 구할 수 있어서 그림을 그리는 수감자들도 있는데, 그들이 그린 그림을 보면 전문적인 (professional) 화가 수준에 도달한 경우도 있다. 아이슬라도 형무소에선 교정 예술을 담당하는 인간미 넘치는 민간인 교사가 수감자들을 위해서 물불을 가리지 않고 도움을 주다가 시기하는 다른 간수들의 미움을 사서 누명을 쓰고 해고를 당한 일도 있었다.

새로 지은 형무소에서 모든 수감자들이 야드로 나가는 첫 날은 서로 차지할 땅을 놓고 각 인종들 사이에서 치열한 경쟁이 일어난다. 그런 경쟁에서 서로 싸우지 않고 해결하려면 꽤나 복잡하고 예민한 정치적 타협이 요구된다. 이때는 어느 인종이건 서로 땅을 많이 차지하려고 혈안이 되어 있다. 왜냐하면 이때 정한 구역은 그 형무소가 문을 닫는 날까지 그대로 지켜지기 때문이다. 서로 자기네 구역을 넓게 잡으려고 치열한 경쟁이 일어나며 정치적으로 타협이 안 되면 결국 패싸움으로 이어지게 되는데, 그런 상황에서는 주로 숫자가 많은 인종이 이기게 된다.

멕시칸과 백인들은 타 인종들보다 비교적 계급체계를 중요시 여기고 거기에 따르는 문제들이 많다. 예를 들면 두목(shot caller)이 있는데, 그 두목의 통솔 아래 주로 마약 장사로 돈벌이를 해서 서로 돈을 나눈다. 그런데 공평하게 나누지 않고 욕심을 부리는 두목은 늘 밑에 있는 녀석들 중에서 어떤 놈이 언제 반란을 일으킬지를 잘 살펴보아야만 한다. 이권

다툼이 크게 번지면 두목을 지지하는 파와 반란파로 나뉘어져서 내란이 크게 일어나기도 하고, 또 마음 맞는 몇 놈이 두목이 혼자 있는 기회를 포착해서 습격하여 죽이는 수도 있다. 또 한 가지는 어떤 사건이 생기면 간수들이 가장 먼저 두목(shot caller)을 붙잡아다가 심문을 하므로 두목이란 자리는 여러모로 위태로운 자리이다. 그런데도 불구하고 멕시칸과 백인들은 서로 해보려고 다툼이 자주 일어난다.

그리고 형무소 안에서는 바깥세상과 다른 형태의 경제 활동이 매우 활성화 되어 있다. 음식, 문구, 세탁과 청소에 필요한 약품들이나, 옷가지와 신발 등 각자 일자리에서 훔쳐가지고 나와서 수감자들끼리 서로 팔고 사는 경제 체계가 만들어져 있다. 거의 모든 게 물물 교환으로 이루어지는데, 한 가지 예외 품목이 있다. 그건 바로 수감자들 사이에서 거래되는 마약이다. 마약거래는 주로 원격 거래(money mail-out)로 이루어지는데, 적은 양의 마약을 살 때는 대부분 물건이나 음식을 사서 지불한다. 그러나 만약 거래 액수가 크다면 형무소에서 관리하는 각 수감자의 계좌에 있는 돈을 바깥으로 송금하여 처리한다. 그런 거래 방식을 이용해서 마약대금을 지불하거나 아니면 바깥 친구나 가족들에게 핑계를 대고 돈을 받아 지불하기도 한다.

바깥세상에서 판매되는 대부분의 마약 종류를 형무소 안에서도 구할 수가 있다. 대마초부터 코카인, 헤로인, 메타돈까지도 돈만 있으면 쉽게 구할 수가 있다. 바깥세상과는 완전 차단된 형무소 안으로 어떻게 해서 그토록 많은 마약이 들어올 수 있을까? 간수들은 100% 면회실을 통해 밀수된다고 주장하지만, 그 많은 양을 설명하기에는 현실과 이치에 맞지 않는다. 면회실을 통해 마약이 밀수되는 것은 주로 수감자들을 면회 오는 여자 친구들이 몸에 숨겨 들어와서 수감자에게 몰래 전해주는 것이다. 이때 마약은 고무풍선을 이용해 똘똘 말은 형태로 전달되고, 그것을 건네받은 수감자는 입으로 삼키든지 아니면 화장실에 가서 항문으로 밀어 넣는다. 입으로 삼키는 경우에는 면회가 끝나고 나체 수색을 할 때 적발을 피할 수 있는 반면에 위 안에서 고무가 터지면 사망의 위험이 따른다. 항문으로 넣어 가지고 오는 경우에는 위험도가 낮긴 하지만 나체 수색을 당할 때 적발을 당할 우려가 따른다. 면회실을 통해 밀수되는 마약은 형무소 내에서 거래되는 마약 전체의 5%도 안될 것이다. 왜냐하면 면회를 오는 대부분의 사람들이 가족들이기 때문에 가족들은 물론 수감자들 자신도 위험해지는 그런 요청은 하지 않는다. 면회 오는 대다수의 여자 친구도 대부분 마약 밀수는 거부한다. 그러므로 면회를 통해 마약을 전해주는 수는 극히 적다고 할 수 있다.

마약 거래의 가장 큰 통로는 일부 소수의 부정 간수들과 형무소에서 일하는 민간인으로 이루어진다. 이들은 아무런 수색도 받지 않고 매일 형무소로 출퇴근하니 마음만 먹는다면 밀수를 하기에는 누워서 떡 먹기이다. 형무소마다 수많은 간수와 민간인이 채용되어 있고, 그들 중에는 쉽게 벌 수 있는 돈의 유혹에 빠지는 사람도 있기 마련이다. 돈을 쉽게 벌수 있는 마약 거래에 한번 맛을 들이면 마약에 중독된 사용자처럼 쉽게 들어오는 돈에 중독이 되어 적발이 되기 전까지는 그런 거래를 계속하게 된다. 이렇게 마약 거래를 지속 하다가 적발 되어서 수갑을 찬 채로 형무소 조사실로 잡혀 가는 간수나 민간인 직원을 수감자인 우리도 가끔 볼 수 있다.

마약 장사를 하려는 수감자와 마약을 팔려는 간수 혹은 민간인 직원이 처음에 서로 접근해서 사업 거래가 이루어지기까지는 천천히 서로를 경계하면서 여러 가지로 시험하는데, 보통 1년이 넘게 걸린다. 그 후에 서로가 만족하면 거래가 성사된다. 처음에는 서로를 잘 모르기 때문에 무척 조심스레 아주 작은 것부터 시작한다. 예를 들면 불법이지만 적발이 된다고 해도 별로 문제가 되지 않는 형무소 안의 물품을 주고받으면서 서로를 시험한다. 그러다가 차츰 그 강도를 높여가고, 어느 시점에서 한 쪽, 주로 수감자 쪽에서 이익의 가치가 위험을 감수할 만큼 된다고 판단되면 마약 장사를 제안한다. 이렇게 해서 관계가 맺어지면 밀수의 양이 커지면서 원격 거래 수준으로는 지불 금액을 해결할 수가 없게 된다. 또 만약에 지불을 할 수 있다 하더라도 수감자의 계좌에 큰 액수의 예금과 인출이 빈발하게 되면 형무소 회계 부서에서 조사 대상에 올리니까 그것을 피하기 위해서는 바깥에서 간수에게 직접 지불할 수 있는 시스템을 만들게 된다.

부정 간수 혹은 민간인 직원은 마약을 대량으로 밀수해서 가져다주고 수감자는 돈을 관리하는 친구를 바깥에 한 명 정해두고 마약을 밀수해 준 사람에게 돈을 지불하도록 하는 것이다. 형무소 안에서 마약 장사를 하는 수감자 무리들을 보면 주로 바깥에서 한 가닥 하면서 놀던 놈들이어서 바깥에서 돈을 처리해 줄 수 있는 조직이 남아 있는 경우가 대부분이다. 이것을 몇 번 하고나서 일이 잘 이루어지면 액수가 커져서 바깥에서 중간 역할을 하는 놈에게도 무시 할 수 없는 액수의 돈이 꾸준히 떨어진다. 적발이 되기 전까지는 형무소 안에서 하는 마약 장사는 갇혀있는 중독자들을 고객으로 두고 있으니 부르는 게 값이어서 땅 집고 헤엄치기가 된다.

가까이 지내는 수감자 한 명이 하루는 술이 취해서 내게 지난 2년 동안 마약장사로 번 돈이 50,000달러가 넘는다며 자랑을 했다. 갇혀있는 처지에서 큰 돈을 벌고 있지만, '쉽게 번 돈은 쉽게 쓴다(easy come, easy go)'는 미국 속담처럼 그런 돈은 흐지부지하게 낭비되어 버린다. 그리고 아무리 내가 그와 잘 지낸다고 해도 너무 쉽게 자신의 비밀을 말하는 것을 보니 이 녀석도 두목이라고 하지만 그저 경솔한 수감자 무리 중 한 녀석에 불과하다는 생각을 하게 되었다.

또 매일 아침과 점심에 배급 나오는 사과를 가지고 술을 만들어 파는 장사꾼들도 있다. 이 술은 프루노(pruno)라고 불리는데, 맛은 '과일 맛나는 막걸리'라는 표현이 가장 적절하다. 프루노를 만드는데 필요한 준비물은 최소 20개가 넘는 사과와 당분이 높은 설탕(kicker), 그리고 쓰레기용으로 사용되는 큰 비닐봉지와 빈 통조림 깡통이다. 사과를 안먹고 버리는 이들이 많다보니 손쉽게 대량으로 구할 수 있고, 수요가 높다 보니 이 장사를 하는 사람이 꽤나 된다. 빈 통조림 깡통은 사과즙을 내는 도구로 사용하는데, 깡통에 구멍 여러 개를 내서 그 거친 면에다 사과를 긁어서 즙을 낼 수 있도록 만든다. 그런데 아무런 연장도 없이 통조림 통에 구멍을 뚫는다는 것은 보통 힘든 일이 아니다. 그래서 이런 작업을 전문으로 하는 이에게 몇 푼 돈을 주고 만들어달라고 한다.

프루노 술을 만드는 방법은 다음과 같다. 위에서 말한 모든 재료가 준비되면 비닐봉지에다 설탕을 넣은 다음, 그 위에다 사과를 긁어서 즙을 만들어 술을 담근다. 모든 작업을 마치면 비닐봉지를 단단히 묶어서 침대 밑에 보이지 않는 구석 자리에 보관해 둔다. 프루노 장사를 무사히 오래 하려면 간수들의 눈은 물론 냄새까지 새어나가지 않도록 해야 한다. 왜냐하면 술을 만들 때는 발효과정에서 나는 냄새가 방안과 바깥까지 퍼지기 때문이다. 그래서 흑인들이 종교용으로 쓰는 향을 사서 방안에 피우게 되는데, 그러면 프루노 냄새를 어느 정도 감출 수가 있다. 그리고 발효 과정에서는 필수적으로 하루에 2-4번 정도 비닐봉지를 열어서 그 속에 찬 가스를 빼줘야만 한다. 이걸 보고 환기(breathe)시킨다고 하는데, 이것을 잊고 빼먹게 되면 여러 가지로 골치 아픈 일이 생긴다.

　가까이 지내는 친구 중에 술장사를 하는 홍콩이라는 별명을 가진 중국계 친구가 있었는데, 환기를 안시켜서 곤욕을 치른 일이 있었다. 하루는 친구들과 시시한 얘기를 하면서 야드를 걷고 있는데, 한 건물에서 갑자기 총소리처럼 빵 하는 소리가 났다. 소리가 너무 커서 간수가 총을 쏜 줄 알고 일단에 있던 모든 수감자들이 움직임을 멈췄다. 그런데 이상한 것이 평소 사건이 터져서 간수가 총을 쐈을 땐 쏘기 바로 전과 바로 후에 간수들이 '엎드려(yard down, get down)'를 외치는데 아무 소리가 없었고, 오히려 관찰탑에 있는 간수까지도 어리둥절한 모습을 보였다. 관찰탑과 야드에 있는 간수들이 무전기로 무언가 말을 주고받았지만 모두 혼란스런 모습이었고, 빵 소리가 들린 쪽을 대략 손짓하며 중얼거리고 서 있었다. 간수들이 소리가 들린 건물 쪽으로 걸어가면서 창문 하나를 가리키자 그동안 호기심에 차서 지켜보던 우리들도 그곳을 보니 유리 안쪽에 새빨간 색깔이 묻어 있었다. 그제야 간수들은 '엎드려'를 소리치고, 문제의 창문이 있는 건물로 뛰어갔고 얼마 걸리지 않아서 그 실체가 드러났다. 잠시 후에 여러 간수들이 새빨갛게 물들고 찢어진 비닐봉지를 들고 히히닥 거리면서 건물 밖으로 나온 것이다.

　나중에 알고 보니 그날 홍콩은 치료소(clinic)에 갔다가 예상보다 치료

시간이 오래 걸려 늦게 나왔는데, 그동안에 방안에 묶어뒀던 술봉지 큰 거 하나와 작은 플라스틱 병이 터지면서 온 방안을 엉망으로 만든 것이었다. 홍콩이 아침 일찍 치료소에 가면서 술봉지와 플라스틱 통을 환기시켜야 하는 것을 깜빡 잊은 탓에 발효 중인 봉지와 통 안에 있던 가스가 터지면서 방바닥서부터 천장까지 온 방안이 난장판이 된 것이었다. 일단 폭음의 정체를 알고 난 간수들은 치료소에 있는 홍콩을 사건이 벌어진 방으로 불러서 벌을 주기보다는 한참 놀리면서 웃었다. 사방에서 그 모습을 보고 있던 우리들도 모두 웃지 않을 수 없었지만, 홍콩은 자기 방을 깨끗하게 치워야 할 것을 생각하면서 울상을 지었다.

미국 사회에 있는 모든 종교는 형무소 안에서도 찾아볼 수 있다. 카톨릭, 개신교, 이슬람, 유대교, 여호아의 증인 등 모두를 대표하는 종교와 공동으로 쓰는 예배소가 있다. 멕시칸들과 필리핀 사람들은 주로 카톨릭이고, 백인들은 주로 개신교이며 흑인들은 대다수가 이슬람교인이다. 소수 사람이지만 유대교인도 있다. 그래서 하나 밖에 없는 예배소(chapel)를 서로 스케줄을 짜서 모두가 나눠 쓴다. 각자가 나름대로 신앙생활을 열심히 하려고 노력하지만 바깥세계와 마찬가지로 위선자들도 있고, 때로는 서로의 종교를 헐뜯고 비난하면서 쓸데없이 끝이 없는 토론을 하는 사람들도 있다.

형무소 자체에서 마련하는 교육제도가 있긴 있지만 제대로 된 교육이라고는 할 수가 없다. 소수의 수감자들은 개인적으로 가족의 도움을 받아서 통신 교육과정을 통해 대학 공부를 한다. 주로 2년제 대학 공부를 하지만, 그들 중엔 4년제까지 공부하는 이들도 가끔 있고, 드물지만 학문에 관심이 깊은 수감자들은 박사학위 공부까지도 한다.

운동도 인종별로 분리되어 하는데, 축구는 멕시코 이민자들로 구성된 빠이싸(동족)들이 거의 독점을 하고 있고, 소수의 동양인들과 미국에서 자란 멕시코 애들도 가끔 함께 하곤 한다. 빠이싸 친구들은 돈내기 축구시합을 즐겨한다. 배구는 빠이싸들과 백인 그리고 동양인들이 주로 하고 농구는 압도적으로 흑인들이 장악하고 있다. 형무소마다 주로 농구 골대가

두 개뿐인데, 하나는 흑인 전용이고 나머지 하나는 동양인, 멕시칸 그리고 백인들이 함께 쓴다. 흑인들의 농구 실력은 보편적으로 다른 인종들보다 월등하며, 프로 농구 선수 수준까지도 도달해 있다. 흑인 중에서도 뛰어나게 농구를 잘 하는 친구들은 고등학교 시절 때 미국 전역의 유명한 대학에서 스카우트를 받은 경우도 있다.

철없는 시절에 친구들과 휩쓸려 한 순간의 실수로 인생을 잘못 살게 된 이들의 얘기는 수두룩하다. 한번은 동양인과 흑인들만 빼고 다른 인종들이 락 다운 되었을 때 한 흑인 친구와 나는 농구공을 던지며 시간을 보내다가 알게 된 일이 있었다. 이야기를 들어보니 태어날 때 받은 재능을 어린 시절에 순간의 실수로 내던져버린 전형적인 사건이었다. 그의 고등학교 농구 팀 동료들 중 둘은 미국프로농구(NBA) 현역 선수도 있었다. 이 친구는 부드럽고 힘들지 않게 보이는 스타일의 농구 실력에 맞게 이름이 '씰크'였다. 절친 한 사이는 아니었지만 씰크와 나는 그 후로 가끔 만나서 농구를 같이 하곤 했다.

이처럼 삭막한 환경에서 지내다보면 가장 우선적으로 체력이 강해야만 한다는 것을 알게 된다. 말이나 이론보다는 힘을 최고로 여기는 사회가 이곳이기 때문이다. 그래서 거의 모든 수감자들은 철봉대에서 매일 많은 시간을 보낸다. 1980년대 초까지 캘리포니아 형무소에는 역기와 아령 같은 운동도구가 있었지만, 그로 인해 너무 많은 사고가 났다고 한다. 즉, 아령 같은 쇠뭉치로 다른 수감자들을 때리거나 서로를 치고받는 싸움이 잦다보니 중상은 물론이고 사망자까지 자주 나왔다고 한다. 그래서 형무소 행정부에서는 1980년대 중반에 모든 역기와 아령을 없애버렸고, 그 대신 야드에서 맨손으로 할 수 있는 철봉대를 설치했다. 오전에 운동 시작 시간에는 야드에서 인종별로 나뉘어진 철봉대에 수감자들이 모여들어 차례대로 운동을 하는데, 철봉대 하나에서 그렇게 다양한 운동을 할 수 있는지 여기 오기 전까지는 상상도 하지 못했다. 미국 속담에 '필요는 모든 발명의 어머니(Necessity is the mother of all inventions)'라는 말이 있는데, 바로 이 미국 속담을 생각나게 해준다. 바깥세상에서는 모든 장비와 시설이 설치된 체육관(gym)에서 비싼 돈을 주고 회원으로 가입해서 운동을 하지만, 여기에서는 생존을 지켜주는 체력을 키우기 위해 보잘 것 없는 철봉대를 잡고 몇 시간씩 씨름을 한다.

  캘리포니아 주는 겨울에 비가 많이 온다. 형무소에서는 비올 때 야드에 나가면 비를 피할 곳이 없기 때문에 2-3시간동안 온 몸이 흠뻑 젖는다. 비가 온다고 해서 도중에 건물에 다시 들어가는 건 불가능하다. 야드로 나오기 전에 건물 내에서 한번 나가면 야드 시간이 끝날 때까지 못 들어온다고 간수들이 미리 경고를 했기 때문이다. 비가 올 때 비닐봉지로 임시 우비를 만들어서 쓰고 있으면 주 정부의 소유물을 파괴하는 행위라면서 따라 다니면서 압수하는 간수들도 있다.

  한국 겨울의 추위에 비하면 이곳 추위는 별게 아니지만, 그래도 영하 3-5도일 때 야드에 나가게 되면 형무소에서 주는 옷가지를 한꺼번에 다 입고 나간다. 서로 어둔해 보이는 그런 모습을 보며 놀려대기도 하는데, 추위를 덜기 위해 여러 가지 기발한 방법을 다 찾아낸다. 2-3시간 동안 영하의 온도에서 야드를 걷다 보면 추위로 인해 온몸이 얼어서 굳는데, 그것을 피하기 위해 사람마다 여러 가지 방법을 쓴다. 그 중에서 가장 인기 있는 것은 바로 형무소 가게에서 파는 샴푸병을 이용하는 방법이다. 이 병은 플라스틱으로 되어 있고, 길고 납작해서 주머니에 넣고 다니기에 편리하다. 샴푸병을 다 쓰고나서 빈병을 버리지 않고 모아서 휴대용 난로 (heater)로 쓰는 것이다. 야드에 나가기 직전에 이 빈병 2개에 물을 끓여 가득 채우고 뚜껑을 닫고 자켙 안의 호주머니 양쪽에 넣으면 좀 무겁지만 약 한 시간 정도는 손과 배를 따뜻하게 해 주는 난로가 된다.

  비가 오는 겨울날과 무더운 여름날에는 건물 안에 있는 주간 휴게실에서 모두들 운동을 한다. 건물 안에서 운동을 하면 샤워를 여유있게 할 수 있어서 좋다. 형무소 생활에서 수감자들에게 큰 스트레스 중에 하나는 매일 해야 하는 샤워다. 야드에서 운동을 마칠 때 건물에 들어오면 하루 종일 운동을 하고 온몸이 땀으로 흠뻑 젖은 약 100명의 수감자들이 한꺼번에 30-40분이란 제한된 시간에 몸을 씻어야 하니 샤워실은 서로 빨리 들어가려고 하는 전쟁터가 된다. 건물마다 샤워실이 여섯 개 밖에 없기 때문에 인종별로 나누어진 샤워실에는 적으면 4명, 많으면 10명까지 함께 들어가서 몸씻기를 해야 한다. 이렇게 해서 제한된 시간 안에 몸씻기를 끝내야 한다. 만약 그러지 못하면 가끔 몸에 묻은 비누물도 완전히 씻지 못하고 나올 때가 있다. 그런 때나 아예 샤워실에도 들어가지 못했을 때는 방안에서 새 목욕(bird bath)[6] 신세를 면치 못한다.

---

[6] 미국에서 수감 생활을 해 본 사람은 누구나 새 목욕(bird bath)을 한번은 경험해 보았을 것이다. 새 목욕은 제한조치(lockdown)를 따르는 한 부분이다. 문제를 일으켜서 제한조치에 걸리면 3일 만에 한 번씩 샤워실로 갈 수 있기 때문에 나머지 이틀은 방안에서 새 목욕을 해야 하는데 그것은 다음과 같이 이루어진다. 첫째, 한 방을 함께 쓰는 사람과의 사생활(privacy) 보호를 위해 침대 시트로 세면기 옆에 카텐을 치고, 또 바깥에서도 들여다 볼 수 없게 방문에 붙은 좁고 긴 유리창도 종이로 가린 다음 세면기를 깨끗이 청소하고 배수관을 막은 다음 물로 가득 채운다. 방에는 하수구가 없기 때문에 방 전체에 물이 번지지 않도록 세면기 주위의 바닥에 수건을 길게 말아서 '댐'을 만들어야 한다. 그 다음에는 옷을 벗고 몸에 물을 적당히 적셔서 비누칠을 한 뒤 변기 위에 올라서서 세면기에 받아놓은 물을 컵으로 퍼서 몸에 묻은 비누를 씻어내려야 하는데, 이때 아무리 조심을 해도 물이 바닥으로 튀고 흘러내린다. 몸에서 비누물을 다 씻어 내리고 변기에서 내려와 준비해둔 수건으로 몸을 잽싸게 말린다. 바닥에 흐른 물을 막고 있던 수건('댐')으로 바닥을 훔치고 물을 모아서 변기에 짜 버리는 동작을 여러 번 반복하며 물이 번지기 전에 빨리 치워야 한다. 왜냐하면 아무리 수건으로 '댐'을 만들었다고는 하지만 물이 넘쳐서 방 전체로 서서히 흘러가고 있기 때문에 빨리 치우지 않으면 바닥에 있는 물건들이 젖어 못쓰게 되는 일이 생기기 때문이다. 물이 많이 흘렀을 때는 바닥 정리를 다하고 나면 몸에 땀이 많이 나서 간단히 샤워를 다시 하거나 아니면 젖은 수건으로 땀을 대략 닦아야 하는 이중일이 생기기도 한다.

면회 그리고 슬픈 이야기들

아이슬라도 형무소 도착 후 2주가 되어서야 전화를 쓸 수 있는 특권(privilege)을 받아 제일 먼저 어머니와 통화를 했다. 근심이 가득 찬 어머니를 안심시켜 드리려고 여기는 지내기가 더 좋다고 하고, 그 다음 주부터 면회가 된다고 알려 드렸다. 전화를 마치고 시간이 되어서 방에 들어와 방 뒤쪽으로 나있는 조그만 창으로 밖을 바라보니 멀리 산이 보인다. 때는 겨울이고 비가 많이 와서 산이 온통 초록색이다. 산을 바라보고 있으니 이곳에서 앞으로 22년을 어떻게 살 것인가 하는 막막한 생각이 나를 짓눌렀다. 데이빗이 가지고 있던 라디오에서는 우연히 '아베 마리아'가 흘러나오고 있었고, 그 음악은 내 마음을 더욱 슬프게 만들었다. 이런 저런 생각들이 스쳐 가지만 내 마음을 떠나지 않는 건 어머니 생각뿐이었다. 혼자서 어떻게 견디고 계시는지 걱정스럽기만 했다.

일주일 후에 어머니가 면회를 오셨다. 약 8개월 만에 만져보는 어머니의 손은 너무도 야위셨다. 어머니와 나는 한참을 껴안고 울었다. 이어 어머니는 아무 말도 없이 나를 바라보면서 서 계셨다. 조금 정신을 차린 후 면회실 탁자 하나에 자리를 잡고 앉자 어머니는 여느 한국 어머니들처럼 자식을 먹여야 된다는 생각으로 먹을 것을 챙기셨고, 자동판매기에서 무더기로 사 온 것을 나에게 먹도록 했다. 빵 종류 밖에 없었지만 배가 고팠던 나는 닥치는 대로 배불리 먹었다. 어느 새 면회시간 4시간은 눈 깜짝할 사이에 지나가고 어머니와 나는 아쉬운 작별을 해야 했다.

다행히도 면회는 매주 허락됐고 어머니는 직접 운전을 하니 다른 사람들에게 신세를 지지 않아도 면회를 오는 데는 아무런 지장이 없으셨다. 매주 오시면 너무 힘드니까 집에서 쉬시라는 내 말에도 어머니는 아랑 곳 하지 않으시고 내가 수감되어 있는 기간 동안 단 한 주도 빠지지 않고 면회를 오셨다. 어머니께서는 내가 걱정할까봐 말을 하지 않았지만, 나중에 알고 보니 면회 오는 사람들은 입구에서 말할 수 없는 어려움을 겪고 있었다.

우선 선착순으로 면회를 허가해 주니 일찍 와서 수감된 자식이나 형제, 또는 남편을 만나려고 새벽부터 밖에서 줄을 서야만 했다. 그 과정에서 새치기하려는 사람도 많고, 목소리 큰 놈이 이기는 식으로 흑인들과 멕시칸 여자들이 설쳐대니 질서가 엉망이라고 했다. 멕시칸 친구들을 면회 오는 여자에게서 그런 상황에 대해 들었는데, 영어는 유창하지 못해도 어머니는 절대 그런 무리들에게 주눅이 드는 일이 없이 오히려 큰소리를 친다고 했다. 늦게 와서 새치기를 하는 일부 무리들 때문에 문제가 너무 심해지자 어머니와 몇몇 아줌마들은 면회 전날 저녁에 도착해서 형무소 정문 앞 길목에 차를 세워두고 순서를 정해서 차 안에서 자기도 했다고 한다. 폭폭 찌는 더운 여름이나 영하 3-5도까지 내려가는 겨울 한파에 차 속에서 잔다는 것은 결코 쉬운 일이 아니었다. 그런데도 어머니와 여러 아줌마들은 아들이나 남편을 위하여 그런 힘든 고생을 마다 하지 않은 것이다.

면회 오는 가족과 친구들의 어려움은 그게 다가 아니었다. 질이 좋지 않은 간수들의 방해 행위도 만만치 않기 때문이다. 남녀를 가리지 않고 질이 좋지 않은 간수들은 어찌나 마음이 고약한지 사사건건 면회 규정을 내세워서 수감자들을 괴롭혔다. 그들의 말투를 보면 수감자들은 인간 쓰레기이니 면회 같은 것은 받을 자격조차 없다는 것이다. 이런 태도가 수감자들에게만 영향을 미치면 괜찮은데, 면회를 오는 수감자 가족들이나 친구들에게까지 피해를 끼치고 있었다.

아이슬라도 형무소에서는 A, B, C, D, E 야드로 나누어서 각 야드마다 1,000명씩 수용했다. 1,000명이 수감되어 있는 A야드에서는 그 중 10% 정도의 수감자만이 정기적으로 면회를 하고 있었다. 그 나머지 사람들은 1년에 한 번 면회실에 갈까 말까 했다. 그런 탓에 면회실에 갔다가 오면 야드에서 만나는 친구들이 '거기서 뭐 맛있는 거 먹었느냐'고 묻곤 했다. 면회실에서 먹는 음식도 색다른 음식은 없었다. 그래도 감옥에서 주는 것보다는 나았기 때문에 그런 물음을 들을 때마다 그들에게 미안하기만 했다.

면회를 통해 나는 가장 존경하는 남 신부님으로부터 긴 수감생활을 헤쳐 나갈 수 있는 용기를 얻게 되었다. 이번 사건이 일어나기 전까지 나는 지극히 이기적인 삶을 살았고, 그래서 당연히 신앙 같은 것에는 아무런 관심이 없었다. 그러던 중에 가톨릭 신자였던 대학 후배 켈리가 강력하게 원해 남 신부님의 강론을 듣기 위해 함께 간 적이 있었다. 그 당시 강론을 하신 남 신부님은 백인이었는데, '남 신부'라는 이름은 한국에서 사목생활을 하면서 받은 한국 이름이었다. 이때가 가톨릭교회에서 말하는 대림시기였는데, 남 신부님은 한국에서 15년간 사목을 하신 분이어서인지 우리말이 유창했고, 특히 성품이 화끈해서인지 처음 만나는 순간부터 나와는 뭔가 통하는 기분이었다.

남 신부님의 강론을 들으면서 신앙에 관심이 없던 나도 조금은 생각을 다시 하게 되었다. 그 전에도 몇 번 교회니 성당에 가본 적이 있었지만, 그때마다 하나같이 고리타분한 이론과 일상생활에 아무런 도움도 되지 않는 사설만 늘어놓는 목사와 신부들의 강론을 들은 기억만이 남아 있었다. 그런데 남 신부님은 그들과 전혀 달랐다. 신앙 그리고 인간과 하느님의 관계를 매우 이해하기 쉬우면서도 단순하게 유머를 섞어가면서 설명한 탓인지 2시간 강론이 어느새 끝났는지 모르게 지나갔다.

강론을 마친 후 여러 사람들이 신부님을 둘러싸고 얘기를 하고 있었는데, 켈리가 신부님을 잠깐이라도 만나고 인사를 해야 한다면서 사람들 사이로 파고 들어가서 신부님을 모시고 나왔다. 남 신부님은 그 전부터 켈리를 잘 아는 것 같았고, 켈리의 말을 듣더니 나에게로 다가왔다. 미소를 띤 얼굴로 악수를 청하는 신부님과 나는 서로 인사를 나눴는데, 이것이 남 신부님과 나의 첫 만남이었다. 그런 인연으로 남 신부님은 나에게 신앙에 대해 새롭게 생각을 다시 하도록 씨앗을 심어주신 분이셨다. 남 신부님이 그동안 해주신 말씀 중에 수없이 좋은 말씀이 많지만, 내 기억에 선명히 남아있는 것은 약 2,000명이 모인 관중에게 강의을 시작하면서 하신 말씀이다.

"오늘 모인 관중들 중에 단 1명이 강의를 듣고 예수님이 말씀 하시는 형제가 진정 누구인지를 근본적으로 깨닫고 지금 이 순간부터 말이나 이론을 바탕으로 하는 신앙이 아니라 실천하는 삶을 산다면 나는 성직자로서 대 성공했습니다. 물론 여러분 모두가 한 명도 빠짐없이 다 그렇게 할 수 있다면 그것보다 더 좋을 게 있겠습니까만은 제가 지난 30년 넘게 경험해 온바, 좀 아쉽지만 99%가 강의를 들을 때는 감정이 부풀어서 웃기도 하고 울기도 하지만 그 순간뿐입니다. 오늘 마치고 모두 큰 변화없이 예전의 삶으로 되돌아 갈 것입니다. 그게 바로 제 경험입니다. 그럼 여러분에게 예수님이 말하는 형제는 누구입니까? 마테오 복음 25장에 나오는 이들이 여러분의 형제이고 바로 예수님입니다."

당시 나또한 그런 말씀을 듣고도 너무 문란한 삶을 살고 있었던 탓에 새로운 감정과 생각이 오래 가지 못했고, 예전처럼 나태하고 문란한 삶으로 또 다시 빠져들었다. 그러다가 이번 사건이 터져서 전전긍긍하면서도 나는 남 신부님을 까마득히 잊고 있었다. 그런데 내가 유죄 판결을 받고 구치소에서 절망에 빠져 있을 때 교도사목을 하시던 남 신부님이 어떻게 아셨는지 그것도 면회실이 아닌 내 방안으로까지 찾아와서 내 손을 잡고 기도하며 격려의 말씀을 해주신 것이다. 그때 남 신부님은 나에게 '늘 긍정적으로 살면서 포기는 없다(Never Give Up)는 사실을 꼭 기억하라'고 하시며 '나는 너를 믿는다'라고 말씀하셨다. 남 신부님의 그 한 마디가 그 당시 나를 절망으로부터 어느 정도 구해주었다.

나는 수감 생활을 하는 동안 남 신부님과 서신으로 연락하며 많은 것을 배웠고, 그 분은 내 신앙을 새롭게 형성시켜 주었다. 남 신부님은 나에게 '하느님은 인색하거나 째째한 분이 아니다. 언제 어디서나 우리와 함께 하신다는 것을 기억하라'고 말씀하셨고, '우리가 때로 하느님을 떠날지라도 하느님은 우리를 절대로 떠나지 않고 우리가 돌아올 때까지 사랑으로 기다려 주신다'고 가르쳐주셨다.

아이슬라도에서는 방안에 갇혀 있는 시간이 길었다. 방에서 바깥으로 나올 수 있는 시간은 약 오전 9:30에서 11:30까지이고, 오후에는 약 1:30에서 3:00까지이다. 다섯 개의 건물이 있는 아이슬라도 형무소는 각 건물마다 200명씩 수용하고 있어서, 1,000명이 야드로 나오게 된다. 이때는 수용된 사람들 거의 모두가 야드로 나와서 한정된 공간에서 체력 단련 활동을 한다. 주로 철봉대가 몇 개 설치된 곳에서 운동을 하는데, 각 인종들끼리 나누어져서 한다. 크게는 4 그룹으로 나뉘는데, 흑인과 멕시칸, 그리고 백인과 기타 동양인으로 나뉘어진다. 우리 동양인들은 기타에 속해서 지정된 철봉대만 사용할 수가 있다. 항상 패싸움이 날 수가 있기 때문에 남의 구역을 침범하는 경우는 전혀 없다.

이 외에는 조그만 잔디밭이 있는데, 거기서는 멕시칸들이 축구를 한다. 농구장은 반을 나뉘어 한 쪽은 흑인들이 장악하고 있고 다른 한 쪽은 모든 다른 인종들이 서로 어울려서 사용한다. 운동을 하지 않으려면 둥근 야드 데두리에 나 있는 길을 걸어야만 한다. 그냥 가만히 있거나 그룹별로 모여 있으면 감시하고 있던 간수들이 즉시 와서 움직이라고 경고를 준다. 이것은 싸움이나 마약 거래를 막기 위한 조치이기도 하다.

아이슬라도에 온지도 한 달이 지난 1월이었다. 비가 오는 그 날 나는 월남 친구 둘과 함께 야드 둘레를 걷고 있었다. 걷기 시작한지 얼마 안됐는데 그 친구들이 나를 야드 한 쪽 구석으로 데리고 가서 흑인들이 모여 있는 쪽을 가리키면서 자세히 보라고 했다. 아직은 수감 생활 초보자에 속하는 나는 별 다른 모습은 찾아볼 수가 없었다. 그러나 월남 친구들은 벌써 뭔가 이상하게 여기고 나를 데리고 다니면서 흑인들의 행동이 심상치 않으니 흑인들과 우리들의 거리를 최대한으로 떨어지도록 했다. 우리가 그들이 있는 곳과는 반대쪽의 야드 구석에 다달았을 때 월남 친구 한 명이 흑인들 쪽을 가리키면서 곧 무슨 일이 일어날 테니 잘 보라고 했다.

그의 말이 떨어지자마자 바로 백 명이 넘는 흑인들이 두 무리로 나뉘어져서 서로를 향해 고함을 치며 뛰어갔다. 이것이 이제까지 말로만 들었던 바로 형무소 폭동(prison riot)이었다. 그들 중에는 손에 무기를 쥔 녀석들도 있었고, 너무 급히 뛰다가 잔디밭에서 미끄러지는 녀석들도 있었다. 이쯤 되니 감시 타워에서 이런 움직임을 보던 간수들이 확성기로 '엎드려(get down, get down)'를 고함치듯이 반복했다. 흑인들은 간수들의 경고에도 아랑 곳 하지 않고 서로 치고받거나, 찌르는 모습이었다. 어떤 녀석은 주위에 앉아 있던 불구자의 목발을 뺏어 휘두르기도 했다. 이처럼 엎치락뒤치락 하며 그렇게 한참동안 진행되고 있는데, 갑자기 총소리가 여러 발이나 났다. 감시 타워에 있는 간수가 경고를 해도 소용이 없으니 장총으로 잔디밭을 향해 몇 발 갈긴 것이었다.

총소리에 드디어 흑인들이 모두 멈칫거렸고, 그 중의 한 녀석은 직접적으로 총알에 맞았는지 비명을 지르면서 뒹굴었다. 이때 간수들은 야드를 뛰어 다니면서 모든 수감자들에게 땅에 엎드려서 누워 있으라고 명령하였다. 우리는 땅에 엎드려 있는 채로 이 상황을 바라보고 있었는데, 이상하게도 이 모든 상황이 영화의 한 장면처럼 보였다. 그동안 영화에서나 보았던 형무소 폭동 장면을 직접 보면서 여러 가지 감정이 일어나서 복잡했고 기분도 이상했다. 싸움이 절정에 다다를 때는 정작 간수들도 접근을 하지 않다가 총소리에 흑인들이 주춤해져서야 여러 간수들이 최루탄을 쏘면서 그들 사이로 들어가기 시작했다.

아무튼 총에 맞은 놈부터 시작해서 서서히 부상자들을 들 것으로 싣고 치료소에 옮기면서 주동자들을 추려내는데 한 녀석도 빠짐없이 모두 달려가는 것 같았다. 폭동과 관련된 사람들을 처리하는 데는 5-6시간이나 걸렸고, 모든 수감자들에게 수갑을 채운 뒤 한 명에 간수 한 명씩 붙어서 방에 집어넣기까지 건물 당 약 1시간이 더 걸렸다. 내가 있는 감방은 5번 건물이어서, 나는 제일 마지막으로 방에 들어왔다. 아침 10시쯤부터 9시간이 지난 저녁 7시까지 젖은 시멘트 바닥에 엎드려 있다가 일어나니 옷 앞부분은 물에 흠뻑 젖어 있었고 다리는 뻣뻣하게 굳어 감각마저 없어서 걷기조차 힘들었다. 방에 들어오자마자 얼른 젖은 옷을 마른 옷으로 갈아입고, 라면을 하나 끓여먹고 나니 그제서야 몸이 녹으면서 나른해져서 곧바로 잠이 들었다.

그 다음날에는 제한조치를 받으면서 데이빗으로부터 흑인들, 멕시칸들 그리고 백인들 조직에 대한 간단한 설명을 들었다. 캘리포니아 형무소에 있는 흑인들은 크게 두 갈래로 나누어지는데, 둘 다 로스앤젤레스가 그들의 뿌리였다. 그 중 한 팀은 '홍색을 모니커로 삼는 블런(Blood)'이라고 불리고, 다른 팀은 '청색을 모니커로 삼는 크립스(Crips)'로 불린다고 했다. 이들 외에도 작은 단체들이 여럿 있긴 하지만, 모두 뿌리는 이 두 조직에서 그 시작을 찾을 수 있다고 했다. 이들 두 조직이 경쟁하기 시작한 것은 1960년대로 거슬러 올라가고, 현재는 미국 전역으로 퍼져있다고 했다. 현재 캘리포니아 형무소 내에서는 서로를 경계하고 있지만 그래도 비교적 평화를 지키며 상호간의 이익을 위해서는 거래도 가끔씩 하는 편이라고 했다. 이번에 일어난 사건도 서로 간에 마약 거래를 하다가 한 쪽이 더 큰 욕심을 내면서 이익금을 더 많이 차지하려다가 터진 일이라고 했다.

멕시칸들을 살펴보면 크게 세 갈래로 나누어진다. 캘리포니아 북부의 노르테뇨(Nortcno-북부 사람), 캘리포니아 남부의 수렌요(Sureno-남부 사람), 그리고 멕시코 이민자들로 형성된 빠이싸(Paisa-동족)들이다. 이외에도 작은 조직들이 있지만, 그들 모두 세 갈래 중 하나에서 시작되었다. 노르테뇨와 수렌요는 1960년대 후반에 캘리포니아 형무소에 있던 멕시칸 수감자들이 신발 한 켤레를 가지고 다투다가 갈라지기 시작하여 현재는 캘리포니아의 남북 지역별로 이름을 따서 노르테뇨와 수렌요로 갈라져 있는데, 초기에는 치열한 라이벌 의식을 가졌지만 그 후로 기회만 되면 서로를 죽이는 원수지간으로까지 악화되었다. 현재 캘리포니아 형무소 내에서는 대체적으로 서로 존재를 인정하고 있지 않지만, 될 수 있으면 다치지 않으려고 서로를 건드리지는 않는다. 형무소마다 노르테뇨와 수렌요는 숫자가 많은 쪽이 우위를 차지한다. 그리고 빠이싸들은 노르테뇨와 수렌요의 행위에 대해 전혀 개의치 않고, 자기들 나름대로의 체계를 갖고 있어서 무시하지 못할 조직을 이루고 있었다.

백인들은 여러 갈래가 있는데, 주로 지역이나 도시별로 조직이 만들어져 있긴 하지만 형무소 안에서는 지역에 구애받지 않고 서로 단결이 잘 되는 편이었다. 그들 중 예외적인 경우로는 백인 우월주의자들인 스킨헤드(Skinheads)와 나찌 로라이더(Nazi Lowrider)가 있다.

이번 사건 이후로 나는 처음으로 수감 체제의 많은 불공평함 중 하나를 직접 겪게 되었다. 싸움은 흑인들 사이에서 일어났는데 형무소의 모든 수감자들, 즉 싸움에 전혀 관련되지 않았던 모든 이들도 제한조치를 당해 6개월 동안이나 수감자들에게 통상적으로 주어진 모든 혜택을 정지당하는 불이익을 받은 것이다. 그 이후 6개월 동안 야드에는 한 번도 못나갔고, 건물 안에 있는 샤워실에서 샤워를 사흘에 한 번씩 할 때가 방에서 나올 수 있는 유일한 외출 기회였다. 식사는 방으로 배달해줘서 받아먹었지만 음식의 질이나 양은 형편없었고, 각자 나름대로 대처해 나갈 수밖에 없었다. 면회도 또한 정지되어서 매주 유일한 낙이었던 어머니와의 만남조차 가질 수 없었다. 수감 생활에는 여러 가지 어려움이 따르지만 그 중에서 가장 힘든 것은 사랑하는 가족과 격리되어 있다는 점이다. 그래서 모두들 가장 기다리는 것이 면회였고, 그 다음으로는 편지를 받는 것이다.

이곳에 들어와서 보니 참으로 말 못할 사정이 수두룩했다. 미국에서 일어나는 법률체제(legal system)의 비리들이 참으로 다양하게 많았고, 억울한 경우도 많이 있었다. 계획적인 살인장소인 줄도 모르고 자신의 삼촌을 그저 차로 운전하여 데려다주었다는 죄로 종신형을 선고받은 미성년인 젊은이가 있는가 하면, 영어를 잘 모르는 부모의 약점을 이용해 사기를 친 놈을 납치해서 고문했다가 죽게 만들어서 300년이나 되는 형량을 받은 이도 있었다.

그런 젊은이들 중 하나로 동네 마약 장사와 말다툼이 시작되어 총격전까지 벌이다가 죽게 되어 종신형을 받은 태국 젊은이를 우연히 알게 되었다. 평소 성질이 차분한 그 젊은이는 막내 아들로서 부모의 극진한 사랑을 받으면서 자랐는데, 특히 어머니와는 정이 남달랐다고 했다. 그의 형제들은 매 주마다 어머니를 모시고 면회를 왔다. 이 친구는 면회가 허용되는 주말만 기다리면서 한 주씩을 지탱해 나갔다. 주 중에는 편지도 자주 받으며 미소 띤 얼굴을 자주 볼 수 있었다. 그 사이 나도 내 나름대로의 고민 때문에 이 친구가 한동안 보이지 않는 것을 모르고 있다가 어느 날 데이빗에게 그 친구에 대해 물었다. 데이빗이 제대로 대답을 못하는 것을 봐서는 별로 좋지 못한 일이 있었나보다고 생각하고 말았다. 나중에 알고 보니 그의 생애에 가장 중요하고 그에게 유일한 희망으로 계시던 어머니께서 갑자기 세상을 뜨셨다고 했다. 그 소식을 들은 그는 절망에 빠져서 야드 출입을 중단한지가 꽤 된다고 했다. 자연히 나도 내 어머니가 생각났고, 그의 마음을 조금이나마 헤아려줄 수 있을 것 같았다.

그가 처한 사실을 알게 된 나는 그를 만나고 싶었다. 위로를 해주기 위한 목적은 아니었다. 왜냐하면 그것은 위로가 불가능한 상황이기 때문이다. 그저 그와 함께 잠시나마 있고 싶었다. 고통을 겪고 있는 사람에게는 그냥 아무 말 없이 그 사람과 함께 하는 것이 위로가 된다. 나 또한 이번 사건을 겪으면서 깨달은 것은 처절한 상황에 처한 이에게는 사람들이 아무리 좋은 뜻으로 해주는 말이라도 아무런 도움도 되지 않는다는 점이었다.

동양 친구들 사이에서는 이 친구의 사정을 모르는 이가 없었다. 그렇지만 아무도 뾰족한 수를 찾지 못하고 있었다. 그래서 나는 어떻게라도 그 친구와 함께 하려고 그가 있는 건물에 들어가 보기로 했다. 각자 배치된 건물 외에는 출입이 금지되어 있지만 그 건물 담당 간수가 마침 인간적으로 수감자들을 대하는 사람이어서 사정 얘기를 했더니 잠시나마 들어가서 그 친구와 얘기를 할 수 있도록 해주었다.

건물 안으로 들어가서 둘러보니 그의 모습은 안 보였고 방에 박혀 있는 게 분명했다. 그의 방문 앞에 가서 들여다보니 그는 이불을 덮어쓰고 누워있었다. 내가 조심스레 문을 두드리니 그가 서서히 움직이면서 이불 바깥으로 고개를 내밀었다.

방에서 나온 그의 얼굴에는 아무런 표정이 없었고 내가 해주는 말에 그저 고개만 끄덕였다. 나는 여기 있는 모든 동양 친구들이 너를 위해 기도하고 마음으로 함께 하니 힘을 내라고 했다. 한참동안 내가 하는 말을 듣던 그의 볼에는 눈물이 흐르고 있었다. 그 모습을 본 나도 눈시울이 뜨거워졌지만 그의 손을 꼭 잡고 보잘 것 없는 우리 모두지만 그의 고통에 함께 한다고 하면서, 그에게 사랑하는 가족을 기억하라고 말했다. 그는 말을 이어가지 못했고 그저 어머니와 함께 있고 싶다고만 했다.

20대 초반에 종신형을 받고 수형생활을 이제 막 시작한 그 친구는 이 세상 전부이고 유일한 희망이었던 어머니가 너무 보고 싶다며 흐느꼈다. 흐느끼는 그를 보며 나는 더 이상 할 말을 잃었다. 그와 나는 그렇게 한참동안 말없이 손을 잡고 있다가 그가 일어나며 내게 안겨왔다. 이곳에서 두 남자가 껴안고 있다는 것은 여러 가지 오해를 불러일으킬 수 있지만 그때 그 친구의 고통을 조금이나마 덜어 주고픈 마음에 나는 서슴지 않고 그를 안아주었다. 그는 하염없이 흐느끼다가 내게 고맙다는 인사를 하며 자기 방으로 되돌아갔다. 나는 뒤 따라가서 내일 또 오겠다는 약속을 하며 헤어졌다.

그 건물을 벗어나는 내 마음은 참으로 침울했다. 이루 말할 수 없는 그의 고통은 수감자 모두에게 언제든지 들이닥칠 수 있는 현실이었기 때문이다. 그 순간 나는 내 어머니가 자꾸 머리에 떠올랐다. 그 친구와 만난 바로 그 다음날 아침에 또 제한조치가 내려졌다. 이번에는 백인들과 수렌요 사이에 패싸움이 일어나서 여러 명이 중상을 입었다고 했다. 그 결과 모든 수감자들은 두 달 동안 제한조치를 겪어야만 했다.

그럭저럭 두 달이 지나서 제한조치가 풀렸고, 야드에 나가는 첫날에는 다들 오랜만에 만나는 반가움으로 농담 삼아 인사를 한다. 한참동안 햇빛을 못 보았더니 모두들 백인처럼 되었다면서 서로 하얀 피부색을 보고 놀려대곤 한다. 그런데 이 날은 여느 때와 달리 모두들 말없이 침울한 표정들을 하고 어색하게 서 있었다. 나는 그 중에 친한 사모아 친구에게 무슨 영문이냐고 물었다. 그는 며칠 전에 그 태국 친구가 자살했다고 말했다. 이 말은 한편으로 큰 충격을 가져다주었지만, 다들 그 상황을 이해하고 있었다. 사랑하는 가족들과 격리된 삶을 사는 우리들에게 있어서 부모, 특히 어머니의 존재는 절대적인 것이다. 형제, 친척, 친구들은 모두 나를 잊어도 어머니만큼은 끝까지 내 곁에 있는 존재이다. 그런 어머니를 잃은 이 친구는 삶의 의미를 잃은 것이다.

나는 그 친구의 고통이 얼마나 심했기에 인간의 가장 강한 본능인 자아보존(self-preservation)을 버리고 절망을 택했을까를 생각해보았다. 나는 구약에 그려진 때로는 난폭한 주님보다는 모든 것을 사랑으로 용서하시는 예수님을 믿고 싶었다. 그 젊은 영혼이 불쌍하기 짝이 없었지만 이제 예수님 곁에서 그의 어머니와 다시 만났으리라 믿었다. 그 젊은 영혼의 고통을 기억하며 일기장에 올릴 때 이것이 바로 수감자 우리 모두에게 언제 다가올지 모르는 현실이란 사실을 새삼 느꼈다.

이렇게 한 영혼이 쓰러져 갈 때도 세상사는 아무 거리낌 없이 진행된다. 감옥 안에서는 우리 동양 친구들만 한동안 그를 위해 기도하고 그의 가족에게 편지도 보냈다. 그러나 가까이 있는 타 인종 수감자들은 그가 누군지조차 모르고 있고, 간수들은 곳곳에서 자기네들 주말 계획과 휴가 계획을 얘기하기에만 바쁘다.

제한조치(lockdown)와 방 수색(search)

제한조치(lockdown)와 방 수색(search)은 수감생활에 영원히 동반되는, 수감자들이 가장 싫어하는 불청객이다. 제한조치란 수감자들의 모든 움직임을 차단시키는 것이다. 다시 말하면 일자리, 학교, 야드, 가게[7] 등을 일절 정지시키고 수감자들을 방안에만 가두어 놓고 간수들이 건물마다 다니며 아침과 저녁식사를 방으로 배달해준다. 유일하게 방에서 벗어날 수 있는 시간은 3일에 한 번씩 샤워를 하도록 10-15분을 줄 때뿐이다. 이런 제한조치가 짧으면 1주일이고, 길게 될 때는 1년이 넘는 경우도 있다. 대체로 간수들은 제한조치를 좋아한다. 왜냐하면 제한조치 동안에는 위험수당이 더 나오기 때문이다. 그리고 계획표(program)가 있을 때는 수감자들을 오전과 오후로 하루에 여러 번 방에서 내보냈다가 들여보내는 일을 해야 하지만, 제한조치 동안은 수감자들을 24시간 방안에 가두어 놓고 거의 아무 일을 하지 않아도 되니 편한 것이다.

그러므로 빼도 박도 못하는, 잔소리 많은 지긋지긋한 마누라 같은 동반자가 '제한 조치'이다. 제한 조치를 당하면 수감자들 모두 각자 '대기 상태(lockdown mode)'로 들어간다. 일반적으로 제한 조치에 대비해서는 모아둔 책들을 꺼내 독서를 가장 많이 택한다. 그러나 사람에 따라 밀린 편지에 답장하는 사람도 있고, 조그만 나무를 구해서 면도날로 조각을 하는 사람도 있고, 좁은 방안의 일상생활에서 조금이나마 편리하도록 해주는 일종의 방 수리(remodeling)를 하는 친구들도 있다.

---

[7] 수감자들에게 주어지는 모든 특권(privilege)을 합쳐서 계획표(program)라고 부르는데, 제한조치(lockdown)를 당하는 기간에는 모든 것이 정지되는 무계획(no program)이라고 부른다.

형무소의 방에는 쇠로 만든 아래, 위 침대 두 개가 한 쪽 벽에 붙어있고, 녹이 슬지 않는 강철(stainless steel)로 만들어진 세면기와 변기가 전부이다. 벽에는 선반 같은 것이 전혀 없기 때문에 버리는 종이상자를 몰래 가져와서 선반 모양으로 자른 다음 풀로 붙여 선반을 만든다. 제한조치가 끝나고 옆방에 가봤더니 한 친구가 버리는 상자들을 모아서 그것으로 선반을 만들어 벽에 붙여놓은 것을 보았다. 그래서 그 친구가 만들어 놓은 선반을 보고 감탄한 동료들이 선반을 만들면서 감방 안에서는 너도 나도 선반 만드는 일을 벌이기도 했다.

선반을 만들어서 벽에 붙이려면 접착제가 필요하다. 접착제는 간수들이 사용하는 사무실 바닥에 바르는 액체 왁스를 구해서 만든다. 거기에다 비누를 부드러운 가루가 되도록 부순 다음 뻑뻑해질 때까지 섞으면 접착도가 제법 강한 풀이 된다. 이 풀을 가지고 미리 만들어 놓은 선반을 벽에다 붙이면 된다. 처음에는 잘 안 붙기 때문에 풀이 마를 때까지 약 20-30분을 손으로 누르고 있어야 하는데, 2-3시간이 지나 풀이 완전히 건조해지면 제법 쓸모 있는 선반이 된다. 액체 왁스에 밤색 구두약을 살짝 풀어 섞으면 밤색 페인트처럼 변하고, 그걸 판지에 발라서 말리면 나무처럼 그럴싸하게 보인다. 이렇게 힘들게 만들어 놓은 선반도 방 수색을 할 때 간수들이 무자비하게 다 부셔 버린다. 그런 까닭에 '제한조치' 후에는 모두들 또 다시 간수들이 버리는 종이판지가 나오기만을 기다린다.

제한조치가 길어지면 모든 수감자들은 3일 만에 돌아오는 샤워장으로 가는 길에서 꼭 친구들 방 앞으로 잠깐 다가간다. 그리고 어떻게 지내고 있는지 서로의 안부를 묻고 혹시 양식이 부족한 경우에는 조금 더 여유가 있는 친구가 나누어주는 의리를 지킨다. 동양인들 사이에서는 서슴없이 모든 것을 서로 나누어 갖는데, 그것을 보고 그렇지 못한 타 인종들이 부러워 할 때도 있다. 그리고 제한조치 때의 필수품인 책을 이때 서로 교환하여 볼 수 있는 기회이기 때문에 다들 샤워를 하러 나올 때면 꼭 책을 들고 나온다.

또 제한조치를 당하는 동안에 다른 곳으로 옮겨가는 수감자들도 있는데,

이들은 그동안 친했던 친구들과 아무런 작별인사도 못하고 떠나게 된다. 제한조치가 있을 때마다 우리 수감자들은 얼마나 인간 이하의 취급을 당하는지를 새삼 깨닫곤 한다. 제한조치는 여러 이유로 일어나는데, 그 중 가장 흔한 것이 수감자들 사이에서 싸움이 일어난 후에 간수들이 조사를 하는 경우이다. 예를 들면 백인들 사이에서 패싸움이 났을 때 타 인종들은 아무런 관련이 없다는 것을 간수들도 모두 알면서 그저 모든 수감자들에 대해 일단 제한조치를 시키고 본다. 사건과 관련이 없는 사람들을 제한조치에서 먼저 풀어주느냐 마느냐는 결정권을 가진 간부의 주관적인 판단에 따라 좌우된다. 그래서 사건에 아무런 관련이 없는 수감자들도 제한조치가 시행되는 첫 1-2주는 함께 피해를 보게 되는 것이다.

한 번은 흑인과 백인 그리고 멕시칸까지 해서 세 인종들 사이에서 크게 패싸움이 일어났는데 여느 때와 같이 모든 수감자들, 즉 아무런 관계가 없는 우리 동양인들도 싸잡아서 제한조치를 시켜놓았다가 2-3주 지난 뒤에야 동양인은 싸움에 관계가 없다면서 제한조치가 풀렸다. 흑인, 백인, 멕시칸이 제한조치로 인해 야드로 못나오게 되니 야드는 늘 텅 비어 있었다. 그리고 그 이후 5개월 동안 약 30명밖에 안되는 동양인들은 넓은 야드를 마음껏 누비면서 매일 오전 오후로 축구, 농구, 미식축구를 하며 시간을 보낸 적도 있었다.

방 수색은 대략 제한조치 4-5번 꼴에 한 번씩은 대대적으로 시행한다. 방 수색을 한다는 결정이 나고 모든 수감자들의 방을 하나하나 수색하는 데는 1-2주가 걸린다. 그 때는 어디서 갑자기 그 많은 숫자가 나오는지 약 100명쯤 되는 간수들이 빠르면 하루에 건물 하나씩, 느리면 이틀에 걸려서 건물 하나씩 수색을 한다. 그래서 모든 건물의 수색을 마치려면 1-2주의 시간이 걸리는 것이다. 방은 어느 간수가 수색하느냐에 따라서 큰 손실없이 넘어가느냐 아니면 쑥대밭이 되느냐가 달려 있다. 완전히 운에 달린 방 수색에서 열 번에 한 두번을 빼고는 대부분은 쑥대밭이 된다. 주로 수색은 아침식사 배달이 끝나자마자 시작되어 저녁 식사 바로 전에 마친다. 한 건물을 수색하기 전에 그 건물의 모든 수감자들에 대해 수갑을 채워 방에서 건물 밖으로 데리고 나가 식당에 가두어 두고는 방 수색을 한다.

 수감자들은 '간수들이 수감자들의 편한 꼴을 못본다'고 흔히 말한다. 방 수색 과정에서 간수들은 옥살이의 불편함을 조금이나마 덜려고 수감자들이 모았거나 만들어 놓은 물건들을 무자비하게 부수거나 내다버린다. 예를 들면, 배당 받는 베개가 도무지 편하지 않아서 하나를 더 구해서 쓸 만하게 만들어 놓으면 두 개 다 없애버린다. 또 배급받는 음식이 너무 형편없어서 수감자들은 따로 요리를 해먹곤 하는데, 그때 사용하는 알미늄 전기냄비도 압수당한다.

 수감자들의 재산 제 1호인 이 전기냄비는 용접을 배우는 수감자들이 만들어서 50-100달러에 파는 것이다. 특히 우리 동양인들은 집에서 보내준 여러 종류의 재료를 가지고 요리를 해먹기 때문에 많은 친구들이 알미늄 전기냄비를 가지고 있다. 이렇게 소중한 냄비를 수색할 때면 금속제품이라는 이유로 모조리 압수해 버린다. 그래서 제한조치가 풀리면 새 냄비를 만들어 달라는 주문이 용접을 하는 수감자들에게 계속 들어오게 되고, 용접하는 수감자들의 부수입도 늘어나게 된다.

 수감자들이 좁은 공간에서 두 명씩 생활하면서 조금이나마 편리하게 쓰려고 어렵게 구하거나 만들어 놓은 것들은 이렇게 하여 다 없어지게 된다. 그리고 간수들은 수색할 때 이런 것들을 적발하면 즐거워하면서 무슨 큰 범죄를 적발한 것처럼 호들갑을 떤다. 어찌 보면 간수와 수감자 사이는 '쫓고 쫓는 고양이와 쥐'(a game of cat and mouse) 같은 사이이다. 수감자들에 대한 '제한조치'와 '방 수색'은 수감생활에서 피할 수 없는 현실이긴 하지만, 수감자들은 그 일을 당할 때마다 기분이 비참해진다.

 가끔은 방 수색을 할 때 마약을 탐지하는 개까지도 동원하곤 한다. 그런 날에 수색이 끝나서 방에 들어가보면 방은 아수라장이 되어 있다. 방바닥에는 서류들이 흩날리고 있고, 침대와 침대깔개에는 간수들의 신발 자국과 개 발자국으로 어지럽혀져 있다. 내가 중요하게 여기는 서류들이 흩날려 있고 침대 위에 간수의 발자국이 있는 것을 보면 기분이 나쁘지만, 개 발자국까지 나 있으면 그 때는 그 개를 죽이고 싶을 정도로 분노가 치민다.

긴 시간 동안 '제한조치'가 있을 때 이를 이겨내기 위한 가장 좋은 방법은 독서였다. 나는 제한조치 덕분에 수백 권의 책을 읽었다. 처음에는 닥치는 대로 아무 책이나 읽었지만, 책을 가족이나 친구로부터 받을 수 있다는 것을 알고 난 후부터는 친구들에게 부탁해서 직접 받기 시작했다. 그런데 수감자 한 사람 당 받을 수 있는 책의 숫자가 10권이어서 나는 다른 수감자들에게 부탁해서까지 책을 받았다. 그렇게 책을 받다 보니 금세 백 권이 넘어갔고, 방안에 그 책을 다 보관하기가 어려울 정도였다. 그 후부터는 다 읽은 책을 형무소 도서관에 기부하거나 아니면 집으로 다시 보낸 다음 새 책을 받았다. 책들을 가까이 하면서 나는 예전에 전혀 생각조차 하지 않았던 것들을 알게 되었고, 모든 것을 더 깊게 생각 할 수 있는 계기가 되었다. 그 때를 뒤돌아보면 그 때 내가 읽은 책들은 나의 인생관을 서서히 바꾸는데 큰 도움을 주었고, 훗날 내가 새 출발을 하는데 필요한 준비를 시켜준 셈이었다.

이처럼 책을 통해 여러 작가들을 접하며 새로운 것을 알게 되고, 또 배우고 생각하면서 24시간 갇혀 있는 '제한조치'까지도 잊고 독서에 몰두하기도 했다. 그 때 읽은 책에서 감명을 받은 글들은 수없이 많지만, 그 중에서 . C. S.루이스(C. S. Lewis)의 《단지 기독교(Mere Christianity)》와 토마스 머튼(Thomas Merton)의 《명상의 새로운 씨앗(New Seeds of Contemplation)》과 《고독의 사상(Thoughts in Solitude)》 그리고 빅터 위고(Victor Hugo)의 《레미제라블(Les Miserables)》과 도스토옙스키(Fyodor Dostoevesky)의 《카라마죠프 형제(Brothers Karamazov)》와 《지하 생활자의 수기(Notes from Underground)》가 내게 깊은 인상을 남겼다. 특히 《레미제라블(Les Miserables)》은 고등학교 영어 시간 때 의무적으로 읽었던 책이었는데, 그 당시에는 공부에 별 관심이 없어서 그저 건성으로 읽어가며 숙제로 내준 서평을 위해 그에 필요한 부분만 읽었던 책이었다. 이번에 그 책을 다시 읽으면서 주인공 장 발장의 정의심과 자비심 그리고 대담함에 완전히 사로잡혀서 시간 가는 줄 모르고 밤을 새워 다음날까지 방에 처박혀서 다 읽었다. 그 책에서 내 기억에 생생하게 남아 있는 것은 생의 마지막 순간이었다. 세상이 그에게 끼친 불의를 탓하지 않고 자비와 용서를 말하면서 평화롭게 떠나는 그의 모습에서 나는 인류의 아름다운 가능성을 보았다. 그래서 그 책은 내가 처한 어려운 처지를 새로운 시각으로 볼 수 있는 계기를 만들어주었고 포기는 없다는 내 의지를 더욱 깊이 심어주었다. 주인공 장 발장은 이 후로 내 일기장에서 자주 만나는 '친구'가 되었다.

자부심 대결

수감자들에게 주말의 즐거움이 면회라면, 주중의 유일한 즐거움은 야드로 나가 바깥바람을 쐬는 시간(yard time)이다. 야드로 나가면 수감자들 모두가 주로 운동을 하면서 시간을 보낸다. 형무소에는 자그마한 축구장과 농구장 그리고 배구장이 하나씩 있다. 울퉁불퉁한 잔디가 깔린 축구장은 격일제로 미식축구와 일반 축구 경기가 교대로 열린다. 여러 인종들이 모여 있으니 자연히 서로 조심해서 경기를 하게 된다. 가끔씩은 각 종목별로 시합을 할 때도 있는데, 우리 동양인들은 숫자가 적어서 팀을 겨우 만들 정도이다. 그러나 대다수가 운동신경이 뛰어나서 모든 종목에 빠지지 않고 참여한다.

어느 한 해에는 네 종목 중에서 두 종목이나 우리 동양인 팀이 일등을 했다. 일등 팀에게는 운동할 때 입는 티샤쓰와 반바지 등 여러 가지 생필품들이 주어지는데, 두 종목에서 일등을 한 것이다. 축구 시합에서는 빠이싸 사람들로 구성된 팀과 결승전까지 가서 우리가 이겼고, 3인조 배구 시합 결승전에서는 백인 팀을 물리쳤다. 농구에서는 흑인들에게 아쉽게 졌지만, 그들의 존중(respect)을 받을 만큼 실력을 보여줬다.

처음부터 우리를 얕보았던 빠이싸 축구팀은 우리에게 지고난 후에 그들의 동료들로부터 꽤나 오랫동안 놀림을 당하기도 했다. 배구 시합 결승에서도 재미있는 일이 벌어졌다. 백인 팀에서 가장 잘하는 선수는 전 미국 해병대 출신으로 기초가 탄탄하고 스파이크가 강한 녀석이었다. 그런데 이 녀석이 자신의 실력을 과대평가하면서, 경기 도중에도 거만하게 굴면서 상대방에게 심하게 야유를 하곤 했다. 우리 팀에는 준프로(semi-pro) 배구

팀에서 선수로 활약했던 사모아 친구 에이스(Ace)가 있었다. 에이스는 키가 180㎝로 별로 크지는 않았지만 농구공을 쉽게 덩크 할 정도로 점프력이 매우 뛰어났다. 게다가 그가 주먹으로 때리는 특이한 스파이크는 수비가 불가능할 정도였다.

이런 에이스가 거만을 떠는 백인 녀석을 보더니 그 녀석은 자신에게 맡기라고 말하면서 결승전을 시작했다. 경기는 생각보다 막상막하로 진행되었고, 2점차로 각 팀이 1세트씩 이긴 후에 마지막 세트를 시작했다. 경기가 긴장감 있게 흥미로워지니 여기저기서 배구에 관심없는 타 인종들도 와서 배구장을 둘러싸고 구경을 했다. 흑인들은 주로 동양인들과 잘 지내니 자연히 우리를 응원했고, 평소 백인들과 잘 지내는 수렌요들은 백인 팀을 응원했다.

3세트가 시작되기 전에 에이스가 내게 다가오더니 공을 올릴 때 평소 때보다 네트에 더욱 가까이 올려달라고 했다. 나는 영문도 모르고 '그러면 스파이크 넣기가 더 어려울 것' 이라고 했더니 에이스는 자기가 생각하고 있는 게 있으니 자기를 믿으라고 했다. 못하는 운동이 없을 정도로 운동신경이 좋은 친구라 원히는 대로 해주기로 하고 마지막 세트를 시작했다. 경기는 큰 변함없이 서로 한 점씩을 주고 받으며 진행됐다. 그런데 이 마지막 세트에서 자만에 빠진 그 백인 녀석이 평소 때보다도 훨씬 더 크게 소리를 치며 우리를 야유하기 시작했다. 서로 1점씩을 주고받다 보니 점수는 15대 15가 됐고, 그 후로는 2점을 먼저 내는 팀이 이기게 된 상황이었다. 이쯤 되니 구경꾼들은 더 몰려 왔고 긴장감도 더해갔다. 좀처럼 승부를 가릴 수 없이 계속되면서 점수가 19 대 19 까지 되었을 때 백인 팀의 실수로 우리가 20 대 19로 먼저 올라갔다. 이 때 상대방이 잠깐 휴식(timeout)을 요청하여 우리도 준비해둔 물을 마시며 잠깐이나마 숨을 돌렸다.

잠시 휴식이 끝나면서 에이스가 내게 자기가 주문한 것을 기억하라고 했다. 경기가 다시 진행되면서 나에게 적절한 기회가 와서 나는 공을 네트에 최대한 가까이 그리고 높이 올려줬다. 에이스는 그 공을 보고는 바로 달려들면서 평소 때보다 더 높이 뛰어 올라서 그의 특기인 주먹 스파이크로 때렸다. 주먹 스파이크를 때릴 땐 거의 100% 성공을 하는 에이스의 공이 이번에는 네트에 걸리고 말았다. 그런데 네트에 걸린 공인데도 '뻥' 하고 큰 소리가 났다. 알고보니 에이스가 자기 스파이크를 막으려고 뛰어오르는 그 백인 녀석의 얼굴을 겨냥해 스파이크를 먹인 것이었다. 그래서 공은 그 녀석 얼굴에 맞고 크게 팅기는 소리를 내며 멀리 반동되어 날아갔고 얼굴을 공으로 강타 당한 그 백인 녀석은 통나무 쓰러지듯이 모래밭에 쓰러졌다. 조금 전까지만 해도 떠들썩했던 야드는 갑자기 쥐죽은 듯 조용해졌다. 그리고 모두의 시선은 모래밭에서 잠자듯이 누워 있는 백인 녀석에게 집중되었다. 그동안 거만하게 떠들어대던 녀석이 잠자듯이 누워 있으니 한 흑인 친구가 말했다.

"야, 누가 저 놈에게 베개와 담요 갖다 줘라."

이렇게 야유를 하니 조용하던 주위는 바로 웃음바다가 됐다. 우리 모두 처음에는 웃다가 시간이 좀 지나도 깨어날 생각을 안하길래 간수가 지나가다 볼까 모두 걱정이 되어서 그를 둘러싸고 바라보다 얼굴에 찬물을 뿌렸더니 서서히 정신을 차리며 일어났다.

만약 여기에서 크게 다치게 되면 우리 모두에게 오는 피해는 꽤 크다. 간수들은 항상 우리의 모든 것을 의심하기 때문에 아무리 운동하다가 다친 것이라고 해도 믿지 않고 관련된 사람 모두를 상대로 그들이 좋아하는 수사를 시작하기 때문이다.

그가 깨어나는 것을 보고 모두 한숨을 쉬며 평소에 거만을 떨던 죄와 우리 마음을 졸이게 한 죄를 포함해서 더욱 심하게 야유를 했다. 정신만 차렸다 뿐이지 경기는 더 이상 할 수 없을 정도로 눈이 풀려 있었다. 그는 친구들의 부축을 받으며 벤치로 가서 앉았고, 경기는 그의 교체로 들어온 백인 대타로 진행 됐지만 실력이 별로 없는 탓에 우리의 승리로 끝났다.

우리는 백인 우월주의를 자부하던 놈을 완전히 때려눕힌 승리를 자축하며 우리 벤치가 있는 곳으로 걸어가서 다른 동양친구들이 마련해 놓은 라면 비빔밥을 먹으며 쉬었다. 모두 함께 먹으면서 동양인 친구 한 명이 에이스에게 물었다.

"너 일부러 그놈 얼굴에다 스파이크 먹였지?"

그러자 평소에 짖궂기로 유명한 에이스는 빙그레 웃기만 했다. 우리 모두가 에이스를 바라보고 있으니 그가 드디어 말했다.

"그 놈이 하도 시끄럽게 떠들어대길래 꼭 한번 혼을 내주고 싶어서 공으로 그 주둥아리를 때려주기로 생각했지."

다들 서로 잘 했다면서 손벽을 마주 부딪쳤다. 1,000명 가까이 모여 생활하는 이 야드에서 겨우 30명밖에 되지 않는 동양인들이 똘똘 뭉쳐 있는 것을 보여주었고, 그로 인해 자존심을 최우선으로 여기는 이곳에서 소수인 우리들을 타 인종들이 함부로 대하지 못하는 계기도 되었다.

일자리와 보람

형무소에서 형을 사는 모든 이들은 의무적으로 일을 해야 한다. 수감자들이 하는 일은 다양하다. 대다수 수감자들은 무료로 노동을 하고 있으며, 극소수의 기술자들만이 시간당 20센트에서 48센트를 받는데, 한 달로 계산하면 20달러에서 45달러까지 벌고 있다. 그러나 이런 자리는 한정되어 있어서 서로 하려고 하지만 대부분 오래된 수감자들이 차지한다. 일자리를 보면, 우선 수천 명이 넘는 수감자들이 먹어야 하니까 주방과 식당(kitchen and chow hall)에서 일을 하는 사람이 가장 많다. 그 다음으로는 실내, 실외 청소부들 그리고 건물 유지와 간단한 수리도 모두 수감자들이 한다.

형무소에서는 수감자들에게 페인트 기술, 배관공사 기술, 전기공사 기술, 정원사 기술 등등을 가르치고, 그 수강생들을 이용하여 일을 하기 때문에 자급자족한다고 할 수 있다. 수감자들 사이에서는 각자의 노동을 통해 서로 물물교환하여 서로의 편리를 봐주기도 한다. 예를 들면 내가 페인트 일을 하는데 내 방의 전등이 나갔을 때는 전기 공사 일을 하는 사람에게 그의 방에 새로 페인트칠을 해줄 테니 내 방에 새 전등을 갈아 달라고 부탁하면 평소에 2-3주씩 걸리는 일도 하루 이틀 안에 해결된다.

형무소에서 가장 인기가 있는 일자리 중에 하나는 면회실 사진사와 청소부 일이다. 그 일을 하면 여러 가지 혜택이 있다. 첫째로는 일 주일에 주말 이틀만 일을 하면 된다는 점이다. 둘째로는 같은 수감자 친구들이 그들의 가족들과 면회하면서 일하고 있는 사진사와 청소부에게 먹을 것을 한 가지씩 사준다는 점이다. 먹을 것을 사주는 행위는 원래 허락되지 않지만 아주 성질이 고약한 간수가 아닌 경우에는 다들 눈감아준다. 그래서 수감자 친구들이 여러 명이나 면회를 받는 날이면 사진사와 청소부는 먹을 것이 푸짐해진다.

또 한 가지는 그들을 통해 소량의 마약 밀수가 이루어진다는 점이다. 형무소 안에서도 옛 버릇을 버리지 못하고 마약을 사고팔고 이용하는 자가 꽤나 된다. 마약을 가져올 사람과 미리 전화로 암호를 통해 계획을 짠 다음 면회하기 전 주간에 사진사나 청소부를 야드에서 만나 어느 날, 몇 시에, 누가 면회를 오고, 무슨 종류의 마약을, 면회실 어느 곳에 숨겨놓을 테니 찾아서 야드로 가지고 나와 전해달라고 한다. 그래서 약속대로 전해주고나서 미리 약속한 대로 60:40 혹은 70:30 등으로 나누어 가진다. 이처럼 큰 욕심만 내지 않는다면 마약을 비교적 안전하게 밀수할 수 있는 이런 방법으로 괜찮은 수입을 챙길 수가 있다. 그렇다고 해서 모든 사진사와 청소부가 그런 짓을 한다는 건 아니다. 소수이지만 그렇게 하는 이가 있으며, 그들은 대부분 자신의 욕심을 절제하지 못해 끝에 가서는 적발당하여 더 많은 형을 받곤 한다.

면회실을 통해 들어오는 마약은 간수들과 형무소에서 일하는 다른 공무원들이 밀수하는 양에 비하면 아주 적은 양이다. 면회 오는 사람은 누구든지 수색을 당할 수 있기 때문에 이 길을 택하는 극소수의 마약 밀수자들은 양을 조금 가져오지만, 간수나 민간인 직원은 수색이 없기 때문에 마음만 먹으면 대량으로 가져올 수 있다. 이런 방법으로 몇 년 동안 수 만불씩 벌은 이들이 각 형무소마다 몇 명씩 있다고 한다. 이와 같이 자체 내의 더 심각한 문제는 덮어두고 비교적 양이 훨씬 적은 면회실에서 일어나는 밀수만 가지고 간수들은 특공대를 불러대면서 난리법석을 떨곤 한다.

식당에서도 다양하지는 않지만 먹거리 재료가 흔하니 거기서 일하는 많은 이들은 조금씩 훔쳐가지고 나와서 다른 수감자들에게 판다. 먹거리 또한 물물교환으로 거래가 이루어진다. 먹거리도 인종에 따라서 선호하는 음식이나 재료가 서로 다르다. 예를 들면 동양인들은 양파를 가장 좋아하고, 멕시칸들은 콩 종류를 그리고 백인과 흑인들은 치즈를 많이 찾는다.

먹거리를 훔쳐 나오는 이들도 여러 종류가 있는데, 특별히 수단 좋은 수감자에게 주문하면 2-3일 내로 방문 앞까지 먹거리를 배달해준다. 장소가 장소인 만큼 여기서는 서로의 생일을 꼭 기억했다가 참으로 보잘 것 없는 음식이지만 함께 먹으면서 조금이나마 서로 외로움과 서러움을 달랜다.

형무소마다 재활이라는 명목 아래 초등학교부터 고등학교 수준의 학습반을 만들어 고등학교 졸업장이 없는 수감자들은 각자 수준에 맞추어 1학년부터 12학년 학습반에 의무적으로 다니게 한다. 이론상으로는 그럴 듯하지만, 실제로 그 내용을 보면 한심한 부분이 한 두 가지가 아니다. 물론 소수의 예외가 있긴 하지만, 형무소에 고용된 교사들은 거의 대부분 편안한 돈벌이가 주된 목적이다.

오랫동안 학교나 공부를 멀리 했던 수감자들에게 갑자기 공부를 열심히 시작하리라고는 당연히 기대할 수가 없다. 그런 탓에 대부분의 교사들은 그저 주어진 최소의 의무만을 이행한다. 물론 극히 소수의 교사이지만, 꾸준한 노력으로 꽁꽁 얼어붙은 수감자들의 마음을 녹여서 새 사람으로 만드는 교사들도 있다. 그런 교사들은 수업을 받는 수강생들에게 지식이 힘이라고 가르치면서 앞으로 석방 이후의 삶을 준비하도록 진심으로 격려한다.

이처럼 사명감을 가지고 가르치는 소수의 교사들도 가끔 있긴 하지만, 대부분의 교사들은 돈벌이를 위해 온 탓에 수업시간에 들어가 보면 모두가 따로따로 놀고 있다. 학생들은 카드 게임, 체스, 낙서 등으로 와자지껄 떠들면서 놀고, 교사는 교사대로 신문이나 펴놓고 수업이라는 것에는 전혀 신경을 쓰지 않는다.

나는 수감생활을 시작하면서 첫 2년 동안은 일자리를 받지 못했다. 받은 형량이 너무 많아서 거기에 따른 수감자 점수가 높았기 때문이다. 수감자 점수가 높으면 일을 할 수 있는 분야가 제한이 되어 있다. 더구나 수감자 숫자는 많고 일자리는 한정되어 있기 때문에 자연히 자리가 새로 생길 때까지 오랫동안 기다려야 한다. 일자리가 없는 이들이 받는 손해는 여러 가지가 있다. 예를 들면 야드로 나갈 수 있는 시간이 제한되어 있고,

면회시간도 제한을 받는다. 이 중에서도 가장 큰 손해라면 일을 했을 때는 매년 수감자 점수가 8점씩 줄어드는데, 일자리가 없는 사람은 4점만 줄어든다는 점이다. 이것은 가장 규율이 엄하고 문제아들만 모여 있는 4단계(level 4) 형무소에서 그만큼 더 오래 지내야 한다는 말과 같다. 문제아들이 많은 곳에서는 예상치 않은 일들이 생길 확률이 그만큼 높아지고, 그 결과 벌칙과 점수가 더 늘어나서 4단계에서 더 오래 머물게 되는 것이다.

무엇보다도 긴 수감생활을 견디면서 이겨내려면 반복되는 일상의 삶에서 의미나 뜻을 찾을 수 있는 그 무엇이 있어야만 한다. 매일 똑같이 반복되는 무의미한 삶에서 아무리 보잘 것 없는 것이라 해도 목적으로 삼을 수 있는 게 필요하다. 그래서 무슨 일이든 맡은 일에 정신을 집중하여 처리하는 사람이 있고, 독서에 몰두하는 사람도 있으며, 운동에만 치중해서 하루에 운동을 5-6시간씩 하는 사람들도 있다. 그들은 각자 자신이 받은 형벌로 인한 절망감을 이겨내기 위해 조금이나마 삶의 의미를 찾아내려고 노력하는 사람들이라고 할 수 있다.

2년 동안 나는 남들이 일을 나갈 때 홀로 야드에서 빈둥거리면서 시간을 보내고 있어야만 했다. 그러다가 2년 만에 드디어 첫 일자리를 받았다. 그 일은 고등학교 공부반에서 교사를 도우는 조교 역할을 하는 것이었다. 그래서 잔뜩 기대를 품고 첫날 기분 좋은 마음으로 출근해서 보니 놀라지 않을 수 없었다. 교사라는 사람은 쉬운 돈벌이를 하려고 그저 시간만 때우려는 태도가 역력했다. 자연히 그 반에 있는 학생들은 질서없이 떠들어대며 공부는커녕 교실 구석구석에서 노름이나 체스를 하거나 잡담을 하느라고 왁자지껄했다. 교사에게 내가 이번에 새로 들어오게 된 조교라고 말하니 몹시 반가워했다. 알고 보니 그 교사는 그동안 자신의 일을 거의 모두 조교에게 맡기고 신문만 보며 시간을 보낸 사람이었다. 그래서인지 나를 보는 순간부터 시키는 게 많았다. 숙제와 시험지 검사 그리고 매일 지도해야 하는 학습까지도 모두 내게 떠맡기고 자신은 신문지만 들여다보았다.

그런데 나는 이 교실에서 뜻밖의 인연을 만들게 되었다. 공부하러 온 수강생들과 몇 주를 함께 지내다보니 차츰 학생들과 가까워졌고 그중 몇 명은 진심으로 배우고 싶은 마음을 지니고 있었다. 그런데도 그동안 교사가 너무 무심하게 대해서 그저 체스 놀이로 시간을 때우고 있다고 했다. 다들 미국에서 태어난 미국 시민들이었는데도 글을 전혀 읽지 못하는 이들도 있었고, 읽기와 쓰기 수준이 겨우 초등학교 수준밖에 안되는 이들도 있었다. 나는 이들의 모습이 안쓰러워 이들에게 내가 그동안 배운 것을 나누고픈 강한 충동을 느꼈다. 무슨 큰 사명감 같은 게 있어서 생긴 마음이 아니라 나 또한 어려운 환경에서 공부했기 때문에 못 배워서 지식에 대한 갈증을 느끼는 그들에게 도움을 주고 싶었을 뿐이다. 학생들은 이렇게 열성을 보이고 있는데도 교사라는 사람은 너무도 무심하게 그들을 대하고 있었기 때문에 내가 도울 수 있는 한계 안에서 나는 그들을 돕기 시작했다.

하루는 이들 몇 명을 모아놓고 고등학교 졸업장(GED)을 받는데 필요한 노력을 할 준비가 되어 있는지를 물어보았다. 어릴 때 건달 조직에 휩쓸려 대부분이 중학교나 고등학교를 중퇴한 그들은 예상외로 내 물음에 다들 진지하게 대했고, 반가워했다. 이곳 수용소에서는 평소 까불거리면서 떠들어대던 친구들이었지만, 늘 마음 한 구석에는 고등학교 졸업장에 대한 열정이 숨어있었던 모양이었다. 나는 고등학교 졸업시험 준비를 위해 우리 반에서 구할 수 있는 모든 자료를 모으고 정리해서 각자에게 나누어 주었다. 그러면서 앞으로 약 10개월 후에 있을 시험을 대비해 함께 노력을 하자고 다짐했다.

공부나 졸업장에는 전혀 관심이 없는 다른 친구들은 여전히 예전같이 교실 구석에 모여 노름을 하고 떠들어대면서 하루하루를 보냈다. 그런 환경이다보니 열심히 공부하려고 매일 학교를 나오는데 너무 시끄러워서 집중하기가 어렵다며 내가 맡은 학생들이 고민을 털어놓았다. 그래서 교사에게 말했더니 그저 가끔씩 조용히 하라고 한 마디를 하고는 또 다시 신문에만 얼굴을 처박은 채 시간만 보내고 있어서 전혀 도움이 되지 않았다. 수업이 끝나고 각자 방에 돌아가서 하는 공부도 중요하지만 교실에 와서 함께 하는 수업을 통해 더 많이 배운다는 이들을 보며 나는 좀 더 나은 환경을 마련해 주고 싶었다. 그래서 위험을 무릅쓰고 다른 학생들에게

양해를 구해야겠다는 결심을 했다.

이러한 결심이 쉽지 않은 것은 수감자들 사이에서 그 누구도 간부나 간수처럼 행동하면 즉시 벌칙이 따라왔기 때문이다. 벌칙이란 몰매를 맞거나 아니면 다른 형무소로 쫓겨나게 된다는 뜻이다. 특히 다른 인종들에게 이러쿵저러쿵 비판을 하다가는 인종들 사이의 패싸움까지 초래할 수가 있다. 그래서 섣부르게 말이나 행동을 함부로 하다가는 크게 일이 벌어질 수 있었다.

나는 한참 고민을 한 뒤에 크게 세 무리로 나누어지는 시끄러운 놈들 중에서 우두머리로 보이는 놈들을 각각 따로 만나 이야기를 하기로 했다. 수감자들 사이에서 가장 우선으로 치는 게 서로간의 존중(respect)이다. 특히 타 인종들 사이에서는 더욱 더 존중을 해주어야만 한다. 하루는 날을 잡아 수업을 마치고 흑인, 멕시칸 그리고 백인 우두머리를 차례로 만나서 조심스레 상황을 설명하고 다른 학생들이 떠드는 것을 막아주도록 협조를 요청했다. 내 말을 듣자마자 처음에는 거부 반응을 보였지만, 나는 이 사회에서 잘 통하는 서로에 대한 존중(respect)과 배려를 들먹여가며 사정과 타협을 통해 그들이 협조를 약속받았다.

다음날부터 이 세 명의 우두머리 덕에 교실은 조금 덜 시끄럽게 되어갔다. 그렇게 약 2주가 지나던 어느 날, 열심히 공부하는 친구들을 돕고 있을 때 세 우두머리가 나를 좀 보자고 했다. 나는 문득 이들이 자신들의 협조 대가로 재 타협을 하자고 온 줄 알았다. 그런데 예상 외로 놀라운 일이 일어났다. 난데없이 자기들에게도 고등학교 졸업 과정을 도와주면 안되겠느냐는 제안이었다. 나는 너무나 예상치 못했던 반응이어서 잠시 동안 어리둥절했지만 곧바로 되받아서 물어보았다.

"그럼, 당신들도 필요한 시간과 노력을 투자할 준비가 됐소?"

그들은 그렇다고 대답했다. 나는 이들과 조금 어리둥절한 표정으로 악수를 하면서, 다음날 교실에서 만나기로 하고 헤어졌다.

그 다음날부터 나는 자료를 더 많이 복사해서 모든 학생에게 나누어 주었다. 각 우두머리들은 자신들의 동료들에게 공부를 해야 되니 카드게임을 치우고 조용히 하라고 말했고, 대다수가 조용하게 협조를 해주었다. 나는 잘 몰랐지만, 이들의 마음 속 한 구석에도 지식에 대한 갈증이 살아있었나 보았다. 공부 같은 것은 생각도 없다고 믿었던 이들이 놀랍게도 떠들어대던 예전의 모습과는 너무나 대조적으로 책장을 넘기며 열심히 노력하는 모습에 나는 놀라지 않을 수 없었다. 오랜 시간 동안 책을 멀리한 이들이라 공부에 적응하는 시간이 조금 더 걸렸지만 시간이 지나면서 다들 나름대로 발전하기 시작했다.

갑자기 교실 분위기가 조용해지고 학습에 열중하는 모습을 본 교사도 신기하다는 반응을 금하지 못했지만, 그것은 잠시였다. 그 교사는 다시 여느 때와 같이 신문에만 몰두했을 뿐 학생들 지도에 별 도움을 주지 않았다. 나는 그런 모습이 한심하게 느껴졌지만 한편으로는 내 방식대로 학습을 진행시킬 수 있었기 때문에 오히려 편했다. 나는 대학시절에 영문학과에 관심이 있어서 영어를 부전공으로 선택했었다. 그것을 바탕으로 내 나름대로 학습 스케줄을 짜고 제한된 자료였지만 그것을 가지고 이들의 목적인 고등학교 졸업장을 향해 도움이 되고자 매일 노력했다.

고등학교 졸업 인정 시험은 두 부분으로 나누어진다. 선다형 시험 문제집으로 구성된 부분이 있고, 수필 부분이 있다. 거의 모두가 글을 쓰는 수필 부분에 자신감이 없다고 하면서 고민들을 했다. 문제집을 보면서 정답을 찾는 것은 암송이나 반복하면서 공부하면 되지만, 수필은 시험 당일 주어진 주제를 가지고 정해진 시간 안에 써야 하니 상상력과 창조력이 필요한 부분이다. 글쓰기를 처음 해보는 이들에게는 당연히 가장 고민되는 부분이었다. 내가 학창시절에 영어를 공부할 때 배운 모든 것을 동원해서 나는 그들에게 기초부터 한 단계씩 가르쳤다. 이들에게 가장 필요한 것은 쓰기를 반복하면서 글에 대한 공포감을 없애고 글과 편해지도록 하는 것이었다. 그래서 하루는 학습이 끝나기 전에 모두를 모아 놓고, 앞으로 매일 하루도 빠지지 않고 일기를 쓰라고 했다. 처음에는 거의 모두가 어떻게 써야 할지 모른다며 거부했다. 일기 쓰는 것은 지극히 개인적인 것이라서 옳고 그른 방식이란 게 없다고 설명하면서 절대로 어렵게 생각하지 말고 하루를 마치면서 머리에 들어오는 모든 생각을 그저 종이 위에 적어 내려가면 된다고 했다. 그래도 반응은 별로였지만 한 달만 해보자고 설득했다.

그렇게 목적을 향해가는 중간쯤에 몇 사람이 공부하는 것에 싫증을 느끼기 시작하는 것을 발견했다. 그들 대부분은 평생동안 학교를 꾸준히 다녀본 일이 없어서 처음 시작할 때의 감정과 결심을 지켜나가기 어려운 게 현실이었다. 나는 여태까지 해놓은 노력이 수포로 돌아갈까봐서 그들에게 한 가지 제안을 했다. 다들 모인 곳에서 졸업시험에 모두 합격하면 주말에 시간을 내어서 내가 그들이 좋아하는 볶음밥을 해주고 얼음과자(ice cream)를 사주겠다고 했다. 그랬더니 다들 서로의 손뼉을 마주치며 (high-five) 좋아했다. 재활을 위한 직업 훈련소의 기계 공장에서 기술을 배우는 사람들이 쇠냄비를 만들어서 동양인들에게 팔았는데, 나도 하나 구해서 요리를 해먹었다. 그런데 음식에 독특한 맛이 없는 다른 인종들은 우리가 만든 동양음식을 맛보고는 자기네 음식보다도 선호하였다. 그래서 나는 그들이 좋아하는 볶음밥을 해준다고 한 것이다. 그렇게 달래고 격려하며 남은 기간을 함께 잘 준비해 나갔고, 드디어 시험을 보는 날이 다가왔다.

시험을 보는 날에는 교사 외에는 아무도 교실에 못 들어간다고 했다. 그래서 나는 시험이 시작되기 전에 교실 입구에서 지금까지 함께 수고한 내 친구들을 한 명씩 만나 평소에 공부한대로 하면 아무 문제가 없으니 지나치게 긴장하지 말고 편한 마음으로 임하라고 격려를 했다. 그렇지만 다들 긴장하면서 몹시 걱정하는 표정들이었다. 그들의 걱정은 학교를 꾸준히 다녀본 경험이 없는 탓이기도 했다. 험한 건달 사회에서 다들 한 가닥 하면서 지내다가 난생 처음 겪어보는 학교 시험에서 긴장하며 떠는 모습이 안타까워서 나는 이들이 가장 잘 알아들을 수 있는 쉬운 예를 들어서 말했다.

"당신들은 모두 바깥세상 건달사회에서 가장 싫어하는 사람이 있지요? 그들에게 패배를 당한다는 건 상상조차 할 수 없지 않소? 그러니 이 시험을 당신이 여태까지 만난 적 중에서 가장 미운 놈이라고 생각하고 때려눕히는 거요."
 내 말을 듣던 몇몇 사람의 얼굴에서 조금씩 생기가 돌기 시작했다. 나는 이런 분위기를 더 밀어붙였다,
 "당신들이 야드에서 친구들과 운동할 때 서로 이기려고 악을 쓰는 거 기억하지요? 인생에 아무 의미없는 것에 그렇게 열정을 쏟는데 하물며 앞으로 당신의 미래에 큰 도움이 될 수 있는 이 시험에서 평소의 자신감과 자부심을 가지고 지금까지 배운 걸 발휘하면 모두 합격할 걸 나는 믿어요."
 그제서야 모두의 얼굴에서 조금이나마 안도의 표정을 찾아볼 수 있었고, 한 명씩 나와 악수를 하고 교실로 들어갔다.
 그날 학생들이 교실로 들어가고 나서 야드에서는 멕시칸들 사이에서 2대 2로 싸움이 일어나서 우리 조교들은 모두 사무실 안에 갇혀 있었다. 그렇지만 다행이 시험을 치는 학생들은 교실 건물 안으로 들어갔기 때문에 계속해서 시험을 치도록 해주었다. 교실 안에서 시험을 잘 치고 있을지 궁금한 마음이 가득했지만 어떻게 알아볼 길이 없었다. 시험을 보는 학생들은 교실에서 시험을 마칠 수 있도록 간수들이 배려를 해 주었지만, 조교들은 조금 전 야드에서 일어난 싸움 때문에 '제한조치'를 받고 모두 다 각자 자기 방으로 쫓겨났다. 그 후 당분간은 '제한조치' 때문에 시험 결과를 알 길이 없어서 답답하기만 했다.
 3주 후에 '제한조치'가 풀려서 교실로 출근해서야 그 친구들을 만났고, 그제야 시험 소식을 들을 수 있었다. 아직 공식 결과는 일 주일이 더 있어야 나온다고 했다. 나는 모두를 모아놓고 그동안 궁금했던 질문들을 하며 한참동안 그들과 대화를 나눴다. 내가 가장 알고 싶었던 것은 나의 도움이 얼마나 효과가 있었는가 하는 점이었다. 다들 내가 예상했던 문제들이 많이 나왔다고 말했고, 거기에 대비해서 준비한 게 큰 도움이 되었다고 말했다. 그제서야 나는 한숨을 돌렸지만, 그래도 결과가 나오기 전까지는 나도 그들 못지않게 조마조마했다.
 드디어 결과가 나오는 날, 우리는 모두 교실 앞에 모여서 문을 열리기만

을 기다렸다. 교사가 출근하면서 문을 열고 들어갔고, 그 뒤를 우리들 모두가 급히 따라 들어갔다. 내가 교사에게 시험 결과를 받았느냐고 물으니 그렇다고 고개를 끄덕였다. 교사는 우리 모두에게 자리에 앉으라고 한 뒤에 합격자 명단을 읽어 내려가기 시작했다.

한 사람씩 이름을 부를 때마다 우리는 환호를 했다. 교사가 합격자 명단을 다 읽었을 때 우리는 알았다. 우리 반의 모든 응모자들이 다 합격했다는 것을! 학교 공부를 평생 동안 멀리했던 이 친구들이, 그리고 마음마저 꽁꽁 얼어붙어 있던 이 친구들이 자신들의 노력으로 예전에는 생각지도 못했던 고등학교 졸업장을 따낸 것이다. 이들이 거둔 성과에 동참할 수 있었던 나로서는 매우 뿌듯한 순간이었다.

형무소 안에서 치러지는 졸업식이란 보잘 것 없이 초라하지만 우리들에게는 매우 뜻깊은 날이었다. 평소에는 학습에 아무 관심이 없던 교사들과 학습 담당 간수들 그리고 소장까지도 참석해서 이 형무소가 생긴 이래 가장 많은 합격자가 나왔다며 서로 공로를 치하하였다.

졸업생들이 한 명씩 교실 앞으로 나가서 졸업장을 받을 때마다 나는 환호를 지르며 박수를 쳤다. 졸업식을 마치고 우리는 모두 곧바로 야드로 가서 진짜 우리들만의 축제를 시작했다. 축제라고 해봐야 별거 아니었다. 그저 미리 준비해둔 과자와 콜라를 마시면서 생전 처음 받아보는 졸업장을 보고 또 보며 기뻐한 것이다. 나는 그들이 한없이 기뻐하는 모습을 보면서 범죄자의 모습은 사라지고 다들 순진한 소년들 같아 보였다. 야드 한 가운데서 보기 드물게 다민족의 수감자들 여럿이 함께 모여서 웃고 즐기고 있으니 호기심에 각 졸업생들의 친구들도 우르르 몰려들었다. 그들에게 졸업장을 들어 보이며 자랑을 하니 비꼬는 이들도 있었지만 대부분 부러워했다. 그 중에서는 나에게 조용히 다가와서 자기도 공부를 하고 싶다고 말하는 이들도 있었다.

이 친구들이 나로부터 받는 조그만 도움에 비하면 내가 그들로 부터 받는 보람은 비교할 수 없이 컸다. 이들과 함께 수업에 몰두하면서 생각만 하면 앞이 캄캄해지는 나의 처지를 조금이나마 잊을 수 있었고, 이런 경험을 통해 앞으로의 삶에 대해 새로운 것들을 발견하게 됐다. 내 일기장에는 이 친구들과 생활하는 동안 일어난 수많은 사연들이 가득 적혀 있다. 그 시기에 나는 '있는 곳에서, 주어진 것으로, 최선을 다하라' 는 어느 성인의 말을 교훈삼아 하루하루를 맞이했고, 이 시절은 내 일기장에 길이 남는 보람찬 경험의 나날이었다.

치료소 그리고 어이없는 이야기들

형무소마다 수감자들의 병에 대한 간단한 치료를 제공하는 치료소(clinic)가 있다. 치료소에는 주로 내과 의사와 치과 의사가 근무하고 있다. 그러나 말이 치료소이고 의사일 뿐이지 참 어처구니없는 일들이 자주 일어난다. 그런 일들을 겪을 때마다 수감자들은 '의대에서 성적이 얼마나 형편없이 낮아서 의사가 형무소까지 일자리를 찾아오냐'고 말하곤 했다. 의사들 중에는 유별나게도 인도계 의사들이 많고, 또 이들은 수감자들을 동물 다루듯이 대해서 불친절하기로 유명했다. 간호원들 중에는 필리핀계가 많은데 하나같이 사무적이고 매정하게 대했다. 내과든 치과든 한 번 가게 되어 의사를 만나려면 5-6시간씩 기다리는 것은 보통이다. 치료소 담당 간수들은 철조망으로 둘러싼 대기실이라는 좁은 공간에 수많은 수감자들을 집어넣고 그저 윽박지르기에 바쁘다. 이처럼 긴 절차와 모욕 때문에 수감자 대부분이 웬만하면 치료소를 피한다.

한해 겨울에 내가 폐렴에 걸려 체온이 화씨 104도(섭씨 40도)가 된 적이 있었다. 며칠 동안이나 기침이 멈추질 않고 열이 심해서 치료소에 들 것으로 실려 갔는데 화씨 104도 정도는 괜찮다면서 아스피린과 물을 많이 마시라는 단순한 처방만 해주고 돌려보냈다. 그래서 며칠 동안이나 아무런 효과를 보지 못한 채 골골거리며 지냈다. 그러다가 겨우 밖에 나가 친구와 전화통화를 하던 중에 요즘 새로 나온 폐렴에 좋은 약이 있다는 말을 듣고 다시 치료소에 가서 그 약을 달라고 요청해 보았다. 그랬더니 의사와 간호원이 모두 비꼬는 웃음을 지으면서 그런 약은 너무 비싸서 너희들에게 줄 수 없다고 거절하였다.

이처럼 환자를 무시할 뿐만 아니라 오진으로 인해 죽은 이도 수두룩하다. 만약 치아에 문제가 있어서 치료소에 가면 치료라는 것은 절대 없고 무조건 뽑아 버린다. 그래서 수감자들 대부분이 이빨 한 두 개씩은 빠져 있고, 아예 틀이를 아래 위로 하고 있는 사람들도 수두룩하다.

치과에서 치료를 받으러 온 환자를 의자에 눕혀 놓고 치료하던 중에 의사와 간호사가 마주보고 앉아 자기네 주말 계획으로 잡담을 하다가 드릴로 환자의 잇몸을 갈아서 피가 멈추지 않을 정도로 상처를 입혀놓는 경우도 있었다. 그런 때도 잘못했다고 하지 않고 오히려 환자가 움직여서 그렇게 되었다며 잘못을 뒤집어씌운다. 신경 치료만으로도 충분히 살릴 수 있는 치아를 서슴지 않고 뽑으려고 해서 항의를 하면 간수를 불러서 수감자가 소란을 피웠다며 치료를 하기는커녕 아예 치료소에서 내쫓아버린다.

치과에서 가끔 이 청소를 해준다는 말을 듣고 나도 신청서를 써 넣은 적이 있다. 신청한지 몇 달이 지났는지도 모를 정도로 까마득히 잊고 있는데 어느 날 치과로 오라는 통보를 받았다. 치료소에 가보니 이를 청소해 주겠다며 준비는 그럴싸하게 하더니 이를 세척(polish) 기계로 몇 번 문지른 후에 다 끝났다고 했다. 시간을 보니 5분도 채 걸리지 않았다. 그래서 이빨 청소가 그렇게 빨리 끝나느냐고 물으니 이게 바로 최신 이빨 청소 방식이라고 했다. 거짓말까지 하면서 사람을 무시하는 것 같아서 내가 한 마디 말했다.

"나도 바깥세상에서 이빨 청소 정도는 정기적으로 받아본 사람이다. 해주기 싫으면 안 해주는 건 당신의 권리지만 그렇게 어처구니없는 거짓말을 하면서 내 지능까지 무시하지 마라!"

그렇게 말하면서 더 이상 내 말에 반박할 기회를 주지 않고 바로 일어서서 치과를 나와 버렸다.

참으로 운이 나쁜 경우도 있었다. 패싸움을 하는 도중에 간수의 총질로 인해 불행 중 다행이지만 새끼발가락을 총에 맞은 사람이 있었다. 그는 간단한 치료로 완치될 것으로 생각하고 치료소에 갔는데, 총을 맞은 곳에 염증이 생기면서 문제가 커졌고 결국에는 발을 반으로 절단해야만 했다.

그 이후에도 염증은 계속되었고, 절단한 부위는 조금씩 이 사람의 다리를 타고 올라가서 나중에는 허벅지 윗부분까지 염증이 생겼다. 그제서야 바깥에 있는 대학 병원에 데려가서 염증을 멈추게 하였고, 다리 절단도 허벅지 윗부분에서 겨우 멈췄다. 대학 병원에서 이 친구의 치료를 맡은 의사가 너무도 어처구니없는 사건이라면서 간수들 모르게 유능한 변호사 명함을 환자에게 주면서 그에게 연락해서 고소하라고 귀띔해 주었다. 그는 그 변호사를 통해 몇 년이 걸쳐 재판을 하여 결국 2백만 달러나 되는 돈을 손해 배상금으로 받아냈지만, 멀쩡했던 다리는 절단당한 채 평생 외다리로 고생을 해야만 했다.

또 한 노인 수감자는 무릎 이식 수술이 필요하다는 진단을 받고 수술을 받은 후에 마취에서 깨어나보니 문제가 있던 무릎은 그대로이고, 멀쩡한 무릎만 잘라내 이식 수술을 해놓은 것을 보고 졸도하기도 했다. 그 외에도 허리 수술을 잘못해서 여러 번 재수술을 받다가 나중에는 제대로 걷지도 못하는 불구가 된 사람도 있었다.

불치의 병을 선고받고 죽어가는 노인 수감자들도 집에 가서 남은 짧은 시간이라도 가족들과 함께 하고픈 소망을 남아 의료석방을 신청하면 100% 거절을 당한다. 나이가 80살이 넘어서 의료보조기(wheelchair)에 실려 다니는 암환자 할아버지도 형무소 안에서 죽어야 될 뿐이지 의료석방이란 절대 없는 것이다. 이는 징벌을 가장 우선으로 여기는 형무소 행정방침의 결과이다. 환자의 상태가 심각해지면 방(cell)에서 우선 치료소의 환자실로 옮겨진다. 일단 환자실에 들어가게 되면 다른 수감자들과의 접촉이 차단된다. 이런 격리 때문에 신체의 병에다 심적인 외로움까지 겹쳐 더 빨리 죽는 사람도 있다.

종신형 수감자 중에 한 명은 치매에 걸려 자신의 이름조차 기억 못하는 사람이 있었다. 그런 사람을 붙잡고 형무소 행정원들은 석방여부를 판가름하는 가석방 청문회(hearing)를 진행하는데, 그 사람이 출감 후에 어떻게 살 것인지 석방 이후 계획서를 제대로 제출하지 않았으며 반성이 부족하다는 이유로 출감을 거부당하기도 했다. 이처럼 자신의 이름조차 모르는 사람을 두고 반성을 언급하거나 서류 제출 미비를 따진다는 것은 마치 어린아이에게 철학적인 문제를 따지는 것과 다를 게 없는 것이다. 게다가 그 사람은 가족들이 정부나 사회에 재정적인 부담을 끼치지 않고 그를 온전히 책임지겠다는 약속과 함께 그의 치매 상태를 참고해 달라는 요청을 했는데도 출감을 거부당했다.

 일을 하다가 허리를 다치는 경우에도 치료는 없다. 치료소에 가면 그저 진통제만 처방한다. 그런 식으로 '치료' 라는 것을 받다가 통증을 도저히 참을 수 없어 수술을 해달라고 하면 또 몇 달을 기다려야만 한다. 그리고 기다리는 동안에도 주어진 일은 계속 해야 한다. 특히 고약한 책임자라도 만나게 되면 다친 사람에 대한 배려 같은 건 전혀 없고 오히려 꾀병을 부린다며 더 혹독하게 다룬다. 그렇게 고통을 겪으면서 기다리다가 수술 허락을 받으면 바깥 하청 의사에게 가서 수술을 받는데, 그런 경우에도 돌팔이로 유명한 의사가 수술을 하는 경우가 많아서 수술 부작용과 후유증으로 고생하는 경우가 다반사이다.

 특히 이곳에서 암 선고를 받게 되면 100% 사형선고를 받았다고 해도 과언이 아니다. 그런 사람에게 죽음은 오로지 시간문제일 뿐이다. 치료소에서 제공하는 치료에는 한계가 있다. 그래서 암 치료는 주로 바깥에 있는 병원으로 환자를 수송해서 하는데, 환자 한 사람을 간수 한 사람이 담당한다. 혹시나 탈출을 계획할 위험을 예방하기 위해서 바깥 병원으로 가는 날짜는 수감자에게 당일 새벽까지도 절대 알려주지 않는다.

 환자 수송을 위해서는 특수 구조로 된 차량(van)을 이용하는데, 운전석 뒤에는 철조망으로 가려진 4명 정도 앉을 수 있는 공간이 있다. 간수들은 대기실에서 병원에 수송되는 수감자들에 대해 나체 수색을 한다. 나체 수색을 마친 후에는 수감자들의 손목과 발목을 쇠고랑으로 채우고, 수갑과 발목 쇠고랑을 긴 쇠사슬로 연결해서 자물쇠를 채운 다음 한명씩 차에 태운다. 이렇게 해서 병원으로 향하는데 온몸이 묶여 있으니 차가 움직이면 다리에 힘을 줘서 균형을 잘 잡아야만 한다. 만약 그러지 못하면 철조망에 볼링 핀처럼 이리저리 튕기게 된다. 가끔 가학적인 간수에게 걸리면 운전을 일부러 험하게 하여 수감자들을 철조망에 부딪치게 하곤 낄낄 거리며 즐거워한다. 바깥 병원에 도착해서는 거의 온몸이 쇠사슬로 감긴 모습을 하고 병원 대기실을 통해 들어가는데, 병원에 온 사람들의 구경거리가 된다. 가끔 대기실에서 놀던 아이들이 쇠사슬로 묶인 수감자가 끌려 들어오는 것을 보고는 겁이 나서 엄마 뒤로 숨는 것을 볼 때마다 수감자들은 자신들의 모습이 얼마나 비참한지 새삼 느끼게 된다.

바깥 병원에서는, 수술을 하는 경우를 제외하고는, 항상 쇠사슬로 온몸이 묶인 채로 진단과 치료를 받는다. 하루 종일 걸려 수감자들의 진단이나 치료가 끝나면 병원에 들어올 때와 마찬가지로 병원에 있는 사람들의 구경거리가 되면서 끌려 나가서 차에 실려 지긋지긋한 형무소로 되돌아온다. 오는 길에 창가를 바라보고 있으면, 여러 가지 생각이 머리를 스쳐간다. 내 발 바로 밑으로 지나가는 이렇게 가깝고도 먼 자유의 땅이 무척이나 그립다.

항소, 법원을 다시 가다

형무소에 있는 학교에서 조교 일을 2년쯤 하고 있는데, 정년퇴직을 한 교사가 새로운 교사가 왔다. 그 교사는 내가 자기의 말을 고분고분하게 들어주지 않자 간수들에게 거짓말까지 하면서 나를 비난했기 때문에 갈수록 내 수감생활이 위험해졌다. 여기서 말한 위험이란 새로 온 교사가 간수들에게 내가 문제가 있다고 신고를 하면 나는 무조건 처벌을 받게 된다는 뜻이다. 그래서 나는 빨리 그런 위험한 상황을 벗어나야만 했다. 마침 그 무렵 내가 있는 건물에서 상담사 서기(counselor/building clerk)를 구한다는 말을 듣고, 나는 형무소 상담사(counselor)를 직접 찾아가서 내가 처한 입장을 설명하면서 그의 서기(clerk)로 일하고 싶다고 했다. 그랬더니 그는 몇 마디 물어본 후에 내 대답에 만족했는지 일자리를 옮기는 서류를 처리하려면 며칠 걸릴 테니 그동안 새로 온 교사와는 아무런 문제도 일으키지 말고 조용히 지내라고 조언을 해줬다. 그 후 일주일이 지나 새로운 서기 일자리 통보를 받게 되자 나는 안심했다.

감옥에서는 형태가 다른 여러 가지 서기 일자리가 있지만, 모두가 업무 서기로서 일을 한다. 내 경우에는 상담사가 업무를 준비하는데 필요한 여러 가지 일을 해야 한다. 어려운 것은 없었지만 해야 할 일의 양이 많아서 바쁘게 시간을 보냈다. 서기직에 따르는 혜택도 몇 가지가 있다. 일단 건물 담당 간수들의 단순한 업무부분도 도와야하니 새벽 6시 30분부터 간수가 방문을 열어준다. 그러면 일이 끝나는 오후 3시까지 방문을 잠그지 않으니 방에서 나왔다 들어갔다 할 수가 있어 편리하다. 방 밖에 나와 있는 시간이 길다보니 방안에 있는 다른 수감자들의 심부름도 많이 해줘야 한다. 같은 동양 친구들은 괜찮지만 눈치없이 심부름을 지나치게 많이 시키는 다른 인종들이 귀찮을 때도 있다. 서기 일에 잘 적응해서 나름대로 편하게 지내고 있던 어느 날 간수가 나를 사무실로 불렀다.

나를 법원으로 출두시키라는 판사의 지시가 있었다면서 짐을 싸라고 했다. 나는 처음 겪는 일이어서 간수에게 무슨 이유로 법원에서 나를 부르냐고 물었더니 오히려 그런 것을 물어보는 내가 이상한 듯이 쳐다보며 자기는 모른다고 신경질을 냈다.

주 형무소에 있는 수감자가 법원으로 다시 간다는 것은 모든 법적 절차를 마칠 때까지 법원 옆에 위치한 지역(County) 구치소로 옮겨지게 됨을 뜻한다. 그리고 수감자에게 법원 출두 요구는 크게 두 가지로 나뉘어진다. 첫째로는 내가 신청해 놓은 항소에서 좋은 소식이 있어서 부르는 경우가 있다. 둘째로는 검사 쪽에서 신청해서도 부를 수도 있다. 나는 그 당시 항소를 신청해 놓고 기다리는 상황이어서 좋은 소식을 기대하며 마음이 들떴다. 허겁지겁 방으로 뛰어가서 모든 음식을 데이빗에게 준 다음에 다른 짐을 대략 싸고 간수를 따라 나를 기다리고 있는 수감자 이송 버스가 있는 곳으로 갔다. 법원으로 다시 갈 때는 내가 가지고 있던 모든 소지품을 형무소에 맡기고 간다. 법원 절차가 얼마나 걸릴지 모르니 내가 있던 방을 마냥 비워 놓을 수 없기 때문에 내 짐만 보관하고 방은 새로 들어오는 수감자로 채우는 것이다. 만약에 법원에서 수감자를 즉시 석방하라는 지시가 내려와도 일단 수감자는 최근에 있던 형무소로 다시 가서 석방절차를 거친 후에 나갈 수 있다.

버스가 기다리고 있는 건물에 도착해서 몇 시간에 걸쳐서 여러 가지 절차를 마친 후 발목, 손목 그리고 허리를 둘러친 쇠사슬에 묶인 채로 버스에 실렸다. 돌렌씨아(Dolencia)에서 아이슬라도(Aislado)로 처음 올 때와 똑 같은 모습으로 버스를 탔다. 그 악몽 같은 버스를 다시 탄 나는 몸은 불편했지만 항소에서 좋은 소식이 있을 가능성을 기대하니 마음은 들떴다. 2시간이면 충분히 가는 거리를 4시간이나 걸려 도착한 곳은 바로 절망의 첫 나날을 보냈던 브레이든 지역 구치소였고, 다시

온 기분은 묘했다.

　구치소에서는 거쳐야 하는 장시간의 여러 절차를 겪으면서 예전의 악몽이 다시 생생하게 되살아났다. 그래도 이번에는 좋은 소식을 기대하는 마음이 있어서인지 겪는 고통은 훨씬 덜했다. 거의 밤을 새우다시피 여러 절차를 받고 구치소의 한 방으로 끌려들어가자마자 나는 바로 골아 떨어졌다. 그 다음날에 어머니께서는 변호사의 연락을 받고 바로 면회를 오셨다. 내가 이렇게 안에서 아무 것도 모르며 궁금증으로 가득 차 있는 동안 어머니께서는 제이콥 변호사가 추천한 항소 전문 변호사를 만나보고 내가 이미 구치소에 다시 와 있다는 것을 알았다고 했다. 그래서 바로 면회를 왔다면서, 그동안 일이 어떻게 진행되고 있었는지를 상세히 알려 주었다.

　내가 감옥에 들어 간지 거의 4년이 지난 이 시점에서 어머니는 예전보다 더욱 강해진 모습이었다. 아마도 자식을 살리려고 자신이 흔들리면 안된다고 이를 악물고 다짐하신 것 같았다. 다음날 내가 법원에 출두할 예정이라며 변호사가 어머니께 말해줬다고 하면서 변호사도 곧 나를 면회 올 거라고 하셨다. 이처럼 서로를 격려하면서 짧은 면회시간을 마치고 독방으로 돌아와 다음날 법원에서 있을 일들로 머리는 가득 찼다. 한편으로는 들뜬 마음도 들고 또 한편으로는 걱정되기도 하는 오르락 내리락(roller coaster)하는 감정을 느끼면서 나는 밤을 거의 새우다시피 했다.

　다음날 아침에 나는 변호사가 면회 오기를 기다렸다. 그러나 변호사는 면회를 오지 않았고 법원에 불려갔을 때 거기에서 변호사를 만날 수 있었다. 그날 이루어진 법정 출두는 너무 간단한 형식상의 내 신분 확인으로 모든 절차를 마쳤다. 즉, 내가 판사의 지시대로 법원에 출두했다는 사실을 확인하는데 불과했다. 그런 후에 판사가 내 항소에 관한 일을 본격적으로 시작할 날짜를 일주일 뒤로 정하자고 했다. 그러자 검사는 자신의 휴가가 있어 다음 주는 안되겠다고 말했고, 그럼 2주 후에는 어떠냐고 판사가 물으니 검사가 좋다고 했다. 그런데 이번에는 내 변호사가 2주 후에는 자신의 휴가가 있어서 이미 비행기표와 호텔 예약이 되어 있기 때문에 안된다고 하여 3주 후로 일정을 잡았다.

한 사람의 인생을 좌우하는 일을 앞에 두고도 자신들의 휴가 일정을 가지고 논쟁하는 세 사람을 보면서 나는 암울하기만 했다. 앞으로 3주 동안이나 아무 것도 하는 것이 없이 그 지옥 같은 구치소에서 허송세월로 시간을 보내야 한다는 것을 생각하니 한심하기만 했다. 누구나 자신들의 삶이 있기 마련이지만, 세 사람의 휴가 일정 때문에 내 삶이 이토록 지장을 받는다는 현실이 무척이나 서글펐다.

　일단 3주 후로 법원 출두 날짜가 정해진 후 구치소로 옮겨지기 전에 법원 뒷방에서 나는 변호사와 잠깐 만나 얘기를 나눌 수 있었다. 그렇지만 시간이 짧아 내 궁금증은 다 풀지는 못했다. 변호사는 첫 재판 때 검사의 실수를 바탕으로 재심을 요청할 것이라고 했다. 그 말을 들은 나는 들뜨지 않을 수 없었지만 마음을 가다듬고 몇 가지 더 물어본 후에 간수의 재촉으로 면회를 마쳐야만 했다. 변호사는 자신이 휴가를 가기 전에 다시 한 번 면회를 올 테니 그 때 상세한 얘기를 나누자면서 돌아갔다. 나는 구치소 방으로 다시 돌아와서 여러 가지 생각으로 뒤섞인 나날을 보내면서 법원 출두날짜만을 기다렸다.

　며칠 후에 변호사가 면회를 왔다. 나는 그동안 쌓였던 여러 가지 궁금증을 쏟아 놓으며 한참 얘기를 했다. 변호사는 재심을 받아내는데 검사의 과실이 많아 다퉈볼 여지가 충분하다며 재심을 준비하는데 필요한 것들을 얘기했다. 재심이라는 희망적인 소식 앞엔 또 다른 현실이 뒤따랐다. 즉, 재심에 필요한 변호사 비용인 100,000달러와 조사관을 구해 새로운 수사를 하는데 20,000달러가 더 필요했다. 지난 3년 동안 어머니께서 혼자 생계를 이어 가시면서 집을 판 돈으로 첫 재판비용 그리고 항소에 따른 변호사 비용으로 150,000달러 이상을 써서 남아있는 돈이 거의 없는 상황이었다. 더 이상 변호사비를 마련하지 못해 억울한 누명을 벗을 길이 없다고 생각하니 나는 가슴이 터질 것만 같았다. 변호사와 면회를 마치고 돌아온 나는 간수에게 전화사용을 요청해서 어머니께 다음날 면회를 와 주시라고 전화를 했다.

　어머니와 만나 변호사의 재심 계획과 우리의 현실이 어긋남을 말씀 드리니 내 말을 듣던 어머니도 눈물을 글썽 거렸다. 자식을 살리겠다고 오로지 항소에 모든 희망을 걸고 애타는 나날을 보내시며 여기까지 오신 어머니에게 이번 소식은 참으로 큰 실망이 아닐 수 없었다. 어머니와 나는 남은 면회시간 동안 이런 궁리 저런 궁리를 하면서 보냈지만 별 뾰족한 방법을 찾을 수가 없었다. 그래도 어머니께서는 실망을 무릅쓰고 법원 출두 전에 3주간의 시간이 남아있으니 주위 사람들에게 도움을 요청해 보겠다고 말씀하시면서 면회를 끝냈다. 짧은 시간과 내가 처한 상황을 알고 120,000달러란 큰 돈을 선뜻 빌려줄 사람은 나와 어머니 주변에 아무도 없었다.

그렇게 시간은 흘러 3주 후에 법원에 가서 변호사를 만나 우리의 처지를 설명했더니 변호사도 실망을 금하지 못했다. 변호사는 나에게 형을 선고한 검사는 변호사와 개인적인 경쟁상대여서 이번에 재심으로 검사의 코를 납작하게 해주고 싶었는데 아쉽다고 했다. 나는 돈이 없어서 재심은 시도조차 하지 못하지만 그 다음으로 최대한 얻을 수 있는 방법을 모색해서 도와 달라고 했다.

그는 검사에게 우리의 처지를 내색하지 않고 검사의 실수를 들어 재심을 할 수 있다고 계속 주장하면서 형을 줄이는 타협을 얻어내는 것이 지금으로서는 최선의 방법이라고 했다. 그렇게 하기 위해서는 시간이 더 필요한데 불편한 구치소의 생활을 견딜 수 있느냐고 내게 물어왔다. 나는 형량을 최대한 줄일 수 있다면 그까짓 것은 문제가 안되니 최선을 다 해달라고 변호사에게 부탁했다.

그 후 몇 주 동안 법원에서는 손에 땀을 쥐게 하는 변호사와 검사의 논쟁과 흥정이 계속되었다. 법정에서 이런 법원 다툼과 절차를 끝마치고 방으로 돌아오면 내 마음은 한편으로는 무력한 처지에 대한 허무감으로 좌절감이 들었다가 또 다른 한편으로는 아무리 작아도 무엇이든 받아 내야 한다는 희망 섞인 바램이 교차하면서 거의 매일 밤을 뜬눈으로 새웠다. 억울한 누명을 벗을 수 있는 재심 기회가 눈앞에 다가왔는데도 돈이 없어 포기해야만 하는 처지를 생각하면서 어머니와 나는 면회 때마다 서로의 착잡한 마음을 달랬다.

그렇게 결과를 기다리던 어느 날 변호사가 면회를 왔다. 그는 지금까지 재심 청구안을 가지고 시간을 끌면서 검사를 공격했지만 검사 쪽에서 재심을 받지 않은 대가로 최대한 제안하는 것이 22년의 형량에서 5년 6개월을 줄여주겠다는 것이라고 했다. 누명을 벗지 못해서 억울하기만 한데 형량조차 겨우 5년 6개월밖에 줄일 수 없다는 소식에 나는 화가 치밀어 올랐다. 그러나 변호사에게 화를 내 봐야 아무런 소용이 없는 일이고, 일단 아무런 혜택도 못받는 것보다는 훨씬 낫다는 변호사의 말에 위안을 삼고 울며 겨자 먹듯이 그렇게 하기로 결정했다.

  법원에서 구치소로 돌아오면서 나는 이 소식을 어머니께 어떻게 알려드려야 하는지를 가지고 한참 망설였다. 결국 방으로 들어가기 전에 전화로 알려 드렸는데 예상했던 대로 실망이 매우 크셨다. 자식의 억울한 누명을 밝히겠다고 그동안 이리 뛰고 저리 뛰셨던 당신의 마음에는 너무도 부족한 결과였다.

  기존의 형에서 5년 6개월을 줄이는 모든 공식적인 절차를 법원에서 약 2주 동안 걸쳐서 마치고 나는 구치소에서 다시 형무소로 옮겨졌다. 버스에 실려 가면서 이런 저런 생각들이 떠올라서 머리가 무척이나 복잡했다. 우선 억울한 누명을 벗지 못한 게 가장 분했고, 기대에 비해 너무도 부족한 결과가 되어 실망에 가득 찬 어머니에게 죄송하기만 했다. 그러나 우리에게는 더 이상 다른 방법이 없었다. 아무리 발버둥을 쳐보아도 재심에 필요한 변호사비와 그 외에 부수적으로 따르는 비용들을 마련하지 못하는 상황에서 이미 받았던 형량에서 5년 6개월을 줄이는 방법이 나에게는 최선의 길이었다. 안타깝지만 이런 결과를 받아들일 수밖에 없는 게 그 당시 나의 현실이었다.

다시 형무소로

예상보다 길어진 3개월을 보내고 나는 다시 아이슬라도 형무소로 되돌아왔다. 바로 눈앞에서 손으로 잡을 수 있었을 만큼 가까이 다가왔던 석방의 기회를 돈이 없어서 놓치고 돌아왔다는 생각 때문에 형무소가 더더욱 메말라 보였고 가슴은 답답하기만 했다. 아무리 생각을 바꾸려고 해보았지만 소용이 없었다.

전에 내가 있던 방에는 벌써 새로운 사람이 들어가 있었고, 나는 그 건물에 자리가 없어서 다른 건물로 들어가야만 했다. 며칠 후 밖에 나가서 데이빗과 모든 동양 친구들을 만났다. 다들 법원 일에 대해 궁금해 하면서 물어보는 게 많았다. 결과적으로 5년 6개월을 감소 받았다고 하니 그들은 남의 속도 모르고 모두들 좋은 소식이라며 축하해줬다. 좋은 마음에서 축하해주는 친구들의 성의를 무시할 수 없어서 나는 그저 고맙다는 말만 했다.

데이빗에게는 묻고 싶은 말이 따로 있었기 때문에 나는 데이빗을 데리고 둘이서 야드를 걷기 시작했다. 그리고 데이빗에게 그와 함께 있던 방으로 다시 들어갈 수 있는지를 조심스레 물어 보려고 말을 꺼내는데, 데이빗이 내 말에 앞서서 먼저 자기 방으로 다시 들어올 생각이 없느냐고 나에게 물었다.

"나는 좋은데, 그럼 지금 있는 친구는 어떻게 하려고 하는데?"
하고 내가 물으니,
"그건 내가 알아서 처리할 테니, 오늘 저녁 식사 후에 방을 옮길 수 있도록 가서 짐만 싸놓고 기다려."

하고 말했다. 그러면서 내가 법원으로 떠난 후에 새 사람이 들어왔는데 '그가 코를 심하게 고는 버릇이 있어 하루도 편하게 잠을 자본 적이 없다'면서 투덜댔다.

저녁 식사를 마치고 건물에 들어오니 간수가 내 이름을 부르면서 방 옮길 준비를 하라고 했다. 나는 짐이라고 해봐야 책 몇 권하고 밥 그릇 그리고 여기서 주는 옷 몇 가지뿐이어서 간단했다. 이미 준비가 다 됐다고 말하니 데이빗이 있는 건물의 방 번호를 주며 그리로 가서 그 건물 담당 간수에게 말하라고 했다.

이토록 어려운 환경에서 지냈지만 나는 이처럼 좋은 친구를 만나 여러 가지 도움을 받으며 지냈다. 다 같은 형무소 방이었지만 데이빗이 있는 방에 다시 들어가니 그동안 정이 들었기 때문인지 왠지 마음이 편했다. 데이빗과 다시 생활하게 되니 마음이 좀 더 안정이 되어갔다. 그렇지만 그동안 내게 유일한 희망을 주었던 항소도 이제는 끝나버렸고, 앞으로 까마득히 남은 감옥살이에서 벗어날 길이 없다는 사실을 생각하니 내 마음은 다시 어두워졌다.

다시 돌아온 방에서도 일자리를 찾기 전까지 약 한 달 동안은 데이빗이 일을 나간 후 혼자 방안에서 보내는 시간이 많았다. 그때마다 나는 밀려드는 절망감과 매일 싸워야만 했다. 내가 형무소로 다시 되돌아온 것을 전 상담사가 알았는지, 하루는 상담사가 나를 자기 사무실로 불렀다. 그는 나를 보더니 몇 마디 인사말을 한 뒤 바로 물었다,

"내 서기로 다시 일하지 않겠나?"

"좋지요."

하고 나는 대답했다.

"좋아. 그럼 필요한 서류는 내가 다 알아서 제출할 테니 며칠만 기다리고 있어."

하고 말했다. '그러면 지금 일을 하고 있는 서기는 어떻게 하려고 하느냐'고 내가 물으려는데, 그는 이미 내 물음을 짐작하고 있었다는 듯이 계속해서 말했다,

"그동안 내 서기가 일을 잘못해서 갈아 치우려는 참이었는데, 마침 그 친구가 이번에 다른 형무소로 옮겨가게 됐다."

재심 문제로 법원에 가기 전까지 나는 상담사의 서기로 몇 달 동안 일하면서 느낀 것이지만, 이 상담사는 수감을 담당하는 행정부에서 간부로 있는 데도 감옥에 있는 나를 죄수가 아닌 한 인간으로 대해주었다.

그 상담사 말대로 며칠 후에 나는 다시 상담사의 서기 일을 하기 시작했고, 예전처럼 내가 지내는 건물 안에서는 비교적 자유롭게 돌아다니며 지낼 수 있게 되었다. 건물 서기(Building clerk) 일은 건물에서 간수들이 필요한 간단한 일들을 하는 것이고, 상담사 서기(counselor clerk) 일은 주로 서류 준비와 정리를 하는데 상담사가 요청하는 대로 도와주면 되는 일이었다. 상담사가 하는 일은 몇 백 명의 수감자를 관리하는 일이기 때문에 거기에 따르는 서류 준비와 자료 정리를 정확하게 하도록 해주는 게 필요했다. 물론 각 수감자의 예민한 개인적 정보가 있는 서류 종류는 제외하고, 그 밖의 여러 가지 종류의 서류를 다루는 일을 했다. 전직이 경찰인 내게는 그런 일은 익숙한 일이어서 나는 그가 원하는 것을 미리 준비하여 정확하고 신속하게 일을 처리하였다. 그 일을 3년쯤 하는 동안 우리는 서로를 인간적으로 대하며 지냈다.

그의 서기로 일을 하기 시작한 첫 해 연말이었다. 하루는 그가 나를 사무실로 불렀다. 사무실로 들어오는 나를 보고 그는 '기쁜 성탄절이야!(Merry Christmas!)'라고 인사를 하더니, 문 옆에 있는 선반에 얹어져 있는 종이봉투를 가리키며 나가는 길에 버려달라고 했다. 나는 별 생각없이 알았다고만 대답했더니, 그는 더 할 말을 참고 있는 듯이 나를 빤히 쳐다보며 미소를 지었다. 그리고 다시 한 번 천천히 말했다.

"꼭, 버, 려, 야, 해!"

천천히 한 마디씩 반복하며 말하는 그를 보고도 나는 그가 한 말의 뜻을 이해하지 못하고 '알았어요. 버릴게요. 근데 오늘은 무슨 일을 도와줄까요?' 하고 물었더니, 그는 너무나 답답했던지 봉투를 들고와서 내 손에 쥐어주며 버리라고 다시 말했다. 그가 말하면서 짓는 미소에 드디어 그

뜻을 알아챈 나는 그 봉투를 다른 종이 쓰레기와 함께 담아 가지고 사무실을 나왔다. 봉투가 담긴 '쓰레기'를 내 방으로 가져와서 조심스레 열어보니 초코렛을 입힌 마카데미아 콩이 들어 있었다. 이곳 생활에서는 구경조차 하기 힘든 간식이었다. 고약한 간수들이 수두룩한 이곳에서 이처럼 인간적인 사람을 만나게 되니 나는 그가 참으로 고마웠다.

간식이 담긴 증거물을 없애기 위해서 나는 마카데미아 통이 들어있는 봉투를 갈기갈기 찢어서 변기에 버렸고, 콩만은 잘 모셔뒀다. 그리고 데이빗이 일을 끝내고 돌아왔을 때 함께 먹었는데 너무나 맛이 있어서 입안에서 살살 녹았다. 나는 비교적 좋은 일자리 덕분에 분주한 나날을 보내면서 앞으로 남은 형량에 대한 압박감을 잠시나마 잊고 일에 몰두하여 지낼 수 있었다. 또 좁은 공간에서 두 사람이 매일 생활하며 서로 마음이 맞지 않아 칼부림까지 나는 경우도 보았기 때문에 마음이 맞는 친구인 데이빗과 함께 생활하게 된 것도 참으로 감사한 일이었다.

데이빗은 경우가 바르며, 매너도 좋았고 사소한 것은 신경을 쓰지 않는 관대한 성품을 지니고 있어서 상대방을 편하게 해줬다. 말못할 사정들이 많은 곳이기도 했지만, 대부분의 사람들은 이기적으로 자기자신만을 챙겼다. 한 방에서 지내면서도 사탕 한 개라도 나누지 않고 지내면서 조그만한 일로 싸우는 경우가 많았다. 그러나 데이빗과 나는 먹어도 같이 먹고 굶어도 같이 굶으며 모든 것을 나눠 가졌다. 각자 가족들로부터 분기별 소포를 받으면 서로 나눠 갖거나 나눠 먹었고, 모든 상황에서도 서로를 배려하면서 지냈다.

한 번은 어머니가 비닐봉지에 포장된 총각김치를 소포에 보내주셨다. 나는 너무 오랜만에 맛보는 것이라 소중히 모셔놨다가 한국 음식을 좋아하는 데이빗 생일날에 먹기로 했다. 데이빗 생일날에 나는 그가 일을 마치고 올 때에 맞추어 밥과 좋아하는 참치 통조림으로 요리를 하고 준비했다. 식당(Chow hall)에서 주는 저녁식사는 생략하고, 방에서 준비해 놓은 식사로 저녁을 함께 먹기로 한 것이다. 침대의 깔개를 걷어내고 그걸 밥상으로 삼아서 음식을 차렸다. 그리고 방바닥에는 빨래할 때 쓰는 바께스를 뒤집어서 의자로 삼고 각자 앉았다.

나는 식사를 하기 전에 모셔 났던 총각김치 봉지를 열었다. 예전에 집에서 어머니께서 직접 담그신 총각김치도 익으면 냄새가 꽤나 강했던 기억이 났다. 그런데 이것은 비닐봉지로 포장하여 시장에서 파는 것이었고, 또 오래 보관해서 지나치게 익은 것이어서 봉지를 여는 순간 그 시금털털한 김치 냄새는 내가 맡아도 불쾌할 정도로 강했다. 물론 데이빗은 더 말할 나위도 없었다. 내가 봉지를 열어서 냄새를 맡으면서 그 냄새가 데이빗의 코에 도달할 때까지 나는 그의 얼굴을 바라보았다. 약 2-3초 후 데이빗은 갑자기 얼굴이 찌프리더니 머리를 흔들면서 코를 손으로 틀어막고 벌떡 일어나 문쪽으로 뛰어갔다. 그리고는 외치듯이 물었다.

"와! 도대체 그게 뭐야?"

나를 원망스러운 눈초리로 쳐다보며 묻는 그의 모습이 너무 우스워서 나는 깔깔 거리며 웃다가 앉아있던 바께스에서 넘어졌다. 그래도 데이빗은 계속 부동자세로 코를 막고 문쪽에 서있었다. 나는 웃음을 참아가며 '이 음식은 잎이 달린 작은 무로 만든 김치'라고 설명하면서 냄새는 고약해도 맛은 좋으니 한번 먹어보라고 했다. 못 믿겠다는 눈초리로 나를 바라만 보고 있으면서 데이빗은 더 이상 움직이려고 하질 않았다.

한참 그렇게 나를 바라보던 데이빗은 자기 생일을 기억해준 내 성의를 봐서 한번 먹어 보겠다며 서서히 다가왔다. 나는 가장 작은 총각 김치 하나를 집어 데이빗 밥 위에 올려놓았다. 데이빗은 두려운 표정을 지으며 밥과 김치를 천천히 입안으로 넣었다. 그리곤 몇 번 씹어보더니 맵지만 생각보다 맛은 괜찮다고 하면서 먹기 시작했다. 그 때부터는 김치 냄새에 적응을 했는지 별 어려움 없이 잘 먹었다.

그렇게 우리가 밥을 다 먹고 그릇을 치우고 있는데, 매일 그 시간에 우편물을 배달하던 간수가 우리 방을 지나가다 갑자기 놀라서 소리쳤다.

"헉, 이게 무슨 냄새야!"

그러면서 우리 방과 옆방을 두리번거리며 살펴보다가 우리 방안으로 휴대 전등을 비추었다. 그러면서 이상한 냄새가 우리 방에서 나오는 것은 아니냐고 물었다. 우리는 시치미를 떼고 '지금 청소를 하고 있는데 무슨 말을 하는지 모르겠다'고 대답했다. 그래도 한참 동안이나 우리 방안을 휴대 전등으로 구석구석 비추어보면서 미심쩍은 표정을 지었다. 그러면서 계속해서 '도대체 이게 뭐야?(What the fuck is that?)'하고 혼자말로 중얼거리며 걸어갔다. 간수가 우리 방 앞에서 멀어지고 나서야 우리는 서로를 돌아보며 낄낄거리고 웃었다.

형무소에서는 소포가 수감자들에게 중요한 만큼 그에 관련된 여러 가지 사연들도 많다. 지금도 어느 월남 친구가 겪었던 일이 잊혀지지 않는다. 이 친구는 어린 시절에 어머니를 여의고 아버지와 누나 사이에서 자라다가 철없이 저지른 사건으로 형무소에 들어오게 되었다. 처음 수감 생활을 할 때부터 지금까지 줄곧 누나가 소포를 보내줬는데, 한번은 누나가 월남으로 휴가를 간 뒤 홀아버지가 소포를 챙겨서 보내주게 되었다. 아버지는 동양의 중년 남자들처럼 혼자 시장에서 물건을 구입하는 일을 거의 해보지 않은 사람이었다. 그런데 그때 형무소 행정부에서는 통조림으로 인한 문제가 잦아서 모든 통조림 종류의 차입을 정지시킨 후였다. 그런 사실을 이 친구는 누나에게 이 사실을 미리 알려주었고, 누나에게 휴가 떠나기 전에 아버지께 잘 설명해서 소포를 준비할 때 생선 통조림 대신 월남 사람들이 즐겨먹는 마른 생선을 사서 보내 달라고 당부했다.

그런데 그 친구의 아버지는 아들이 부탁했던 마른 생선 대신에 살아있는 매기 한 마리를 사서 비닐주머니(ziploc bag)에 넣어 소포로 보내준 것이다. 아마도 고생하는 아들에게 좀 더 잘 먹이고 싶다는 부모 마음으로 한 엉뚱한 행동 같았다. 이때가 여름이었는데, 소포가 그 친구에게 도달하는 기간은 약 3-4주가 걸렸다. 결국 이 매기는 그동안 비닐주머니 안에서 아주 잘 썩어있는 상태였고, 월남 친구는 이 사실도 모르고 소포를 받으러 가서 간수 앞에서 차입품 상자를 여는 순간에 악취가 심하게 나게 되었다. 그때 그 주위에 있던 사람들이 악취로 인해 모두 기침을 하며 도망을 갈 정도였다. 간수 또한 그 차입품 상자에서 멀리 떨어져서 코를 막고 인상을 찌푸리며 '도대체 그 안에 뭐가 있길래 이처럼 썩는 냄새가 나느냐'고 크게 불평을 했다. 월남 친구는 자기도 모르겠다며 코를 막고 박스에 다가가서 비닐주머니를 꺼내보니 가스가 차서 팽팽하게 늘어난 봉지 안에 있는 것은 매기의 시체였다.

　간수들이 평소에 소포를 내줄 때는 품목별로 하나하나 검사하는데, 그 월남 친구에게는 크게 소리를 지르고, 탈취제를 주변에 뿌리면서 '그 소포 박스 빨리 가지고 나가' 라고 소리쳤다. 그래서 월남 친구는 아무것도 압수당하지 않고 소포 박스 통째로 다 받아왔다. 우연한 아버지의 '배려' 덕분이라고 할 수 있다. 왜냐하면 간수들이 수감자들의 소포를 검사한다는 이름으로 최소한 한 두 가지 품목에 대해 여러 가지 이유를 대면서 압수하곤 했기 때문이다. 그들 중에는 아예 '나에게 뭐 줄래?' 하면서 일부 품목을 요구하는 간수들도 있었다. 그렇게 수감자들의 소포를 뺏어서 나중에 자기들끼리 뻔뻔스럽게 나눠 먹곤 했다.

　이곳 형무소 담당 신부로는 스페인 신부님이 있었다. 그 분은 주일날 오후에 미사를 봉헌하기로 계획표에는 적혀 있었다. 주말에 어머니와 면회 마치고 오면 시간이 딱 맞아서 바로 예배소로 가면 된다. 그런데 주변에서 하는 말을 들어보니, 신부님은 참여하는 수감자 숫자가 적다는 이유로 예배당에 잘 오질 않는다고 했다. 그래서 미사를 드리고자 기대를 하면서 예배소에 가면 매번 헛걸음을 친다고 한다. 어쩌다 한 번씩 신부님이 나올 때는 예배소에 있던 몇 명의 수감자들이 급히 야드로 나가서 다른 신자들에게 신부님이 온 것을 알리면 여러 사람들이 모여들어서 미사를 드린다고 했다. 그래서 한 번은 미사를 마치고 나오는 신부님께 내가 개인적으로 질문이 있다고 상담을 요청하였더니 자기 사무실로 가자고 했다. 신부님을 따라 사무실로 들어가서 내가 말했다.

　"신부님께서는 많이 바쁘신가 봅니다."

　내 말을 듣던 신부님은 조금은 귀찮다는 표정을 감추지 못하고 대답했다.

　"신부가 하는 일은 늘 그렇듯이 바쁘기 마련이오."

　"저희에게는 오시는 일정을 주일 오후로 잡아 놓으셨는데, 그때마다 다른 일이 자주 생기는가 봅니다."

"별 다른 일은 없지만 여기에서는 미사 드리려고 나오는 수감자 수가 적어서 자주 올 수가 없소."

"숫자가 적긴 하지만 아주 없는 건 아니잖습니까? 외람된 말이지만 애타게 미사를 드리고 싶어하는 수감자가 오늘 보셨다시피 20명은 되는데 그 사람들을 위해서 좀 더 규칙적으로 와주시면 안되겠습니까?"

"그 숫자는 너무 적으니 당신이 더 많은 사람을 모아서 오면 생각해 보겠소."

"제가 밖에 있을 때 여러 신부님을 접했지만 그 누구도 신자들의 수가 적어서 미사를 못 드리겠다는 분은 못 봤습니다. 그리고 교회 가르침과 성인들의 삶을 그린 책들을 보면 신부는 단 한 명의 신자가 있어도 그를 위해 미사를 봉헌할 의무가 있다고 읽었는데 제가 잘못 이해를 한 건가요?"

"당신은 수감자 신분으로 신부인 나의 권한을 따질 자격이 없소."

"신부님이 그렇게 말씀하시니 저도 한 마디만 하지요. 신부님의 그 말씀은 교회법에 근거하면 틀리지는 않습니다만 그게 예수님을 대신하는 성직자의 올바른 태도라고 생각하십니까? 우리는 교회법하고 예수님 말씀 중에서 어느 것을 우선으로 해야 되는지요? 아시다시피 여기는 형무소입니다. 오로지 보잘 것 없는 사람들을 위해 사신 예수님의 삶과는 너무도 대조적인 생각을 가지고 계시군요."

"나는 바쁘니 그만 나가주시오."

이렇게 말하면서 신부는 화를 냈다.

"예, 신부님 같은 분이 집전하는 미사에는 오히려 참여하지 않는 게 좋겠습니다."

이렇게 말하고 나는 그 자리를 떠났다. 아무튼 교정을 담당하고 있는 이 신부는 남 신부님과 비교하면 똑같은 신부라고 해도 너무나 대조적인 신부였다. 자신의 자존심과 위엄을 신부의 사명과 봉사보다 더 높이 여기는 연약한 인간에 불과한 신부를 만나고나서는 내가 알고 있는 남 신부님과는 너무 대조적이어서 실망감이 매우 컸다. 그러나 세상에는 여러 가지 사람이 있듯이, 이 신부도 세속적인 무리 중 한 사람에 불과하다고 생각하면서 나는 조금씩 실망감을 털어내었다.

우쏘와 노르텐요의 싸움

아이슬라도 형무소에 온지 3년째 되던 해였다. 우쏘라는 젊은 사모아 친구가 우리 건물에 새로 왔다. 그는 덩치가 산더미처럼 컸지만 성격이 털털해서 아무하고나 잘 어울렸다. 우쏘란 사모아 사람들 사이에서 서로를 동족으로 친근하게 여기면서 부르는 말이라고 했다. 그는 우쏘를 자신의 별명으로 삼았고, 만나는 사람들도 모두 그를 우쏘라고 불렀다. 나이는 20대 후반이었고, 덩치에 맞게 대식가로 유명했던 그는 보통 라면 5-6개와 소다 3-4개를 한 끼 식사로 거뜬히 해치웠다. 그리고 그런 덩치에도 운동신경이 뛰어나서 못하는 운동이 없었다. 농구를 하면 흑인들 못지않게 잘했고, 미식축구나 배구, 야구, 축구 등도 잘했다. 가끔 다른 인종들과 운동 경기를 하게 되면 우리는 우쏘를 앞장세워서 쉽게 이기곤 했다. 인심도 좋고 장난을 좋아해서 모든 동양 친구들과도 친하게 지냈다.

우쏘가 우리 야드에 도착한지 몇 주 후에 우리는 그가 전에 있었던 형무소에서 노르텐요 깡패 두 녀석을 때려눕힌 일이 있었다는 것을 뒤늦게 알게 되었다. 그런데 그 때 싸움은 양 쪽 세력의 합의가 없이 일어난 싸움이었기 때문에, 우쏘에게 얻어맞은 노르텐요들이 언젠가 기회가 되면 우쏘에게 보복을 할 거라는 것은 불문율이나 마찬가지였다. 다행히 우리가 있던 이곳에는 노르텐요 수감자 수가 약 30명으로 적은 숫자였다.

우리 중에 사모아 사람으로 나이가 많은 써니라는 친구가 있었는데, 그는 발이 넓어서 잘 지내는 다른 인종 친구들이 많았다. 이 친구가 그의 흑인 친구들을 통해 수소문을 해보니 여기에 있는 노르텐요들은 그 당시까지도 우쏘의 전과를 모르고 있었다. 그래서 걱정을 덜했지만 그래도 써니는 그 다음날 동양인들 모두를 야드에 모아놓고, 우쏘가 놓인 상황을 설명하면서 앞으로 한동안은 어디를 가든 적어도 두 세 명이 함께 움직이고 정신 바짝 차리고 다니라고 당부했다. 상황이 이렇게 되면 모든 운동이나 오락 같은 것은 중단을 해야 했다. 상황이 바뀔 때까지 야드에 나왔을 때는 모두들 우쏘와 함께 야드를 걷거나 아니면 정해진 장소에 둘러서서 이리저리 두리번거리는 게 일이었다. 그리고 야드시간이 마치는 종이 치면 건물로 돌아가는 게 하루 일과가 되었다.

그렇게 2개월이 지나는 동안 노르텐요들을 지켜보았어도 그들의 행동은 평소와 다름이 없었고, 우쏘를 향한 수상한 움직임도 찾아볼 수 없었다. 그래서 우리는 차츰 긴장을 풀고 서서히 평소 하던 생활로 되돌아갔다. 그렇게 6개월이 더 지나가자 이제는 아무 일도 일어나지 않으리라고 여기게 되었고, 안심하면서 각자 평소 생활로 되돌아가서 일상을 보내기 시작했다.

그러던 어느 날 아침, 상담사가 내게 와서 그 다음날 수감자 여러 명을 면담해야 한다면서 필요한 서류들을 준비하라고 했다. 그래서 나는 그날 오전에는 야드에 나가지 못하고 건물 안에서 일을 하고 있었다. 그런데 수감자들이 오전 야드시간에 나간 지 약 10분도 안됐는데 야드에서 알람 소리가 요란하게 울렸다. 나는 또 '곧 제재조치가 시작되겠군' 하고 생각하면서 따분한 느낌이 들었다. 실내에 있건 실외에 있건 알람이 울리면 모든 수감자는 있는 그 자리에서 정지하고 땅에 엎드려야만 한다.

나는 당시 건물 내 한쪽 구석에 있는 탁자에서 서류 준비를 하고 있다가 바로 옆 바닥에 엎드렸다. 야드에서 알람이 울리고나서 건물 내에 있던 간수들 세 명 중에 둘은 밖으로 뛰어 나갔고, 남은 간수는 건물 안에 있던 수감자들을 감시하면서 계속 엎드리라고 반복해서 소리쳤다. 건물 안에 있는 수감자들은 무슨 일인지 모르지만 엎드려서도 일단 서로를 경계한다. 그렇게 엎드려 있는데 약 20미터쯤 떨어진 곳에서 조금 안면이 있는 멕시칸 녀석이 자꾸 내 쪽을 쳐다보았다. 그러더니 간수 눈을 피해 조금씩 기어서 내 쪽을 향해 오고 있었다. 나는 순간 긴장이 됐지만 그 녀석에게 내 시선을 고정시키고 차분히 생각해봤더니 그 멕시칸 녀석이 노르텐요였다.

그때서야 바로 짐작이 갔다. 방심하면서 보낸 시간이 오래 되어 우리는 잊고 있었지만 그들은 우리가 방심할 때까지 기다린 것이다. 야드에서 울린 알람은 바로 노르텐요 녀석들이 우리 동양인들을 습격한 것이라는 사실이 분명해졌다. 시간이 흘렀지만 그 녀석들은 저희들 패거리에 대한 보복을 하려고 결국 일을 저지른 것이다. 이런 상황에서는 무조건 상대를 향해 간수가 있거나 없거나 또 뒷일이 어떻게 되던지 상관하지 않고 먼저 달려드는 게 일반적이다. 그런데 이 녀석은 간수 몰래 나를 한 방에 때려눕히고 자기는 발각을 피해 도망치려는 약은 수작을 피우는 녀석이었다.

사태를 파악하게 되자 나를 향해 기어오고 있는 녀석의 두 손을 주시해서 살펴보았다. 무기는 보이지 않았지만 대체적으로 멕시칸들은 무기 휘두르는 것을 일상적으로 하고 있기 때문에 나는 그 녀석의 양 손을 계속 주시하였다. 전직이 경찰이다 보니 아카데미에서 배웠던 기술로, 적을 대할 때는 상대의 양 손을 항상 주시하는 연습훈련이 그대로 되살아났던 것이다. 건물 내 여기저기를 훑어 봤지만 다른 동양인 친구들은 보이지 않았다. 그리고 다행히 노르텐요 녀석도 그 녀석 한 명 뿐이었다.

나는 일단 무슨 일이 일어나도 그 녀석과 일 대 일의 싸움이 될 것이라는 생각에 자신감이 생겼다. 어릴 때부터 수 없이 싸움을 하며 큰 덕에 일 대 일 대결이라면 웬만한 녀석과는 자신이 있었다. 나는 그 녀석의 첫 행동을 보면서 결정타를 날리기로 마음을 먹고 기다렸다. 그 녀석은 건물 내에 있는 간수와 감시탑에 있는 간수를 차례차례로 쳐다보면서 조금씩 내 쪽으로 기어왔다. 계속 조심스럽게 기어오면서 그 녀석은 나를 공격할 기회를 노리고 있었다. 이때 내 주위 가까이에 엎드려 있던 타 인종 수감자들은 이번 사건에 관련되는 것을 피하기 위해 모두 자기들이 알아서 재빨리 다른 곳으로 몸을 옮겨갔다. 그들 모두도 간수들이 알아채지 못하도록 조용히 움직였다.

간수는 계속해서 야드에서 들려오는 왁자지껄 떠드는 소리에 집중 해 있는 탓에 건물 안에서 일어나는 조용한 움직임은 알아채지 못 하고 있었다. 그 녀석은 간수가 문 쪽으로 가서 우리들을 등지고 야드를 바라보고 있는 틈을 타서 벌떡 일어나더니 내 쪽으로 뛰어왔다. 나도 바로 일어서서 그 녀석이 내 사정거리까지 오기를 기다렸다. 그런데 다가오는 그 녀석의 손에는 조그만 면도날로 만든 무기가 있었다. 그동안 숨기고 있던 것을 꺼낸 모양이었다.

내가 입고 있던 긴소매 사쓰를 급히 벗어 왼팔에 감았을 때 그 녀석이 면도날을 쥔 오른손으로 내 얼굴을 향해 휘두르며 달려들었다. 그런데 녀석의 동작은 생각보다 느렸다. 나는 허리를 굽히며 잽싸게 피했고, 이어 내 허리와 어깨를 틀어 집어넣으며 몸을 일으키는 동시에 텅 빈 그 녀석의 오른쪽 턱을 레프트 훅으로 힘차게 갈겼다. 이는 내가 고등학교 시절에 많이 써먹었던 기술이었다. 내 주먹과 그 녀석의 턱이 만나는 순간에 '쩍' 하는 소리가 났고, 그 녀석은 얼굴을 찌푸리면서 동시에 눈을 감은 채 땅을 향해 쓰러졌다. 쓰러진 그 모습은 우습게도 매우 평화스러운 표정이었고 비교적 쉽게 한방으로 순식간에 끝났다. 그 녀석의 몸이 땅에 떨어질 때는 '퍽' 하는 소리가 났지만, 다행히도 간수는 듣지 못했고 계속 바깥 야드만을 쳐다보고 있었다. 나는 그 녀석의 얼굴을 발로 툭툭 몇 번 차 보았는데 아무런 반응이 없었다.

다른 간수들이 건물 안으로 돌아오기 전에 나는 노르텐요 놈이 쓰러져 잠들어 있는 장소에서 멀리 떨어진 곳으로 사뿐 사뿐 뛰어가서 바닥에 누웠다. 그 녀석 주위에 있던 다른 수감자들도 각자 조용히 그 녀석과 떨어진 곳으로 옮겼다. 왜냐하면 간수들은 어떤 사건이라도 직접 목격하지 못하게 되면 사건이 일어난 곳 주변에 있는 모든 수감자들을 싸잡아서 형무소 안의 형무소라고 불리는 '홀'이라는 곳으로 일단 집어넣었기 때문이다. 그리고 샅샅이 조사를 한 다음에 관련되지 않았다고 판단되는 사람들만을 풀어주었다.

그 녀석이 내게 뛰어와서 면도날을 휘두르고 내가 그 녀석을 주먹으로 때려눕힌 시간은 시작부터 끝까지 3-4초에 불과했다. 이렇게 아무런 소리도 내지 않고 싸움이 끝나고 보니 간수들은 물론이고 좀 멀리 떨어져 있던 몇몇 다른 수감자들도 그 녀석이 땅에 쓰러져 있는 것을 보고는 '무슨 일이냐?(What happened?)'며 수군거렸다.

한참 시간이 지나고 간수들이 건물 안으로 다시 들어와서 층별로 수감자들을 방으로 다시 보내기 시작했다. 이는 바로 제재조치가 시작된다는 신호였다. 2층부터 수감자들을 보내기 시작하자 2층에 방이 있는 모든 수감자들은 일어서서 각자 방으로 걸어갔다. 나도 2층에 방이 있으니 그들과 함께 움직였다. 우리가 각자 방으로 다 들어간 후 1층의 수감자들에게 방으로 들어가라고 했다. 1층 수감자들이 일어서서 각자 방을 찾아가는데, 그 노르텐요 녀석만 아까 누워있던 자세 그대로 누워 있었다. 간수가 그 녀석의 이름을 부르면서 어서 일어서라고 고함을 쳐도 이 녀석은 꿈쩍도 하지 않았다.

아무리 일어서라고 소리쳐도 아무런 반응이 없으니 그때서야 간수들은 자기들 모르는 사이에 무슨 사건이 있었음을 깨닫고 알람을 울렸지만 이미 때는 지나 있었다. 수감자들을 모두 방으로 보낸 뒤라서 관련된 수감자가 누구였는지를 밝히기는 불가능한 일이었기 때문이다.

그 녀석이 누워 있는 곳은 내 방문에서 창을 통해 대각선으로 희미하게 보이는 곳이었다. 그 녀석의 상태를 본 간수가 간호사를 불렀나보다. 잠시 후 도착한 간호사가 간단한 진단을 하고 있는데 그제서야 그 녀석은 의식을 되찾기 시작한 것 같았다. 그 녀석은 간호사의 진단을 받는 동안 멍한 표정으로 앉아있었는데, 진단이 끝나자 간수가 건물 밖으로 데리고 나갔다.

잠시 뒤에 간수 약 30명 정도가 우리 건물 안으로 들어왔다. 사건이 일어나고 범인을 잡지 못했을 때는 항상 하는 신체조사(body search)가 있다. 30명의 간수가 한 명씩 30개의 방 앞에 서면 탑에 있던 간수가 방문을 동시에 무선조정(remote control)으로 열어준다. 그러면 방안에 있는 수감자는 한 명씩 문 안쪽에 서서 옷을 다 벗어야 한다. 간수는 휴대용 전등으로 벌거벗고 있는 수감자의 몸 앞뒤로 조그만한 상처라도 있는지를 찾는다. 이렇게 건물에 있는 모든 수감자를 수색하고 나면 가끔 범인이 잡힐 때도 있지만 잡지 못할 때가 훨씬 더 많다.

사건마다 다르긴 하지만 몸에 갓 생긴 상처를 찾을 때는 주로 주먹에 상처가 나 있는지를 주시해서 조사한다. 이번 사건은 그 노르텐요 녀석이 쓰러지면서 손에 쥐고 있던 면도날을 옆에 떨어뜨린 것이 발견되었기 때문에 칼에 베인 상처를 입은 사람을 찾을 게 분명했다. 간수가 수색을 하기 전에 나는 이미 거울로 등 뒤를 봐가면서 내 몸 전체를 샅샅이 확인했다. 그렇기 때문에 내 방 앞에 간수가 왔을 때 나는 태연하게 옷을 벗고 수색을 받았다. 내 주먹 단 한 방에 그 녀석이 쓰러졌기 때문에 실제로 상처고 뭐고 날 기회조차 없었다. 간수들은 범인을 잡지 못하게 되자 한 명씩 건물 밖으로 사라졌다. 나는 그 놈이 간수의 눈을 피해 나를 치려고 잔머리를 굴린 덕분에 그 녀석을 조용히 해치우면서 위기를 모면한 것이다.

내 옆방에 우리와 잘 지내는 백인 이웃 친구가 우리 두 방에 연결 돼있는 환기통(ventilation system)을 통해 물어왔다.

"괜찮아?(you ok?)"

"그래, 나는 괜찮아, 그 멍청한 녀석이 고자질 하지 않는 한.(Yeah, I'm good, as long as that asshole don't tell on me.)"

"아니야, 그 녀석은 고자질 못할 걸. 그 처벌이 뭔지 알테니 말이야.(Nah, he ain't gonna say nothin'. He knows better. At least he should anyway.)"

나는 그 노르텐요 녀석이 밀고만 하지 않으면 괜찮을 것이라고 말했더니 그 백인 친구는 노르텐요 녀석들이 치사하게 싸움을 하지만, 밀고는 그들 사이에서 가장 용납될 수 없는 죄로 인식되고 있기 때문에 아무런 일이 일어나지 않을 것이라고 말했다. 사실 그건 나도 어느 정도 이미 알고 있었다.

"그래. 걱정해줘서 고마워.(Yeah, thanks for asking.)"

"혹시 뭐 필요한 거 있어?(You need anything?)"

"아니, 나는 괜찮아. 자 그럼.(Nah, I'm good. Alright then.)"

"그래.(Alright.)"

이렇게 대화를 끝내고 나서 조금 있다가 데이빗도 간수들 두 명으로부터 '보호'(escort)를 받으며 건물 안으로 들어왔다. 일하는 도중에 간수가 와서 동양인들과 노르텐요 멕시칸은 모두 제한조치를 받았다며 방으로 들어가라고 해서 쫓겨났다면서 투덜대며 들어왔다. 우리는 소포로 받은 여러 가지 반찬과 밥과 라면을 함께 놓고 이렇게 된 김에 먹는 거나 마음 편히 먹자면서 그날 겪은 일을 가지고 서로 얘기를 나누며 푸짐하게 먹었다.

나중에 들은 이야기를 정리하면 이렇다. 야드에서 일어난 싸움은 노르텐요들이 집단적으로 우쏘를 습격하면서 시작되었다. 노르텐요들은 계획적으로 야드 시간이 시작되자마자 우리 동양인들이 아직 다 나오기 전에 혼자 있는 우쏘를 습격하였다. 그날 아침 야드 시간이 시작되면서 우쏘가 야드에 있는 소변기에서 일을 보고 있는 틈을 타서 6명이 우쏘를 급습한 것이다.

칼을 가진 두 녀석이 양쪽에서 우쏘에게 달려들어 먼저 우쏘의 옆구리와 등을 여러 차례 찌른 후 나머지 네 녀석이 우쏘에게 달려들었다. 우쏘는 자신을 찌른 첫 녀석을 거의 반사적으로 후려 갈겼는데, 얼마나 세차게 때렸던지 턱이 부러지면서 그 자리에서 바로 의식을 잃고 나가 떨어졌다. 우쏘는 칼을 들고 덤벼든 나머지 한 녀석에게 몇 번 더 찔렸지만, 달려드는 녀석들을 향해 마구 주먹을 휘두르자 두 녀석이 더 나가 떨어졌다. 싸움이 이쯤 됐을 때 야드의 탑에 있는 간수가 알람과 함께 경고탄을 발사하며 확성기로 '엎드려! 엎드려!'를 반복해서 외쳤다.

경고탄 소리를 듣고 노르텐요들은 거의 다 바로 땅에 엎드렸고 나머지 한 녀석이 머뭇거리고 있는 틈을 타서 우쏘는 마지막 한 방을 그 녀석 얼굴을 향해 가격했다. 순간 한 눈을 팔던 그 녀석은 정통으로 얼굴에 맞고 쓰려졌다. 그래도 분을 다 풀지 못했던 우쏘는 씩씩 거리면서 엎드려 있는 몇 놈들에게 다가가서 얼굴을 발길로 걷어차며 '여섯 놈이나 달려들어서 이게 다냐? 비겁한 놈들아!' 하고 말하면서 욕설을 퍼부었다. 탑에 있는 간수는 우쏘를 향해서 장총을 겨냥하며 계속해서 '엎드려'를 외쳤다. 그제서야 알람을 듣고 달려온 간수들이 뿌리는 최루가스 앞에 우쏘는 피투성이가 된 옷차림으로 주저앉았다.

　이 모든 행동은 불과 1-2분 사이에 이루어진 것이었다. 그날은 주 중이었고, 많은 동양 친구들은 일을 하러 가야 했기 때문에 야드에 모이는 우리 동양인들의 숫자가 적었다. 노르텐요들은 동양인들의 숫자가 적게 나오는 그 날을 택해서 일을 벌인 것이었다. 우쏘가 습격을 당하고 있는 동안에 그를 도와줄 다른 동양인 대다수는 안타깝게도 아직 야드에 나가기 전이었다. 몇몇 동양인 친구들은 야드에 이제 막 나왔지만 축구장 길이보다 먼 야드 반대쪽에서 이미 일이 터진 후였고, 또한 그곳까지는 탑에 있는 간수의 총을 피해서 뛰어가긴 너무 먼 거리였다.

　간수들은 일단 야드에 모든 수감자를 땅에 엎드리게 해서 부동자세로 해놓고 의료진을 불러 우쏘를 들 것에 실어 치료소로 데리고 갔다. 그 다음에는 여느 때와 마찬가지로 사건 조사를 한답시고 몇 시간동안이나 간수들은 사건 장소에서 사진을 찍어가며 이리저리 뛰어다녔고, 사건 주위에 있는 모든 수감자들에게 일단 수갑을 채웠다. 그러는 동안 움직이지 못하고 땅바닥에 엎드려 있어야 하는 다른 수감자들이 곤욕을 치루었다. 어느 정도 사건의 윤곽을 파악하게 되면 사건에 관련이 없는 타 인종들은 건물 번호 차례로 건물로 돌려보낸다. 마지막으로 야드에 남은 소수의 동양인들과 노르텐요들은 서로를 향해 욕지걸이를 퍼부었다. 그 중 한 월남 친구가 녀석들을 향해 외쳤다.

　"비겁한 놈들아! 나는 너희 얼굴 하나하나 다 기억한다. 너희들도 내 얼굴을 기억해라! 언젠가는 다시 만날 테니 그때 보자!"

　우쏘에게 일이 터지면서 나에게 덤빈 녀석 외에도 각 건물에서 동시에 여러 사건들이 일어났다. 우리 옆 건물에서도 노르텐요 한 녀석이 동양인 3명을 향해 칼을 들고 휘두르다가 오히려 몰매를 맞았다고 했고, 또 다른 건물에서는 2 대 2 로 붙었다고 했다.

　이렇게 해서 결국 두 달이 넘는 '제한조치'가 다시 시작되었다. 약 일 주일 후에 사건과 관련되지 않은 타 인종들은 제한조치가 풀렸고, 우리는 매 사흘마다 샤워하러 나오는 것 빼고는 방안에 있어야만 했다. 평소 우리와 잘 지내던 흑인, 백인, 수렌요들은 매일 아침과 저녁으로 우리 방 앞을 지나가면서 도와줄 것이 없냐며 안부를 물었다. 이 친구들은 건물 내에 있는 다른 동양 친구들과 서로 음식을 주고받거나 쪽지(kite)라고 불리는 간단한 내용을 담은 편지를 전달해 줄 때 도움을 준다. 제한조치를 당하고 있을 때 타 인종들이 서로 도와주는 것은 형무소의 예의 같은 것이었다.

하루는 치과에서 나를 부른다면서 간수가 나를 데리러 왔다. 우쏘 사건이 일어나기 한참 전에 신청했던 것이었다. 간수를 따라 치료소에 도착하여 대기실로 들어가서 한 시간 넘게 대기실에서 기다리고 있는데, 치료소 뒷문으로 한 수감자가 바퀴 달린 들것에 실려 들어왔다. 멀리서는 몰랐는데 차츰 가까이 오는 모습을 보니 우쏘였다. 마음 같아서는 당장 뛰어나가 안아주고 싶었지만 간수들이 있어 불가능했다. 무언가라도 말하고 싶은 걸 참으면서 우쏘가 대기실 앞으로 지나갈 때 몇 마디 해보려고 기다리는데, 우쏘가 대기실 앞에 다다랐을 때 우쏘를 담당한 간수와 치료소 담당 간수가 오랜만에 만난 옛 친구처럼 서로 반가워하면서 떠들썩하게 서로의 안부를 물었다.

그러자 우쏘를 실은 들것은 자연히 내 바로 앞에 서 있게 되었다. 원래 제한조치를 받는 동안은 사건에 관련된 수감자끼리 대화를 하는 것도 허락되지 않았지만, 이 두 간수는 수다를 떠는데 바빠 내가 우쏘와 얘기하는 것은 신경도 안썼다. 그래서 나지막한 소리로 우쏘에게 좀 어떠냐고 물으니 이 정도는 아무 것도 아니라면서 그는 전형적인 개구장이 미소를 지었다.

우쏘는 갈비뼈와 어깨 그리고 등에 열 번이나 찔렸다고 한다. 그 상처들을 치료하기 위해 바깥 병원에서 2주 동안 입원해 있다가 그날 퇴원해서 오는 길이라고 했다. 사건이 일어난 다음날 감시담당 간수가 치료소 환자실에 누워있던 우쏘를 찾아와서 마구 불평을 하더란다. 그 까닭은 우쏘가 턱을 부러뜨린 놈이 의식을 잃는 순간 항문에 힘이 풀려 바지에 똥을 싼

걸 치우는데 혼났다는 것이다. 그 전까지는 우쏘 자신도 그 놈이 졸도한 것조차 몰랐다고 했다.

우쏘는 그 노르텐요 녀석이 바지에 똥을 쌌다는 걸 여러 번 강조하면서 평소처럼 장난기가 가득한 미소를 지으며 킥킥 거렸다. 아무튼 오랜 시간은 아니었지만 우쏘를 만나고 불행 중 다행으로 그가 괜찮은 것을 볼 수 있어서 반가웠다. 나는 치과에서 치료라고 부를 수도 없는 치료를 마치고 방으로 돌아와서 데이빗에게 우쏘를 만난 이야기와 함께 노르텐요 놈이 바지에 똥을 쌌다는 것을 강조하면서 한바탕 웃었다.

노르텐요 녀석들이 무기를 휘둘렀고 우쏘의 중상을 참작해서 내린 우리 지역의 제한조치는 두 달이 넘도록 계속되었다. 하루는 데이빗과 이 야드에서 가장 오래 머문 동양인들 몇 명, 그리고 나이 든 노르텐요 몇 명이 간수 사무실로 불려갔다. 형무소 간부들이 양쪽의 태도를 알아보려고 회의를 한 것이다. 데이빗이 회의를 마치고 돌아와서 그 결과를 얘기해줬다. 간수들 앞에서는 양쪽 모두 아무 문제가 없다고 하는 게 일반적이다보니, 함께 모였지만 별 진전이 없이 끝났다며 괜히 시간 낭비만 했다고 투덜거렸다.

노르텐요들의 평소 버릇을 봐서는 우리들과의 문제가 꽤나 오래 지속될 것 같다는 게 데이빗의 의견이었다. 그러므로 잘잘못에 관계없이 한 녀석을 때려눕힌 나도 그 녀석들의 보복대상에 올라가 있을 것이니 언젠가 제한조치가 풀리면 항상 주의해야 한다면서 조심할 것을 당부했다. 그 말은 앞으로 남은 내 수감기간 동안에는 북쪽 노르텐요들이 있는 형무소에서 언제든지 보복을 할 가능성이 있다는 것을 명심하라는 뜻이었다. 이렇게 고립되어 있지만 수감자들이 여러 형무소를 옮겨 다니면서 퍼뜨리는 소문은 할 일 없는 부유층 마님들이 쑥덕거리는 수준에 버금갔다. 별로 편치 않은 일이었지만 그게 현실이었다.

거의 3개월이 지나서야 동양인들에 대한 제한조치가 풀렸다. 우리 동양인들 모두는 야드에 모여서 초비상 상태로 사방을 두리번거리며 노르텐요들이 어디 있나 주시해서 살펴보았지만 아무리 둘러봐도 보이지가 않았다.

그렇게 몇 시간을 보냈는데, 나중에서야 우리는 그 까닭을 추측할 수가 있었다. 제한조치가 풀리기 며칠 전에 각 건물에 있던 노르텐요들이 이사 나가는 것을 동양 친구 몇 명이 봤는데, 그 당시에는 그저 다른 건물로 옮겨지는 줄 알았다는 것이다. 알고보니 동양인들보다 평소 훨씬 문제를 많이 일으키는 노르텐요 모두를 다른 형무소로 옮겨 버린 것이었다. 형무소 간부들이 보기에 그 녀석들이나 우리나 쉽사리 싸움을 포기할 것 같지 않으니 노르텐요들을 모두 다른 곳으로 이동시키는 게 해결책이 될 것이라는 결정을 한 모양이었다. 물론 그런 결정은 절대 우리를 위해서 내려진 것이 아니었다. 만약 우리와 그 녀석들이 또 싸우면 사건을 처리하는데 자기네들이 골치 아프니 단지 그것을 피하려는 게 주된 목적이었다. 간부 사무실에서 일을 하는 데이빗이 제한조치가 풀린 후 첫날 일을 다녀와서 우리의 추측이 맞았다는 것을 증명해줬다. 그로 인해 불행 중 다행으로, 나는 그들과 더 이상 싸우거나 주의하지 않아도 되었다.

다음 형무소로 이동

아이슬라도 형무소에 온 지도 벌써 4년이 지나가고 있었다. 그동안 아무 것도 모르는 상황에서 마음씨 좋은 친구들을 만났고, 그들에게 여러 가지 도움을 받으며 몇 번이나 아슬아슬한 고비를 무사히 넘길 수 있었다. 내 생애 처음으로 집을 떠나서 감옥에 갇힌 몸으로 쓰라린 고독을 맛보면서 어머니의 사랑에 기대어 나를 속박하고 있는 22년이라는 두렵고 긴 기간을 시작한 곳이기도 했다. 또 밖에서 나만을 바라보며 홀로 고생하고 계시는 어머니 생각으로 하루하루를 눈물로 보낸 곳이기도 했다.

그런데 시간이란 게 참 묘한 것이다. 미국 속담인 '시간은 어느 누구도 기다려주지 않는다(Time stops for no one)'는 말처럼, 그것이 좋고 나쁜 것은 때에 따라 다르기 마련인가 보다. 절망 속에서도 시간이 흐르면서 적응을 해가는 내 모습을 보며 나 자신조차 새삼 신기했다. 어쩌면 그런 적응은 내가 한 것이 아니라 그 분의 이끄심에 내가 따라간 것이라고 생각한다.

매년 오는 상담사가 나에 대한 '형무소 급수평가(Status Evaluation, SE)'를 하는 때가 다가왔다. 내 나름대로 계산을 해보니 이번에 내 급수평가는 3급으로 내려갈 예정이었다. 여기는 4급 수감자를 수용하는 곳이기 때문에 나는 다른 형무소로 이동될 것이 분명했다. 그때부터 나에게는 예상하지 않았던 고민이 또 한 가지 생겼다. 동양인들 사이에서 무사히 나의 전직을 숨기고 어렵게 자리를 잡아 어느 정도의 안정된 생활을 하고 있는데, 막상 다른 곳으로 가게 되면 또 다시 모든 것을 새로 시작해야 한다는 생각이 나를 압박해왔다. 데이빗에게 내 고민을 털어 놓았더니 괜히 걱정한다는 식으로 말하면서 3급을 자기는 갈 수도 없는데, 갈 수 있는 나는 당연히 가야 된다면서 3급 형무소의 장점들을 말해주었다.

다음날 야드에 나가서 3급 형무소에서 생활을 해본 다른 동양 친구들과 인디언 친구들에게 여러 가지 물어보며 궁금증을 풀었다. 모두들 하나같이 여기보다는 지내기가 더 좋으니 기회가 오면 빨리 가라고 했다. 친구들의 얘기를 들으면서 내 마음이 좀 안정됐다. 그 당시 나는 아직 서기 일을 하고 있었기 때문에 상담사와 만나기가 비교적 쉬웠다.

나는 매 주 한 번 우리 건물에 볼 일이 있어 오는 상담사의 일을 도와준 다음, 그가 떠나기 전에 잠시 얘기를 하면서 궁금한 점을 물었다.

"한 두 달 후면 나의 평가일이 다가오는데 나를 3급 형무소로 보낼 겁니까?"

그러자 그는 싱긋이 웃으면서 말했다.

"왜? 가기 싫어요?"

"그게 아니라 내 점수가 3급이 될 거 같아서 그냥 물어 보는 겁니다."

내가 대충 우물거리면서 말하자 그는 이어 말했다.

"확실한 긴 시류를 봐아 하지만 3급으로 짐수가 내러가먼 가야 되겠지. 별로 대수로운 게 아니니 걱정 안 해도 되겠소."

"내가 가장 염려 하는 건 이곳이 내 어머니가 나를 매주 면회할 수 있는 가장 가까운 곳이기 때문에 멀리 다른 형무소로 이동될까봐 걱정돼서 그러는 겁니다."

"그러면 바로 옆에 있는 3급 형무소로 보내줄까요?"

"그렇게만 된다면 어머니와 내게 말할 수 없이 큰 도움이 됩니다."

"어차피 인터뷰 날짜가 머지않았으니 다음 주 내가 돌아올 때 당신 서류를 준비해 와서 이동 준비를 시작합시다. 내가 알기로 당신은 지난 4년 동안 아무 문제 일으키지 않고 지냈으니 거의 100% 옆에 있는 형무소로 이동할 수 있을 거요."

상담사의 적극적인 태도와 말을 듣고 고맙다는 인사를 하고 사무실을 나오며 한숨을 놓았다.

일 주일이 지났을 때 상담사는 공식적으로 나를 바로 옆에 있는 3급 형무소로 이동시킬 것을 추천하는 서류를 이동 결제부서에 접수시켰다. 이 부서에서는 상담사가 추천하는 대로 거의 100% 그대로 이행되니 나의 일은 다 된 거나 마찬가지였다. 나는 그날 나머지 급수평가(SE)절차를 끝마치고 나오는 상담사를 기다렸다가 고맙다는 인사를 했다. 그는 오히려 나를 보고 그동안 일을 잘해 주고 문제없이 지내줘서 고맙다며 악수까지 청했다. 이렇게 삭막한 곳에서도 드물지만 인간적인 사람이 있다는 것을 체험할 수 있는 순간이었다. 나는 한결 가벼운 마음으로 오후에 야드로 나갔다.

야드에서 다른 동양인 친구들을 만나서 급수평가(SE)실에서 있었던 이동에 관한 소식을 전해주었더니 다들 잘 됐다면서 거기로 가면 모든 게 여기 보다 훨씬 쉬울 것이라고 자기 일처럼 기뻐해주었다. 그동안 어려운 처지를 함께 했던 친구들이라 그런지 우리는 알게 모르게 서로 정이 깊이 들었던 모양이다. 곧 떠날 나와 계속 남아있게 될 그들 모두는 서로 아쉬워하면서 그동안 있었던 얘기를 하면서 야드에서 남은 시간을 보냈다.

여기서 나의 떠남을 가장 아쉬워하는 이는 에이스와 데이빗이었다. 에이스는 평소 장난끼가 많지만 정도 많아서 마음 맞는 친구들과는 절친하게 지냈고, 또 그와 나는 남달리 운동을 좋아해서 서로 잘 통했었다. 몇 년 전에 배구 시합을 하면서 백인 놈을 때려눕혔던 얘기도 하면서 그와 나는 한참 수다를 깠다. 그는 야드 시간을 마치기 약 30분 전까지 나와 어깨동무를 하고 야드를 몇 바퀴 걸으면서 이런 저런 얘기를 나눴다. 마지막으로 그는 그동안 고마웠다며 자신의 마누라 주소를 조그만 종이에 적어줬다. 어디를 가든 그 주소로 편지를 보내면 자기 마누라가 내 편지를 그에게 전해주도록 얘기해 놓았다고 했다. 그렇게 서로 연락할 것을 다짐하고 아쉬운 마음을 안고 방으로 왔다.

급수평가(SE)가 있은 지 한 달 쯤 후에 나는 공식 이동 통지서를 받았다. 예상했던 대로 바로 옆에 있는 형무소로 옮겨가게 된다고 적혀 있었다. 장소를 알려주긴 하지만, 탈출 시도를 막으려고 날짜와 시간은 절대 알려

주지 않는다. 떠나기 전 토요일에 어머니와 면회를 하며 바로 옆 형무소로 이동된다는 소식을 알려 드린 후 면회를 마치고 야드로 나오니 친구들이 라면과 과자 그리고 콜라를 준비해 놓고 나를 기다리고 있었다. 라면은 미리 끓여놓으면 퍼지니까 내가 면회실에서 야드로 나오는 것을 보고 만들기 시작하는 에이스를 보니 그의 세심한 배려에 마음이 찡했다. 다들 기쁘게 함께 먹고 장난을 치다보니 어느덧 작별의 시간이 되었다. 이제 각자 방으로 들어가면 서로 다시는 만날 기회가 없다. 이런 생활에서는 이별 또한 피할 수 없는 현실이었다. 드디어 야드 종료를 알리는 종이 울렸고, 나는 한 친구씩 악수로 하며 서로 몸 건강하게 잘 지내라고 작별인사를 하고 헤어졌다.

그날 저녁 데이빗과 마지막 저녁 식사를 푸짐하게 만들어 먹고 밤을 새워가며 지난 4년 반 동안 지낸 일들로 얘기를 나눴다. 아무 것도 모르고 두려움으로 가득 찬 나를 친구로 받아주고 인간적으로 대해준 데이빗 덕에 아슬아슬한 고비도 넘길 수 있었고, 여러모로 덕을 많이 봤었다. 그런 그에게 나는 뭔가 해주고 싶었지만 아무 것도 할 수 없는 처지여서 내가 가지고 있던 모든 한국음식을 그에게 주면서 에이스와 나눠 먹으라고 당부했다. 그는 사양했지만 나는 내 마음이니 받아 달라고 부탁하고 몇 가지 밖에 없는 짐을 싸기 시작했다. 아무 것도 아닌 것 같았던 짐을 막상 싸보니 생각보다 많았는데, 가장 많은 짐은 그동안 어머니께서 보내주신 책이었다. 그렇게 밤을 새우고 아침이 되자 데이빗은 마지막 악수를 하고 일을 하러 갔다.

그 후 몇 시간 지나지 않아서 이동 담당 간수가 내 방 앞으로 왔다. 내 이름을 확인한 후 방문을 열고 자기를 따라오라고 했다. 나는 내짐을 담은 두 박스를 들고 방을 나섰다. 내가 머물렀던 건물을 나오는데 그동안 친하게 지냈던 타 인종들 친구들도 잘 가라며 인사를 했다. 야드로 나오니 함께 이동되는 다른 수감자들이 벌써 나와서 나를 기다리고 있었다. 나는 그들과 함께 한 줄로 서서 간수를 따라 '인수처(I & R)'로 걸어갔다.

야드는 벌써 수감자들로 가득했다. 한 줄로 지나가는 우리를 쳐다보는 이도 있고, 각자 운동한다고 몰두해 있는 이도 있었다. 데이빗은 이미 내가 떠나는 것을 알고 그가 일하는 사무실 앞에 나와서 내 쪽을 향해 손을 흔들고 있었다. 나도 손으로 '사랑과 평화의 손동작(peace and love sign)'을 만들어서 흔들었다.

그렇게 걸어가고 있는데 멀리서 에이스가 나를 보고는 내 이름을 부르며 미소 가득 찬 얼굴로 내 쪽을 향해 달려왔다. 다행히 간수가 에이스를 알아보고 우리가 야드를 벗어날 때까지 함께 걸어가게 해줬다. 정이 많은 에이스는 그저 아쉬운 표정을 하며 웃음 띤 얼굴 속에 눈물을 글썽이며 잘 가라고 했다. 예전에 그가 내게 줬던 그의 마누라 주소로 편지하면 연락이 될 테니 꼭 편지하라면서 나한테 다시 한번 다짐을 받았다.

드디어 에이스와 나는 더 이상 함께 갈 수 없는 경계선인 철조망에 이르렀다. 에이스와 헤어져 갈 때 철조망 건너편에서 에이스는 손을 들고 계속 내 이름 '케인'과 '코리아'(Cain! Korea!)를 외치면서 떠나는 나를 바라보며 손을 흔들고 서 있었다. 어렵고 힘든 처지에서 서로를 의지하고 지냈던 벗인 에이스. 에이스의 정이 넘치는 그 모습이 눈앞에 선하기만 하다.

진정한 친구가 되어 주었던 데이빗과 에이스를 뒤로 하고 인수처(I & R)에 도착했다. 바로 옆 형무소로 옮기는데도 뭐가 그렇게 복잡한지 몇 시간을 기다렸다가 드디어 차를 타고 이웃 형무소를 향해 움직이기 시작했다. 이 새로운 곳에서는 무엇이 나를 기다리고 있을까? 또 다시 아슬아슬한 고비를 넘겨야 할 것인가? 여러 가지 생각이 머리를 스쳐가면서 담담한 마음으로 새로운 곳을 향했다.

새로 옮겨가게 된 곳은 1940년대에 지은 트리스테라는 이름이 붙은 형무소였다. 트리스테라는 이름은 이 형무소가 위치하고 있는 도시의 이름을 따서 지은 스페인 낱말로, '슬프다'라는 뜻을 담고 있다고 했다. '슬프다'라는 뜻을 지닌 트리스테라는 도시에 형무소가 들어섰다는 생각을 하니 운명의 장난이라는 생각이 들었다. 여기는 내가 떠나온 아이슬라도 형무소보다 규모가 컸다. 분리되어 있는 야드가 5개나 되었고, 각각의 야드도 아이슬라도 수용소보다 거의 배가 되는 크기였으며, 수감자 숫자도 2,000명쯤 더 많았다. 그리고 간수들도 마찬가지로 많았다. 여기 인수처(I & R)에 도착해서 하루 종일 걸려 모든 절차를 마치고나서 오후 늦게 되어서야 배치된 방으로 가게 되었다.

한 줄로 걸어서 간수를 따라 방으로 가는 길에 수감자들로 가득 차 있는 야드에서는 새로 오는 우리를 동물원 원숭이 보듯이 바라보았다. 그들 중에는 서로 아는 친구들도 있는지 간단한 인사를 하면서 어느 건물로 배치됐느냐고 물어보기도 했다. 나는 동양인들이 어디 있는가를 주시해서 찾아보았다. 내가 주위를 두리번거리는데, 어디선가 '케인!(Cain!)' 하면서 귀에 익은 나를 부르는 소리가 들렸다. 소리가 나는 쪽을 향해 쳐다보니 아이슬라도 형무소에서 함께 있다가 약 일 년 전에 떠났던 이라크 친구 사무엘이었다. 낯설은 이곳에서 아는 친구를 만나게 되니 어찌나 반가운지 나도 몇 마디 인사를 나누면서 내가 배치된 건물과 방 번호를 알려줬다. 그는 이곳에 한국 사람이 5-6명이나 있다며 그들에게 날 찾아보도록 알려주겠다고 했다. 그 때 간수가 계속해서 눈치를 주는 바람에 우리는 더 이상 말을 계속하지 못하고 헤어졌다.

내가 배치 받은 건물은 3층 건물이었는데, 간수는 나를 3층 끝쪽의 독방에 집어넣었다. 방은 전에 있던 곳보다 작았고, 오래된 건물이라 모든 게 오래된 물품이었다. 그런데 한 가지 너무 좋은 점이 있었다. 철창이 있는 창문은 열고 닫을 수 있게 되어 있었고, 크기도 꽤나 컸다. 그리고 방이 야드 쪽을 향하고 있어서 창밖을 내다보면 야드가 훤하게 거의 다 보였다. 전에 있던 곳에서는 창문이 작을 뿐더러 절대 열 수 없도록 되어 있었기 때문에 '제한조치'를 오래 받아서 방안에 갇혀 있다가 보면 탁한 공기 탓인지 가슴까지 답답해졌었다.

나는 방에 들어가자마자 큰 창문을 발견하고 최대한으로 열 수 있는 데까지 열어놓았다. 바깥 공기를 마음껏 마실 수 있어서 너무나 좋았다. 열 수 있는 창문이 있다는 사실이 너무 좋아서 그날 밤새도록 창문을 열고 잤더니 다음날 아침에 코가 조금 막혀서 고생은 했지만 그래도 맑은 공기로 인해 기분이 매우 좋았다.

다음날은 새벽에 일어나서 가장 먼저 대청소를 했다. 전에 있던 수감자가 방을 아무렇게나 쓴 탓에 방안이 매우 지저분했다. 한참을 걸려서 청소를 마치고 세면기에서 간단히 씻은 후에 침대에 있는 침대깔개까지 정리하고 나서 잠깐 눈을 붙이려는데 동양인 얼굴을 한 사람이 내 방문 앞에서 나를 부르면서 물었다.

"어느 나라 사람이요?(What are you?)"

"나는 한국 사람이요.(Korean.)"

하고 대답하니

"여기에 한국 사람이 많아요. 내가 야드에 나가서 한국 친구들에게 당신이 이 방에 있다고 알려줄게요."

"고마워요. 내 이름은 케인인데 당신 이름은 뭐요?"

"내 이름은 자니요. 지금 당장 뭐 필요한 거 있어요?"

"아니오. 괜찮아요."

"그럼 이따가 봅시다."

"그래요. 이따가 봅시다."

그 친구가 떠난 후에도 동양인 몇 명이 내 방문 앞으로 왔다가 갔다. 모두들 새로 들어온 사람이 어느 나라 사람인지를 궁금해 하면서 반갑게 대해주었다.

어느 형무소든 수감자가 처음 도착하면 일단 담당 상담사가 '급수평가'를 통해 새로 들어온 수감자가 그 형무소에서 무사히 수감생활을 할 수 있는지를 판별한 뒤에 야드로 갈 수 있도록 허가해 준다. 예를 들면 같은 형무소에 그와 적이 되는 사람이 있다고 판별이 되면 둘 중에 한 명은 다른 곳으로 옮기도록 한다. 이런 '급수평가' 절차를 기다리는 동안에는 방안에만 갇혀 있어야 한다. 이것을 '외출금지(Limited to Cell, LTC)'라고 부른다. 나는 급수평가를 기다리는데 2주가 걸렸다. 그동안 외출금지 신세로 삼시 세끼를 배달해 주는 음식만 먹으면서 주로 독서로 시간을 때웠다. 도착한지 이틀날 저녁시간에 창가로 다가가니 뭔가로 떠들썩했다. 창문 바깥을 내다보니 말로만 듣던 '밤 야드(night yard)'가 진행되고 있었다. 달밤에 수감자들이 야드에 나와서 걸어 다니고 있었다. 한참을 내다보다가 다시 침대에 앉아 책을 읽고 있는데, 누군가를 부르는 소리가 들렸다.

"여보세요, 여보세요?"

처음에는 나를 찾는 소리라고는 생각하지 못한 채, '내가 잘못 들었겠지' 하고 무시했다. 그런데 그 소리가 계속 들리면서 문득 '아, 이곳에 한국 사람이 있다고 했지' 하는 생각이 났다. 그래서 벌떡 일어나서 창문을 내다보니 20대 청년이 내 창문을 쳐다보고 있다가 나를 보고는 고개를 꾸벅하고 인사를 했다.

"안녕하세요? 내 이름은 베니예요."

그가 발음하는 소리를 들으니 영어권이었다. 그래서 영어로 대답을 했다.

"예, 안녕하세요. 내 이름은 케인이라고 합니다."

"언제 왔어요?"

"어제 저녁에 도착했어요."

"예, 여기는 한국 사람이 많아요. 형들도 있고…"

"아, 그래요? 나는 지금 '급수평가'를 기다리고 있는데 끝마치는 대로 나가서 모두와 인사하려고 합니다. 이렇게 와줘서 고마워요."

"음식이 필요하세요? 필요한 것이 있으면 말하세요."

"아니, 괜찮아요. 고마워요."

"그럼, 좀 있다가 형들을 데리고 올게요."

"예, 고마워요. 나중에 봐요."

이렇게 이야기를 나누고나서 베니가 창가를 떠나간 지 약 10분 가량 지난 뒤에 또 한국말이 창가에서 들렸다. 이번에는 30대 가량 보이는 친구였는데, 그는 한국말을 잘 했다.

"안녕하세요? 저는 현이라고 합니다."

이렇게 말하면서 나에게 첫 인사를 했다. 나와 현은 서로 몇 마디 인사를 나눴고, 급수평가가 끝나면 보자고 하고 현은 떠났다.

  내 방에 제일 먼저 찾아왔던 월남 친구 자니가 그 다음날 오전에 한국 친구들이 주는 거라며 뭔가를 잔뜩 담은 커다란 비닐봉지를 내 방문 앞에 놓고 갔다. 지나가는 간수에게 부탁해서 문을 열고 봉지를 방안으로 들고 들어와서 열어보니 주로 음식 종류였다. 아무래도 한국 친구들이 각자 집에서 받은 소포의 음식들을 종류별로 모아서 새로 들어온 나에게 보낸 게 분명했다. 김치 통조림, 마른 명태, 마늘지 통조림, 조그만 플라스틱 통에 든 고추장과 된장 등등의 물건들을 보면서 나는 그들이 너무나 고마웠고 미안했다. 다들 이곳에서 구하기 힘든 우리 음식을 아껴서 먹으면서, 그래도 새로 온 사람과 나누어 먹으려는 마음을 느끼고 감동하지 않을 수가 없었다. 급수평가를 마치고 야드로 나가게 되면 나도 집에서 소포를 받아 보답하기로 마음 먹었다. 야드에 나가서 서로 만나 이야기를 나눠봐야 확실하게 알겠지만, 이곳에서 첫 날 겪은 것을 봐서는 여기 있는 한국 친구들이 단결이 잘 되어 있는 것 같았고 새 친구들과의 새 시작을 일기장에 적으며 첫 날을 마쳤다.

3
미국 감옥의 속살을 보다

감옥에서 만난 한국 친구들

트리스테 형무소에서는 면회가 전에 있던 아이슬라도 형무소보다 하루가 더 많게 일주일에 사흘이 됐기 때문에, 어머니는 매주 금요일부터 일요일까지 면회를 오셨다. 어머니를 자주 뵐 수 있었던 나는 좋았지만 길고 복잡한 면회 절차를 견뎌내야 하는 어머니가 너무 힘들 것 같아서 면회를 격주로 오시라고 말씀 드렸다. 그렇지만 어머니는 아랑 곳 하지 않으시고 매주 면회일에는 하루도 빠지지 않고 오셨다.

2주 외출 금지 후 급수평가실에서 새 상담사와 상담을 했다. 그는 내가 전에 있던 형무소에서 서기 일을 했던 기록을 보고 마침 자기도 서기가 필요한데 일하겠느냐고 물었다. 그러면서 전 형무소에서 어느 상담사와 일을 했냐고 물었다. 그래서 전에 내가 함께 일했던 상담사 이름을 알려주었더니 자기가 잘 아는 친구라면서 바로 그 자리에서 그에게 전화를 했다. 나의 전 상관이었던 상담사와 통화하면서 나에 대해서 여러 가지 물어보더니 전화를 끊고 바로 내일부터 자기 사무실로 와서 일을 시작하라고 했다. 전에 있던 형무소에서 2년 넘게 일자리를 구하지 못해 고민했던 때와는 달리 여기서는 다행히 일자리를 바로 구할 수가 있게 되었다.

나는 급수평가를 마치자마자 야드로 나갔다. 동양인들이 모인 곳을 향해 걸어가니 처음 보는 얼굴들이 나를 주시해서 보았다. 그쪽으로 가면서 안면이 있는 베니와 현을 찾았다. 두 사람 다 농구를 하다말고 나를 보고 뛰어와서 인사를 했다. 그렇게 서로 인사를 하고 현과 얘기를 나누고 있는데, 베니가 다른 한국 친구 모두를 데리고 왔다. 가장 먼저 인사했던 친구는 20대로 보이는 체격이 건장한 덴이었고, 두 번째는 안경을 낀 30대

중반의 강이었다. 마지막으로 인사한 친구는 30대 초반의 정이었다. 전 형무소에서는 외톨이 한국인으로 있다가 여기 와서는 한꺼번에 다섯 명의 한국 친구를 만나니 매우 반가웠다. 마침 점심시간이 되어서 방으로 들어가려고 하니 다들 여기서는 의무적으로 들어가지 않고 밖에 있어도 되고, 들어가고 싶으면 들어가도 되는 선택권을 준다고 했다. 여기 야드에 나오자마자 첫날부터 4급 형무소와 3급 형무소의 차이를 체험하게 됐다. 현은 자기가 방에 가서 간단히 점심을 만들어 나올 테니 그동안 다른 친구들과 말을 나누고 있으라면서 갔다.

현은 성격이 부드러우며 타인을 배려할 줄 알았고, 장난기가 많아 재미있고 마음이 넓은 친구였다. 이 친구는 소년 시절에 미국에 와서 20대 초반에 마약에 손을 대기 시작했고 그 습관이 점점 커지다보니 필요한 돈을 마련하려고 강도행위를 하다가 붙잡혔다고 했다. 20년이라는 형을 받았는데, 현재 수감된 지 7년째라고 했다. 사연을 들어보니 미국 이민 초창기인 1970년대에 부모님을 따라와서 수많은 어려움을 겪으면서 자란 친구였다. 1970년대에 미국으로 이민을 왔던 대다수의 교포들이 겪은 공통된 특징인 언어 소통과 경제적 어려움을 겪으면서 자라다가 사춘기 시절에 불량배 친구들과 어울려 마약에 손을 대기 시작했다고 한다.

이민 초창기 때는 거의 모든 부모님들이 자립하기 위한 경제적 바탕을 마련하려고 일에만 집중하느라 자식들의 교육에는 신경을 쓰기가 힘들었다. 부모님 모두가 하루 종일 일을 해야 하니 학교에서 연락이 없으면 아이들이 별일없이 학교를 잘 다니고 있으리라 믿는다. 나도 고등학교 때 친구들과 여러 번 수업에 빠지고 놀러 다녔던 기억이 있었다. 그 당시에는 학교에서 수업에 빠지면 집에 전화를 해서 부모에게 통보를 하는데, 그 시간에는 대부분의 부모님들이 밖에서 일을 하시니 당연히 연락이 안되었다. 그러다가 문제가 계속되면 서신으로 부모에게 통보를 하는데 그것도 부모님 오시기 전에 학교에서 온 편지를 아이들이 없애버리면 부모는 알지 못한다. 그러면 부모님들은 자연히 자식이 학교를 잘 다니고 있는 것으로 알고 계속 일에만 매달린다. 그런 까닭에 자연히 예민한 사춘기 때 부모님의 방심을 틈타서 빗나가는 아이들이 많았다.

　베니도 어릴 때 부모와 함께 미국 이민을 와서 현과 비슷한 환경에서 성장했다고 한다. 베니는 현보다도 가정환경이 밝지 못한 것 같았다. 베니는 좀 까불거리는 성격을 가졌고 대마초를 엄청 좋아하는데 여기 안에서도 기회만 되면 구해서 친한 친구들과 나눠 피우고 있었다. 베니는 로스앤젤레스(LA)에 있는 깡패 형들과 어울리다가 패싸움에 말려들어 구속됐는데, 비교적 짧은 10년 형을 받고 현재 5년째 지내는 중이었다. 아직 어린 나이여서인지 별 생각없이 시간만 나면 농구로 시간을 때우며 미래에 대한 준비는 전혀 하지 않고 있었다. 로스앤젤레스 깡패 얘기가 나와서 베니와 이런 저런 얘기를 하다보니 말 내용을 봐서는 내 친구인 영의 한참 밑에 있는 부하로 여겨졌다. 베니의 얘기를 들어보니 영은 그동안 자기 자리를 잘 지키고 확장시켜서 그 지역의 우두머리로 자리를 잡은 듯 했다. 나는 무슨 덕을 보려는 오해를 살 수도 있을 것 같아서 영을 안다는 내색을 하지는 않았다. 아무튼 여기서 친한 친구의 부하를 만나게 되니 세상은 넓고도 좁게 느껴졌다.

　덴은 미국에서 태어났지만 예상보다 한국말을 잘했다. 그는 베니보다 두 살 어린 막내였지만 생각이나 행실이 훨씬 성숙했다. 큰 몸집에 맞게 성격이 무난하고 늘 싱글벙글 웃는 표정을 짓고 있어서 정이 많이 가는 젊은이였다. 여러 가지로 얘기를 나눠보니 어린 나이에 비해 생각이 깊고 나름대로 미래에 대한 고민도 많이 하고 있으며 출감을 준비하는 성실한 청년이었다. 좋은 가정에서 교육을 잘 받은 청년이었음이 분명했다.

　덴은 고등학교를 졸업하고 방학 때 친구들과 영화 보러 갔다가 친구 중에 한 명이 백인들과 말다툼 끝에 두들겨 맞는 것을 보고 백인 두 명을 때려눕힌 것으로 인해 폭력죄로 구속돼서 8년형을 받고 현재 4년째가 됐다고 했다. 백인들이 싸움을 먼저 시작했는데도 불구하고 결론적으로 그들의 피해가 더 컸다는 이유 하나로 덴에게만 처벌이 떨어졌다고 한다. 미국의 법정에서도 이런 터무니없는 판결이 수없이 일어나고 있었다. 덴은 '지금 생각하면 그때 자존심을 삼키고 물러섰어야 옳았다'고 하는 성숙함까지

내보이는 아주 성실한 청년이었다.

　정은 의문점이 많은 친구였다. 만사에 자신감이 넘치다 보니 상대방에게 얼핏 거만한 인상을 주는 젊은이였다. 나중에서야 나의 첫 인상이 오해였다는 것을 알게 됐지만, 누구나 그를 처음 볼 때는 그런 인상을 받게 해주었다. 성격상 타인과 깊은 나눔은 해본 적이 없는 것 같았고, 자신의 가정사정에 대해서는 절대 얘기를 안했다. 그래도 여기 한국 친구들과는 잘 어울리려고 나름대로 노력을 하는 것 같았지만, 본래부터 차가운 성격의 소유자임이 분명했다. 운동을 좋아하고 건강에 남달리 신경을 쓰며, 이곳에서도 최대한으로 건강식을 하려고 했다. 소포를 받는 경우에도 거의 나눠먹는 법이 없이 혼자서만 먹고, 주고받는 것을 아주 싫어하는 성격이었다.

　이 친구도 싸움을 하다가 붙잡혀서 12년을 받았는데, 이제 10년째가 됐으니 출감 날짜가 가까웠다. 지역 구치소에서 정과 함께 지냈던 한 필리핀 친구가 내게 그때 일어났던 일을 말해 주었다. 그들이 구치소에 있을 때 동양인들과 수렌요 사이에 전쟁이 한동안 진행되었다고 한다. 동양인들의 숫자가 훨씬 적었기 때문에 수렌요들과 만나면 몰매를 맞는 때가 허다했는데, 유일하게 정만은 한 번도 맞지 않았고 오히려 수렌요 몇 녀석을 때려 눕혔다고 했다. 아무튼 무얼 하든 절대 손해 보지 않는 지독한 친구였다.

　레이는 다 커서 미국 이민을 온 탓에 영어가 좀 서툴었다. 현과 동갑이었지만 내성적인 성격이라 다른 친구들과 잘 어울리지 못하는 느낌을 받았다. 이 친구는 유일하게 결혼까지 해본 친구였다. 중국 여자와 결혼생활을 하다가 그녀가 바람을 피우는 것을 발견하고 야구 방망이로 구타한 죄로 14년형을 받고 들어와서 현재 6년째가 되었다고 했다. 성격 탓인지 얼굴이 어두워 보였고, 말도 별로 없었다. 감옥에 들어오기 전에 벌어놓은 돈이 좀 있었는지 모든 것을 돈으로 해결하려고만 했다. 또 타인과 잘 어울리지 못하면서도 친구까지 돈으로 유혹하는 버릇이 있었다. 예를 들면 가게에 갈 때도 별 이유 없이 아무에게나 마구 물건을 사주고는 그들을 함부로 대했다. 이처럼 레이는 얻어먹기 위해 자기에게 굽신거리는 이들을 안타깝게도 친한 친구라고 여기는 조금은 어리석은 친구였다.

  참 괜찮은 친구도 이곳에 있긴 하지만, 대부분 이런 이상한 녀석들이 많은 곳이어서 대다수는 서로가 서로를 이용하려고만 했다. 어쨌든 다섯 명의 한국 친구들을 만나니 반가웠고, 다 같은 한국인으로서 한국에서도 만나지 못했던 우리가 먼 이국땅에서 이토록 어려운 처지 속에 만나게 된 것은 뭔가 특별한 인연이니 앞으로 더욱 단결해서 서로에게 도움이 되도록 하자고 다짐했다.

오쏘와 수렌요들의 싸움

새 집에서 맞은 첫 주말에 야드에 나가서 가장 놀란 것은 동양인의 숫자가 거의 100명 정도로 많았다는 점이다. 첫날 이곳에 도착해서 배치된 방으로 가는 길에 만났던 이라크 친구 사무엘이 나를 먼저 보고 반갑게 뛰어와서 서로 악수를 하고 안부를 물으면서 동양인 있는 구역으로 걸어갔다. 한국, 중국, 월남, 이라크, 일본, 사모아, 통가, 피지, 하와이, 태국, 라오스, 캄보디아, 인도, 인도네시아 등 동양의 거의 모든 나라 사람들이 그곳에는 있었다.

사람들이 많다보니 가지각색의 사건들을 일으키고 이곳에 온 처지였다. 그 중에는 나처럼 억울하게 들어온 경우도 있었지만 대부분 고약한 녀석과 야비한 녀석, 거칠고 힘이 센 녀석 등으로 다양한 사고를 일으켜 들어온 사람들이었고, 거의 모두들 몸에 문신을 하고 있었다. 그들 중에 넉살 좋은 한 친구가 나를 보더니 내 몸은 하얀 그림종이 같으니 무료로 문신을 해 주겠다고 했다. 여기 트리스테 형무소에도 수단 좋은 자들이 있어 문신 잉크를 구해 문신을 해주고 돈벌이를 한다. 그들 중에는 정말 프로급 뺨치는 기술자가 있는가 하면, 수준이 형편없어서 엉망으로 해놓는 자들도 있다. 동양인 친구들과 인사를 나누면서 나는 전에 있던 형무소에서 잘 지냈던 월남 친구의 사촌 동생도 만났다. 나와 에이스가 그랬듯이 여기 있는 한국 친구들도 사모아 친구들과 절친하게 지냈다. 그래서 사모아 친구들에게 에이스 얘기를 했더니 한 친구가 에이스의 처가를 잘 안다고 하여 또 한번 세상이 참 좁다는 걸 느꼈다.

동양인 친구들과 인사를 마치고 한국 친구들끼리 모여서 이런 저런 얘기를 하다보니 어느 새 오전 시간이 다 지나갔다. 모든 한국 친구들은 음식을 가지고 나와서 한 자리에 모여 음식을 해 먹었다. 어디서나 사람들이 모여서 함께 먹고 마실 때 가장 빨리 친해지는 것은 마찬가지인 것 같다. 술을 마시는 것은 불가능하기 때문에 먹거리가 생기면 기회를 만들어서라도 함께 모여서 먹는다.

여기에서는 전에 있던 형무소와는 달리 야드에 물을 끓일 수 있는 시설이 몇 군데 있었다. 그래서 가게에서 구입할 수 있는 전기냄비(hot pot)를 각자 들고 나와서 여러 가지 요리를 한꺼번에 해먹을 수 있었다. 모두가 한국 친구들이라서 그런지 가지고 나온 음식들이 다 입에 맞았다. 또한 이렇게 한 자리에 모여앉아 이야기를 나누는 시간을 가지면서 잠시라도 현재의 어려운 처지를 잊고 농담도 하며 웃을 수 있었다. 4년 넘게 외톨이로 지냈던 나에게 있어서 이 친밀감은 더욱 깊게 느껴졌다.

4급 형무소에서의 생활에 비하면 이곳 3급 형무소는 모든 게 듣던 대로 제재가 비교적 덜해서 일상생활이 조금은 부드러운 편이었다. 거의 모든 수감자들이 일을 하니까 주중에는 야드에 사람이 별로 없지만 주말에는 꽉 찼다. 여기에서도 4급 형무소와 마찬가지로 각 인종별로 분리해서 생활하고 있는데, 각자 구역이 있어서 그곳을 침범하는 것은 절대 금지되어 있었다. 각 인종들이 자기들 구역에 모여서 운동도 하고 점심도 함께 해먹으면서 시간을 보낸다. 보잘 것이 없긴 하지만 나름대로 일종의 공동체를 형성해서 지내고 있는 것이다. 한 가지 불편한 게 있다면 까다로운 방 동료(cellie)를 만난 것이다. 그렇지만 나도 일자리를 바로 구했고, 매일 규칙적인 생활을 하면서 주말에는 한국 친구들과 많은 시간을 보내면서 새로운 환경에 나름대로 잘 적응하고 있었다.

그럭저럭 3급 형무소로 온지 3개월이 지난 어느 주말이었다. 다른 때와 마찬가지로 나는 먹을 것을 잔뜩 준비해서 오전에 야드로 나갔다. 그곳에서 여러 친구들과 만나 농구를 하고난 뒤에 땀을 씻으러 세면대로 걸어가는 길에 철봉대들을 거쳐 갔다. 그런데 철봉대에 모여 있는 수렌요들 사이에서 분위기가 좀 심상찮게 보였다. 나는 현과 함께 걸어가면서 뭔가 좀 이상하다는 것을 느꼈고, 서로에게 눈짓으로 신호하면서 그곳을 빨리 벗어나자고 했다. 일단 철봉대를 재빨리 지나가면서 동시에 우리는 오늘 한 녀석이 당하게 된다는 것을 눈치로 알아차렸다.

수렌요들을 바라보니 한 명만 히히덕 거리고 있는데, 나머지 놈들은 얼굴빛이 수상했다. 자세히 살펴보니 그 수렌요는 동양인들과 잘 지내는 오쏘[8]라는 친구였다. 오쏘가 턱걸이를 하려고 철봉대에 매달려 있을 때 그 뒤에 있는 수렌요 두 녀석이 서로 뭐라고 속삭이더니 잠시 후에 턱걸이를 마치고 숨이 차서 내려오는 오쏘를 뒤에 있던 두 놈이 상 하체를 뒤에서 감싸서 붙잡고 양 옆에 있던 다른 두 놈이 달려들어 오쏘의 갈비 부분과 옆구리를 마구 쳤다. 턱걸이를 마친 직후이니 숨이 가쁜 데다가 뒤에서 두 놈에게 붙잡혔으니 꼼짝 못하고 얻어맞고 있었다. 그렇게 약 5-6초 가량 얻어맞은 오쏘는 순식간에 흰 티셔쓰가 빨간 핏물로 젖기 시작했다. 알고보니 옆에서 마구 치던 놈들은 손에 조그만 송곳 같은 걸 가지고 오쏘를 찔렀던 것이다.

이런 식의 습격은 간수들의 눈을 피해 빨리 해치우려고 하는 짓거리로, 절대 오래 하지는 않는다. 피를 어지간히 보니니 그들 네 녀석은 뿔뿔이 흩어져서 각자 숨는 곳으로 뛰어갔다. 그런데 오쏘가 도망가는 한 녀석을 쫓아가서 그놈의 발을 걸어 넘어뜨리고 얼굴을 발길로 몇 번 찼다. 넘어진 놈은 몇 번 차였어도 피를 많이 흘린 오쏘가 힘이 빠져서 잠시 멈추는 틈을 타서 잽싸게 일어나서 다시 도망을 쳤다. 사방에 감시탑이 있었지만 오늘따라 간수들은 뭘 하고 있는지 이 모습을 보지 못했고, 개똥도 찾으면 없다더니 야드를 걸어 다니며 순찰하는 간수들도 보이질 않았다.

오쏘는 흰 티셔쓰가 빨간물로 염색된 것처럼 보일 정도로 피를 많이 흘렸다. 잠시 철봉대 옆에 무릎 꿇고 앉아서 자신의 몸을 둘러보고는 피가 나는 곳을 누르며 지혈을 시키려고 했다. 피투성이가 된 자신의 모습을 가려야 했기 때문에 턱걸이를 하기 전에 벗어놓았던 파란 셔쓰[9] 를 다시

---

[8] 오쏘는 스페인어로 곰이라는 뜻이다.
[9] 형무소에서 수감자에게 배당하는 공통된 바지와 셔쓰인데, blues 라고 부른다.

입고 몸을 추스른 후 야드를 한 번 둘러보더니 한 쪽을 향해 바삐 걸어갔다. 관련되지 않은 타 인종들은 평소 야드에서 일어나는 싸움을 순식간에 제압하던 간수들의 무관심에 의아해 하면서 오쏘가 어디로 가는가를 모두 주시해 보고 있었다. 그 탓에 평소에는 그토록 시끄럽던 야드가 아무 소리 없이 조용해졌다. 개중에는 '그놈 보통 아니다(That's a bad mofo)'라며 감탄하는 이들도 있었다.

 오쏘는 겉옷으로 파란 셔쓰를 입은 탓에 하얀 티셔쓰의 피는 대략 가려졌지만 청바지에 묻은 피는 뚜렷하게 보였다. 그리고 다른 수렌요들은 이미 이런 사건이 일어날 것을 미리 알고 있었기 때문인지 오쏘가 수렌요 구역에 있는 탁자(table)로 다가갔을 때 하나같이 다 흩어졌다. 오쏘는 탁자 밑 부분을 손으로 더듬거리더니 무언가를 꺼냈다. 오쏘가 손에 쥔 것은 개조한 칼이었다.

 형무소 안에서는 모든 인종들이 야드 곳곳에 자신들이 비상시에 쓸 수 있는 무기류로 개조한 칼 등을 숨겨 놓곤 했다. 무기를 숨겨놓은 까닭은 무기를 몸에 지니고 다니다가 걸리면 처벌이 심하고 형량이 추가되기 때문이었다. 방안에 무기를 숨겨놓는 것은 수색 때문에 숨겨놓다가 발각되는 것은 시간문제였다. 그래서 무기는 주로 야드의 땅속이나 잔디밭에 묻어두곤 하는데, 가끔 탁자 아래에 숨길 때도 있었다.

 손에 칼을 숨겨 쥐고 자신의 몸을 한 번 더 점검한 오쏘는 빠른 걸음으로 야드 한 쪽을 향해 걸어갔다. 그가 도착한 곳은 자신을 칼로 찌른 한 녀석이 숨어있는 곳이었다. 그 녀석은 이미 칼을 버린 상태여서 이번에는 상황이 뒤바뀌었다. 오쏘가 오는 것을 보고 이 녀석은 벌떡 일어나서 도망가려 하는 순간에 오쏘가 달려들어서 이 녀석의 등을 칼로 찔렀다. 평소에는 느림보로 보였던 오쏘가 복수심으로 악이 바쳐서인지 몸동작이 매우 빨랐다. 이 녀석은 오쏘의 칼에 찔리는 순간 비명을 지르며 나뒹굴었다. 오쏘는 넘어져 있는 놈을 올라타서 목을 향해 마구 칼질을 하자 이 녀석이 손으로 칼을 막으려 안간힘을 썼지만 아무런 소용이 없었다. 결국 이 녀석의 목과 얼굴, 그리고 가슴 부분은 피투성이가 됐다.

그제서야 지나가던 두 명의 간수가 그 상황을 목격하고 바로 '엎드려'를 외치며 달려들었다. 간수들은 뒤늦게 이런 사태가 일어난 것을 알고 당황한 얼굴로 알람을 누르면서 계속 '엎드려'를 외쳤다. 그리고 오쏘가 있는 곳으로 뛰어가서 멈추라고 명령했다. 간수가 '엎드려'를 외칠 때 모든 수감자들은 있던 그 자리에서 땅바닥에 드러누워 있어야 한다.

우리 모두의 시선은 오쏘 쪽을 보고 있었는데, 오쏘는 그래도 분이 안 풀렸는지 간수의 그만 두라는 지시에도 아랑 곳 하지 않고 그 녀석을 계속 찔러댔다. 그 녀석은 무방비 상태로 당했기 때문에 완전히 의식을 잃은 상태였다. 그 녀석의 목에서는 피가 물총에서 물이 뿜어지듯이 솟아오르고 있었다. 벌떼처럼 몰려온 간수들은 오쏘가 멈추지 않으니까 체류가스를 뿌렸다. 드디어 오쏘는 지친 데다가 체류가스까지 눈에 들어가자 쓰러졌다. 쓰러진 오쏘에게 간수들이 여럿 달려들어서 수갑을 채웠다.

간수들은 오쏘에게 찔려 땅바닥에 피를 흘리며 혼수상태로 누워있는 녀석의 모습을 보고 긴급 의료진을 불렀다. 간수들이나 의료진들은 수감자들의 생명을 하찮게 여겼기 때문에 그들은 별로 급하게 서두르는 모습이 아니었다. 20여분이나 지나서야 구급차가 야드로 들어왔고, 일단 상태가 더 심했던 녀석을 싣고 갔다.

오쏘도 피를 꽤나 많이 흘리고 있었지만 그 녀석보다는 덜했기 때문에 간호사는 오쏘의 가슴과 목 주위를 붕대로 대충 감았고, 오쏘는 수갑을 찬 상태로 간수들에게 이끌려서 치료소로 갔다. 지나가는 오쏘를 보고 그를 아는 몇몇 타 인종 친구들이 '아주 잘 했어!(That's right baby! Stay down!)'라고 외치면서 오쏘의 끈질긴 복수심을 칭찬해주었다. 남은 간수들은 오쏘가 휘두른 칼을 증거물로 봉지에 넣었고, 주위의 핏자국과 찢어진 옷가지들을 있는 그대로 사진을 찍느라고 분주했다.

오쏘는 많은 수감자들처럼 종신형자였다. 칼을 휘두른 죄로 형을 더 가해봐야 그게 그거라 별 수는 없지만 이 사건으로 인해 먼 훗날 종신형자들의 출감 여부를 고려하는 가석방 위원회(Parole Board)에서 출감을 얻어내기는 어려울 게 분명했다. 이처럼 3급 형무소라고 해도 4급 형무소에서 사흘이 멀다 하고 일어나던 패싸움이나 피를 보는 싸움이 없는 것은 아니었다. 그리고 두 수감자가 그토록 많은 피를 흘리면서 싸우는 것을 보고도 엎드려 누워 있는 게 지루하다고 불평을 늘어놓는 곳이 이곳이었다. 타인의 삶과 죽음, 고통이나 어려움에 무관심한 것은 형무소뿐만이 아니라 메마른 심정을 가진 사람들이 사는 곳은 어디서나 마찬가지가 아닐까 하는 생각이 들었다.

그 후 며칠이 지나서 오쏘에게 칼을 맞았던 녀석은 바깥에 있는 병원으로 실려 갔지만 목의 동맥이 끊어져 심한 출혈 때문에 병원에 도착하자마자 숨졌다는 소문이 들려왔다. 그리고 오쏘는 상처가 심했지만 동맥에 상처를 입지 않아서 생명에는 지장이 없다고 들었다. 하지만 오쏘는 살인과 그에 따라 앞으로 가석방의 기회를 던져버린 악몽의 앞날이 그를 기다리고 있었다. 아무튼 이 사건은 형무소란 어딜 가든 비참한 곳이라는 현실을 새삼 깨닫게 해주는 사건이었고 내 일기장에 적힌 수 많은 슬픈 얘기들 중 하나였다.

서로 돕는 동양문화와 연애편지

트리스테 형무소로 온지도 벌써 1년이 지났다. 그동안 별 문제없이 한국 친구들과는 물론 다른 동양인들과도 잘 지내며 친한 친구도 생겼다. 여기 동양인들은 숫자가 많지만 단결이 잘 되어 있고, 서로 나눔을 중요시 하는 하나의 단체였다. 예를 들면 거의 매달에 한 번씩 각자 요리를 한 가지씩 해가지고 야드에 나와서 탁자에 깔아놓고 함께 먹는다. 없는 재료지만 꽤나 그럴듯한 한식, 중식, 월남식, 태국식, 국적 없는 음식 등 다양한 메뉴가 나온다. 식당에서 배급 받으려고 줄을 서듯이 야드의 우리 구역 탁자 앞에 서서 서로 음식을 나누어주며 한 자리에 모여서 먹는다.

이렇게 우리가 함께 먹는 것을 보는 타 인종들은 '어떻게 너희들은 그리 잘 어울러서 먹느냐' 며 때로는 부러워하기도 한다. 숫자가 많다보니 매주 가게에 가는 친구도 꽤나 된다. 한 사람이 다 부담하기에는 어려우니 가게에 가는 친구들은 콜라와 아이스크림 등 각자 구입품을 나눠 사가지고 와서 친구들과 나누어 먹는다. 그리고 각 동양 인종마다 사정이 어려운 친구들이 있을 때는 형편이 좀 나은 이들이 이들에게 음식을 사서 보태준다. 어려운 처지에서도 동포애를 잊지 않고 의리를 지키는 것이다.

어딜 가나 사모아 친구들은 인심이 좋다고 소문이 나 있다. 여기에서도 예외는 아니었다. 여기에도 사모아 친구가 7-8명 정도 되는데, 디노라는 사람이 제일 나이가 많았다. 디노는 강한 인상을 가졌고 덩치가 산더미같고 온몸에 문신을 하고 있었다. 그런 탓에 처음 만나는 이들은 두려움을 느낄 수 있지만, 마음이 덩치나 인상에 맞지 않게 순하고 의리가 좋은 친구였다. 이 친구는 남가주 흑인촌에서 자라나서 그 주위의 흑인 깡패들과도 잘 알고 있었다. 자상한 큰 형님처럼 어린 친구들을 대하니 자연히 사람들이 잘 따르고 디노가 하는 말이라면 하나같이 잘 들었다. 나도 디노와 몇 번 대화를 나눠보면서 서로를 더 깊이 알게 됐고, 서로 존중하는 사이가 됐다. 전에 경찰직에 있으면서는 디노처럼 생긴 사모아 사람들을 의심 가득한 눈초리로 경계만 했던 때가 있었다. 디노를 알아갈수록 바깥에서도 보기가 힘든 좋은 친구임을 느꼈고, 형무소라고 100% 다 나쁜 놈만 모여 있는 것은 아니라는 것을 또 다시 깨닫게 해 주었다. 비록 소수이지만 누명을 쓰고 들어와서 청춘을 보내는 이들이 있다는 것을 알게 되면서 내 가슴에 늘 자리잡고 있던 자신에 대한 연민도 조금씩 떨쳐낼 수 있었다.

동양인 숫자가 많다보니 여러 종류 일자리에서 각각 다양한 일들을 하고 있었다. 그런 탓에 서로 필요한 게 있으면 일자리에서 구할 수 있는 대로 구해서 서로를 도우면서 지냈다. 한 라오스 친구는 식당에서 일을 하면서 동양인 모두가 좋아하는 양파를 매주 대량으로 숨겨와서 우리들에게 나눠 주기도 했다. 전에 있던 곳에서는 가뭄에 콩 나듯이 구경하던 양파를 이 친구 덕분에 여기서는 매주 먹을 수가 있어 좀 더 맛있게 요리를 해먹을 수 있었다.

또 캄보디아 출신 한 친구는 수감자 옷 배급소에서 일을 하는데 거기서 일한 지가 벌써 8년째 된다고 했다. 옷 배급소를 총괄하는 백인 아저씨가 이 친구의 감독관인데, 인심이 좋고 성격이 털털하며 동양인 여자 친구를 두고 있어서인지 동양인들에 대해 좋게 대한다고 했다. 그 덕분에 우리는 타 인종들이 구하기 어려운 새 속옷, 새 양말, 새 수건, 새 침대 깔개 등을 쉽게 구할 수 있었다. 나도 배급소를 몇 번 드나들면서 그 백인 감독관과 잘 알게 되었는데, 그는 시시한 농담을 좋아해서 내가 맞장구를 쳐주면 좋아하면서 껄껄 웃었다.

어느 날 한국 친구들이 여러 옷가지와 깔개가 필요하다고 해서 나는 백인 아저씨를 만나러 갔다. 백인 아저씨는 필요한 것을 주섬주섬 집어 주더니 잠깐 자기 사무실로 따라 오라고 했다. 그는 뒤따라 들어오는 나에게 사무실 문을 닫으라고 했다. 아무리 친해도 그는 감독관이고 나는 수감자 입장이므로, 문을 닫고 사무실에 있는 것을 다른 수감자들이 보면 무슨 밀고 같은 것을 하는 오해를 살 수 있었다. 그래서 내 입장을 밝혔더니 그럼 문을 반만 열어 놓으라고 했다. 드디어 내가 그의 책상 앞 의자에 마주보고 앉으니 좀 어렵게 말을 시작하며 부탁이 있다고 했다. 조금은 의아해하며 내가 물었다.

"수감자인 내가 당신에게 무슨 도움을 줄 수 있을지 모르지만 일단 마음 놓고 얘기해 보세요."

"당신은 한국사람이 맞지요?"

"그런데요."

"당신, 한글을 쓸 줄 아시오?"

"예."

아저씨가 얼굴에 가득 미소를 지으며 말했다.

"좋아요. 실은 내가 근래에 사귀기 시작한 여자가 한국인이오. 그런데 영어를 썩 잘하지 못해서 내 마음 전달이 100% 안 되고 있어서 고민 중이오. 내가 쓴 이 편지를 당신이 한국어로 번역해 줄 수 있겠소?"

그러면서 그는 편지를 내게 내밀었다.

"그건 어렵지 않지만 …."

"당신이 무슨 생각을 하는지 다 알아요. 그건 내게 맡기시오. 이 형무소 소장이 내 고등학교 동창이고 나를 모르는 간수들은 없소. 그럴 일도 없지만 만약에 누가 안다고 해도 아무 문제가 없을 테니 걱정 말고 번역만 잘해주시오."

그가 쓴 글을 대략 훑어보고 내가 말했다.

"그렇다면 번역은 내게 맡기세요. 한글의 독특한 표현들을 써서 당신의 마음을 100% 전달할 테니 마음 놓고 기다리세요. 내일 이 시간쯤에 번역한 걸 가지고 오면 되겠습니까?"

"그렇게 서두르지 않아도 되는데 …"

그러면서도 무척이나 반가워하는 표정이었다.

"아닙니다. 이런 건 생각이 났을 때 빨리 하는 게 좋습니다."

나는 편지를 접어서 주머니에 넣고, '내일 만나자'는 인사를 한 뒤에 사무실을 나왔다.

그날 저녁 식사 후에 방안에서 그 편지를 읽어보니 이 아저씨가 어린 소년처럼 쓴 글들이 재미있고도 귀여웠다. 아무튼 우리 동양인들을 후하게 대해주는 아저씨에게 조금이나마 보답할 수 있다는 생각에 그가 전달하고픈 뜻을 그럴싸하게 번역을 하는데 시간은 오래 걸리지 않았다. 그동안 나와 꾸준히 편지 연락을 하고 있는 후배인 켈리가 보내준 한국 편지지를 찾아서 거기다 여자들이 가장 좋아하는 말들을 골라서 번역을 했다.

번역을 다 마친 후에 그 아저씨의 '연애하는 모습'이 참 재미있다는 생각이 들어서 나도 모르게 혼자서 낄낄 거렸다. 그러자 방안에 있던 감방 동료가 이상하다는 표정을 지으며 '너 괜찮으냐'고 물었다. 형무소에 들어와서 남의 연애편지를 써주는 일을 하게 되리라고는 누가 상상을 할 수 있을 것인가. 아무튼 이곳에서도 여러 가지 흥미로운 일이 일어나는 세상이라는 생각이 들었다.

다음날 아침 운동시간이 시작되자마자 배급소로 갔다. 아저씨는 나를 기다리고 있었는지 문 앞에까지 나와 있다가 나를 보더니 들뜬 표정으로 물었다.

"편지 가지고 왔어요?"

나를 주시하는 다른 수감자들이 있기 때문에 그들의 눈을 피해서 주변을 살피며 그를 뒤따라 들어갔다. 동물적인 영토의식을 갖고 살아가는 곳이 형무소이기 때문에 배급소에서 일하는 다른 수감자들로부터 자기네 구역에 내가 침범을 한다는 느낌을 받지 않으려면 그들의 눈을 최대한 피해야만 했다. 사무실로 들어서면서 아저씨의 영어 원본과 번역을 한 종이를 넣은 봉투를 다른 사람의 눈에 띄지 않게 얼른 건네주었다.

"이 정도의 글이면 좋은 결과를 얻을 수 있을 겁니다."

아저씨는 내 말을 듣고 즐거워하며 봉투를 살짝 열어보더니 깜짝 놀라는 표정을 지었다.

"아니, 이런 편지지는 어디서 구했소?"

"내 친구가 한국에서 보내 준 겁니다. 아무쪼록 아저씨가 원하는 결과를 얻는데 도움이 되길 바랍니다."

"분명 그렇게 될 거라고 믿소."

하고 웃는 얼굴로 말하면서 아저씨는 배급소 창고로 가자고 했다. 창고에 들어가서는 수고했다면서 새 옷과, 시트, 수건을 내줬다. 그리고 모든 수감자들이 선호하는 목이 긴 새 구두(boots)를 한 보따리나 싸서 줬다. 나는 아저씨께 고맙다고 인사를 한 뒤 '행운을 빕니다!'를 외치면서 배급소를 나와 야드에 모여 있는 한국 동생들을 찾아서 물건들을 나눠주었다.

내가 번역한 편지를 전해준 지 약 일주일이 지났을 때 동생들과 야드를 걸으며 배급소 앞을 지나가는데 어디선가 큰 목소리로 '김(Kim)'하면서 누군가가 나를 불렀다. 간수들이나 감독관들은 수감자를 부를 때 반드시 성을 불렀기 때문에 소리가 나는 방향을 쳐다보니 배급소 아저씨가 나를 보면서 오라는 손짓을 했다. 아직 아무에게도 편지 번역에 대해서는 말을 안했기 때문에 같이 걷고 있던 동생들에게 나중에 보자고 하면서 아저씨 쪽으로 갔다. 내가 다가가니 아저씨는 흐뭇한 표정을 숨기지 못하면서 배급소 안으로 들어오라고 손짓하였다. 배급소 안으로 따라 들어가니 마침 일하는 수감자들이 배달 온 트럭에서 물건들을 내린다고 사무실 바깥에서는 분주했다. 그 탓에 아저씨 사무실 근처에는 그와 나 둘 뿐이었다. 아저씨는 말문을 열었다.

"당신, 글솜씨가 보통이 아닌가 봐요."

"아저씨의 편지를 읽고 아저씨가 하고픈 말을 그저 우리 문화에 맞게 쓴 것뿐인데 결과가 괜찮았습니까?"

내가 이렇게 묻자, 아저씨는 말했다.

"괜찮은 정도가 아니오. 한글로 번역한 편지 내용을 통해 내 마음을 확실하게 알 수 있어서 자기도 마음이 후련하다며 여자인 자기가 먼저 마음을 밝히기가 어려운데 그렇게 번역까지 해서 마음을 표시하는 내

깊은 배려에 감동했다면서 매우 기뻐했소."

"그럼 골인을 했군요?(So, I take it you got lucky?)"10)

"골인한 정도가 아니라…(Did I ever …)"

하고 말하면서 아저씨는 그저 행복한 미소를 감추지 못했다.

"당신이 원하는 결과를 얻는데 도움이 돼서 기쁩니다."

"나는 이 여자가 정말 마음에 들고 앞으로 잘해서 결혼하고 싶소. 그러려면 당신의 도움이 종종 필요할 건데 도와줄 수 있겠소?"

"그건 문제 없습니다."

"그럼 됐소. 앞으로 내가 당신이 필요할 때는 내가 관리하는 캄보디아 친구를 통해 연락하겠소."

말을 마친 뒤에 그는 자기 사무실 한 구석에 있는 소형 냉장고에서 커다란 밤색 종이봉지를 꺼내어서 내게 주면서 잘 가지고 가라고 당부했다. 건네주는 그나 받는 나나 더 이상 말이 필요하지 않았다. 형무소 감독관이 수감자에게 어느 것도 건네주지 못하게 되어 있는 규칙을 위반하는 일은 아무리 형무소 소장이 고등학교 동창이라 할지라도 항상 위험이 따르기 마련이었다. 그리고 서로 얼마나 조심을 해야 하는지는 너무 잘 알고 있기 때문이다.

나는 '감사합니다' 라는 말과 함께 봉지를 들고 사무실을 벗어나 야드로 갔다. 가게에서 쓰는 똑같은 봉지에 담아 주었기 때문에 간수들이나 다른 수감자들은 아무도 의심하지 않았다. 그저 내가 가게에 다녀온 것으로 보일 뿐이다. 들고 가면서 봉지에 뭐가 들었는지 꽤나 궁금했지만 나는 아무런 내색을 하지 않고 우리 탁자에 도착해서야 살짝 열고 안을 들여다보았다.

그런데 이게 웬일인가! 지난 몇 년 동안 기억과 상상으로만 그리던 한국 식품점에서 파는 1갤런(gallon)짜리 유리병에 든 김치와 그리고 꽃게탕을 해먹을 수 있는 냉동된 게 4상자가 봉지 안에는 들어 있었다. 그 내용물을 알고 나니 혹시나 들킬게 될까봐 괜히 더 긴장이 됐다.

---

10) 여기서 'lucky' 란 남녀간에 성 관계를 맺었다는 것을 뜻한다.

나는 우리 구역의 오전 야드 시간이 끝나기만을 기다리면서 한국 동생들을 찾았다. 현이 가장 먼저 보이길래 다른 한국 친구들을 찾아서 한 명도 빠짐없이 오후 야드 시간에 꼭 나오도록 전하라고 했다. 수감자들 사이에서 지키는 철두철미한 규칙 중에 하나로서, 이런 식으로 모이라고 하면 그 누구도 이유를 묻지 않는다. 다행히도 한국 동생들은 그날 일을 안가고 모두 야드에 있었다. 모여든 아우들에게 '내가 오전 야드를 마칠 때 방에 들어가서 점심을 만들어서 나올 테니 다들 오후 야드 시간에는 꼭 야드에 있으라고 말했다. 현은 나 혼자서 하려면 시간이 부족할 수 있으니 자기도 들어가서 밥이라도 해 오겠다고 했다. 그렇게 하기로 하고, 오전 야드를 마치는 종소리을 듣고 나와 현은 각자 방으로 돌아갔다.

건물로 들어가는 길목에서 가게 봉지를 들고 있는 여러 사람들 사이에 끼어서 무사히 방으로 들어왔다. 방에 들어와서 드디어 봉지를 열어보니 아직까지도 조금 얼어있는 게는 한 상자에 네 마리씩 들어 있었다. 그리고 김치는 뚜껑을 열어서 그 향을 맡아보니 얼굴에 미소가 저절로 흘렀다. 너무 귀한 것을 얻어서 좋기는 했지만, 요리하는 방법은 미처 생각하지 못하다가 막상 요리를 하려니 캄캄했디.

겨우 40-50분 정도 남은 시간에 빨리 요리를 해야만 가지고 나가서 아우들과 함께 먹을 수 있기 때문에 마음이 급했다. 그래서 내가 가지고 있는 모든 양념을 꺼내놓고 기억을 더듬어 보았지만 집에서는 어머니가 해주는 음식만 먹었을 뿐이지 요리라고는 해본 적이 없었던 탓에 아무런 생각도 나질 않았다. 할 수 없이 전기냄비 두 개에다 물을 반쯤 채우고 끓이기 시작한 뒤에 게를 통째로 넣고 있는 양념 모두인 마늘 가루, 양파, 그리고 소포로 받은 고추장과 된장을 섞어서 한동안 끓였다. 향이 그럴싸하게 나기 시작했고, 게 색깔이 회색에서 붉은 색으로 변하면서 먹음직스럽게 끓었다. 시간을 보니 곧 오후 야드가 시작될 시간이 다 되어서 마음이 급해지고 있는데 창밖에서 베니의 음성이 들렸다. 건물 앞에서 기다리겠다는 말이었다.

드디어 다 끓은 꽃게탕을 큰 그릇 두 개에 옮겨 담아 뚜껑을 닫고 봉지에 넣어서 들고 나갔다. 건물 앞에는 아우들이 궁금하고 들뜬 표정을 지으며 기다리고 있었다. 한편으로는 귀한 음식을 아우들과 함께 나눌 수가 있어 기뻤지만, 그 반면에 다른 동양 친구들과는 나눌 수 있을 만큼의 분양이 되지 못해 그들에게는 미안했다. 아무튼 내가 나가니 현은 이미 밥을 해가지고 야드에 나와 있어서 나는 야드의 잔디밭 한 구석으로 가자고 했다.

우리는 구석에 자리를 잡고 모여 앉아서 현이 해온 밥을 각자 그릇에 뜨기 시작했다. 여기서 늘 부족한 재료로 만든 음식만 먹던 동생들이 내가 봉지에서 꺼내는 1갤런짜리 김치병을 보더니 환호성을 질렀다. 이어 그 다음에 나오는 꽃게탕을 보는 순간 하나같이 말문이 막혀 어리둥절한 얼굴로 서로를 쳐다만 보고 있었다. 놀란 베니가 '어디서?' 하고 궁금함을 참지 못하고 묻는데, 현이 그의 말을 가로막고 말했다.

"형님, 감사합니다. 잘 먹겠습니다."

그러면서 꽃게탕을 그릇에 떠서 나눠주기 시작했다.

"요리 솜씨가 없어 좋은 재료를 망쳐놓지나 않았는지 모르겠다."

내가 겸양으로 하는 말에는 아랑 곳 하지 않고 꽃게탕을 맛보는 순간 모두들 신음소리를 지르며 맛을 음미했다.

"야, 이게 얼마만이야!"

"김치맛이 이렇게 좋은 줄 잊었었네."

"야, 김치도 김치지만, 꽃게탕을 먹으니 눈물이 나려 한다."

모두들 기뻐하면서 맛있게 먹는 그들을 보면서 내 마음도 흐뭇했다. 우리 모두는 정신없이 순식간에 꽃게탕과 김치를 뚝딱 해 치우고나자 배가 불러서 잔디밭에 비스듬히 누워 담배를 피웠다. 다들 오늘 따라 담배 맛이 너무 좋다면서 농담을 했다. 서로 어려운 처지에서 잠시 동안이라도 형무소라는 현실을 접어두고 맛있는 음식을 함께 나눌 수 있어서 그날은 매우 기뻤다.

그렇게 다 먹고 나서 모두에게 말했다.

"앞으로 얼마 동안이 될지는 모르겠지만 당분간 이런 식으로 먹을 수 있을 것 같다. 가장 중요한 건 우리 모두 입조심을 해야 한다는 점이다.

지금까지 내 경험을 봐서 이런 좋은 게 있으면 꼭 누구 하나가 자랑을 하다 들통이 나는 걸 많이 봤다. 내가 부탁하는 건 우리는 그런 실수에 빠지지 말자는 거다."

모두들 내가 말하는 뜻을 잘 알아듣고 동의했다. 이어 내가 연애편지를 번역해 준 것에 대해 얘기를 하니 모두 깔깔대고 웃었다. 그러자 덴이 말했다.

"그 아저씨가 결혼까지 가도록 잘 써 주세요. 그럼 이혼만 안하면 우리 맛있는 거 계속 얻어먹을 수 있잖아요."

순진하고도 솔직한 그의 말이 한편으론 귀엽고 한편으론 안쓰럽게 느껴지기도 했다.

"그래, 그래. 내가 글을 잘 써줘서 그 아저씨가 장가를 가게 해줄게."

나는 이렇게 말하면서 함께 웃었다. 그 후에도 배급소 아저씨는 약 2주마다 내게 연애편지 번역을 부탁했고, 그 때마다 나는 한국 음식을 받아와서 함께 잘 먹었다. 몇 주 후에 아저씨가 나를 보더니 고민이 있다면서 얘기를 시작했다.

"나는 한국음식을 잘 모르니 매번 똑같은 음식을 사다주는 것보다는 한국 음식을 잘 아는 당신이 먹고 싶은 것들을 한글로 적어주면 그것을 사다주겠소."

그 말을 듣고 나는 한국인 아우들에게 전달하여 서로가 바라는 주문 품목을 받아서 아저씨에게 전달했다. 그는 우리가 표(list)로 적어준 품목들을 편지 번역을 할 때마다 하나하나 가져다주었다. 그런 생활이 6개월 넘게 계속되었다. 그동안 우리는 아저씨를 통해 우리 음식을 잘 얻어먹었고, 아저씨는 마침내 그 한국 여자 친구와 결혼날짜를 잡았다. 그 얘기를 듣고 나니 나는 중매쟁이가 된 기분이었다. 내가 축하 인사를 하니까 그 아저씨는 말했다.

"여기까지 오는데 당신 도움이 없었다면 이루어지지 못했을 거요. 감사해요!"

그러면서 나에게 악수를 청했다. 우리는 악수를 나누고 서로 그동안

'너무나 감사했다'고 하면서 헤어졌다. 배급소를 걸어나오며 나는 '형무소에 와서 별 일을 다 하는구나' 하는 생각이 들어 웃음이 저절로 나왔고, 또 한편으로는 위험을 무릅쓰고 꾸준히 한국 음식을 가져다준 아저씨 그리고 우리가 무사히 한국 음식을 얻어먹을 수 있도록 돌봐 주신 그분께 감사했다.

흑인 대 멕시칸(Black vs Brown)

미국 역사에 보면 흑인은 검은색(Black), 멕시칸은 갈색(Brown)으로 기록되어 있다. 미국의 주요 소수 민족인 흑인과 멕시칸은 지난 60 ~ 70년 간 서로를 경쟁상대로, 때론 투쟁상대로까지 여기며 대립해 왔다. 이런 감정을 불러일으킨 요인을 보면 백인 사회와 정치, 언론 등 여러 가지 이유를 들 수 있는데, 그들이 집단을 형성하고 있는 조폭들 사이에서는 그 감정이 더욱 심하게 나타난다.

특히 형무소는 조폭들의 집합소이므로, 이런 대립 감정이 이곳 안에서는 더욱 노골적으로 나타난다. 미국 형무소에 수감된 전체 인원에서 보면 흑인과 멕시칸이 가장 많다. 그러나 서로 항상 경계하는 사이라서 접촉이 거의 없으며, 정면충돌로 이어지면 서로 지나친 피해를 입는 것을 너무나 잘 알고 있기 때문에 최대한 대결을 회피한다. 그러나 부분적으로는 사소한 말다툼이 가끔 생기기 마련이다. 예를 들면 좀 괜찮은 음식이 나오는 날에는 주방 일을 하는 흑인과 멕시칸들은 서로 좀 더 많이 가지고 가려고 혈안이 되어 다투다가 말 한 마디 잘못하여 문제가 더욱 크게 만드는 경우도 있다. 만약 그때 즉시 타협을 하지 못하면 손해를 본 쪽은 다음에 반드시 보복을 한다.

캘리포니아의 여름은 길고 건조하기로 유명하다. 여기 트리스테는 바다가 가까운 편이라 매일 오후만 되면 바람이 불어 더위를 덜어주는 이점이 있긴 하지만, 한 여름에는 37도에서 40도를 오가는 날들이 며칠간 계속된다. 그럴 때 형무소 방안은 찜통 같기 때문에 기회만 되면 모두 야드로 나간다. 응달이 없는 야드이지만 그래도 찜통 같은 방보다는 낫기 때문이다. 그런 날에는 밤 야드에 사람으로 꽉 들어찬다. 무더위 때문에 야드에 거의 모든 수감자가 나와 있던 날 밤, 야드에서 동양인들이 자기 구역 탁자에 모두 모여서 시원한 밤바람을 즐기고 있을 때 한 친구가 긴장된 모습으로 우리 쪽으로 오더니 곧 흑인과 멕시칸들이 패싸움을 할 것이라는 소식을 전했다.

그날 사건은 야드 한 쪽 건물 벽에 설치된 20여대의 전화기가 있는 전화대에서 발생했다. 전화기는 수감자들이 쓰도록 만들어진 수신인 지불 전화기로서, 모든 수감자들은 가족과 친구들에게 이 전화를 통해서 연락한다. 전화 사용은 먼저 도착한 순서대로 하기 때문에 전화를 한번 쓸려면 빨리 줄을 서야 한다. 그렇지 않으면 꽤나 오랜 시간을 기다려야 전화를 쓸 수 있다. 물론 순서를 어기고 가끔씩 새치기 하는 녀석들 때문에 싸움이 일어나곤 한다.

그날 하루 종일 무더위에 시달리다가 시원한 밤바람을 맞으려고 500-600명이 넘게 야드에 나와 있었다. 전화대에서 전화를 하던 흑인 한 명이 수렌요 한 명 바로 옆에 있는 전화기를 쓰면서 너무 큰 소리로 전화기에 대고 고함을 치기 시작했다. 이에 시끄러움을 참지 못한 수렌요 친구가 좀 조용히 해 달라고 요구하자 전화를 하던 흑인이 수렌요의 얼굴을 느닷없이 주먹으로 갈긴 것이다. 때린 흑인은 덩치가 컸고, 맞은 수렌요는 키가 작고 몸집도 호리호리 했다.

그런데 이 흑인은 치명적인 잘못을 저질렀다. 아무리 기분이 나빠도 합의가 없이 타 인종을 때린다는 것은 100% 패싸움을 일으키는 결과를 가져오게 된다. 형무소에서는 바깥과 달리 나 하나의 실수로 내가 소속해 있는 단체 전체가 피해를 입기 때문에 우발적인 행동을 절대 해서는 안된다. 특히 타인종과의 사이에서 일어나는 문제는 가장 주의해야 하는 일이다. 그런데 이 흑인 녀석은 완전히 돌대가리였던지 아니면 형무소 생활을 갓 시작한 아무 것도 모르는 신참 녀석이었던지 아님 두 가지 모두 해당되는 녀석이었는지는 모르지만, 형무소 안에서 그동안 불문율처럼 지켜졌던 이런 규율을 무시했던 것이다.

이처럼 큰 사건을 저질렀으면 다음에는 수렌요들이 보복을 할 것은 기정사실이었다. 그런데도 그 흑인 녀석은 자신이 저지른 일을 다른 흑인들에게 알려주지도 않았고, 그저 전화기에만 매달려 있었다. 일단 이런 큰 실수를 했으면 잘잘못은 나중에 따지기로 하고, 우선은 모든 흑인들에게 알려서 곧 일어나게 될 수렌요들의 보복에 대비해야 했는데, 그는 아무렇지도 않게 전화를 하는 데만 신경을 쓰고 있었다. 수렌요들은 이미 그 흑인의 우발적인 공격에 즉각 보복하려고 급히 야드의 자기네 구역에 모두 모여서 작전을 짜고 있었다. 그런데 야드에 있던 흑인들 대부분은 곧 자기들에게 들이닥칠 위험을 전혀 모르는 무방비 상태로 있었다.

이 소식을 듣고 우리가 수렌요들을 주시해서 보니 야드에 있는 모든 수렌요들이 급속하게 한 자리로 모이고 있었고, 그 속도는 놀랍도록 빨랐다. 수렌요들의 신속함과 단결성이 무척이나 인상 깊게 느껴질 정도였다. 일단 한 자리에 모인 사람들이 어느 한 사람을 바라보고 있는 것을 봐서 그 녀석이 수렌요들의 두목인 것으로 보였다. 약 2-3분동안 두목처럼 보이는 녀석이 무언가 말을 했고, 나머지 녀석들은 약 20명씩 야드 곳곳으로 흩어져가면서 완전 무방비 상태의 흑인들을 닥치는 대로 습격하여 때리기 시작했다.

일단 이런 상황이 되면 야드에 있는 흑인은 그 누구나 무조건 보복의 대상이 된다. 처음에는 너무 많은 곳에서 동시에 싸움이 일어나고 있다보니 간수들조차 사건을 파악하지 못하고 어리벙벙해 있었다. 그리고 알람을 울렸지만 복수심에 불타오른 수렌요들은 공격을 멈추지 않았다. 결국 대부분의 흑인들은 사방으로 줄행랑을 쳤다. 도망을 치던 흑인 한 녀석이 우리 쪽으로 뛰어 들어와서 우리 탁자 밑에 숨으려고 했다. 이 녀석이 탁자 밑에 숨어 있으면 결국 수렌요들이 그 녀석을 잡으려고 우리 구역까지 침범하게 될 것이다. 그러다 보면 자연히 우리도 그들의 싸움에 휩싸일 수밖에 없게 된다. 그래서 우리들은 그 흑인 녀석을 쫓아내면서 혹시나 또 다른 놈이 올 수도 있다면서 우리들 몇몇은 보초를 서기도 했다.

이번 싸움에 연관되지 않은 타 인종들은 각자 자기 구역을 지키면서 야드 곳곳에서 일어나는 패싸움을 구경하고 있었다. 야드 구석구석에서 흑인들은 거의 일방적으로 맞아가면서 고통을 당하고 있었다. 흑인들이 그날 밤 더욱 불리했던 이유 중에 하나는 야드에 나온 흑인들의 숫자가 수렌요의 반 정도 밖에 안되었다는 점이다. 흑인들은 더위를 별로 안타기 때문에 밤에는 주로 건물 안에 그대로 있곤 했다. 그날도 숫자가 적다보니 아무 것도 모른 채 무방비 상태에서 얻어맞기만 했지 반격할만한 여유나 자신이 없었다. 대다수의 흑인들은 수렌요들이 한꺼번에 달려들어 휘두르는 칼을 필사적으로 막아내려고 하면서 공포에 빠진 모습을 보였다. 나는 이 광경을 바라보면서 순간적으로 영화의 한 장면을 보는 것 같은 느낌이 들었다. 그러나 흑인들이 외치는 고통스런 비명과 피가 흘러나오는 모습은 모두 영화가 아닌 내 앞에서 실제로 일어나고 있었다.

야드를 둘러보니 곳곳에서 여전히 흑인들은 몰매를 맞고 있었다. 가까이 있는 흑인들은 본능적으로 살아남으려는 두려움에 깃든 모습이었고, 수렌요들의 눈빛에서는 복수심에 피를 보려는 분노의 열정이 보였다. 우리 구역에 있는 탁자에서 가까운 잔디밭에서는 수렌요 세 명이 흑인 한 명을 무자비하게 패고 있었는데, 이 흑인은 제법 잘 막아내면서 버티고 있었다. 그런데 지나가던 수렌요 한 명이 이 모습을 보고 가까이에 있던 쇠로 된 잔디밭 물뿌리개 도구(sprinkler)[11]를 집어들고 흑인 뒤쪽으로 가서 뒤통수를 내리쳤다. '퍽' 하는 소리와 함께 흑인이 의식을 잃고 쓰러지자 수렌요들은 하이에나처럼 달려들어서 쓰러져 있는 흑인을 마구 짓밟고 발길로 찼다. 부상을 입은 흑인은 처절하도록 얻어맞고 있었는데, 그런 상태가 계속되면 죽음에 이르게 될 게 분명했다.

그때 최루가스를 들고 뛰어가던 간수가 이 모습을 보고 수렌요들에게 '엎드려!'를 외치면서 그들에게 최루가스를 뿌렸다. 수렌요들은 최루가스를 피하려고 도망갔지만, 안타깝게도 간수는 수렌요들을 잡으려고 뒤쫓

---

[11] 물뿌리개 도구(Sprinkler)란 잔디에 물을 줄 때 쓰는 공구이다. 형무소 용접 학습반에서 만든 것이어서 무겁고 뾰족한 쇠가 있는 매우 위험한 무기가 될 수 있는 물건이다. 야드 잔디밭 가꿈이 (yard crew)를 할 때 이 공구를 자주 쓴다.

아갈 뿐이었지 폭행당한 흑인의 상태를 살펴보려고는 하지 않았다.

그 흑인에게 다가가서 도와주고 싶은 충동을 느낄 정도로 나는 그 흑인의 처지를 동정했지만, 그 일도 나 혼자의 문제가 아니라서 가능하지가 않았다. 그 흑인은 아무런 움직임이 없이 그런 상태로 잔디밭에 누워 있었는데, 지나가던 다른 무리의 수렌요들이 그 모습을 보고 다시 달려들어서 무자비하게 발길질을 했다. 피투성이가 된 흑인은 이미 의식을 잃은 채로 만신창이가 되어 있었고, 상태를 보아 이미 중상을 입은 게 분명해 보였다. 야드 여기저기에서 흑인들과 수렌요 그리고 간수들이 이리 뛰고 저리 뛰어다니는 광경은 난맥 그 자체였다. 다행히 다른 간수가 그 흑인의 곤경에 처한 모습을 발견하고 수렌요들의 폭행을 멈추게 했다. 그러나 이 간수도 흑인을 돌보지는 않고 수렌요들만을 잡으려고 쫓아갔다.

이 흑인처럼 운이 나쁜 경우는 보기 드문 경우이다. 이렇게 두 번씩이나 간수가 지나가면서 보고 구해 줬지만, 멈춰서서 지켜 주지 않은 탓에 이번에는 세 번째 수렌요 무리가 다시 달려들어서 또 다시 몰매를 가하기 시작했다. 수렌요들에게 그는 너무나 쉬운 표적이었고, 이미 의식을 잃은 상태에서 이런 식으로 계속 맞고 있으면 곧 죽을 것이 분명했다. 이 흑인을 마구 패는 수렌요들의 모습을 보니 야생 동물들이 먹이를 공격하는 것처럼 보였다. 이때 다른 간수 한 명이 수렌요들에게 멈추라는 명령을 외치면서 뛰어오자 수렌요들은 간수가 오는 것을 보고 사방으로 흩어져 도망을 갔다. 간수는 도망가는 그들을 쫓아가려다가 다시 돌아와서 흑인에게 뭐라고 말을 했다. 그래도 흑인은 아무런 반응을 보이지 않자 이번에는 그를 떠나지 않고 무전기에 대고 뭐라고 하는 것으로 봐서 의료진을 부르는 것 같았다.

이처럼 걷잡을 수 없이 싸움이 계속되자 이 형무소 간수들로만 해결하기에는 힘들어졌다. 그래서 아마도 이웃에 있는 아이슬라도 형무소에 도움을 요청했는지 싸움이 일어난지 30~40분쯤 지난 후에야 완전 무장을 한 간수들이 두 줄로 서서 개미떼처럼 야드로 들어왔다.

지붕 위에서 망을 보고 있던 간수들은 싸움이 계속 진행되고 있는 야드 곳곳으로 최루탄을 쏘자 두 줄로 서서 움직이는 간수들은 그 쪽으로 뛰어갔다. 드디어 오랜 싸움에 지쳐있던 수렌요들은 최루가스를 마시고 콜록거리면서 물러서기 시작했다. 30-40분 전부터 간수들이 확성기로 '엎드려' 라고 계속 외쳐대도 무시하면서 싸우던 수렌요들은 드디어 한 명씩 야드에 엎드리기 시작했다. 이미 겁먹고 도망치던 흑인들도 이때다 싶었는지 수렌요들과 멀리 떨어진 곳으로 도망을 가서 엎드리기 시작했다.

한 줄로 서 있던 간수들은 야드의 모든 수감자들이 엎드리자 야드 한 쪽에서부터 단계적으로 엎드려 있는 수감자들의 손을 등뒤로 내밀도록 한 뒤에 수갑을 채우기 시작했다. 이때는 싸움에 가담했든 안했든 상관없이 모든 수감자들에게 수갑을 채운다. 왜냐하면 일단 엎드렸다가 간수들이 한 눈을 파는 사이에 또다시 일어나서 싸우는 경우가 많았기 때문이다. 그래서 이럴 때는 간수들도 최대한 빨리 모든 수감자들에게 수갑을 채우려고 잽싸게 움직인다.

이번처럼 수감자 숫자가 많아서 수갑이 모자랄 때는 굵은 플라스틱 줄(zip-tie)로 양 손을 묶기도 한다. 대부분의 간수들이 야드에서 수갑 채우는 작업을 할 때 몇몇 간수들은 위급한 흑인들에게 의료진을 출동시키는 작업을 했다. 수갑 채우는 작업을 마치면 이제는 길고 긴 조사 작업이 시작된다. 조사 작업에는 시간 제한이 없기 때문에 하루 종일 걸릴 수도 있고, 때로는 밤을 새울 때도 있다.

우리 바로 앞에서 그토록 얻어맞던 흑인의 모습은 의료진들이 둘러싸여 있어서 잘 안 보였다. 그렇지만 의식을 회복하지 못한 것 같았고, 드디어 구급차가 야드 안으로 들어와서 그를 싣고 나갔다. 들것에 실려나가는 그의 모습을 보니 더 이상 가망이 없어 보였다. 크고 작은 부상을 입은 흑인들이 한 명씩 치료소로 옮겨진 후에 조사팀은 야드 구석구석을 다니면서 증거물을 모으고 사진을 찍었다.

우리들이 있는 쪽에서는 좀 멀었지만 수갑을 차고 엎드려 있는 수렌요들 사이에서는 자기네가 완전히 승리했다는 것을 자축하는 듯이 낄낄 거리며 웃는 녀석들도 보였다. 그 모습을 보며 사회 일부에서 '수감자들을 인간이하로 취급하는 까닭'을 조금은 알 것 같았다. 우리들과 폭동에 관련되지 않았던 모든 타 인종들도 야드에서 수갑을 차고 엎드려 누워 있어야만 했고, 간수들은 야드 전역을 누비면서 한 명씩 몸수색을 했다.

일단 이런 폭동이 일어나면 모든 정리를 마치는데 수 시간이 걸리기 때문에 여러 가지로 재미있는 일들이 일어난다. 몇 시간씩 수갑을 차고 한 자리에 엎드려 있으면 담배도 피우고 싶고, 소변도 보고 싶고, 그 외에도 여러 가지 생리적인 현상이 일어난다. 담배를 피우려면 양 손이 다 등쪽에 있으니 혼자서는 불가능하지만 두 명이 합작을 하면 가능하게 된다. 양 손이 등뒤로 묶여 엎드려 있으니 담배를 가지고 있는 한 명이 자신의 몸을 반 바퀴 뒹굴어서 호주머니를 상대방 손 가까운 데로 댄다. 그럴 때 서로 감각으로 더듬다보면 실수로 불알을 만지는 사건도 일어나는데, 그러면 '꽥'하고 고함소리가 난다. 그때 '야, 나 게이 아니야, 임마!' 하면서 농담을 하는 녀석도 있고, 아니면 넉살 좋게 '조금만 더 만져줄레?' 하는 녀석도 있다. 그렇게 해서 일단 한 명이 담배를 호주머니에서 꺼내 손에 쥐고 있으면 상대방이 담배 있는 쪽으로 기어 내려가 고개를 비틀어 그 담배를 입으로 문다. 그 다음은 담배에 불을 붙여야 하는데 라이터 가지고 있는 녀석의 호주머니를 담배 꺼내던 식으로 다른 한 녀석이 손을 넣어 라이터를 꺼낸다. 입에 담배를 물고 있는 녀석은 라이터를 손에 쥐고 있는 녀석 쪽으로 옮겨가서 라이터를 켜라고 한다. 그러면 라이터 불에다 입에 물고 있는 담배를 대고 빨아서 불을 붙인다. 그렇게 가까스로 담배불을 붙여서 물고 있는 놈이 외친다.

"담배 피우고 싶은 사람?(Who wants to smoke?)"

그러면 너, 나 할 것 없이 담배를 피려고 그 사람을 향해 엎드린 채로 기어간다. 그리고 담배는 서로의 입에서 손으로 왔다갔다 하면서 담배를 나눠 피우는 것이다. 이처럼 담배 중독자들에게 무슨 수를 써서라도 담배를 피우게 만드는 힘은 바깥이나 여기나 강력하게 작용한다.

담배는 그래도 여러 명이 협조를 하면 되지만, 소변을 보는 것은 합작이 불가능하고 오로지 자신 혼자서 해결해야 한다. 먼저 엎드린 채 지나가는 간수에게 소변기로 데려다 달라고 요청을 한다. 이때 대부분의 간수들은 이 부탁을 무시하고 그냥 지나간다. 이렇게 몇 번 시도를 하다가 상황이 급해지면 그냥 자신이 알아서 해결한다. 수갑을 등뒤로 차고 엎드린 자세에서 머리를 땅에 박고 무릎을 굽혀 하체를 상체 쪽으로 올린 다음 머리로 땅을 밀어 상체를 일으킨다. 그런 다음에 함께 누워있는 사람들을 피해 주위에 사람이 없는 방향 쪽을 향해 무릎으로 기어간다. 빈 자리를 찾게 되면 묶인 손으로 바지를 내려야 하는데, 양손이 뒤에 가 있으니 바지 앞부분을 내리는 데도 애를 먹는다. 그래도 묶여있는 양 손을 최대한 앞쪽으로 돌려 가까스로 바지를 내린 후에 땅바닥에 대고 소변을 본다. 짓궂은 녀석들은 그 모습을 보고 '야, 오줌 튀긴다. 더 멀리 가.' 하고 놀리기도 한다. 이걸 보고 가끔 잔소리하는 간수들도 있지만 거의 못본 척 하고 지나간다.

또 한 가지 재미있는 일은 수갑을 채운 위치를 바꾸는 것이다. 간수들은 수감자에게 수갑을 채울 때 등뒤로 채우는 게 철칙이다. 그렇게 수갑을 채워 놓는데 개중에 팔이 유난히 길고 허리가 짧은 수감자들이 있다. 그들은 간수들이 가까이 없을 때 몸을 일으켜 앉아서 양팔을 최대한 벌리고 그 사이로 엉덩이를 집어넣는다. 그러면 양 손이 허벅지 뒤에 위치한다. 그 다음 양 다리를 팔과 팔 사이로 넣고 양 손을 위로 올려서 빼면 수갑을 찬 두 손이 몸 앞으로 와 있게 된다. 이것을 보고 주위 사람들이 다 시도를 해보지만 신체적인 조건이 따르지 않으면 불가능한 것을 깨닫게 된다. 그걸 깨닫지 못하고 땀을 뻘뻘 흘리면서도 끝까지 오기를 부리며 애쓰는 녀석들을 보고 있으면 절로 웃음이 난다.

간수는 오다가다가 몸 앞쪽에 수갑을 차고 있는 수감자를 보면 의아해 하면서 '왜 수갑이 앞에 와 있느냐'고 따지기도 한다. 그럴 때면 그 수감자는 그냥 아무 말 없이 어깨만 으쓱한다. 간수는 그를 일으켜 세워 앞쪽에 있는 수갑을 풀어서 양 손을 뒤로 하게 한 뒤에 수갑을 다시 채우고 경고를 하고 간다. 그는 간수가 떠난 잠시 후에 또 다시 그런 몸동작을 반복해서 수갑을 찬 팔을 몸 앞으로 갖다 놓는다. 몇 번이나 그렇게 하다보면 일부 간수들은 그를 사무실로 데려가서 심문하기도 하지만, 대부분은 바쁘다 보니 그냥 내버려둔다.

  간수들은 야드 곳곳에서 피 묻은 무기나 옷가지 등을 모아서 증거물 봉지에 넣고 사진을 찍으면서 오랜 시간을 보냈다. 야드에 있던 수렌요들은 한 명씩 수색을 통해 몸이나 옷에 피가 조금이라도 묻은 자국이 있으면 폭동에 가담한 증거로 조사실로 연행되었고, 그 숫자는 수렌요 전체의 90% 정도가 되어 보였다. 야드에서 폭동 가담자들을 모두 처리하고 나서 남은 수감자들을 각자 방으로 데리고 가는 작업이 시작되었을 때는 벌써 동쪽에서 희미하게 해가 떠오르고 있었다. 밤을 야드에서 꼬박 세워야 했던 나는 방에 들어가자마자 일기장을 집었지만 도저히 눈이 무거워서 바로 침대에 엎드려 골아 떨어졌다.

친구의 배신과 켈리의 우정

흑인 대 수렌요의 폭동이 일어난 바로 그 다음날부터 우리 모두는 제한조치에 들어갔다. 야드에서 밤을 새운 뒤 그 다음날은 모두 하루 종일 자고 일어나서 각자 또 다시 대기상태(lockdown mode)로 들어가 독서와 편지 쓰기, 조각 등을 하면서 시간을 보내야만 했다.

소문을 들으니 그날 우리 앞에서 호되게 맞던 흑인은 뇌에 중상을 입고 식물인간이 됐다고 했고, 그 외에도 중상을 입은 흑인들이 많다고 했다. 3급 형무소라고 해서 처음에 왔을 때는 제재가 비교적 덜한 것 같아서 좋았는데, 지낼수록 3급과 4급은 별 차이가 없다는 것을 깨닫게 됐다. 여기서도 4급 시설 못지않게 폭행 사건이 자주 일어나고 있으며, 인종들 사이에서 일어나는 대립은 오히려 4급 시설에 있을 때보다 더 심할 때도 있었다.

여기 한국 친구들은 다행히 같은 건물에 여럿이 살고 있어서 서로 도우며 제한조치를 견디는데 도움이 됐다. 첫 2주 동안은 면회도 취소되었고, 모든 게 중단 상태였다. 그렇지만 조사 후에 폭동이 흑인과 수렌요 사이에서만 일어난 것을 확인하고는 관련되지 않은 우리 동양인들과 백인들에 대한 제한조치는 바로 풀렸다. 곧이어 동양인들과 백인들에게는 면회도 다시 허락되었고, 어머니와 나의 소중한 면회 시간도 다시 계속 가질 수 있었다. 이곳 수감자 전체의 70% 가량 되는 흑인과 멕시칸이 제한조치를 받게 되니 가게와 야드는 덜 복잡했고, 야드에서 운동을 하기도 훨씬 편했다. 흑인들과 멕시칸의 숫자가 너무 많아 늘 복잡하고 시끄러웠던 면회실도 한가하니 덜 시끄러워서 한결 좋았다. 이번 폭동의 규모를 봐서는 흑인과 멕시칸들의 제한조치가 꽤나 오래 갈 것으로 예상이 됐다. 아무튼 한동안 우리에게는 야드가 덜 복잡해져서 좋았다.

주말에 어머니께서 면회를 오셨는데 왠지 모습이 불편해 보이셨다. 뭔가 어머니 마음을 무겁게 하는 일이 있는 게 분명해 보였다. 그렇지만 어머니는 자식에게 걱정을 안 끼치려고 끝내 아무 일이 없다고 하셨다. 그렇게 면회를 끝마치고 나오니 내 마음도 무겁기만 했다. 그래서 며칠을 고민하다가 대학 시절 때부터 나를 잘 따르던 여자 후배인 켈리에게 편지를 보냈다. 켈리와 나는 사건 직후부터 지금까지 꾸준히 편지 연락을 해왔었다. 켈리는 대학에 다닐 때뿐만이 아니라 내가 대학을 졸업한 후 경찰에 있을 때도 우리 집에 가끔 놀러왔고 우리 부모님도 딸처럼 여길 정도였다. 특히 아버님은 켈리를 며느리로 삼았으면 하는 마음을 숨기지 않으셨다.

"야이, 자슥아. 굴러 들어온 복덩어리 차지 말고 빨리 정신 차리라!"

이처럼 기회만 되면 아버님은 노골적으로 나에게 말씀하시기도 했다. 그 당시 결혼에 대해 전혀 관심이 없던 나는 자유분방하고 문란하며 이기적인 삶에만 정신이 팔려 있었다. 그래서 나는 켈리의 참 가치를 보지 못했고, 그저 대학 선 후배 사이로만 여기고 지냈다. 켈리는 내 사건이 터진 직후부터 몇년 전 씨애틀로 직장을 옮기게 되어 이사 가기 전까지 매달 한 두 번씩은 어머니를 찾아뵙고 여러모로 도움을 주었다. 어머니는 면회를 올 때마다 이런 말씀을 하시면서 켈리에 대해 늘 고마워했고, 나는 소홀히 대했던 과거의 일이 생각나서 미안하기만 했다.

며칠이 지나서 켈리의 답장이 왔을 때, 나는 그 내용을 보고 화가 치밀어 눈에 불이 나는 느낌이었다. 켈리가 쓴 편지 내용은 다음과 같았다. 약한 달쯤 전에 어머니께서 차를 견인 당했다고 했다. 그래서 속수무책으로 지내다가 고민을 한 끝에 내 중학교 동창이고, 친하게 지낸 변수에게 전화를 해서 다음과 같이 말하면서 도움을 요청했다고 했다.

"변수야, 집 앞에 세워둔 내 차가 안 보이는데 누가 가져갔는지, 어디로 가져갔는지 도무지 알 수가 없으니 네가 와서 좀 도와줬으면 고맙겠다."

이처럼 다급히 도움을 요청하는 어머께 이 녀석은 갑자기 돌변한 태도로 도움은커녕 오히려 다음과 같이 빈정거렸다는 것이다.

"아니, 차가 없는데 제게 왜 전화를 하세요? 제가 어떡하라고요?"

이같이 변수에게 예상치 못한 말을 들은 어머니는 순간 충격을 받아 말문이 막혔다가 마음을 가다듬고 정신을 차려서 이렇게 말하고 전화를 끊었다고 했다.

"그래? 내가 전화를 잘못해서 너에게 폐를 끼쳤구나. 미안하다."

이런 내용으로 조심스레 써 내려간 켈리의 글을 읽으면서 나는 솟구치는 분노를 억누르기가 어려웠다. 나는 내 방의 벽을 주먹으로 마구 쳤지만 분은 풀리지 않았고, 감정은 더욱 격해져갔다. 터질 것만 같은 가슴을 안고 몇 시간 동안 좁은 방을 이리저리 걸으며 마음을 가라앉히려고 했지만, 화난 마음에 이 녀석을 만나서 죽이고 싶은 생각까지 들었다. 어렵게 써 내려간 켈리의 글을 읽어가면서 친구에 대한 실망감과 분노로 인해 일어나는 몸의 경련을 한참동안은 진정시키기가 어려웠다.

한참을 이런 상태로 보내다가 나는 마음을 가다듬고 곰곰이 지난 일을 생각해보았다. 변수는 내가 중학교 때부터 절친한 친구로 여기고 있는 친구였다. 그런데 켈리가 쓴 글을 읽다보니 지나간 과거의 일들이 너무나 혼돈스러웠다. 이 녀석과 나는 사춘기 때부터 온갖 희비를 나누며 지냈고, 서로의 부모님을 친 부모님처럼 섬기고 형제와 다름없이 지내왔었다. 우리 부모님도 변수를 친자식처럼 여겼고, 변수는 우리 어머니가 해 주시는 밥도 수 없이 먹었다. 한때 자기 부모님과의 갈등으로 집을 나와서 잘 곳이 없다고 한 변수를 우리 집에서 지내게 하면서 우리 부모님이 잘 타일러서 다시 자기 집으로 돌려보내기도 했다. 학창시절, 변수가 백인 친구들에게 얻어맞을 때 내가 구해주기도 했었고, 사회생활을 할 때는 내가 직장 알선도 해주었다. 더구나 내가 여자를 소개하여 결혼까지 하게 된 친구인데, 지금 우리 어머니에게 이렇게 대했다면 그동안 내가 친구로 여긴 다른 벗들은 어떨 것인가 하는 생각이 들었다.

그래도 이처럼 20년 동안이나 말로 표현할 수 없을 정도로 서로 우정을 주고받은 친구였는데, 갑자기 이렇게 표변했다는 것이 믿어지지가 않았다. 생각을 하면 할수록 내가 여태까지 그 친구에 대해 착각을 하고 있었다는 생각이 들었고, 그런 친구를 진정한 벗으로 잘못 알고 있었던 내가 부끄러워졌다. 결국 변수란 친구는 자신이 이익을 얻을 수 있을 때만 친구로서 관계를 맺지만, 그렇지 못하다고 판단되면 냉정히 거래를 끊는 뱀처럼 차갑고 욕심으로 가득 찬 녀석이라는 결론을 내릴 수밖에 없었다.

변수의 일은 내가 그동안 벗으로 여겼던 모든 친구들을 다시 생각하도록 하는 계기가 되었다. 그래서 내 사건이 일어난 이후 다른 벗들이 하던 행위들을 하나하나 다시 떠올려 보았다. 내 사건이 터진 직후 친구들은 모두들 열성적으로 나를 도와주었다. 그런 친구들도 해가 지나면서 하나 둘씩 떨어져 나가기 시작했고, 내가 형무소 생활을 시작한지 7년째가 되는 올해에는 모두 연락이 끊어졌다.

물론 내 삶이 중간에 멈췄다고 해서 그네들의 삶도 중단된다는 법은 없다. 그동안 내가 면회를 오라고 한 적도 없었고, 돈을 보내달라고 한 적도 없었다. 나는 단지 가끔씩 간단히 몇 자 적은 편지를 보내서 서로 연락이 끊기지는 말자는 바람을 나타냈을 뿐이었다. 내 친구들은 나의 형제라고 늘 생각하였고, 그래서 나는 그들에게 형제로서 내 마음을 보여 준 것이었다.

무엇보다도 가장 섭섭했던 것은 가까이 지냈던 친구들이 홀로 고생하시는 내 어머니께 너무나 무관심하게 대하고 있다는 점이었다. 학창시절의 우정을 기억해서라도 가끔씩 시간을 내서 내 어머니를 찾아뵙고 따뜻한 몇 마디 말이라도 해주기를 바랐지만, 나에겐 그런 친구가 없었다는 것이 너무나 서글펐다. 결국 나는 내가 평소에 그들에게 무엇인가 잘못했나보다고 생각하면서 모든 걸 내 탓으로 넘기고 내 마음을 정리하기로 했다.

내가 이렇게 되고 보니 어릴 때부터 주변 친구들과 나눈 우정이란 얼마나 허무한 것이었는가 하는 생각이 들지 않을 수 없었다. 또 한편으로는 내가 그동안 너무 심한 착각을 하고 있었다는 생각도 들었다. 어떤 때는 내가 평소에 그들에게 잘못 행동을 한 것이 있었나 하는 생각까지 하면서 기억을 떠 올려보았지만 결국 시원한 해답을 얻을 수는 없었다. 그 후 어머니가 면회를 오셨을 때 나는 여느 때와 같이 대하면서 더 이상 변수를 비롯한 친구들을 들먹이는 일은 없었다. 어머니 또한 내 마음에 상처를 덜어주려는 듯 당신의 아픔은 절대 말씀하시지 않으셨다.

이처럼 어머니와 나 사이를 오가며 소식을 전해주고 또 자주 면회를 오는 켈리는 내가 대학 졸업반 때 학교 휴게실(cafeteria)에서 우연히 만나게 된 한국인 신입생이었다. 그 당시인 1980년도만 해도 한인 학생들이 드물어서 만나면 매우 반갑고 서로 의지하고 돕는 단결심으로 똘똘 뭉쳤었다. 대부분의 선배들은 어리둥절한 신입생들을 위해 여러모로 도움을 주고 후배들은 선배들을 깍듯이 대하며 우애좋게 지냈다.

어느 날 학교에서 점심을 사먹으려고 줄을 서 있는데 뒤에서 내 어깨를 살며시 건드리며 조심스러운 여자 목소리가 영어로 물었다

"혹시 한국인이세요?(Are you Korean?)"

돌아서서 보니 시원시원한 외모와 쾌활한 눈빛을 가진 여학생이 나한테 묻고 있었다. 화장기 없고 꾸밈없는 깨끗한 얼굴에 긴 머리를 단정하게 빗어서 뒤로 묶은 밝은 모습에 요즘 보기 드문 자연미가 흘렀다.

"예, 한국 사람입니다."

하고 내가 대답하자 눈이 가려져 보이지 않을 정도로 함박웃음을 지으며 반가워했다. 그리고 악수를 청한 다음에 바로 자기소개를 하면서 조잘대는 모습이 너무 귀여웠고, 밝은 외모처럼 성격도 쾌활했다. 갓 시작한 신학기에 입학한 신입생으로, 아직 전공은 정하지 않았지만 생물학에 관심이 있다고 하면서 자기소개를 하는 질문을 했다.

"저는 켈리 송이에요. 실례지만 몇 학년이세요?"

"저는 케인 김이라고해요, 올해 졸업반입니다."

"아이구, 그러면 오빠시네. 말씀 낮추세요."

"그럴까?"

"근데, 지금 바쁘세요?"

"아니. 다음 수업은 거의 두 시간 후에 있어서 지금은 시간이 많아."

"그럼, 저 좀 도와주실래요?"

"뭔데?"

"제가 영어가 좀 딸려요. 그래서 영어를 과외로 배울 수 있는 길이 있는가 해서요…"

"그래? 영어가 얼마나 딸리는데?"

"수업을 듣고 말하는 건 괜찮은데 쓰는 게 어려울 때가 있어요."

"지금 당장 생각나는 건 없지만 친구들한테 물어보고 알아볼게."

"고마워요, 오빠."

켈리를 만난 첫 순간부터 나는 그가 어딘가 모르게 특별한 사람이라는 것을 알 수 있었다. 켈리는 상대방을 편하게 하는 매력을 가진 친구였다. 그를 만나는 누구든지 이 사실을 곧바로 알게 될 것이다. 보기 드물게 밝은 그의 성격이 그가 있는 주변을 밝히는 빛 같았다. 우리는 남은 시간을 샌드위치를 먹으면서 서로에 관해 얘기를 나누며 보냈다. 왜 그런지 모르지만, 켈리는 만나는 사람마다 혈액형을 묻는 버릇이 있었다. 나에게도 예외는 아니었는데, 알고 보니 우리 둘 다 B형이라면서 까다로운 사람이라고 했던 기억이 난다.

켈리는 한국에서 17세 때 부모님을 따라 이민을 왔고, 일남일녀 중에 맏딸로 조그만 가게를 하는 부모님을 도우며 열심히 공부하는 학생이었다. 미국에 이민을 온 고등학교 2학년부터 언어의 어려움을 무릅쓰고 열심히 공부하여 좋은 학점을 받고 졸업한 뒤 대학에 입학을 한 노력파였다. 우리가 대학에서 함께 지낸 것은 단 일 년 동안이었지만 서로 마음 맞는 구석이 많아서 숨기는 것이 없이 다 털어놓는 오빠 동생이 되었다. 처음 만났을 때 나에게 영어공부를 부탁하며 고민하던 켈리를 어떻게 도와줄까 생각하다가 좋은 생각이 떠올랐다. 나는 대학 시절 3년 동안에 무리하다시피해서 졸업에 필요한 학점을 거의 다 마쳐놓은 상태라서 4학년 때는 시간에 여유가 많았다. 켈리에 대해서 알아갈수록 정이 많이 가는 동생이었다. 그래서 나는 그를 돕고 싶어서 그 다음 주 금요일 저녁에 학교 근처의 피자집에서 여러 사람이 모였을 때 내가 켈리에게 제안을 했다.

"내가 켈리의 영어 공부를 도와줄까?"

켈리가 바로 대답했다.
"그럼 너무 좋지."
켈리는 반가워하면서도 왠지 머뭇거렸다.
"왜? 싫어?"
"그게 아니라…. 오빠, 우린 서로 솔직하게 다 털어놓는 사이 맞지?"
"당연하지."
켈리는 그 눈이 없어지는 특이의 미소를 지으며 어렵게 말했다.
"오해하지 마, 오빠! 오빠가 도와주겠다는 건 너무 고마운데 오빠가 영어 전공을 했다지만 한국말 하는 걸 기준으로 하면 영어를 가르칠 수 있는 실력인가 해서…"
평소 같았다면 내 영어 실력을 무시당했다는 생각으로 불쾌했겠지만 왠지 켈리가 이렇게 말했을 때 그의 솔직함이 귀엽기만 했다. 우리 주위에 있는 한국 친구들은 켈리 말대로 한국말이 유창하면 영어 실력이 모자란 것은 사실이었다. 허물없이 이렇게 말하는 켈리가 귀여워서 웃으며 한참 쳐다보고 있으니 그가 또 말했다.
"오빠 화났어? 내가 괜한 말했지? 미안."
"전혀 그런 게 아니고 네 말이 귀여워서 웃는 거야."
"그래도 …"
"하기야 우리가 함께 영어 공부를 해본 적이 없으니 내 실력을 모르는 건 당연하겠지. 그래, 그럼. 이렇게 하자. 앞으로 한 달 동안 나와 영어 공부를 함께 한 뒤에 네 생각에 아니다 싶으면 내가 아는 미국 조교를 소개해 줄게. 어때?"
"정말? 그래도 기분 나빠 하지 않을 거지?"
"그럼."
이렇게 해서, 우리는 일주일에 세 번 만나서 두 시간씩 공부하기로 계획을 잡았다. 첫 공부시간에 도서관에서 만나 켈리의 영어 실력을 구체적으로 알아보니 문장력을 보충하고 단어 공부를 집중해서 연습하면 되겠다는 것이 내 결론이었다. 완벽주의자인 켈리 자신이 말하는 것처럼 그리 나쁜 실력은 아니었다. 나는 켈리의 부족한 점을 보충하는데 필요한 자료를 준비해서 그 다음 만나는 시간부터 집중적으로 가르치는 일을 시작했다. 첫 주에는 내가 요구하는 자료의 분량과 공부 방식에 켈리는 힘겨워하는 게 뚜렷하게 보였다.

그 모습을 보며 내가 어릴 적 영어를 처음 배울 때 내게 큰 도움을 주셨던 미국 선생님 루디(Mr. Rudy)의 공부 방식을 켈리에게 그대로 옮겨서 가르치기로 했다. 켈리는 내가 이끄는 방식에 곧 숙달해졌고, 흥미진진해 하면서 공부를 했다. 이에 덧붙여 켈리와 나의 모든 대화는 영어로만 하기로 했다. 긍정적이고 노력파인 켈리는 시간이 흐를수록 차츰 내가 제시하는 모든 자료를 거뜬히 소화해 내면서 문장 실력을 쌓아갔다. 열심히 잘 배우는 켈리를 보면서 나도 보람을 느끼지 않을 수 없었다. 한 달은 실력을 기르는 데 부족한 시간이었지만, 내가 가르치는 방식과 내 영어 실력을 켈리가 느끼고 이해하기에는 충분한 시간이었다.

그렇게 한 달을 보내고 여느 금요일과 같이 피자집에서 한인 학생들이 모두 모였다. 맥주를 마시면서 켈리에게 내가 장난스런 투로 입을 열었다.

"자, 학생 아가씨. 드디어 시간이 왔습니다. 결정을 내리시지요."

평소의 켈리가 말하던 모습과는 달리 좀 어색한 얼굴표정을 지으면서 켈리가 말했다.

"오빠, 나 정말 오빠 실력을 모르고 건방지게 말해서 미안해."

"그럼 나 합격이야? 밥줄 안 떨어지는 거야?"

하고 웃으면서 나는 켈리에게 물었다.

"놀리지 마, 오빠. 안 그래도 미안한데 오빠만 해줄 수 있다면 나는 너무 고맙지."

그렇게 말하면서 미안해하는 켈리의 모습이 어찌나 귀여운지 더 이상 놀릴 수가 없었다. 그 후 켈리의 꾸준한 노력과 루디 선생님의 교육방식을 빌려서 가르친 덕분에 켈리의 문장 실력은 날이 갈수록 모든 교수들로부터도 인정받을 정도로 향상되었다.

켈리는 성형수술로 인한 인형같이 예쁜 얼굴이 아니라 아무 것도 뜯어

고친 데가 없이 부모님으로부터 받은 자연미를 그대로 간직하고 있었다. 자신의 개성을 뚜렷하게 지키는 자신감 넘치는 그의 밝고 건강한 정신과 시원시원한 외모는 켈리 주위에 많은 남학생들이 모여 들게 했다. 나는 켈리를 언젠가부터 친동생처럼 보호해야 한다는 생각을 갖기 시작했고, 그 결과 지나칠 정도로 보호본능을 보이기도 했다. 웬만한 녀석들은 켈리 근처에도 오지 못하게 했고, 술이 얼큰히 취할 때면 나는 켈리에게 이렇게 말하곤 했다.

"나부터 그렇지만, 우리 나이에 남자놈들은 여자에 대해선 오로지 한 가지 생각 밖에 없다. 그게 뭐냐면 바로 무슨 수를 써서라도 바지 벗기기를 하려는 것이다. 너는 내 동생이기 때문에 이런 극비사항을 알려주는 것이니 반드시 명심하도록 해! 야, 그 대신에 다른 여자 애들한테는 절대 말하지 마라. 그럼 내 청춘사업에 지장이 생기니 말이다."

이렇게 켈리에게 말하곤 했는데, 켈리는 이성 얘기만 나오면 수줍어하고 대화를 바꾸곤 했다.

매주 금요일에는 빠짐없이 학교 근처에 있는 피자집에서 몇 명 안되는 한국 학생들이 모두 모여서 맥주를 마시며 놀았는데, 하루는 그 중에 신입생 한 녀석이 거의 시비쪼로 나에게 물어왔다.

"형, 켈리랑 무슨 관계세요?"

시비를 거는 말투로 말하는 그 녀석의 태도가 한편으로는 불쾌했지만 또 한편으로는 같은 젊은 처지여서 그 녀석의 마음이 이해도 되었다.

"무슨 관계면…, 왜?"

그렇게 말하면서 그 녀석에게 내 시선을 떼지 않고 계속 보고 있으니까 그 녀석은 내 눈을 피했다. 그래서 내가 바로 이어서 말했다.

"그냥 선후배 관계다. 왜?"

내가 되묻는 말을 하면서, 문득 켈리와 나 사이를 다른 한국 학생들이 오해할 수도 있겠구나 하는 생각이 들었다. 그동안 켈리와 나는 영어 공부 때문에 거의 매일 만났고, 이를 두고 주위에서는 우리가 사귄다는 오해를 하는 모양이었다.

"켈리에게 관심을 두고 있는 친구들이 여럿 있는데 형이 나서니 겁나서 아무도 말을 못 꺼내고 있거든요."

"내가 켈리 아버지도 아니고 친 오빠도 아닌데 무슨 겁을 내냐?"

당돌하게 나에게 대드는 녀석의 말투가 점점 내 신경을 건드렸기 때문에 내 말투도 좀 딱딱해졌다.

"그럼 제가 켈리와 얘기 좀 해도 되는지요?"

"그런 건 내 허락이 필요한 게 아니고 본인 허락이 더 필요할 걸."

내 말이 떨어지고 조금 있다가 그 녀석은 바로 일어나서 여학생들 자리로 가서 켈리를 불렀고, 둘은 옆자리로 옮겨가서 얘기를 시작했다. 그런데 생각보다 얘기가 빨리 끝났고, 그 녀석은 인상이 구겨진 채로 밖으로 나갔다.

한인 학생들은 한참 동안 먹고 마신 후에 모두 헤어졌다. 나는 우리 집으로 가는 방향에 사는 켈리를 여느 때와 같이 내 차로 대려다 줬다. 차를 타고 가는 동안에 나는 궁금함을 못 참고 물었다.

"야, 아까 그 어린 녀석이 뭐라고 하디?"

"으이, 철없는 게 와서 뭐 사랑이 어쩌니저쩌니 하고 말하길래 나 여기 공부하러 왔지 남자 친구 찾으러 온 거 아냐 하고 말했더니 시무룩해서 가더라고요."

"하하! 그 놈 정통으로 퇴자를 먹었구먼. 그런데 그렇게 쉽게 포기를 해? 내 경험으로는 여자들은 주로 안돼요(no) 하면 좋아요(yes)를 뜻하던데…"

"흥, 그것도 여자 나름이지. 어쨌든 오빠도 그러다 큰 코 다칠 거야."

"하하, 어쨌든 잘했어! 단 한 번의 거절로 포기하는 녀석은 가치가 없는 놈이야."

"웃을 게 아니야, 오빠. 남은 공부하기 바쁜데 뭐가 뭔지 모르고 성가시게 하는 애들 정말 싫어!"

"그래, 그래. 당돌한 그 녀석이 코가 납작해진 게 고소해서…"

켈리와 나는 친 오빠와 동생처럼 내가 졸업을 한 후에도 계속 연락을 하면서 지냈다. 그 후 켈리는 자신의 노력과 결심으로 생물학을 전공해 우수한 성적으로 졸업하고, 실리콘 벨리(Silicon Valley)의 유명한 연구소에 취직을 해서 열심히 사회생활을 하고 있었다. 자신이 세운 목적을 달성하고 의젓한 사회인으로 출발하는 켈리가 나는 너무 자랑스러웠다.

내 사건이 일어난 이후 나는 우리 어머니를 남다르게 모시는 켈리에게 늘 고마운 마음이었다. 그런 켈리가 몇년 전에 멀리 씨애틀로 이사를 가서 아쉬웠는데, 그녀가 부모님을 뵈러 캘리포니아에 오는 길에 나를 보려고 면회를 올 계획이라는 소식을 담은 편지를 받았다. 나는 너무 반가워서 며칠 동안을 들뜬 마음으로 지냈다. 드디어 그 날이 와서 내가 면회실에 들어섰을 때 어머니와 켈리가 함께 자리에 앉아있었다. 우리는 서로를 보는 순간 너무 반가웠고 켈리는 눈물을 흘리며 나를 껴안고 내 귀에다 속삭였다.

"오빠, 너무 힘들지? 미안해."

잠시 그렇게 서 있다가 우리 모두 자리에 가서 앉았는데 내 모습이 너무 야위었다며 켈리는 내 손을 꼭 잡고 놓을 줄을 몰랐다. 그토록 밝기만 했던 켈리의 눈에는 눈물이 흐르고 있었다.

켈리는 새 직장을 다니기 시작해서 정신없이 지내느라고 그동안 내게 소홀했지만, 이제는 자리를 잡았으니 앞으로 자주 연락하겠다고 했다. 우리는 소중한 면회 시간을 대학 시절의 추억을 회상하며 즐겁게 보냈다. 대학 시절은 물론이고 그 이후에도 나는 켈리를 그저 동생으로만 보고 그 이상으로는 생각해 본 적이 없었는데, 켈리는 어머니께서 화장실 간 틈을 타서 그의 진심을 털어놓는다며 서둘러 말했다.

"실은 오빠가 내 영어공부를 도와 줄때부터 오빠를 좋아했어."

나는 이 말을 듣고 순간 어리둥절했다가 말문을 열었다.

"그런데 왜 그땐 아무 말 안했어?"

"그때나 지금이나 오빠는 나를 여자로 생각조차 안하잖아. 나도 용기 부족으로 여태까지 혼자서 끙끙 거리다가 이제 겨우 말하는 거야."

"그래…?"

멋쩍은 내 대답이 얄미웠는지 켈리는 내 손을 꼬집었다.

"으이! 눈치 없기는…. 긴 말은 못하고 어머님 오시기 전에 요점만 말할게. 나는 앞으로 오빠를 돕고 싶어. 내가 할 수 있는 게 뭔지 말해줄래? 오빠가 자존심 강한 거 알아. 나한테까지 자존심 세울 생각 말고 말해줘, 응?"

"그래. 고맙다. 내게 가장 소중한 건 어머님이야. 홀로 저토록 고생하시는 걸 생각하면 미칠 것 같아. 네가 이사 가기 전에 우리 어머니를 자주 찾아뵙고 따뜻하게 해드린 게 내 마음에 큰 위로가 됐었고, 나는 지금도 너의 그 마음을 절대 잊지 못하고 있어."

"그런 쓸데없는 말은 그만하고 내 마음 알았지? 어머님이 곧 오실 테니 긴 얘기는 내가 편지로 할게."

그렇게 우리 셋은 잠시 동안이라도 어려운 현실을 잊고 기쁜 시간을 보낸 뒤 면회를 마치고 서로를 아쉬워하며 헤어졌다. 그 후 나는 며칠 동안 켈리의 고백을 회상하며 많은 시간을 보냈다. 켈리는 약속대로 자주 편지를 했고, 이런 저런 일상 소식을 전하며 연락을 꾸준히 해왔다. 그래서 어머니의 면회 다음으로 형무소에 있는 내게 힘이 되어준 것은 켈리의 편지들이었다.

수도회 응모와 응답

답답하고 억울한 수감생활에서 나에게 정신적으로 꾸준히 도움을 주는 것은 독서였다. 어머니와 여러 성당 친구들이 보내준 영적 책자들과 고전 작품들을 읽느라고 많은 시간을 보냈고, 큰 도움을 얻곤 했다. 그 중에서도 카톨릭 성인들의 글과 프랑스나 러시아의 작가들이 쓴 글에서 많은 감동을 받았다. 지금 생각하면 책을 너무 멀리 했던 지난 시절이 후회되지만, '늦더라도 안하는 것보다는 낫다(better late than never)'는 영어 속담처럼, 지난 몇 년 동안 책을 가까이 하다보니 새로운 세계를 맛보았고, 정신적으로 현실의 어려움을 극복하는 데도 큰 도움이 되었다.

트리스테 형무소로 이사 온지 2년째 되던 해에 수녀님 한 분이 우리 형무소로 교도사목 담당 발령을 받고 오셨다. 연세는 60대 초반이었고, 성품은 자상하면서도 필요할 때는 엄격하신 아녜스 수녀님이었다. 신부님이 없어서 미사를 제대로 드리지 못하고 있던 소수의 수감자들에게는 너무나 반갑고 소중한 인연이었다. 수녀님께서 미사 집전은 못해도 공소 예절을 진행할 수 있었으므로 우리로서는 그 예절을 통해 카톨릭 신앙의 요점인 성체를 모실 수 있었다. 20-30명의 수감자들이 참여하는 공소예절은 매주 일요일 오전에 진행되었고, 화요일과 목요일 오후에는 수녀님께서 성서를 가르쳐 주셨다. 매우 박식하고 듣는 이들이 쉽게 이해 할 수 있도록 가르쳐 주시는 수녀님의 성서 공부는 큰 인기를 끌었고, 오래지 않아 소문이 널리 나면서 앉을 자리가 없을 정도로 수감자들로 가득 찼다.

우리들을 수감자 신분이 아니라 하나의 인간으로 대하는 수녀님의 정성은 절망으로 가득 찬 이런 곳에서 유일한 빛이었다. 한 주 한 주 수녀님의 가르침을 통해 예전에는 전혀 생각조차 하지 않았던 믿음, 이웃 사랑, 지혜 등의 가치와 의미를 깨닫고 배워 나가면서 나 또한 신앙에 대한 태도가 날로 달라져 가고 있었다. 수녀님의 가르침은 어려운 성인들의 글을 이해하는 데도 많은 도움이 됐다. 매주 있는 성서 공부 시간은 기다리는 시간이 되었고, 참가자들에게는 힘과 희망의 원천이 되어갔다.

성서를 배워 갈수록 내 마음속에서 뜨거운 뭔가가 깨어나는 것 같은 느낌을 받았다. 처음에는 그것이 바로 믿음의 성장으로 착각했는데, 그런 내 모습을 보고 수녀님께서는 서두르지 말고 시간을 두고 꾸준히 노력하며 기다리라고 했다. 이 말씀은 여러 성인들의 글과도 일치했다. 즉, 초기에 일어나는 감정의 열정을 신앙의 성장으로 착각 할 수도 있기 때문에 그것이 정말 신앙에서 오는 것인지 아니면 지나가는 감정인지를 구별할 수 있는 최선의 방법은 시간을 두고 꾸준히 실행해야만 알 수 있다는 것이었다. 시간이 흘러도 그 열정에 변함이 없거나 더욱 강해지면 그것은 신앙에 가깝고, 시간이 흐를수록 식어가게 되면 흘러가는 감정에 가깝다고 했다.

거의 모든 게 내 주관 밖에서 진행되는 수감생활에서 나 또한 미래 계획을 세운다는 것은 불가능했다. 그런 탓인지 모든 수감자들은 주로 하루씩, 길다고 해도 한 주씩 살아가는데 집중하게 된다. 갈수록 수녀님과의 성서 공부시간은 여러 수감자들에게 한 주 한 주를 지탱시켜 주는 원천이 됐다. 그렇게 3년이 흘러가면서, 내 삶에 관한 가치관이 이전과 비교하여 몰라볼 정도로 변해가고 있었다. 예전에 내 자신이 얼마나 감정과 감각의 노예로 지냈는지를 조금씩 깨달아가기 시작했고, 물질주의에만 사로잡혀 끌려 다녔던 옛날의 내 삶이 부끄러워졌다.

1960년대에 미국 천주교의 봉쇄수도회(Cistercian) 소속으로 활발하게 활동하던 토마스 머튼(Thomas Merton) 신부가 수도생활에 대한 여러 권의 책을 썼는데, 그는 1968년에 감전사고로 사망했다. 그 뒤에 나는 머튼 신부님이 쓴 자서전인 《칠층산》을 우연히 읽게 되었는데, 그 뒤부터 수도생활에 대해 관심을 갖게 되었다. 처음에는 그저 호기심으로 시작했지만, 수도생활에 대한 구체적인 내용을 알아갈수록 한 평생을 오로지 주님께 바치는 수녀님, 수사님, 신부님의 삶이야말로 한 인간이 실천할 수 있는 인생의 가장 올바른 목적이라는 확신이 생겨났다.

머튼 신부님의 글들은 내게 삶의 문제들을 선명히 볼 수 있는 마음의 눈을 키워 줬고, 성서에서 이해 못하는 어려운 부분을 해명해 주는 역할도 했다. 이 분이 쓴 글을 수십 번씩 되풀이해서 읽을 때마다 나는 새로운 의미를 찾고 깨달아갔다. 수도생활에서 머튼 신부님과 같은 분을 배출했다면 거기에는 뭔가 신비로운 게 분명히 있을 것이고, 나 또한 그처럼 단순하면서도 모든 것을 요구하는 삶을 맛보고 싶었다.

그러나 성소란 쉽게 결정할 문제가 아니었다. 그리고 아무나 하고 싶다고 해서 이루어지는 것도 아니었다. 특히 내 경우는 수감자 신분이기 때문에 더욱 심사숙고할 필요가 있었다. 오랜 시간을 혼자서 고민하다가 수녀님과 개인 상담 요청을 해서 그 일에 대해 의논하기로 했다. 내 말을 다 듣고 난 수녀님은 심각한 표정으로 말문을 열었다.

"이건 섣불리 결정할 문제가 아닙니다. 내가 예전에 신앙에 관해서 말했던 원리가 이 상황에도 적용됩니다. 즉, 기도와 시간을 두고 더욱 깊이 생각하면서 기다려야 합니다. 수감자로부터 이런 상의는 나로선 처음 접하는 것이어서 나도 내 영적 지도자와 의논을 한 후에 더 얘기하도록 합시다. 시간을 두고 기다려야 하는 건 분명하니 그동안 이 책들을 꼭 읽으세요."

그렇게 말하면서 자신의 책상 서랍에서 책 세 권을 꺼내어 내게 건네줬다. 십자가의 성 요한, 아빌라의 성녀 테레사 그리고 아프리카에서 사망한 불란서의 푸코 신부님, 이 세 분의 글을 담은 책이었다. 나는 수녀님 사무실을 나와서 바로 내 방으로 향했다. 그 후 며칠 동안 나는 그 책 세 권을 통독하였다. 십자가의 성 요한과 아빌라의 성녀 테레사의 글은 그 속에 담긴 뜻을 이해하기가 매우 어려웠고, 푸코 신부님의 글은 비교적 이해하기가 쉬웠다. 이 책들에서 성소에 관한 직접적인 해답은 못 찾았지만,

성소란 결코 쉽사리 달려들 것이 아니라는 것을 알게 되었다. 그리고 본인은 물론 주위의 사람들도 많은 기도가 필요하다는 결론을 얻게 되었다. 이분들의 글을 통해서 얻은 또 한 가지는 수도생활에 따르는 여러 가지 어려움이었다. 지금까지 나는 갓난아기처럼 신앙의 표면만 살짝 긁어서 맛보았을 뿐 아무 것도 모른 채 들뜬 감정을 믿음으로 착각했다는 사실을 인정하지 않을 수 없었다. 오로지 더욱 많은 시간과 기도만이 지금 내가 할 수 있는 최선의 길이었다.

아녜스 수녀님과 상담한 지 1년이 지난 후까지도 수도생활에 대한 나의 갈망은 변함이 없었다. 갈수록 나에게도 가능할 수 있지 않을까 하는 생각이 내 마음을 떠나지 않았다. 나는 마음속에서 꺼지지 않는 이 소망과 앞으로 나아갈 길을 수녀님과 의논하고 싶어서 다시 한번 상담을 요청하여 수녀님을 만났다. 그동안 그 분도 내가 하고 싶어하는 수도생활에 대해서 많은 생각을 해보았다면서 말문을 열었다.

"내 영적 지도자인 신부님과 의논해 보았고, 내 나름대로 많은 기도와 생각을 통해 도달한 결론은 일단 당신이 원하는 봉쇄 수도회를 들어갈 수 있는지 몇 군데 찾아서 응모해 보는 겁니다."

나는 수녀님의 말씀을 듣고 들떠서 말했다.

"그러면 내가 생각하는 여러 수도회의 주소를 어떻게 찾습니까?"

"그건 내가 베네딕토(Benedictine), 트라피스트(Cistercian), 카투씨안(Carthusian) 수도회 등 미국 전역의 수도회 안내서를 구해다 줄테니 찾아서 응모하도록 하세요."

"언제 가져다 줄 수가 있습니까?"

"벌써부터 마음이 급해졌어요?"

수녀님이 웃으면서 물었다.

"실은 한 달 전부터 수도회에 보낼 편지까지 작성해놓고 기다리고 있었습니다."

"항상 내가 말했듯이 이 일에는 성급하게 임하면 안돼요."

"예. 알겠습니다."

"그리고 한 가지 분명히 명심해야 할 것이 있는데 수도자의 길을 한 평생 걸어오면서 여러 사람들로부터 '하느님의 뜻을 어떻게 알 수 있나요?' 하는 질문을 가장 많이 받아왔어요. 아마 그런 질문은 구약 시대의 하느님 모습을 찾고자 하는 의도에서 나온 것이 아닌가 싶어요. 나도 수도 생활을 처음 시작했던 젊을 때는 별다른 답이 없었는데, 기도와 영적 지도자들의 도움을 통해 하느님은 타인, 자연, 상황 그리고 인간의 양심 안에서 당신의 뜻을 말씀 하신다는 것을 깨달았어요. 내 경험으로는 하느님의 뜻은 멀리 있지도 않고 불가능할 만큼 어렵지도 않아요. 그저 마음을 열고 기도를 하면서 귀를 기울이면 들을 수 있지요. 내가 왜 이 말을 하는지가 궁금하지요? 지난 몇 년 동안 당신의 열성을 보며 한편으로는 기쁘고 또 한편으론 걱정이 되네요. 그래서 내가 당신에게 줄 수 있는 최선의 조언은 앞으로 수도회에 편지를 보내고 회답을 받았을 때 그 답이 당신이 예상했던 것이든 그렇지 않든 그것을 바로 하느님의 뜻으로 받아들일 수 있는 믿음과 순종이 필요하다는 겁니다. 수도자의 삶에는 3가지 평생 동행자가 있는데, 가난과 순결 그리고 순종입니다. 지금부터 당신도 이들과 익숙해질 필요가 있어요. 평신도이건 수도자이건 삶을 통해 오는 문제와 답에 순종할 수 있으면 인생의 많은 갈등을 극복하는데 도움이 될 것입니다. 당신의 뜻이 이루어졌다고 지나치게 기뻐하지도 않고, 또 거절당했다고 해서 지나치게 실망하지 않는 그런 성숙한 믿음을 위해 함께 기도합시다."

"해주신 말씀, 감사드리고 앞으로 명심하겠습니다. 여러모로 저희들을 위해 애써주시는 수녀님을 통해 하느님의 사랑을 매번 체험합니다."

수녀님께 인사를 드리고 나는 사무실을 걸어나오면서 수녀님께서 말씀하신 하느님의 뜻에 대해 생각하다가 지난번 남 신부님이 나에게 해주신 내용을 떠올렸다. 두 분이 해주신 말씀은 거의 똑같았고, 새삼 내 마음속에 깊이 와 닿았다.

수녀님께서 약속한 수도회 안내서를 받으려고 기다리는 시간동안 나는 수도회에 보내려고 준비해놓은 편지를 다시 한번 고쳐 쓰면서 시간을 보냈다. 그 뒤 일주일이 지나서 수녀님께서 나에게 수도회 안내서를 건네주셨다. 책자를 받아들자마자 나는 들뜬 마음을 지닌 채 내 방으로 즉시 향했다. 책자를 보니 미국 전 지역에 있는 수 백 개의 수도회가 적혀져 있고, 주소 외에도 수도회에 대한 간단한 안내까지 실려 있는 책자였다. 나는 한 장 한 장 훑어내려가면서 내가 가고자 하는 수도회를 하나씩 적었다. 다 적은 후에 수도회 목록을 보니 거의 80군데나 되었고, 미국 여러 주에 나누어져 있었다.

나는 편지봉투에 각각의 수도회 주소를 적고, 내가 미리 마련해둔 응모편지를 봉투마다 넣고 우표를 붙이면서 '신앙의 초보자인 나를 받아주십시오. 수도회로부터 무슨 해답을 받든 주님의 뜻으로 알고 순종할 수 있는 믿음을 주소서!' 하고 짧게 기도했다. 수도회에 응모편지를 보낼 때는 이처럼 내 나름대로 신중히 생각하고 기도를 했다.

내가 쓴 편지는 비교적 짧았다. 내 이름과 간단한 소개로 시작했고 나의 현재 처지를 설명하면서 지난 몇 년 동안 내 마음 속에서 싹트는 수도자의 삶에 대한 소망을 적었다. 그리고 현재 수감 9년째가 됐으며, 앞으로 7년이란 기간이 더 남아 있다고 썼다. 그래서 미래를 계획하는 것이 어렵고, 또 출감을 했을 때는 50이 넘은 나이여서 나이도 걸림돌이 된다는 사실을 알고 있지만, 만약 수도회에서 받아만 준다면 출감 후에 바로 수도회에 입회하고 싶다고 썼다. 그리고 이런 중대한 결정을 하기까지는 오랜 기도와 여기 교도사목 담당 수녀님과 의논했고, 그 분의 조언을 받은 후에 이 편지를 쓰는 것이라고 하면서, 어떤 결정을 내려도 순종의 정신으로 따르겠다고 썼다.

나는 여러 수도회에 편지를 보내놓고 설레는 마음으로 답장을 기다렸다. 그런데 답장이 오기까지는 생각보다 시간이 오래 걸렸다. 그동안 내 마음은 여러 가지 생각으로 가득 차 있었고, 매일 희비가 엇갈리는 상념 속에서 시간을 보냈다. 내 나이와 지금 현재 수감자의 신분이라는 환경이 걸림돌이 될 수 있다는 생각이 들다가도, 때로는 그건 세속적인 내 생각일 뿐이고 수도회의 생각은 다를 것이라며 희망을 가지기도 했다. 현재의 구차한 내 처지를 잘 알고 있으면서도 나는 마음 한 구석에 작은 희망을 가지고, 기쁜 소식만이 오기를 손꼽아 기다리면서 시간을 보냈다.

형무소에서는 우편배달도 거북이 속도로 느리게 전해진다. 내가 여러 수도회에 응모 서신을 보낸 후 두 달이 지나서야 답장이 한 두통씩 도착하기 시작했다. 그러다가 하루는 거의 20여통의 답장이 한꺼번에 배달되었고, 곧 이어 나머지 수도회에서 보낸 답장들도 모두 받았다. 그러나 내가 열띤 기대를 하며 열어본 답장들은 나의 믿음 그 자체를 흔들어 놓을 만큼 큰 실망을 안겨주었다. 수도회에서 보낸 답장들은 크게 세 종류로 구분되었다. 대략 50여통에 이르는 가장 많은 답장은 나이와 현재 내 처지를 이유로 냉정한 거절의 편지였고, 나머지 답장 중에서 20여통은 내 나이를 이유로 들면서 거절한 답장이었다. 그리고 그 나머지 10여통의 답장은 따뜻한 위로와 격려를 담고 있었지만 그 역시 거절하는 답장이었다. 그나마 따뜻한 위로와 격려를 담고 있는 답장 속에는 아직 시간이 있으니 계속 기도와 공부를 열심히 하라고 쓰여 있었지만, 이는 단지 거절을 사랑으로 감싸서 내가 겪을 실망을 덜어주려는 배려일 뿐이었다.

물론 무슨 회답이든 하느님의 뜻으로 받아들이겠다고 결심을 했지만, 막상 이토록 차가운 거절을 받고나니 약한 인간이라 실망을 하지 않을 수 없었다. 대부분 거절하는 답장을 받고 보니 '하느님께 한 평생을 바친 이들은 뭔가 다를 것'이란 것도 나의 착각이었구나 하는 생각을 피할 수 없었다. 이처럼 그들 또한 나와 같은 그저 평범한 사람에 불과하다는 생각을 하면서도 실망감을 떨칠 수가 없었다. 혹시나 했던 기대감이 한꺼번에 무너져 내린 탓인지 내 마음의 상처는 얼마동안 가라앉지 않았다. 그 뒤에도 내 마음을 비우려고 계속 노력하면서 허전해진 마음을 달래려고 했지만 그조차도 쉽지가 않았다. 응모편지를 보내기 전에 수녀님께서 해주신 순종에 대한 말씀을 생각하면서 그에 따르려고 노력했지만, 그래도 많은 수도회에서 그토록 차갑게 거절했다는 사실이 도저히 이해가 되지 않았다.

결국 나는 답답한 내 마음을 정리하지 못하고 수녀님에게 상담을 청하였다. 그리고 수녀님께 내가 느끼는 실망과 혼란을 털어 놓았다. 내 말이 끝날 때까지 수녀님께서는 아무 말도 없이 듣고만 계셨다. 내가 말을 다 마치자 한동안 조용히 손에 쥐고 있던 묵주를 바라보다가 말문을 열었다.

"물론 실망이 크겠지요. 하지만 70여통의 부정적인 답장에 집중해서 실망만 하지 말고, 나머지 10여통의 긍정적인 답장에 희망을 두고 기도와 노력을 하는 게 더 좋은 선택이 아닐까요? 그리고 시간을 두고 기도와 노력을 하되 다시 말하지만 결론은 당신이 바라는 답이든 아니든 하느님의 뜻으로 받아드려야 합니다."

수녀님의 이 말씀은 그때 내게 절실히 필요한 말이었고, 내가 실망의 구덩이에서 깨어날 수 있는데 도움이 됐다. 나는 수녀님의 말씀 덕분에 서서히 마음의 평안을 되찾아가게 되었고, 일상적인 수감 생활로 되돌아갈 수가 있었다. 그 후 한 달이 지나서 우연히 한국에 계시는 신부님으로부터 편지를 받았다. 그런데 참으로 신비롭게 그동안 나의 여러 가지 고민거리를 이미 알고 계신 것처럼 그 편지 속에는 내게 필요한 글들이 많아서, 나는 며칠 동안 그 편지를 읽고 또 읽으며 많은 위안을 받았다.

그 후 일 년이 넘게 몇몇 수사님과 서신으로 꾸준히 연락을 하며 수도자의 삶에 대해 배우고 생각하면서 기도한 결과 차츰 내게는 성소가 없다는 사실이 분명해졌다. 수사님들과 성인들의 글에서 공통된 내용이 있었다. 성소를 가장 정확히 확인하기 위해서는 수도자의 삶에 대한 마음의 열정이 단순히 일시적으로 지나가는 감정인지 아니면 시간이 흘러도 변치 않는지를 보면 알 수 있다고 했다. 수사님들과 서신을 주고받으며 이 기준을 적용하여 내 마음에 측정해 본 결과 그토록 뜨거웠던 내 마음이 조금씩 식어가는 것을 볼 수 있었다. 처음에는 인정하기가 싫어서 그들의 냉정한 거절의 답변 때문에 실망을 해서 내 마음이 식었다는 이유를 들면서 부인을 해보았다. 그러나 나 자신에게 솔직해야 한다는 사실을 깨달으면서 갈수록 내 마음이 변해가는 것을 느낄 수 있었다.

 내 마음이 조금씩 정리되면서 그동안 사랑과 격려로 나를 이끌어주신 수사님들께 감사의 마음을 담아 편지를 보냈다. 그리고 정리된 내 마음을 밝혔다. 신앙이 부족한 데서 오는 일시적인 열정을 잘못 이해하고 성소를 착각해서 폐를 끼쳤다는 내용의 편지를 수사님들께 보내며, 앞으로는 그냥 주어진 삶 안에서 열심히 신자로 살아가겠다고 했다. 이렇게 깨끗이 마무리를 하고나니, 내 마음이 한결 홀가분해졌고 매주 수녀님께서 진행하는 성서공부에 더욱 열심히 임할 수 있었다.

알파숙소(Alpha Dorm)로의 이동

 이제 트리스테 형무소로 옮겨온 지도 5년이 지났다. 그리고 나는 매년 해야 하는 형무소 상담사와의 급수평가에서 급수가 2급으로 떨어졌다. 점수가 2급으로 떨어지면서 또 이곳을 떠나야 할 때가 왔다. 그동안 한국 친구들과 서로 도우며 잘 지냈던 추억이 어려 있는 곳이고, 결과적으로 헛짚기는 했지만 수도 생활에 대한 열성을 통해 신앙생활을 더 열심히 할 수 있는 계기가 된 곳이던 이곳을 이제는 떠나야만 했다. 상담사는 트리스테 형무소 내의 다른 구역에 마련되어 있는 350명을 수용하는 알파숙소(Alpha dorm)로 나를 보내겠다고 했다.
 나는 여태까지 두 명이 함께 생활하는 방(cell)에서만 살았기 때문에 350명이 함께 생활해야 한다는 사실을 알고 거부 의사를 표했다. 그랬더니 상담사가 거기에는 일자리가 많고 방에서 지내는 생활보다는 비교적 자유가 많으니 무조건 거부하지 말고 일단 가서 한 두 달 생활을 해보라고 했다. 만약 그래도 그곳에 있지 못하겠으면 거기 담당 상담사에게 다른 데로 옮겨 달라고 요청하면 된다고 했다. 그런데 수감자 포화 상태로 인해 방이 당장 필요하기 때문에 이 야드 가운데 임시로 지어놓은 다른 공동숙소(dorm)로 바로 옮겨서 알파숙소로 가는 날을 기다려야 한다고 했다. 임시숙소에 사는 동양 친구들이 평소 불평하는 것을 많이 들어서 짐작은 했지만 그날 저녁 막상 거기 안으로 들어가보니 무슨 말인지 실감이 났다.
 1990년도 초반에 캘리포니아 법법 행정국이 강력한 징벌 정책을 시행하면서 몇 년 동안 수감자 숫자가 배로 늘어났고, 그 숫자를 감당하기 위해서 새로운 형무소를 짓기 시작했다. 그래서 1980년대까지만 해도 13개 밖에 되지 않았던 형무소 숫자가 1990년대 들어와서는 34개로 늘었다. 그래도 날로 늘어나는 수감자들을 감당하지 못해서 새 형무소들도 몇 년 지나지 않아 방이 모자라기 시작했다. 그러나 재정 상태와 법적 문제로 형무소를 더 지을 수가 없게 되자 현존하는 33개 형무소마다 200-300명을 수용할 수 있는 공동 숙소를 야드 가운데 따로 지어서 우선 1-2급 수감자를 수용하는 숙소로 썼다. 그래서 캘리포니아 모든 형무소에는 각 야드마다 가운데 이런 숙소건물이 하나씩 있게 된 것이다. 임시숙소는 좁은 공간에 200명을 수용하고 있었는데, 빈틈이 보이지 않을 정도로 2층 침대가 가득 들어차 있고, 처음 들어가는 순간에는 코를 찌르는 악취가 났다. 또한 공동으로 보는 TV가 두 대 있었는데, 두 개 모두 소리를 최고로 올려놓아서 사람들의 말소리가 잘 들리지 않을 정도였고, 구석구석에는 쓰레기와 먼지가 수북했다. 그리고 공동으로 사용하는 화장실에는 문이라고는 찾아볼 수가 없었고, 대변을 보거나 소변을 보거나 세수를 하거나 그 옆 샤워장에서 몸을 씻거나 모두 한 곳에 모여 함께 서로를 바라보고 냄새를 맡으면서 각자 일들을 하고 있었다.

평소에 나는 방에서 초저녁에 일찍 자고 일찍 일어나는 습관을 지니고 있었다. 그런데 여기에서는 밤 11시까지 텔레비전을 틀어놓고 떠들어서 첫날밤에는 12시가 넘어서야 겨우 잠이 들었다. 그 다음날에도 아침 6시에 텔레비전이 또 다시 최고 높은 소리로 켜지면서 나를 깨웠다. 더구나 그곳에는 난방시설이라고는 전혀 없어서 여름에는 푹푹 찌고, 겨울에는 실내와 실외 온도의 차이가 거의 없다고 했다. 아무튼 이곳에서 하루를 지내고나서 공동숙소 생활이 얼마나 불편한지를 절실히 느꼈고, 앞으로 내가 옮겨가서 생활해야 될 알파숙소도 비슷한 환경일 것을 생각하니 걱정이 앞섰다.

다음날 야드로 나와서 혹시 알파숙소에서 생활을 해본 사람이 있는지를 알아보았다. 생각 외로 여러 명이나 있었는데, 모두들 그곳이 여기보다는 훨씬 좋은 곳이고, 굴러 들어온 복이니 망설이지 말고 가라고 했다. 며칠 동안 이곳에 머무르고 있으면서 여러 사람에게 물어본 결과로는 알파숙소는 가고 싶어도 가기 힘든 곳이었다. 다른 인종들과도 대화를 해보니 몇 년째 알파숙소 신청을 해놓고 기다리는데, 아직까지 아무런 연락이 없다는 친구들도 꽤나 있었다. 그들은 나에게 운이 너무 좋은 거라고 말했다. 이 친구들의 말을 들으면서 일단 안심이 됐고, 한번 그곳에 가보기로 했다.

형무소에서는 이동을 할 때마다 가족과 친구들에게 새 주소를 알려야 하는데 그에 따른 불편이 꽤나 많다. 우선 우편배달이 말할 수 없이 느렸다. 그리고 만약 우편물이 전에 있던 곳으로 배달된다면 그 우편물이 새 주소로 전달되는 데는 몇 달이 걸릴 때도 있고, 아예 전달되지 않은 때도 적지 않게 있었다. 그래서 수감자들은 이동이 결정되면 즉시 가족과 친구들에게 새로운 장소에 가서 새 주소를 알릴 때까지 당분간 모든 우편물을 보내지 말라고 알린다.

나는 한 달쯤 걸려서 알파숙소로 간다는 공식 통보를 받았다. 마치 일 년처럼 느껴지는, 한 달 동안의 공동숙소 생활을 끝내는 것만 생각해도 속이 후련했다. 그동안 정을 나누고 지냈던 한국 친구들과 다른 동양 친구들이 작별을 아쉬워하며 추운 밤에 야드에 모여 라면을 뜨겁게 끓여주었고, 나는 힘께 믹으면서 삭별 인사를 했다. 여느 형무소의 수감자들처럼 언제 헤어질 줄 모르는 스쳐가는 인연이지만, 그래도 서로를 아쉬워하며 그동안 있었던 얘기를 장난스럽게 나눴다. 이런 자리를 만들어준 친구들에게 너무 고마웠다. 나는 우리 모두 자유의 몸이 되어 다시 만날 것을 기약하면서 그들과 헤어졌다.

내가 새로 옮겨간 곳은 유일하게 1960년대에 지은 숙소인데, 지금까지도 수감자를 수용하고 있었다. 형무소의 정문 가까이에 자리잡고 있다고 하여 알파숙소란 명칭이 붙었다고 한다. 창고로 쓰던 건물을 개조해서 300명의 수감자를 공동으로 수용하고 있었으며, 건물 바깥에는 철봉대와 농구장이 있는 조그만 야드가 있었다. 건물은 밤 9시에서부터 다음날 아침 7시까지만 문을 잠그며, 그 나머지 시간은 언제든지 들랑날랑 할 수가 있고, 야드 한 구석에는 수감자용 전화기가 10대나 있어서 야드가 열려있는 시간동안은 언제든지 쓸 수 있는 이점이 있었다. 침대(bunk)는 2인용으로 되어 있는데, 인종 별로 짝지어 살았다. 방(cell)에서 지낼 때 같이 있는 동료를 쎌리(cellie)라고 부르는 것처럼, 이곳 침대(bunk)에서는 서로를 벙키(bunkie)로 불렀다. 8개의 샤워기가 있는 공동 샤워실은 언제든지 샤워를 할 수 있어서 편리했다. 그동안 다른 형무소에 있을 때는 늘 샤워 때문에 스트레스를 받았는데 이곳에서는 그런 스트레스를 받지 않게 되었다.

여기에 와서 내가 가장 놀란 것은 8개의 공동 화장실이었는데, 좁은 공간에 칸막이가 없이 8개의 변기가 좌우로 마주보고 있었다. 그래서 볼 일을 볼 때 양 옆에 앉은 이가 너무 지나치게 가까웠고, 건너편에 앉은 사람과 볼 일을 보면서 서로 마주봐야 하는 불편함이 있었다. 여태까지 방에서만 수감 생활을 해온 내게는 처음에 몹시 어색했고, 그러한 상황에 숙달되는 데는 시간이 오래 걸렸다. 여기에도 수감자들이 일하는 공장이 있었기 때문에 주중에는 대부분의 수감자들이 칸막이가 있는 공장의 화장실을 쓰지만, 주말에는 공장이 문을 닫기 때문에 할 수 없이 마주보며 볼 일을 보는 신세가 되어야만 했다.

알파숙소에서 생활하는 수감자들은 두 가지 형태의 공장에서 일을 하고 있었다. 공장 하나는 캘리포니아의 여러 주 정부 건물에서 쓰이는 가구와 의자를 만드는 목공소였고, 또 다른 공장은 수감자들에게 공급되는 청바지와 셔쓰 그리고 속옷을 만드는 봉제 공장이었다. 두 공장은 숙소 바로 옆에 위치해 있는데, 필요한 모든 것을 자급자족하는 군대 체제를 떠올리게 했다. 죄수들이 일하는 영리노동(Prison Labor Commerce)을 줄여서 말하는 피엘시(PLC)는 1920년대에 수감자들의 재활을 위한 직업 훈련소라는 그럴싸한 구실 하에 만들어지기 시작하였다. 그러나 실제로는 수감자들의 무료 또는 값싼 노동력을 이용해서 주 정부의 여러 부서에 쓰는 수많은 물품들을 만들어서 공급하면서 적지 않은 수익을 올리는 사업체라고 할 수 있다. 물론 피엘시(PLC)를 통해서 기술을 배우는 수감자들도 있지만, 그것은 하나의 부수적인 결과를 말해주는 것일 뿐이다. 결론적으로 피엘시(PLC)의 본질은 수익을 올리는 사업체라는 것이다.

초창기에는 가구와 몇 가지 안되는 품목으로 시작했지만 나날이 분야를 넓혀 주 정부 부서들에 공급하는 물품 외에도 각 형무소 자체 내에서 필요한 모든 것을 만들어 납품하면서 대단한 수익을 올리는 사업체로 변해가고 있었다. 수감자들이 먹는 음식, 입는 옷, 신는 신발, 휴지, 비누 그리고 침대 깔판 등 형무소 유지와 관리에 필요한 모든 것을 만들어서 주 정부를 상대로 하여 독점 납품하면서 날로 입지를 넓혀가는 장사를 하고 있었다. 알파숙소에 수용된 300명의 수감자 중에서 250명이 공장에서 일을 하고 있고, 나머지 수감자들은 숙소 유지에 필요한 여러 가지 일들을 한다. 공장에서 만드는 가구는 몇 가지가 안되지만, 그것들은 캘리포니아 도로청, 주립 병원, 주 경찰청 등 여러 곳에 공급된다. 수감자들이 받는 인건비는 시간당 30센트(cent)로 시작해서 최대 95센트까지 올라가는데, 가장 수익이 좋은 75센트에서 95센트 일자리는 모두 공장에서 일을 한지 15-20년된 소수의 고참 수감자들이 장악하고 있었다. 어쩌다 한 자리가 비면 서로 그 자리를 차지하려고 수감자들 사이에서 치열한 경쟁이 일어난다. 보잘 것 없는 액수이지만, 그나마 그런 수입이라도 조금 많이 생기면 수감 생활에 크게 도움이 되기 때문이다. 예를 들면 시간당 75센트를 벌면 한 달에 약 70-80달러를 벌 수 있으며, 그 돈으로 매달 가게에서 필요한 개인 용품과 음식을 사서 먹으면서 이곳에서 주는 보잘 것 없는 음식에 의존하지 않아도 된다. 따라서 이 두 공장에서 일하는 수감자들의 절반은 간수나 공장 간부들보다 더 오래 이곳에 있던 사람들이라고 할 수 있다.

나는 알파숙소에 도착해서 예전 아이슬라도에서 알던 몇몇 친구들을 만나 궁금한 것을 물으면서 첫날을 보냈다. 모두들 가구 공장이 봉제 공장보다 훨씬 좋다고 했다. 그 이유는 봉제 공장에 있는 민간인 담당자들이 모두 여자인데, 하나같이 정신병환자(psycho)같은 성질을 지니고 있어서 수감자들을 들들 볶는다고 했다. 그러나 수감자들에게는 가구 공장과 봉제 공장에 대한 선택권이 없어서 단지 운에 맡겨야만 했다. 그렇지 않아도 재봉틀을 가지고 일하는 것은 재주가 없어서 전혀 못할 것 같은데, 이 말을 듣고 나니 더욱 걱정이 되었다. 그런데 나는 운이 좋았다고나 할까. 알파기지에 도착한지 사흘 만에 나는 가구 공장에 배치를 받아서 그곳에서 일을 시작하게 되었다.

가구 공장으로 첫 출근한 날에 예비교육(orientation)을 받으면서 보니 바깥 사회에서의 일자리를 상기케 할 정도로 어느 정도 체계가 잡혀 있었다. 첫날에는 공장에 대한 간단한 소개를 듣고, 그 다음날부터 본격적으로 일을 하게 되었다. 처음에는 책상 서랍을 조립하는 부서에서 일을 하기 시작했는데, 간단한 집안 수리는 내가 직접 했기 때문에 조립에 필요한 작은 손공구들을 쉽게 다룰 수가 있었다.

형무소 삶의 모든 부분이 그렇듯이 이 공장에서 일하는 것도 인종별로 분리되어 있었다. 이 숙소에는 동양인 숫자가 다른 곳보다 많은 편이었지만, 대다수가 운이 나쁘게도 봉제 공장에서 일하고 있었다. 내가 일하는 부서는 멕시칸들이 주축을 이루고 있었는데, 처음에는 텃세가 좀 있었지만 말없이 일을 꾸준히 하면서 가끔씩 던지는 자기네들의 텃세어린 농담 따위에도 배짱으로 대해주니 차츰 나를 받아주기 시작했다.

한 달쯤 일을 해보니 가구 공장에서 일하는 모든 수감자들은 각자 맡은 일을 하는 사이사이에 시간이 날 때마다 공장에서 버리는 나무를 이용해서 여러 가지 종류의 일상 생활용품을 만드는 게 눈에 띄었다. 공구와 기계가 흔한 곳이다보니 그런 물건들을 만들어서 팔고 사는 수감자 암시장이 형성되어 있었는데, 옆 동네 숙소에 있는 수감자들이 고객이었다. 이웃 야드에는 2,000명이 넘는 수감자들이 있으니 주문이 많이 들어온다고 했다.

가장 인기 있는 물건은 나무로 만든 숟가락이고, 동양인들 상대로는 젓가락이 최고로 잘 팔린다고 했다. 이 공장에서는 주로 단풍나무와 참나무 두 가지 재료를 쓰고 있는데, 만드는 사람에 따라 '제품'들의 크기와 모양이 다양했다. 나무로 생활용품을 만들 때 나무 자체에서 진액이 스며 나와서 가급적 몸에 해로운 참나무는 피하고 꼭 단풍나무만 쓴다고 했다. 또한 만드는 사람 나름대로의 전문가적 자부심(professional pride)을 갖고 다양한 물건들을 제법 그럴싸하게 만들어 내고 있었다.

여기에서 한국 사람은 나 혼자였지만, 동양 사람들이 몇 명 있었다. 그들의 말에 의하면 옆 B야드에는 한국 사람의 숫자가 꽤나 된다고 하면서

B야드로 매 주말 갈 수 있는 길이 있다고 알려줬다. 알파숙소의 혜택 중 하나가 운동팀을 만들어서 B야드로 가서 그곳에 있는 다른 수감자들과 시합을 하면서 주말을 함께 보낼 수 있다는 것이었다. 운동팀은 축구팀, 미식 축구팀, 농구팀 그리고 야구팀이 있는데, 각 팀마다 선수 명단을 관리하는 수감자가 있었다. 나는 일단 모든 명단에 내 이름을 올리기로 하고, 각 팀의 담당자를 만나서 신청을 하고 기다렸다.

한인 공동체

내 이름을 운동팀 명단에 올리는 절차는 먼저 간수들에게 허락을 받아야 했는데, 그 기간이 약 2주 정도 걸린다고 했다. 명단에 오르기를 기다리는 동안, 나는 B야드에 한국 사람이 10명 가까이 있다고 해서 앞으로 만나게 될 한국 친구들에게 줄 선물로 나무 수저 10타를 만들었다. 그리고 그다음 토요일에 축구팀을 따라 B야드를 갈 준비를 하면서 준비해둔 수저를 챙기고 있는데, 함께 가기로 한 수렌요 친구가 그 모습을 보더니 수저들을 잘 숨기라고 충고를 해줬다. 옆 야드에 오고 갈 때 거쳐야 하는 검문소가 있는데, 거기에서 금속 탐지기를 통과해야 하고, 때로는 간수들이 몸수색을 하는 때도 있다고 했다. 이 말을 듣고 나는 수저를 들키지 않도록 허리에 테이프로 붙여 숨기고 나서 그 위에 옷을 입어보니 거의 표시가 나지 않았다.

아무튼 처음 가는 길이라서 긴장이 됐지만, 이 길을 자주 다녀본 이들 사이에 끼어서 그들이 하는 대로 따라 하며 검문소를 무사히 통과해 B야드에 도착했다. 도착하자마자 모두들 자기네 구역을 찾아가기에 바빴다. 나도 동양인 구역을 찾아서 걸어가는데 누군가 뒤에서 내 이름을 불렀다. 돌아다보니 아이슬라도에서 함께 지냈던 월남인 친구였다. 서로 반갑게 악수를 하고 인사를 나눴는데, 그는 여기에 온지 벌써 1년이 넘었다고 했다. 그러면서 여기가 전에 있던 곳보다 싸움도 적으며 지내기가 비교적 힘이 덜 든다면서, 한국 친구도 8명 정도 된다고 했다. 그 월남 친구가 나를 동양인 구역으로 데리고 가서 여러 동양 친구들에게 소개한 뒤에 나를 한국 사람들이 있는 곳으로 데리고 갔다. 그리고 그곳에 있는 한국 사람 중에서 가장 나이가 많은 큰형이라며 폴을 소개해 주었다.

폴은 나이가 나보다 분명히 많아 보였고, 성품은 상대방을 편하게 해 주었다. 서로 인사를 하며 말을 나누고 있는 도중에, 폴은 그 월남 친구에게 다른 한국 친구들을 다 불러 달라고 부탁했다. 불과 몇 분이 지나지 않아 이 야드에 있는 한국 친구들이 모두 모였고, 서로 자기소개를 하며 인사를 나눴다. 나이는 20대에서 60대까지였는데, 다양한 인생 경험 속에서 모두 말 못할 사정으로 이곳에 들어온 사람들이었다. 대체적으로 30대가 넘은 사람들은 모두 이민자였고, 20대 친구들은 미국에서 태어났거나 어릴 때 이민 온 사람들이었다.

같은 민족이라고 해도 다양한 인생 경험과 배경 그리고 세대 차이와 뚜렷한 개성을 가지고 있는 여러 사람들이 한 곳에 모여서 조화를 이루며 지낸다는 것은 결코 쉬운 일이 아니다. 그러나 나는 여기서 놀라운 것을 목격했다. 캘리포니아의 여러 도시에서 살다가 이곳에서 암흑의 나날들을 보내면서도 서로 동족애와 의리로 감싸면서 친형제처럼 지내고 있다는 것을 알게 되었는데, 이들의 뒤에는 바로 큰 형님인 폴이 있었다.

큰 형님으로 불리는 폴의 삶에 대해서는 단지 형무소에 들어오기 전에 건달로 지냈다는 사실 외에는 다들 아는 게 아무 것도 없었다. 그렇지만 개인의 사생활(privacy)을 매우 존중해주는 형무소 사회에서 그 전의 삶에 대해서는 아무도 궁금해 하지도 않았고, 또 중요시 하지도 않았다. 단지 그 누구든지 본인이 말을 하면 그것을 들어 주는 것뿐이지 꼬치꼬치 묻는 사람은 없었다. 큰형인 폴이 아우들을 대하는 후한 마음 씀씀이를 보고, 내가 느낀 감정은 참다운 형님이라는 것이다.

큰 형님을 만난 지 불과 한 두 시간밖에 안되었는 데도 그 형님의 따뜻하고 넓은 마음을 느낄 수 있었다. 알파숙소에서 혼자 지내고 있다는 나를 보고는 '이렇게 만날 수 있어 반갑다'며 점심시간에 자기 방에 들어가더니 우리를 위해 음식을 푸짐하게 해 가지고 나왔다. 어디서 어떻게 구했는지 형무소 안에서 볼 수 없는 재료들로 만든 그 음식은 오랜만에 집에서 먹던 맛에 가까운 것이었다. 너무 맛있게 먹는 나를 보고 다들 웃으며 말했다.

"이제 자주 오세요. 큰 형님이 매 주말마다 이렇게 음식을 하시니까 올 때마다 함께 먹어요."

나도 웃으며 고개를 끄덕였다. 처음 만나 함께 지낸지 불과 몇 시간밖에 지나지 않았지만, 큰 형님이라는 사람이 아우들을 얼마나 남다른 애정을 갖고 대하는지를 알 수 있었다. 큰 형님은 절대 말을 앞세우지 않고, 부드러운 성격과 행동으로 아우들을 돌보면서 어려운 처지에서 서로를 의지하고 서로에게 힘이 되는 분위기를 형성시켜 가고 있었다. 큰 형님 자신도 한때는 한국과 미국에서 굵직하게 놀던 건달이었고, 여기 있는 다른 한국 친구들도 모두 한 때는 나름대로 로스앤젤레스(LA) 한인 타운에서 누비던 친구들이었지만, 의리와 행동으로 이끄는 큰 형님을 중심으로 바깥 사회에서도 보기 드문 하나의 '공동체'를 이루고 있었다. 알파숙소로 오기 전에 내가 한국 아우들과 함께 트리스테 형무소에서 내 나름대로 동족애를 상기시켜 주고 서로를 위하는 분위기를 만들려고 애썼지만, 이 형님의 모습을 보면서 그때 내가 얼마나 부족했었는지를 알 수 있었다.

이곳에서 시간을 보내면서 모든 한국 친구들과 서로를 더 깊이 알아가게 되었지만, 첫날 내 눈에 들어온 친구가 있었다. 20대 후반의 건장한 체구에 말이 없고 어두운 표정의 소유자인 에릭이었다. 16세 나이에 동네 형들을 따라 다니다가 살인사건으로 종신형을 받고 들어온 친구였다. 미국 로스앤젤레스(LA)에서 태어나 사춘기 때 부모에 대한 반항으로 바깥으로만 맴돌다가 만난 동네 형들 사이에서 객기를 부리며 지내다가 어느 날 다른 동양 청년들과 말다툼 끝에 그냥 겁준다고 총을 쏜 게 한 명이 숨지는 일이 벌어졌다고 한다. 그 때 4명이 함께 잡혀 들어가면서 서로 무조건 묵비권을 행하기로 약속했지만, 시간이 흐르면서 그 당시에는 끝이 안 보이는 구치소 생활과 형사들의 협박에 모두 넘어가고 유일하게 에릭만 끝까지 묵비권을 지키다가 종신형을 받고 이렇게 15년째 살고 있는 중이었다. 이때까지는 몰랐지만, 앞으로 이 친구와 나는 각별한 인연을 맺게 되었다.

배가 터질 만큼 먹고 소화도 시킬 겸 야드를 큰 형님과 함께 여럿이 걸었다. 야드를 걷는 것은 자연히 간단한 운동도 되지만 대화를 나누는데 편리했다. 우리는 이런 저런 얘기를 하며 시간을 다 보냈고 나는 알파숙소로 돌아갈 시간이 돼서 큰 형님을 비롯한 모두와 다음 주에 다시 만나기로 하고 B야드를 벗어났다. 좋은 형님과 친구들을 만나고 돌아가는 길은 발길이 가벼웠다. 오랜만에 형무소라는 현실이 덜 답답했고, 잠시라도 즐거운 하루를 보낼 수 있어 매우 감사했다. 처음 본 나를 따뜻하게 맞이해준 새 친구들에게 무언가라도 빨리 보답하고 싶었다. 혼자 걸어가면서 곰곰이 생각을 해보다가, 목공소에서 일하는 친구들에게 부탁해서 일상생활에 필요한 물건들을 만들어 가져다주어야겠다는 생각을 했다.

바보와 까마귀

한인들 중에 큰 형님 바로 아래 나이인 스피디 형이 자기와 잘 아는 수렌요 친구 두 명이 알파숙소에 있다고 했다. 그리고 '바보'와 '까마귀'로 불리고 있는 그들의 이름을 내게 알려주면서, 찾아가서 얘기하면 필요할 때 도움이 될 것이라고 했다. 그들은 스피디 형이 처음 수감생활을 시작한 20년 전에 형무소에서 만난 친구들로, 그때는 둘 다 어린 청년이었다고 했다. 그 당시 모두 같은 형무소 주방에서 일을 하게 되었는데, 타인종이지만 마음이 넓고 사교성이 좋았던 스피디 형을 그들이 따르면서 절친한 사이가 됐다고 했다. 알파숙소로 돌아와서 이 친구들을 찾아가서 스피디 형의 이름을 대니 둘 다 반가워했다. 동양인 수가 적은 알파숙소에서 조금은 외로움을 느끼던 이 무렵, 바보와 까마귀 그리고 나를 더욱 친하게 만든 사건이 일어났다.

바보와 까마귀는 둘 다 머리를 깎는 것이 이발사 수준에 이르렀기 때문에 서로 머리를 깎아주곤 했다. 그런데 내가 면도하러 세면기에 갔던 날, 세면기 주위에 있는 이발 의자에서 그들이 서로 농담을 하면서 머리를 자르고 있었다. 내가 세면기에서 물을 틀어 놓고 면도를 하고 있었는데, 한 흑인 녀석이 내 옆 세면기에 설거지꺼리를 잔뜩 가지고 오더니 다른 흑인 녀석들과 떠들어대면서 설거지를 하다가 내 옷에 꾸정물을 마구 튀겼다. 기분이 나빠진 나는 녀석을 한 번 쳐다보다가 다른 세면기로 옮겨서 면도를 마쳤다. 서로 눈이 마주친 뒤에 내 표정을 본 이 녀석이 내 곁으로 와서 인상을 쓰며 말했다.

"너, 무슨 문제 있어?(you got a problem, man?)"

"그래, 내 옷에 꾸정물이 튀기는 걸 썩 좋아하지는 않아.(Yeah, I ain't into dirty water splashing on my clothes.)"

"그래? 그럼 불만을 어떻게 해결할래?(Alright, what you wanna do about it then?)"

"뭐든지 얘기 해!(Whatever you wanna do, I'm game baby!)"

이쯤 말하면서 서로 쳐다보고 신경전을 벌리고 있던 중에, 나는 흑인 녀석이 먼저 움직이는 모양을 보면서 상황에 따라 결정적인 한 방을 먹이려고 노리고 있었다. 이 녀석은 자신의 큰 덩치를 믿고 큰소리를 치는 전형적인 양아치기질을 가진 녀석이었다. 이런 녀석들과는 예전에 고등학교 시절이나 경찰에 근무할 때 많이 다뤄보았기 때문에 이 녀석의 첫 동작만을 기다리고 있었다. 그런데 옆에서 이발을 하다가 흑인 녀석과 나의 말다툼을 바라보고 있던 바보와 까마귀가 어느새 그 녀석 뒤에 와서 우리의 몸짓을 살펴보고 있었다.

여기서 한 가지 확실히 알아두어야 할 것은 형무소 안에서 수렌요와 흑인들 사이에는 서로를 향한 적대감정이 표면 바로 밑에 늘 잠재되어 있다는 것이다. 그래서 문제가 크게 확산되지 않는 범위 안에서 서로를 누르는 기회가 있으면 그 기회를 놓치지 않는다는 점이다. 이때 바보와 까마귀가 한 행동은 옛 친구인 스피디 형을 봐서 나를 도와주겠다는 목적도 있었겠지만, 근본적으로는 수렌요와 흑인 사이에 쌓인 감정이 더 컸기 때문에 그렇게 행동한 것이다. 아무튼 흑인 녀석은 자신을 둘러싸고 있는 바보와 까마귀를 돌아보더니 씁쓸한 미소를 지으면서 말했다.

"좋아, 좋아. 일이 이렇게 되는 거야?(Alright, alright. I see what time it is.)"

그렇게 말하더니 설거지꺼리를 챙겨서 세면기를 떠났다. 내가 바보와 까마귀에게 다가 서서 악수를 청했더니, 그들은 미소를 띤 얼굴로 내 손을 잡으며 동시에 말했다.

"걱정하지 마.(Don't trip.)"

그리곤 다시 이발하는 곳으로 돌아갔다. 나중에 알고 보니 그 흑인 녀석은 욕심이 많은 기회주의자로 유명한 녀석이었고, 여러 인종들로부터 인심을 잃고 있어서 다른 흑인들도 외면하는 외톨이였다. 그런 사실을 누구보다도 자신이 제일 잘 알고 있으니 우리 세 사람에게 덤벼 봐야 다른 흑인이 아무도 자신을 도우러 오지 않을 것을 알기에 물러선 것이다.

이 두 친구들의 별명은 피부색깔과 말투를 빗대어 지은 것이었다. 한 명은 피부가 진한 탓에 '까마귀'라고 불렸고, 다른 친구는 말이 좀 느린 탓에 '바보12)'라고 불렸다. 이 친구들은 어릴 때부터 같은 동네에서 자라며 같은 깡패 조직에서 어린 시절을 보냈다. 로스앤젤레스 지역(County)에서 둘은 비슷한 시기에 재판을 받았고, 종신형을 선고 받았다. 유죄 판결을 받은 뒤에 형무소로 이송되어 종신형을 시작하면서 첫 몇 년 동안은 같은 형무소에서 함께 지냈지만, 그 후 헤어져서 20년 동안 다른 형무소에 있다가 몇 년 전에 우연히 알파숙소에서 다시 만난 처지였다.

20년 만에 다시 만난 두 친구는 서로의 늙은 모습을 보고는 '야, 이 늙은 놈아!' 하면서도 반가움을 숨기지 못했다. 17세에 형을 시작한 이 둘은 서로의 달라진 모습에 한동안 신기해하며 '네가 더 늙었다'고 서로 놀려댔다고 한다. 겉으로는 서로 놀리고 장난을 쳤지만 이들의 극진한 우정은 계속되었다. 다시 만난 지 며칠 만에 함께 하는 벙키(bunkie)가 됐다. 까마귀가 알파숙소에 먼저 왔기 때문에 비교적 좋은 일자리라고 불리는 가구 조립 공장에서 일하고 있었는데, 그 후에 바보도 같은 공장의 일자리를 찾아줘서 매일 일도 함께 할 수 있게 되었다. 이렇게 두 친구는 나름대로 우정을 쌓으면서 이 어둡고 답답한 생활 속에서 서로를 의지하고 지냈다.

'까마귀'는 16세 때 길거리에서 같은 나이의 옆 동네 깡패에게 배에 칼로 찔리고 나서 그 녀석의 칼을 빼앗아서 그의 목을 찔러 죽였다고 했다. 그리고 같은 동네 친구 집에 숨어서 자신의 상처를 치료하고 있다가 경찰에 붙잡혔다고 했다. 재판에서는 까마귀의 국선 변호사가 정당방위를 주장했

---

12) 여기에서 바보는 스페인말로 'baboso'를 줄인 말이다.

지만, 아무런 소용이 없었고 유죄 판결과 종신형을 선고 받았다고 했다. 까마귀는 차분하고 섬세한 성격을 가졌고, 특기가 볼펜으로 손수건 (handkerchief)에 다양한 그림을 그릴 수 있는 재능이 있었다. 형무소에서는 그의 실력을 인정하여 수감자들 사이에서 그림 주문이 밀려있을 정도였다. 그림 하나에 50달러 정도를 받고 있었는데, 수입이 제법 괜찮았다.

'바보'는 16세 때 같은 조직의 형들이 동네 구멍가게를 강탈하는데 운전사로 따라가서 강탈하는 도중에 가게 점원을 죽이고 뛰어 나오는 형들을 태우고 도망간 죄로 잡혔다고 했다. 방아쇠를 당긴 놈이나 도주하는 차를 운전한 놈이나 다 같이 살인죄가 적용되는 캘리포니아 주법 덕분에 종신형을 받고 수감생활을 시작했다고 한다. 바보는 까마귀와 정반대의 성격을 가졌는데, 남자답게 소탈하고 사소한 것에는 전혀 신경을 쓰지 않으며 힘이 장사였다. 음성이 크고 자신이 옳다고 판단하면 서슴없이 우렁차게 고함을 치며 아무에게나 대드는 불같은 성격을 지녔다.

바보를 얘기하다보면 빼놓을 수 없는 사건이 있다. 수감 생활 20년째 목공소 일자리에서 하루 일을 마치고 알파숙소로 돌아올 때 나체수색을 통과해야 하는데 매일 하는 거라 대다수의 간수들은 팬티를 벗지 않아도 되니 빨리빨리 금속 탐지기를 통과하라고 했다. 그런데 그날 색안경을 낀 한 고약한 간수가 바보를 보더니 팬티까지 벗으라고 한 것이다. 바보는 그 큰 음성으로 항의를 했지만, 일단 간수가 명령을 하니 벗으면서 말했다,

"너 게이지? 내 물건이 그렇게 보고 싶냐? 내가 팬티를 벗을 테니 너도 그 색안경 벗어라! 내 물건을 보고 싶은 네 눈을 나는 보고 싶다!"

이 말을 들은 주위에서는 폭소가 터졌다. 하물며 몇몇 간수들도 고개를 돌리면서 웃음을 참지 못하고 히히덕 거렸다.

아무튼 옛 친구 둘이서 이 메마른 곳에서 서로를 의지하며 지내던 어느 하루, 바보가 아침에 일어나 일을 나갈 준비를 하며 옷을 입으면서 까마귀에게 말했다.

"내 몸무게가 줄은 거 같아."

"그래? 내가 보기엔 잘 모르겠는데…"
까마귀는 그렇게 대답을 하면서 바보를 살펴보았다.
"아니 여태까지 잘 맞던 바지가 언제부터인가 헐렁해졌어."
"야, 너 무슨 다이어트 하나?"
"엉뚱하기는…."
"그럼 오늘 일하러 가서 가구 무게를 재는 저울에 한번 올라가 보자."
이곳에선 자신의 정확한 몸무게를 알기가 어렵다. 치료소에 가면 저울이 있긴 하지만 몸무게를 한 번 재보려고 하면 몇 시간을 기다려야만 한다. 그런데 문제는 일을 나가서 현재의 몸무게를 알았지만 예전의 몸무게를 모르니 비교할 수가 없었다.

그 이후 둘은 별다른 생각 없이 몇 달을 보냈다. 바보의 몸은 점점 쇠약해지더니 드디어 어느 날 다시 저울에 올라갔을 때는 자신이 예전에 기억했던 몸무게에서 약 20파운드(lbs)가 빠져 있다는 것을 알았다. 그때부터 치료소에 다니기 시작했지만, 주변 사람들은 모두들 너무 늦었다고 생각을 했다. 결국 간암이라는 진단을 받은 바보는 평소의 냉철한 태도를 유지하며 역시 그답게 말했다.

"이제 내 차례가 왔네."

바보는 그렇게 조용히 웃으며 받아들였지만, 까마귀는 친구가 곧 이 세상을 떠날 것이라고 생각하며 매우 슬퍼하였다. 너무 늦은 진단으로 인해 바보는 그 후 병이 급격하게 악화되어 바로 치료소에 입원하면서 외부와의 접촉도 차단되었다.

바보가 치료소로 떠난 후에 까마귀는 항상 우울한 표정을 지었다. 옆에서 보기에도 그가 너무나 딱해서 우리는 그를 위한 특별한 대책을 생각해냈다. 먼저 치료소에 근무하는 간수 중에서 비교적 후덕한 간수를 찾아가서 바보와의 관계를 설명하면서 면회를 할 수 있도록 부탁했다. 그랬더니 처음에는 어렵다면서 거절했지만 우리가 끈질기게 부탁을 하니, 그가 정해주는 시간에 30분만 바보의 병실을 찾아 갈 수 있도록 허락해줬다. 그러면서 한 가지 조건을 제시하였다. 만약에 문제가 생기게 되면, 그가 우리에게 바보와의 만남을 허락했다는 사실을 아무한테도 밝히지 않기로 한 것이다.

그렇게 해서 우리는 2-3명씩 매일 바보가 좋아하는 초코렛 과자(chocolate chip cookie)를 가지고 그의 병실로 찾아가서 잠시나마 그와 함께 웃으면서 얘기를 나누곤 했다. 이때 가장 기뻐하는 이는 당연히 까마귀였다. 하루도 빠지지 않고 참가하여 병실에서 바보를 기쁘게 해주는 까마귀는 친구에 대한 우정과 의리가 진정 무엇인지를 보여주었다. 치료방법이 없는 현실에서 비참한 죽음을 기다리는 친구의 마음을 조금이나마 편하게 해주려는 까마귀의 정성을 보며 눈시울이 뜨거워진 사람은 우리 주변에 하나 둘이 아니었다.

우리가 바보를 마지막으로 보는 날, 바보는 까마귀를 바라보고 빙그레 웃으면서 이렇게 말했다.

"내가 항상 그랬지? 내가 먼저 나간다고."

까마귀는 바보를 한참동안 묵묵히 바라보면서 아무 말이 없다가 조용히 한 마디 했다.

"닥쳐, 멍청한 녀석아!(Shut the fuck up, asshole!)"

바보는 병문안을 온 우리 모두를 보고는 말했다.

"다들 왜 이리 침울해? 내가 먼저 나가는 게 심술이 나냐?"

이처럼 절망적인 상황에서도 오히려 우리들을 웃기려고 했다. 죽음 앞에서도 평소처럼 그의 유머 감각은 여전했고, 현실을 미련없이 대범하게 받아들이려고 했다. 까마귀도 친구를 편하게 해주려고,

"야, 넌 아직 멀쩡해. 꾀병 그만 부리고 내가 먼저 나가서 다 준비해 놓을 테니 그때 나와, 알았어?"

하면서 웃어보였다. 서로 그렇게 이런 저런 말을 몇 마디 건네다 보니 30분이 금세 지나가서 우리는 바보와 다음날 만날 것을 약속하며 병실을 나와서 알파숙소로 갔다. 가는 길에 까마귀를 보니 표정은 침울했지만 섣불리 아무도 그에게 말을 걸지 않았다. 어떤 위로의 말도 불가능한 이 상황에서 까마귀에게 우리들은 그와 함께 항상 있다는 것을 눈으로 전하면서 악수를 하고 헤어졌다.

아침 식사를 마치고 일을 하러 가는 길은 치료소를 지나가게 되어 있다. 그 다음날 거기서 일하는 아는 흑인 친구가 나를 보더니 오라고 눈짓을 하길래 가까이 가봤더니 전날 밤에 바보가 세상을 떠났다고 했다. 그 말을 듣고 나는 바로 까마귀를 찾아보았는데, 이미 수백 명의 수감자들이 함께 움직이는 탓에 그를 찾을 수가 없었다. 일단 일자리에 도착해서 까마귀를 찾아갔다. 그에게 다가가는 내 모습에서 까마귀는 뭘 읽었는지 담담한 표정으로 눈을 찌푸리고 나를 바라봤다. 나는 무슨 말을 해야 할지를 몰라서 망설이면서 그냥 서 있었다. 내 모습을 보고 까마귀가 물었다.

"갔나?"

나는 고개를 끄덕였다. 그는 아무 말 없이 공장 뒷쪽 바깥에 있는 조그만 의자에 가서 앉더니 담배를 피우기 시작했다. 까마귀는 그날 거의 하루 종일 그렇게 벤치에 앉은 채 하늘을 향해 담배연기만 뿜어냈다. 평소 까다로운 감독관(supervisor)도 그날은 까마귀가 혼자 있도록 내버려뒀다. 까마귀의 그런 모습이 얼마나 처량했는지 몇몇 간수들도 지나가다가 까마귀의 처진 모습을 보고 그에게 격려의 말을 건네줬다. 평소 무정하고 냉소적인 형무소란 공동체에서 옛 친구를 잃고 아쉬워하는 까마귀의 모습이 새삼 인간의 한계와 연약함 등 여러 가지를 생각게 했다.

친구를 잃은 까마귀의 슬픔은 한동안 가실 줄을 몰랐다. 그 후유증으로 까마귀는 예전에 끊었던 마약을 다시 시작하였고, 상태도 갈수록 악화되었다. 주위에서 다른 수렌요 친구들이 나름대로 위로를 하려고 했지만 아무런 소용이 없었다. 까마귀의 상태는 점점 더 절망적인 상황으로 되어갔다. 일터에도 일주일에 보통 하루 이틀씩 결석을 했다. 다행히 까마귀는 거기서 오래 일을 했고, 그곳 감독관을 잘 아는 친구가 까마귀의 처지를 설명하여 결석에 따르는 벌칙을 받지 않도록 무마해줬다. 그리고 기회가 될 때마다 까마귀의 친구 몇 명과 내가 교대로 까마귀와 함께 있으면서 위로를 했다. 친구들이 와서 함께 이야기를 나누고 있으면 괜찮지만, 그렇지 않을 때는 심신이 약해져서인지 마약에 기대려고만 했다. 다른 사람들이 모두 일을 나가 있는 시간 동안에 까마귀는 혼자 있으면서 매번 절망감을 이겨내지 못하고 마약에만 의존하곤 했다.

나는 주말 하루, 아예 날을 잡아서 까마귀와 한참 이야기를 나눴다. 전에 경찰에 있었을 때 교육 받았던 책의 내용을 떠올리면서 까마귀에게 마약에 의지하지 말고 다른 방법을 찾아보라는 얘기를 해주었다. 형무소의 비참한 현실 앞에서 친구를 허무하게 보내고 나서 얻은 그의 깊은 상처는 오로지 자신의 속마음을 누군가에게 털어놓았을 때 풀리게 된다는 것을 알려주고 싶었다. 그래서 내가 말문을 열었다.

"네 마음을 내가 완전히 다 알 수는 없지만 형제처럼 가까웠던 절친한 친구를 잃은 네 슬픔이 얼마나 큰지는 상상이 된다."

그러자 까마귀가 대답했다.

"그 놈과 나는 내 친 형제들보다 더 절친한 사이였어. 우린 함께 죽을 고비도 여러 번 넘겼고 그럴 때마다 그는 전형적인 농담으로 주위 사람들 모두를 안심시켜 줬지. 바보는 이곳에서 그토록 버림받고 죽을 만큼 나쁜 놈이 아니야."

"나는 바보를 만난 지 불과 일 년 남짓밖에 되지 않았지만, 그건 나도 충분히 알고 있어. 그렇지만 네가 지금 이렇게 방황을 한다고 해도 그의 죽음이 변하지 않아."

"그 놈이 이곳에 더 이상 없다는 게 믿기지가 않아. 그렇게 건장 하던 놈이 뼈만 앙상하게 남아 여기에서 짐승처럼 죽어간 게 너무나 분해서 참을 수가 없어. 치료는 커녕 고통도 하나 덜어주지 않고 답답해서 몇 가지 물으면 수감자 주제에 질문한다고 오히려 신경질을 내며 무시하는 것들이 꼴에 의사라고 큰소리만 치고…"

"그러나 …"

"물론 우리가 어릴 때 어리석은 짓을 해서 처벌을 받는 건 당연한 일이라고 할 수 있어. 그렇지만 거의 30년을 형무소에 바쳤으면 그 죄에 대해 충분한 대가를 치른 게 아니야? 그 녀석이 여기서 시체로 실려 나가면 죽은 피해자가 다시 살아나나?"

"네 마음은 충분히 이해해. 그리고 캘리포니아 법이 잘못된 건 우리 모두 다 아는 사실이잖아. 그렇다고 이렇게 자포자기하면 뭐가 달라져? 바보도 네가 이렇게 하고 있는 모습을 원치 않을 거야. 그러니 너 자신, 아니 너를 기다리는 네 부모님을 위해서라도 정신 차리자."

평소의 우락부락한 바보의 모습을 회상하는 듯 까마귀는 먼 곳을 바라보다가 입가에 미소를 띠우고 말했다.

"맞아, 그 놈이 지금 내 꼴을 보면 지랄을 하겠지."

"그러니까 너도 실려 나가지 않으려면 이제 그만하고 일어나자. 다행히 네 감독관이 지금까지의 결석을 눈 감아줘서 문제는 없으니 오는 월요일부터 다시 일을 시작하자."

"그래. 그래야지."

하고 대답하는 까마귀의 모습이 별로 내켜하는 것 같지는 않았지만, 그래도 이만큼이라도 대답하는 것이 다행이라는 생각이 들었다.

나는 까마귀와 대화를 마치면서, 그가 어느 정도 정신을 차린 것 같아서 일단 안심을 하고 주말에는 한국 친구들 만나러 이웃 야드에 다녀왔다. 그리고 일요일 저녁, 일찌감치 몸을 씻은 후 라면을 끓여서 먹고 텔레비전을 보고 있는데, 알고 지내던 수렌요 친구인 조조가 좀 당황한 표정을 지으며 내게 와서 말했다.

"야, 좀 와 볼래?"

내가 궁금하여 되물었다.

"무슨 일인데?"

"까마귀가…. 아무튼 빨리 와봐."

나는 빠른 걸음으로 그 친구 뒤를 따라갔다. 실내든 실외든 형무소 에서 뛰면 간수들의 눈초리를 받기 때문에 급해도 될 수 있으면 뛰는 것은 피해야 한다. 조조의 뒤를 따라가 보니 까마귀가 다른 놈의 침대에 누워서 골아 떨어져 있었다. 마약을 같이 한 놈의 침대인 게 분명했다. 그런데 그 놈은 약을 덜해서인지 옆 바닥에 멍하니 앉아 있고, 까마귀만 누워 있었다. 나를 데리러 온 친구의 말로는 까마귀가 아무 반응이 없는 것을 봐서 죽은 것처럼 보인다고 했다. 일단 까마귀의 가슴을 만져보고 코밑에 손가락을 대어 호흡을 하고 있는지 알아보려고 했다. 그런데 거의 숨 쉬는 것을 느낄 수도 없었고 가슴도 움직이지 않았다. 나는 놀라서 물었다.

"얼마동안 이렇게 호흡이 멈춰 있었냐?"

내가 그 친구에게 묻자 그가 바로 대답했다.

"얼마 안됐어. 약을 하자마자 저렇게 골아 떨어지길래 너한테 바로 뛰어간 거야."

"아마 마약을 과다복용(overdose)한 것 같아."

지금 까마귀에게 시급히 필요한 것은 심폐소생술(CPR: Cardio Pulmonary Resuscitation)이었다. 그런데 까마귀의 친한 친구들 몇 명은 그를 둘러싸고 근심하면서 서로 얼굴만 쳐다볼 뿐이었다. 아무도 어떻게 도와야 할지를 모르고 안절부절 못하고만 있었다. 지금 상황은 무언가를 순간적으로 결정해야만 했다.

나는 예전에 경찰대학(academy)에서 배웠던 기억을 더듬어가며 바로 심폐소생술을 시작했다. 우선 까마귀의 코를 막고 입에 공기를 불어 넣었다. 몇 번 호흡을 시키고 있는데 또 다른 수렌요 친구가 급히 오더니 간수한 녀석이 이쪽으로 걸어온다고 했다. 이 상황을 간수가 보게 되면 까마귀에게는 돌이킬 수 없는 문제가 생기게 된다. 나는 그 친구들에게 까마귀를 구석에 있는 다른 친구 침대로 옮기자며 까마귀를 잡아 일으켰다. 옆에 있던 다른 수렌요 친구와 함께 까마귀를 양쪽에서 부축해 끌다시피 구석 침대로 데리고 갔다.

함께 온 친구를 시켜 망을 보게 하고 나는 까마귀를 눕히자마자 심폐소생술을 계속했다. 다행히 걸어오던 간수는 다시 사무실로 돌아갔다고 누군가 와서 알려줬다. 나는 조금 여유를 갖고 까마귀에게 계속 공기를 불어 넣었다. 그렇게 약 10분 동안 심폐소생술을 하니 드디어 까마귀가 조금씩 움직였다. 이어, 구토를 하면서 의식을 되찾아가기 시작했다. 구토할 때는 올라오는 물질을 입안에서 빨리 제거해 주지 않으면 그것으로 인해 숨이 막힐 수 있기 때문에, 나는 까마귀의 고개를 들어 일으켜서 손가락으로 입안에 있는 물질들을 꺼내줬다. 그 후 별 도움 없이도 혼자서 호흡하는 것을 보고 모두 안도의 한숨을 내쉬었다.

까마귀가 의식을 조금 더 회복하길래 세면기로 데리고 가서 세수를 시키고 다시 침대로 데려다 놓았다. 마침 주방에서 일을 마치고 온 수렌요 친구가 있어 그에게 부탁하여 얼음 가지고 온 것을 가져와서 까마귀의 목뒤에 얹어놓으니 까마귀가 깜짝 놀라면서 일어났다. 그 모습을 보고 까마귀의 의식이 완전히 회복된 것을 알게 되자 모두들 안심하고 하나 둘씩 각자 자리로 돌아가기 시작했다.

까마귀에게 한 친구가 진하게 타온 커피를 강제로 마시게 했더니 조금씩 더 정상으로 돌아왔다. 커피를 다 마신 후에 나와 조조는 까마귀를 데리고 시원한 밤바람을 쐬도록 하기 위하여 바깥으로 나가서 야드를 걷기 시작했다. 우리는 까마귀의 양쪽에 서서 까마귀가 비틀거릴 때마다 어깨를 잡아주며 계속 걸었다. 어느 정도 시간이 지나면서 약 기운도 떨어졌고, 신선한 바깥 공기를 마시게 되니 드디어 까마귀는 평소 모습을 되찾으며 천천히 말했다.

"야, 이번에 끝날 뻔 했다. 그지?(Hey fellas, I fucked up pretty good there. I almost checked out, huh?)"

그래서 내가 말했다.

"너는 운 좋은 녀석이야. 하마트면 바보 만나러 갈 뻔 했잖아.(You're one lucky gavron. You don't know how close you were to meeting Babo.)"

내 말을 듣던 까마귀는 쓴 미소를 지으며 말없이 내 손을 꽉 쥐었다. 이처럼 위험한 고비를 넘긴지 이틀이 지나서 까마귀는 일을 다시 다니기 시작했고, 서서히 예전의 마음을 되찾아가며 열심히 살았다. 아마도 죽을 고비를 넘기면서 결코 여기서 개죽음을 당하지는 않겠다는 결심을 한 것 같았다. 그 후 까마귀와는 물론이고, 나와 함께 까마귀를 도왔던 다른 수렌요 친구들과도 나는 남달리 친하게 지냈고, 타 인종 사이지만 우리 둘은 절친한 사이가 됐다.

새로운 친구들

알파숙소의 생활에 적응할수록 형무소이긴 하지만, 듣던 대로 예전에 있던 구치소나 다른 형무소와는 비교할 수 없을 정도로 편리했다. 물론 예외도 있긴 하지만, 대체적으로 간수들과 수감자들은 나이가 많았고, 서로 오랜 경험이 있어서인지 큰 문제는 거의 일어나지 않았다. 시간이 지날수록 이곳에서 오래 지낸 친구들의 말을 조금씩 이해할 수 있게 되었다.

공장에서 일을 시작한 지 두 달이 지났을 때 공장 행정부에 수감자 비서직이 비었다는 소식이 들려왔다. 그 소식을 듣자마자 그곳에 가보니 벌써 여러 수감자들이 면담을 하고 있었다. 우스운 일이지만 그러한 경쟁 분위기는 일반 사회에서 일자리를 구할 때처럼 응모자들 간에도 긴장감이 흘렀다. 내 순서가 되어서 면담을 마치고 나왔지만, 이곳을 지망한 사람들 대다수가 공장에서 일을 한지가 몇 년이나 되었고 전부터 감독관과 잘 알던 수감자들이 많아 나는 별로 기대를 하지 않았다. 일주일이 지났을 때, 사무실로 오라는 감독관의 통보를 받고 가보니 원한다면 내일부터 바로 수감자 서기일을 시작하라고 했다. 이 소식을 듣고 가장 기뻐한 사람은 까마귀였다.

나는 짧은 기간 했던 목수일을 마치고, 이제는 서류를 매일 접하게 됐다. 주중에는 매일 일을 하고 주말에는 이웃에 있는 B야드에 가서 새로운 친구들과 만나 시간을 보내는 게 나의 매주 일정이었다. 나에게 있어서 이들을 만나는 시간은 면회하는 시간 다음으로 소중한 시간이 되었다. 조금씩 이들에 대해서 더 알아갈수록 모두다 마음이 끌리는 친구들이었다. 처음 만났던 날처럼, 큰형은 매 주말마다 음식을 푸짐하게 해서 우리 모두를 배불리 먹였고, 그런 분위기는 형제가 많은 한 가정의 모임처럼 느껴졌다. 바깥세상에서는 우리를 모두 인간 쓰레기로 여기는데, 이런 곳에서 이토록 마음을 나눌 수 있는 친구들을 만날 수 있다는 것이 신기했고, 늘 감사한 마음이 들었다.

이곳에 있는 동양인 숫자는 거의 80명이나 되었고, 나이도 20대에서 60대까지 다양했다. 운동을 좋아하는 나는 주로 20-30대 친구들과 아침에 운동을 하였고, 오후에는 큰형님을 비롯한 한국 친구들과 이야기를 나누며 시간을 보냈다. 모두들 최소한 10년 이상의 수감 생활 경험이 있다 보니 이런 저런 얘기를 나누다보면 가끔씩 수감 생활에 대한 어려움이나 불편함을 서로 넋두리처럼 말할 때가 많았다. 그들이 하는 말을 듣던 중에 나에게 새로운 생각이 떠올랐다. 그래서 바로 수감 생활에 불편을 조금이나마 덜어 줄 수 있는 일상 용품을 만들기로 했다.

나는 사무실에서 일을 시작한 탓에 예전처럼 내가 직접 생활에 필요한 소품들을 만들 수는 없지만, 까마귀를 비롯한 손재주 좋은 여러 친구들이 있기 때문에 그들에게 부탁하기로 마음을 먹었다. 일상 생활용품으로 동양인들에게 가장 필요한 것은 젓가락이었다. 미국 형무소에서는 젓가락이란 절대 볼 수 없는 물건이었다. 그래서 모든 동양인들은 라면 같은 면을 먹을 때는 늘 불편해 했다. 젓가락은 비교적 만들기가 쉬운 품목이지만, 문제는 원형으로 된 가늘고 긴 나무 재료가 있어야만 했다.

월요일에 일을 시작하면서 나는 이런 나무를 찾기 위해서 몇몇 친구들에게 부탁을 했다. 바로 그날, 까마귀는 가구를 조립하는데 사용되는 긴 나무(dowel)를 가지고 와서 보여주며 이 정도면 되겠느냐고 물었다. 내가 보니 좀 두껍긴 해도 충분히 쓸 수 있을 것 같았다. 나는 까마귀에게 내가 구상하고 있는 만드는 방법을 말해주면서, 내가 직접 먼저 시험해 보여주었다. 일단 나무를 약 25-27cm 길이로 자른 후 천공기(drill)에 끼워 고정시켰다. 그리고 장갑을 낀 왼손으로 연마지(sandpaper)를 이용해 나무 자루를 감싸고 있으면서 오른손으로는 천공기를 붙잡고 천천히 돌리기 시작했다. 연마지로 감싸인 나무는 회전하는 천공기의 마찰에 인해 조금씩 깎이기 시작했다. 이런 방법이 효과가 있는 것을 보고 천공기의 속도를 올렸더니 나무는 쉽게 깎였다. 그렇게 젓가락을 만들어서 보여주었더니, 까마귀는 만들기가 쉽다면서 바로 젓가락을 만들기 시작했고, 내 의견에 자신의 생각을 덧붙여서 전체로 두께가 일정한 형태가 아닌 윗쪽은 좀 더 두껍고 아랫쪽은 가늘게 된 진짜 젓가락처럼 생긴 작품을 만들어냈다.

그날 오후에 까마귀는 손쉽게 10타를 만들었다면서 내 사무실로 가져왔다. 그러면서 고운 연마지로 마무리를 했기 때문에 부드럽긴 하지만, 기름을 발라서 하루 밤을 재우면 더 오래 쓸 수 있으니 그렇게 하라고 했다. 기름칠을 할 식용유가 없었기 때문에 나는 새로 만든 젓가락 표면에 형무소에서 점심 때 주는 땅콩버터(peanut butter)를 넉넉하게 발라서 비닐봉지에 넣어두었다. 다음날 보니 까마귀가 말한 대로 건조했던 젓가락들이 땅콩버터의 기름을 듬뿍 먹고 부드러워져 있었다. 나는 그것들을 깨끗이 씻고 말려서 보관해 두면서, 오는 주말에 형님과 아우들에게 이 젓가락을 선사힐 생각으로 기분이 좋았다.

토요일이 되어 나는 준비한 젓가락을 몸에 깊숙이 숨기는 작업을 했다. 우선 간수들의 수색을 피해야만 했기 때문이다. 왜냐하면 길고 비교적 뾰족한 젓가락을 무기로 보고 압수할 수도 있고, 잘못하면 사람을 해칠 무기를 만든 죄로 인정받아서 문제가 커질 수도 있기 때문이었다. 아무튼 운이 좋았는지 아무런 문제가 없이 이웃 야드에 무사히 도착했다. 한 자리에 모여 있는 형님과 아우들에게 내가 가져온 젓가락을 내보였더니, 모두들 하나같이 신기한 눈빛으로 젓가락을 받으면서 젓가락과 나를 교대로 쳐다봤다. 모두들 마음에 드는지 이제부터는 라면을 제대로 먹을 수 있게 됐다며 좋아했다.

그날은 큰 형님이 만들어온 점심을 모두 각자의 젓가락으로 즐겁게 먹었다. 우리가 젓가락을 사용하여 밥 먹는 것을 본 다른 동양 친구들 몇몇이 우리들에게 와서 부러워하는 표정을 지었다. 그중에는 우리와 친한 친구들도 있어서 내가 다음 기회에 그들의 것도 만들어 주겠다고 했더니 좋아서 싱글 벙글 했다. 그날 큰 형님은 젓가락을 들고 한동안 유심히 바라보다가 나에게 말했다.

"우리가 이렇게 만난 것이 타인들이 보기에는 대수롭지 않겠지만 자네도 아다시피 우리는 특별한 인연으로 만났네. 우리나라도 아닌 먼 이국땅에서, 그것도 형무소란 곳에서 각자 말 못할 사정으로 어려움을 겪고 있는 우리들이기에 우리는 서로에게 늘 힘이 되고자 하고 있네. 아직 서로를 잘 알지는 못하지만, 이토록 자상한 마음을 써 주니 정말 고맙네. 앞으로 우리의 좋은 형제가 될 사람을 이렇게 만나게 되니 참 기쁘네."

"기쁘고 고마운 건 저도 마찬가집니다. 새로 온 저를 다들 형제처럼 받아주는 것도 형님의 배려가 있기 때문이란 걸 잘 압니다. 아무튼 저는 앞으로 우리 형제들에게 조금이나마 도움이 되고 싶고, 그래서 필요한 물품이 있으면 일하는 공장에서 만들어 가지고 올 생각입니다."

"물론 필요한 게 많이 있지. 이렇게 생각지도 않은 선물을 받으니 기쁘지만, 그보다도 그만큼 우리들을 생각해주는 자네의 마음이 더 고맙네."

그날 오후에는 큰 형님 그리고 아우들과 함께 우리가 평소에 불편해했던 것들에 관한 이야기를 나누면서 시간을 보낸 후 알파숙소로 돌아왔다.

일요일 저녁에 혼자서 곰곰 생각을 해보니 필요한 품목으로 몇 가지가 머리에 떠올랐다. 특히 보잘 것 없는 재료이지만 음식을 해 먹을 때는 썰기가 무척 불편했다. 그래서 도마와 칼처럼 재료를 써는데 필요한 도구를 먼저 만들기로 했다. 다음날 까마귀를 만나 얘기를 하니 자기는 벌써 도마와 써는 도구를 만들어 쓰고 있다며 만드는 방법을 말해줬다. 들어보니 바로 내가 생각했던 것과 비슷했고 만드는 것도 그렇게 어렵지 않았다. 도마는 공장에서 버리는 넓고 얇은 나무를 일정한 크기로 잘라 만들면 되고, 써는 도구는 쓰고 남는 합성수지(formica) 쪼가리를 손바닥 길이와 넓이 크기로 잘라서 한 쪽을 날카롭게 연마지로 갈면 그럴싸한 도구가 된다. 합성수지는 플라스틱 종류라서, 새 제품은 강한 화학물질 냄새가 나기 때문에 일단 다 만든 후에 하루나 이틀 동안 물에 담궈놓으면 그 냄새가 많이 빠진다. 그래도 냄새가 좀 남아 있기 때문에 공장에서 풀 말리는 고열 히터에 집어넣어서 한 두 시간 완전히 건조시킨 다음 땅콩버터로 떡칠을 해서 비닐봉지에 담아 하루를 재우면 냄새가 거의 없어진다. 그리고 쓰다보면 저절로 화학냄새는 사라졌다.

일단 도마와 써는 도구 열 개를 만들어서 가져다줄 준비를 했다. 이런 도구를 만들면서 나에게는 새로운 생각이 또 떠올랐다. 형무소 생활에서는 등을 긁어주는 사람이 없었다. 아무리 친하다고 해도 등을 긁어달라고 부탁하는 것을 이제까지 보지 못했다는 생각을 하니 바로 떠오른 것이 효자손을 만들어야겠다는 생각이었다.

나는 즉시 까마귀를 찾아가서 효자손 얘기를 했다. 내 말을 듣던 까마귀는 자기가 만들지는 못하지만 비슷한 것을 만드는 인디언(American Indian) 친구가 있다면서 나를 데리고 그 친구에게 갔다. 그 친구가 예전에 만들어서 자신이 쓰고 있는 효자손을 나에게 보여 주었는데, 내가 생각했던 우리 전통의 효자손과는 좀 달랐지만 그 원리는 같았고 쓸만 했다. 만지작 거리는 나를 보고 그가 말했다.

"한번 써봐."

그래서 나는 내 등에 그가 만든 효자손을 넣어서 긁어 봤더니 수년 만에 처음 긁는 등이라서 그런지 너무 시원해서 말이 절로 나왔다.

"야, 이거 너무 시원하다!"

내가 탄성을 지르면서 어떻게 만드는지 궁금해하자 그가 웃으며 대답했다.

"그건 비밀이야."

"좋아. 그럼 내가 지금 열 개가 필요한데 가격이 얼마이고, 언제까지 만들어 줄 수 있어?"

"일단 버리는 나무 중에서 두께가 얇은 걸 찾아야하니 시간이 좀 걸려. 그걸 찾았다고 해도 손질해서 나무를 구부리는데 시간이 또 걸리니 열 개를 마치려면 약 2주는 걸릴 거야. 값은 한 개에 원래는 5달러인데, 내 친구인 까마귀가 소개하니 3달러에 해 줄게."

"좋아. 급한 건 아니니까 서두르지 말고 잘 만들어주라."

일단 그와 계약을 마치고 나오려는데, 그 친구가 내가 만지작거리던 효자손을 건네주면서 나보고 쓰라고 했다. 나는 사무실로 가져와서 하루 종일 효자손을 만지작거리며 등을 긁다가 하루를 보냈다.

아무리 버리는 재료라고 해도 간수들이나 공장 감독관들이 이처럼 버리는 재료로 다른 물건 만드는 것을 보면 즉시 압수하기 때문에 늘 들키지 않게 조심조심 만들어야만 한다. 일단 두 가지 용품을 주문해 놓고 나서 나는 또 다른 필요한 품목이 뭐가 있을까를 생각하며 오래된 수감자들에게 물어보았다. 그들이 말해준 필요한 물품 중에는 벽에 붙이는 옷걸이도 있었고, 또 벽에 붙일 수 있는 작은 크기의 선반도 있었으며, 빨래를 널어 말리는데 필요한 빨래줄을 걸 수 있는 고리도 있었다.

이 모든 물건들을 만들기 위해서는 꼭 필요한 물품이 바로 벽에 붙일 수 있는 접착제였다. 여기 공장은 목공소이니만큼 나무 접착제(wood glue)를 대량으로 사용하는데, 우리가 만드는 모든 물건들을 사용하려면 이 접착제가 필수적이었다. 그런데 이 접착제의 색깔이 식품인 마요네즈 색깔과 똑같아서 거의 모든 수감자들은 마요네즈를 사용한 후에 빈병을 버리지 않고 깨끗이 씻어 그 병에다 나무 접착제를 보관하고 있었다. 병 색깔이 마요네즈와 똑같았기 때문에 간수들에게 압수당할 우려가 없어서 수감자들 모두는 공공연하게 접착제를 보관하고 있었다. 이때부터 나는 쓰레기통에 버려지는 빈 마요네즈 병을 구하기 시작해서 일단 열 개를 모았다. 그리고 공장에 갈 때 두 개씩 가지고 가서 접착제로 채우고 숙소 안으로 가지고 들어와서 앞으로 한국 친구들에게 마요네즈 병을 한 두 병씩 배달할 계획으로 보관해 놓았다.

이 접착제는 모든 알파숙소 수감자들이 여러모로 편리하게 사용하고 있었고, 여러 사람이 B야드에 있는 친구들에게도 보내고 있었다. 접착도가 강해서 옷걸이를 벽에 붙이면 7-8kg정도의 무게까지 지탱하였고, 빨래줄 고리를 붙일 땐 벽에 있는 페인트를 긁어 벗기면 시멘트가 나오는데 그 시멘트에 직접 붙이면 그 접착도가 더 강해져서 젖은 빨래를 가득 널어

놓아도 줄이 끄덕없이 붙어있을 정도였다.

하루는 일을 하다가 문득 큰 형님께서 아우들을 위해 매주 음식을 하는데 필요할 게 많을 것이라는 생각이 들었다. 큰 형님이 지금 쓰고 있는 전기냄비(hot pot)는 너무 오래 되어서 전선이 자주 끊어졌고, 냄비 또한 거의 구멍이 날 정도였다. 그래서 목공소의 기계들을 유지하는데 필요한 정비부에서 일하는 친구를 만나 전기냄비 얘기를 했더니 좀 어렵지만 만들 수 있다고 했다. 그런데 다른 건 별로 힘들지 않은데 냄비를 만들 때 연장이 신통치 않아서 쇠를 구부리기가 어렵다고 하면서 값을 올리려고 흥정을 하는 게 분명했다. 그 애기를 듣고 내가 말했다.

"힘든 건 알지만 오래 쓸 수 있도록 튼튼하게만 만들어 주면 내가 그 대가를 충분히 치루지."

그가 웃으며 말했다.

"그래? 일주일이면 될 거야. 그리고 적어도 50달러는 줘야 돼."

"걱정 말고 튼튼하게 잘만 만들어줘. 냄비를 만든 다음 우리 형님이 맛있는 음식 만들 때 너도 함께 가서 먹자."

"좋아. 잘 만들어줄 테니 믿어봐라."

일단 그렇게 주문을 한 뒤 까마귀를 다시 찾아가서 주걱 애기를 했다. 까마귀는 마침 자기가 쓰고 있는 주걱을 보여 주면서 그런 모양이면 되겠느냐고 했다. 크기와 길이 그리고 손잡이 모양도 그럴싸해서 나는 감탄을 감추지 못하면서 그것과 똑같게 만들어 달라고 부탁을 했다. 그런데 까마귀가 갑자기 신난 얼굴표정을 지으면서 공장 창고에 최근에 들어온 물건이 한 가지 있는데, 우리 모두가 편리하게 쓸 수 있는 물건이라면서 나에게 함께 창고에 가보자고 했다.

침대 깔개(Mattress)

내가 가구공장에서 일한지도 2년이 지나가고 있었다. 그동안 내가 맡은 일은 물론이고 사무실에서 일어나는 다른 어려운 행정근무까지도 잘 처리해서 감독관으로부터 신임을 산 덕분에 나는 수감자 신분으로 꽤나 많은 혜택을 받았다. 그 중에 가장 큰 혜택은 공장에서 수감자 일자리 중 좋은 게 생기면 감독관은 내가 추천하는 동양인 친구들 거의 그대로 모두 고용해 주었다. 한때는 내가 좋은 자리를 모두 독점한다면서 타 인종들 사이에서는 불평도 많았다. 그러자 내가 일자리를 마련해준 수렌요 친구와 흑인 친구 두 명이 앞장서서 문제가 더 커지지 않도록 막아줬다. 아무튼 그렇게 해서 공장 부서마다 편리하고 좋은 자리에는 친한 친구들로 가득 찼다. 창고 담당 감독관의 조수 자리를 시켜준 동양 친구 윌리도 그런 친구들 중의 하나였다. 나는 까마귀와 함께 윌리를 찾아가서 새로 들어온 물건에 대해서 물어보았다.

목공소에서 의자와 소파를 만드는 부서가 있는데, 거기에 들어가는 최신형 스폰지가 대량으로 들어왔다고 했다. 우리가 묻기도 전에 윌리는 웃으며 말했다.

"스폰지를 만져 봤는데, 우리들 침대 깔개(mattress)로 만들어 쓰면 안성맞춤이야."

"말로만 들었는데 한번 물건을 보자."

까마귀가 궁금해 하며 묻자 윌리가 말했다.

"지금은 그게 들어온 지 얼마 되지 않아서 비싼 거라며 감독관이 창고 안에 넣어두고 자물쇠를 잠궈놓아서 힘들지만, 1-2주일 지나면 의자 만드는 대로 그 재료를 보내야 하기 때문에 그때 우리가 필요한 만큼 빼돌릴 수 있을 거야."

그 말을 듣고 내가 말했다.

"그럼 조금 있다가 내가 감독관 사무실에 가서 다른 재료값에 관해 물어보면서 정신을 다른 쪽으로 팔게 할 테니 그때 네가 열쇠를 몰래 가져와서 스폰지를 저장해 놓은 창고 안에 들어가서 본보기(sample)를 잘라와 봐."

"그래, 사무실에 들어가기 전에 나에게 신호만 해줘."

우리는 일단 감독관을 속일 작전을 짠 뒤에 까마귀와 나는 각자 일자리로 돌아갔다. 얼마큼 시간이 되어서 나는 그럴싸한 서류와 이유를 준비하고 창고 감독관을 찾아갔다. 사무실로 들어가면서 윌리와 눈을 마주치고 신호를 줬다. 아무런 의심이 가지 않도록 준비해온 서류를 들고 사무실에 들어서니, 마침 시간은 점심을 다 먹은 뒤였다. 나는 바로 서류를 책상에 펼쳐놓고 그럴싸한 질문을 하면서 연속된 질문으로 시간을 끌었다. 감독관은 무슨 문제가 생긴 것처럼 말하는 내 질문에 대해 머리를 긁적이면서 대답했고, 그러다보니 30분이 금방 지나갔다. 그렇게 얘기를 나누고 있는데 윌리가 사무실로 들어오면서 말했다.

"감독관님(Hey, boss), 공장에서 재료 요구 신청이 와서 배달해야 하는데 서류에 싸인 해줄래요?"

이때 윌리는 눈으로 다 됐다는 신호를 줬고 나는 그 감독관에게 말했다.

"바쁘니 다음에 와서 끝내기로 하고 오늘은 이만 갈게요."

그렇게 말하면서 바로 사무실을 나왔다.

그 다음 날 윌리가 점심시간에 스폰지 시료를 가지고 나를 찾아왔다. 나는 까마귀를 불러서 함께 손바닥만한 스폰지 조각을 만져보고는 서로 흐뭇한 웃음을 짓지 않을 수가 없었다. 각자 수 년 동안 형무소의 울퉁불퉁하고 종이장 같은 침대 깔개에서 자다가 이 푹신푹신한 스폰지로 바꿀 생각만 해도 너무 좋아서 절로 미소가 떠올랐던 것이다. 스폰지 두께가 거의 10cm나 되었고, 넓이는 무척 컸기 때문에 충분히 우리가 필요한 만큼 잘라서 쓸 수 있을 정도였다. 이같이 좋은 기회를 미리 노출했다가는 망치는 수도 있었기 때문에 우리 셋은 당분간 비밀을 지키기로 하고 윌리와 나는 스폰지를 훔쳐 나올 계획을 짜기로 했다.

아무리 욕심이 난다고 해도 가장 중요한 것은 일단 감독관이 그 스폰지 재료에 대해 안심할 수 있도록 시간을 기다려 주는 것이 필요했다. 당분간은 의자 공장에서 스폰지 주문이 올 때마다 빠짐없이 잘 배달해서 감독관이 안심하도록 하라고 윌리에게 당부하면서 우리는 천천히 기회를 기다리기로 했다. 그렇게 아무런 문제가 없이 약 3개월의 시간이 흐르자, 감독관도 안심하기 시작했고 현장에 대한 감독과 관찰도 자연히 느슨해졌다.

마침 창고 감독관이 일주일 동안 휴가를 간 틈을 타서 윌리와 함께 스폰지 보관하는 창고에 들어가서 훔쳐 낼 방법을 궁리하면서 살펴보았다. 그 결과, 소량으로 시간을 두고 작업을 하는 게 가장 좋은 방법이라는 결론을 내렸다. 일단 기존의 일인용 침대 깔개 크기에 맞추어 스폰지를 잘라보니 한 번에 숨겨 운반하기에는 너무나 컸다. 그래서 2등분으로 나누어 잘라서 몇 개를 창고 뒤에 있는 나무 재료 사이에 잘 포장해서 숨겨 놓았다가 숙소 안으로 간수들의 감시를 피해 들여놓는 방법을 의논하던 중에 한 가지 생각이 떠올랐다.

숙소 안의 쓰레기는 하루에 아침 저녁으로 두 번 내다버리는데, 수감자 청소부가 바퀴가 달린 큰 쓰레기 수레로 쓰레기 주머니들을 실어 날랐다. 이 수레들은 사용 후에 숙소 바깥인 공장 옆 공간에 보관했다. 그 수레에 우리가 포장한 스폰지를 간수들의 눈을 피해 숨겨 놓으면 청소부가 저녁 시간 청소를 할 때 수레를 가지고 숙소 안으로 들어가면서 자연스럽게 스폰지를 전달할 수가 있을 것이다.

당시 청소부는 까마귀가 잘 아는 수렌요 친구이긴 했지만, 청소부도 이같은 일을 하려면 당연히 위험이 따르니 거기에 대한 대가를 치러줘야만 했다. 그래서 그 친구를 미리 만나서 우리들의 계획을 얘기하였다. 그랬더니 자신에게도 침대 깔개 스폰지를 하나 준다면 쾌히 동참하겠다면서 몰래 가져올 날짜만 알려달라고 했다.

이제는 숙소 안으로 안전하게 운반할 수 있는 길을 찾았으니, 윌리와 나는 날마다 기회를 엿보았다. 그리고 기회가 날 때마다 전에 준비해둔 스폰지를 쓰레기 수레로 하루에 한 개씩 옮겨넣고 청소부에게 신호를 보냈다. 이렇게 일을 하면서 처음에는 다들 긴장을 했지만, 갈수록 요령이 생겨서 안전하게 옮기는 일을 계속할 수 있었다.

일단 스폰지를 숙소 안으로 무사히 가지고 오면, 그때부터는 진짜 일이 시작되었다. 각자 기존에 있던 침대 깔개 씌우개(mattress cover)의 실을 따서 그 속에 들어있던 솜을 제거하고 나서 스폰지를 그 자리에 넣고 다시 바느질을 해야만 했다. 이 작업은 몇 시간이나 걸리기 때문에 혼자서 하기에는 너무나 벅찼다. 특히 간수가 가끔 숙소 안을 둘러볼 때 이런 작업을 보면 지금까지 했던 모든 노력이 순식간에 허사가 될 수 있었다. 그러니 최소한 한 명은 망을 봐야 하고, 짧은 시간에 그 일을 마치려면 침대 깔개에 들어있는 솜을 스폰지로 바꾸는 작업은 두 사람이 함께 해야만 한다.

침대 깔개 씌우개에서 실을 따는 것은 비교적 쉬웠지만 있던 솜을 빼내고 스폰지를 넣고 다시 바느질을 하는 일은 평생 바늘을 한 번도 만져보지 못한 나에게는 거의 불가능한 일이었다. 다행히 까마귀가 바느질을 보통 여자들보다 잘 해서 이 작업을 할 때는 바느질 담당을 까마귀에게 맡겼다. 침대 깔개에서 솜을 빼낼 때 먼지가 엄청나게 나와서 우리들은 내내 재채기와 싸워야 했다. 그리고 작업을 마치고 나면 온몸과 옷이 땀과 먼지로 범벅되었기 때문에 반드시 샤워와 세탁을 해야만 했다. 이렇게 해서 우리 네 명은 스폰지로 된 침대 깔개를 쓰기 시작했다. 모두가 하나같이 새로운 침대 깔개를 처음 깔고 누웠을 때 그 부드럽고 푹신푹신함은 그 어느 선물보다도 비교할 수 없이 좋다면서 흐뭇해했다.

이쯤 되자 우리 숙소 안의 다른 수감자들도 우리의 스폰지 깔개에 대해서 알기 시작했고, 한 명씩 우리를 찾아와서 자기들도 구하고 싶다면서 부탁을 하기 시작했다. 그런데 공장 창고에서 스폰지가 한꺼번에 표시가 날 정도로 많이 없어지게 된다면 의심을 사기가 쉬웠다. 그래서 일단 우리와 가장 친한 친구 몇 명에게만 먼저 구해준 뒤, 당분간 스폰지 수송 작전을 멈추었다. 그리고 약 한달 동안 창고 감독관을 주시해서 살펴보았는데 아직은 눈치를 채지 못하고 있었다. 그래서 윌리에게 다음 차례는 B야드에 있는 내 한국 친구들에게 스폰지 보내는 길을 모색하기로 했다.

지금까지 준비해둔 효자손, 써는 도구, 도마, 형님께 드릴 주걱 등을 숙소의 여러 사람들에게 운반비를 음식물로 지불하기로 하고 몸에 숨긴 후에 토요일 B야드로 갔다. 늘 그렇듯이 아슬아슬하긴 했지만 다행히 모두 운반을 할 수 있었고, 한국 친구들에게 하나하나 선물들을 전달하니 하나 같이 신기해하면서 좋아했다. 특히 최고 인기 품목은 역시 효자손이었다. 다들 수 년동안 손대지 못했던 등을 긁으며 시원해 하는 모습을 보니 한편으로는 순진한 어린아이들 같았고, 또 한편으로는 가엾게 느껴지기도 했다. 큰 형님은 한동안 아무런 말을 하지 않고 효자손만 들여다보며 만지작거리다가 미소를 띤 얼굴로 나에게 물었다.

"자넨 어떻게 이런 생각을 다 하게 됐나?"

"실은 제 생각이 아니라 숙소에 있는 인디언 친구가 쓰는 걸 보고 한번 빌려 긁어 봤더니 너무 좋아서 이렇게 가져왔습니다."

"자네의 깊은 배려와 생각이 고맙네."

"아닙니다. 그저 구할 수 있는 상황이었고 이렇게 함께 나눌 수 있어 좋을 뿐입니다."

"아무튼 우리는 자네를 만나고부터 이 어려운 수감생활 중에 상상치 못했던 재미있는 선물을 많이 받는구먼. 특히 이 효자손은 20년 넘게 긁어 보지 못한 내 등을 시원하게 해주는 문자 그대로 둘도 없는 효자일세. 잘 쓸게."

큰 형님의 이 말에 다른 한국 친구들도 나를 보며 고맙다고 입을 모았다. 그동안 내가 '혜택'을 보고 있는 스폰지 깔개에 대해 큰 형님께 이야기를 했더니, 모두들 들떠서 나와 큰 형님을 둘러싸고 성급하게 물었다.

"내 쪽에서 구하는 것은 큰 문제없이 진행할 수 있지만, 이곳으로 옮기는 데는 부피가 너무 커서 몸에 숨기고 운반할 수가 없습니다. 그래서 고민입니다."

내가 하는 말을 듣고, 한국 친구들 모두가 머리를 맞대고 여러 가지 생각을 해보았지만, 뾰족한 수를 찾아내지 못했다. 그래서 알파숙소와 큰 형님이 있는 B야드를 오가는 전기 기술자나 배관공 그리고 페인트 기술자들 중에서 서로 아는 친구들과 이야기를 해보고 나서 새로운 길을 찾아보기로 하고 그날은 시간이 돼서 나는 숙소로 돌아왔다.

한국인과 월남인의 패싸움

 침대 깔개를 운반하는 방법을 여러모로 찾아보았지만, 어느 방법이나 결코 쉽지 않았다. 더구나 위험을 무릅쓰고 일을 하려는 사람도 좀처럼 나타나지 않았다. 이렇게 되니 우리 예상보다 시간이 오래 걸리게 되었고, 그동안 다른 모든 준비를 마치는 것이 내가 할 수 있는 최선의 방법이었다. 그래서 운반하기 가장 쉽고 안전한 크기로 스폰지를 자르고 포장을 해서 옮기는 사람이 숨기는데 편리한 부피로 만들어 숨겨놓고는 적절한 때가 오기만을 기다렸다.
 그날은 금요일이었다. 여느 때와 같이 다가오는 주말에 B야드에 가려고 준비하고 있는데, 그곳이 갑자기 제한조치가 되었다는 소문이 들렸다. 아마도 멕시칸이나 흑인 아니면 백인들이 싸움을 해서 제한조치를 받게 되었을 거라고 나는 추측을 하면서, 그들 덕분에 이번 주말에는 할 수 없이 우리숙소에서 조용히 보내야겠다고 생각했다. 사무실에서 일을 마칠 시간이 돼서 정리하고 있는데, 안면이 있는 간수가 들어와서 싱글벙글 웃으며 말을 걸었다.
 "야, 너희 동양 사람들 싸움을 잘 하더라."
 그래서 내가 대답해 주었다.
 "무시하지 마시오. 여기 있는 동양 친구들 모두 한 때 나름대로 한가닥 하던 친구들이오. 그런데 갑자기 그게 무슨 말이지요?"
 "아직 몰라? 지금쯤은 소문이 여기까지 난 줄 알았는데…"
 "무슨 소문?"
 "정말 모르는구나! 저쪽 야드에서 오늘 오후에 너희 동양 사람들 사이에서 큰 싸움이 났어."

"설마!"

그 간수는 웃으면서 말했다.

"야, 농담 아니야. 정확한 건 모르겠지만 한국 사람들하고 월남 사람들이 싸웠다고 들었어."

대부분의 간수들은 수감자들 사이에서 싸움이 나는 것을 대수롭지 않게 생각할 뿐만 아니라 오히려 개싸움이나 닭싸움처럼 여기면서 자기네들의 농담꺼리로 취급한다. 이 간수도 또한 그런 모습이었다. 궁금한 나는 그에게 구체적으로 물어보았다.

"다친 사람 있어요?"

"한 명은 얼굴이 피투성이라던데, 그런 사람이 더 있는지는 잘 몰라."

일단 이 간수와는 그런 정도로 얘기를 끝내고나서 나는 나름대로 옆 야드에서 일어난 일을 알아보기로 했다. 그러면서도 혹시나 우리 한국 친구들 중에서 누구라도 다쳤는지가 걱정이 되었다.

보편적으로 제한조치가 시작되는 첫 며칠 동안은 구체적인 정보를 알아내기가 어렵다. 그러나 싸움에 관련되지 않았던 타 인종 수감자들은 대체로 일주일 안에 풀어주기 때문에 시간이 조금 지나면 그들을 통해 정보를 입수할 수 있다. 이때도 마찬가지로 싸움에 연관이 없다는 판정을 받은 멕시칸과 흑인 그리고 백인들은 제한조치에서 곧 풀렸다. 그래서 옆 숙소와 우리 숙소의 동양인 수감자들만 제외하고는 다른 인종 수감자들의 통행은 정상적으로 이루어졌다. 알파숙소에 있는 동양인들만 빼고 다른 인종들은 다가오는 주말에 B야드로 다시 가기 시작하자 나는 까마귀에게 동양인 수감자들의 싸움에 대한 정확한 정보를 알아봐 달라고 부탁했다.

그날 늦은 오후에 까마귀가 돌아와서 알아본 결과를 얘기해줬다. 한국 친구들은 아직까지 제한조치가 걸려 있기 때문에 만나보지 못해 정확한 사실은 알 수 없지만, 대략 일어난 일은 다음과 같다고 했다.

어떤 사연이 있는지 모르지만, 젊은 한국 친구가 월남 젊은이를 코가 부러지도록 두들겨 팼다고 한다. 얻어맞은 월남 젊은이를 본 다른 월남 친구들이 그를 둘러싸고 도우려고 했지만 부러진 코에서는 피가 멈추지 않았다고 한다. 그 모습을 보고 단결이 잘되기로 유명한 월남 친구들이 야드에 나와 있던 한국 친구 모두를 동시에 습격하여 보복을 했다고 한다. 월남인 30명 대 한국인 10명 사이에 동시 패싸움이 일어났고, 그 현장을 목격한 까마귀의 수렌요 친구들에 의하면 무술 영화 한 장면을 보는 것 같았다고 한다. 특히 그 중에서 한국 친구 한 명은 남달리 동작이 빨라서 순식간에 월남인 여러 명을 때려 눕혔다고 한다. 형무소의 싸움이 항상 그렇듯이, 이 싸움에서도 간수들이 벌떼처럼 달려들어서 금세 멈추긴 했지만 그 짧은 시간에도 월남 친구 몇 명은 꽤나 심하게 다쳤다고 했다.

일단 까마귀의 말을 듣고 우리 한국 친구들은 다친 사람이 없다는 것을 확인하고 안심을 했지만, 문제는 내가 있는 알파숙소에서 함께 생활하는 월남 친구 다섯 명의 반응이었다. 이쯤 되면 그들도 내가 들은 소식을 분명히 알고 있었을 것이고, 이런 상황에서 형무소의 불문율로 개인적인 감정이 없다고 해도 무조건 서로를 공격하고 보는 게 90% 정도로 대부분이다. 그렇기 때문에 혼자인 나는 공격해올 것을 대비하면서 그들을 주시해 보고 있었다. 멀리서 보니 다섯 명이 한 자리에 모여 한참동안 얘기를 나누더니 두 명이 내 쪽을 향해 걸어왔다. 이때 내가 서 있던 자리를 지나가던 까마귀가 내 눈을 바라보며 물었다.

"너 괜찮아?(You good?)"

20년을 넘게 형무소에서 살아온 까마귀의 이 짧은 한 마디와 눈에는 표면적인 뜻보다는 더 깊은 뜻이 있었다. '내가 개입할 문제는 아니지만 네가 불리한 상황이니 도움이 필요하면 도와주겠다' 는 뜻이었다. 아마도 까마귀가 내게 던진 이 한 마디는 예전에 자신을 마약 중독에서 구했던 내게 보답하고자 하는 마음을 담은 게 아닌가 싶다. 타인종의 싸움에는 개입할 수 없다는 형무소의 불문율을 무릅쓰고 나를 돕겠다는 그의 마음에서 그의 깊은 의리를 보게 되었다. 종신형이라는 멍에를 벗으려고 노력하고 있는 그가 나 때문에 더 이상 이런 문제에 휩싸이게 되면 안 된다는 생각에서 나도 그의 눈을 바라보며 말했다.

"고맙지만 이건 내 문제야.(good looking but I got this.)"

까마귀는 그래도 멀리 가지 않고 월남 친구 둘이서 내게로 다가오는 것을 지켜보고 있었다. 둘은 마침내 내 앞에 다가왔고, 그 중 나이든 친구가 양손을 벌리며 말을 시작했다.

"당신도 이미 B야드 소식을 들어서 알고 있겠지만, 여기 있는 월남 친구들이나 당신이나 우리 모두 형무소 삶을 마치고 집으로 돌아가는 게 목적이 아니겠소? 물론 우리도 한 때는 이런 상황에서 즉시 보복을 했겠지만, 결코 우리 본인들에게 도움이 되는 게 아니잖소. 그래서 이 숙소에서 생활하는 한국 사람인 당신과 우리 다섯 명의 월남 사람 사이에서는 문제가 없길 바라오."

이들 월남 친구들과 대결까지 준비했던 내게는 뜻밖의 말이었다. 그 월남 친구들도 이성적인 판단을 하고 난 뒤 해준 말이었지만 혹시나 하고 경계를 하며 나는 그들과 조심스레 악수를 나눴다. 그 후 까마귀에게도 찾아가서 고맙다고 인사를 하고, 월남 친구들의 제안을 말했다. 내 말을 다 듣고난 그는 뒤에 숨은 수작이 있을 수 있으니 한동안은 그 월남 친구들을 주시해서 보고 모든 게 안전하다는 것을 확인하라고 귀뜸해줬다. 일단 그렇게 며칠이 보내고나니 매일 생활해야 하는 이곳에서는 문제가 없어보여서 다행이었지만, B야드에 있는 한국 친구들의 상황이 어떤지 궁금하기만 했다.

형무소 생활을 하면서 나는 예전에 의식조차 하지 않던 시간이라는 개념을 새롭게 바라보게 됐다. 악몽처럼 고통스런 나날들도 시간이 흐르면서 지나가게 된다는 것을 새삼 느낀 것이다. 그리고 '시간은 어느 누구에게도 멈추지 않는다(Time stops for no one)'는 미국 속담을 다시금 떠올렸다. 어떻게 들으면 당연한 사실을 새삼스럽게 여긴다고 할 수 있겠지만 고통을 겪고 있는 많은 사람에게는 그 순간순간의 시간이 멈춰있는 것처럼 느껴지면서 끝이 보이질 않는다. 그래서 자살을 하게 되기도 하는데, 어쩌면 그런 게 인간사의 현실이 아닐까 싶다.

아무튼 이번에 벌어진 한국인과 월남인의 싸움 사건에 따른 제한조치도 시간이 흘러가면서 풀렸다. 그동안 궁금함에 가득 찼던 나도 드디어 B야드로 가서 우리 한국 친구들을 모두 만날 수 있었다. 늘 그렇듯이 긴 제한조치가 끝난 후에는 그동안 햇빛을 보지 못한 탓에 모두들 희멀건한 모습으로 서로의 꼬락서니를 놀려대며 만났다.

내가 한국 친구들을 만나게 된 날은 주말이었는데, 이미 며칠 전 주중에 제한조치가 풀려서 한국 사람과 월남 사람들 사이에서 일종의 휴전 합의가 이루어졌다고 했다. 그런데도 내가 갔을 때 보니 아직도 서로가 서로를 경계하는 눈초리로 보고 있었다. 일단 이런 싸움이 나면 서로를 꽤 오랫동안 주시하게 되고, 자연히 개인행동은 금하고 어디서든 단체로 움직이기 마련이다. 그래서 한국사람 열 명도 다섯 명씩 두 줄로 만들어서 둥근 야드 테두리를 몇 바퀴나 계속 걸었다. 걷는 동안 앞줄에 있던 큰 형님과 나이든 사람들은 얘기를 하고, 뒷줄에서 우리를 따르는 젊은 친구들은 주위를 살피는 역할을 했다. 나는 큰 형님이 말문을 열면서 그날 일어난 사건의 진상을 알게 되었다.

사건은 형무소 생활에서 흔히 일어나는 한 방의 두 동료(cellie) 사이의 다툼에서 시작되었다고 했다. 좁은 공간에서 스트레스로 가득 찬 두 남자가 신혼부부보다 더 많은 시간을 함께 하다보면 자연히 서로의 신경을 건드리게 마련이다. 이런 상황을 대처하는 여러 가지 방법이 있지만, 주로 말다툼으로 시작해서 싸움까지 가는 게 흔하다. 한국인 대 월남인의 싸움도 이렇게 두 동료(cellie)의 다툼으로 시작되었다가 커졌다고 했다.

한국 노인 아저씨와 젊은 월남 친구가 한 방에서 지내고 있었는데, 세대 차이는 물론이고 성격도 정 반대라서 사소한 문제로 서로의 신경을 자주 건드렸다고 했다. 이렇게 항상 신경이 곤두 서 있는 상태로 지내다보니 서로의 감정은 나날이 날카로워졌고, 그 상태에서는 무슨 문제가 있어도 잘잘못을 따지는 것은 아무런 소용도 없는 일이 되어 버린다. 최선의 방법은 두 사람을 분리시키는 것이었는데, 그게 수감자들의 바람처럼 빨리 이루어지지가 않는다. 그래서 개인 사이에서 일어난 문제를 해결하지 못하게 되면 단체로 나서서 두 사람을 분리하는 방법을 찾게 된다.

그런데 두 사람이 같은 인종의 사람이라면 문제 해결이 비교적 쉬운 편이지만, 이번처럼 다른 나라 사람이면 문제가 복잡해지게 된다. 유일한 길은 서로 다른 방을 쓰도록 하는 것이다. 방 이동의 최종 권리는 간수에게 있지만 실질적인 사무는 수감자인 건물서기(building clerk)가 보는데, 수감 생활을 오래 한 사람들은 자연히 이들 서기들을 잘 알기도 하고, 직접 그 일을 하는 경우도 있다. 이들 두 사람의 문제가 커지게 되자 한국 사람과 월남 사람들이 단체로 나서서 문제 해결을 위해 합의를 본 것은 여러 건물에 있는 서기들에게 돈을 주고 빨리 방을 구해 두 사람을 분리하기로 한 것이다.

그러나 아무리 빠르다고 해도 방을 옮기는 데는 1-2주일이 걸리기 때문에 한국과 월남 친구들이 모두 야드에 모여서 문제의 두 사람을 불러놓고 말했다고 한다.

"여러 사람들이 당신 둘의 문제를 해결하기 위하여 여러 건물의 서기들에게 빈 방을 구하도록 부탁해 놨으니 빈 방이 나올 때까지 힘들어도 참고 더 큰 문제를 일으키지 마시오."

그렇게 말하면서 한국 노인과 월남 젊은 친구에게 다짐까지 받았다고 했다. 아무튼 한국과 월남 사람들이 모두 모인 앞에서 둘 다 그렇게 하겠다고 합의했으니, 다들 그렇게 믿고 두 사람의 분리 작업을 시작했다. 그리고 얘기를 끝마치고 나서 헤어질 때 큰 형님은 월남 친구를 별도로 불러서 다시 한 번 부탁을 했다고 한다.

"나도 같은 한국 사람이지만, 같이 있는 한국 노인이 힘든 성격을 가진 걸 우리도 잘 안다. 그렇지만 방안에서 싸움이 일어나는 건 있을 수 없는 일이다. 너희도 우리와 풍습이 비슷해서 잘 알겠지만, 나이가 어린 자네가 힘들어도 조금만 더 참고 견뎌주었으면 한다. 방을 곧 옮길 수 있도록 적극적으로 알아보고 있으니 자네가 어린 사람으로서 노인에게 손을 대는 것만은 꼭 삼갔으면 한다."

이 말을 들은 월남 친구는 자기가 다른 방으로 이사 갈 때까지 참겠다고 약속했다. 그리고 큰 형님은 한국 노인에게도 다음과 같이 부탁을 했다.

"형님께서도 자식 같은 어린 사람이니 이사 나갈 때까지 잘 참고 문제를 더 확대시키는 일이 없도록 부탁합니다."

그런데 살다가 보면 모든 조건이 맞아도 일이 뜻대로 잘 되지 않을 때가 있듯이, 형무소 안에서는 이런 일이 더 자주 일어난다. 상황을 해결하기 위해서 처리해야 할 일이 많다보니 예상보다 빈 방을 구하는 게 오래 걸리게 되었다. 모두들 사방으로 알아보고 있는 도중에도 그 두 사람의 사이는 점점 더 악화되어 갔다. 그러다가 젊은 월남 친구가 어느 날 화를 참다못해 한국 노인을 때렸나보다.

야드에 항상 나오던 노인이 며칠 동안이나 야드에 나오지 않자 젊은 한국 친구 한 명이 노인이 사는 건물 간수에게 허락을 받고 방으로 찾아갔다. 노인은 방안에서 색안경을 쓰고 지내면서 '어디 아프냐'는 질문에도 얼굴을 보이지 않고 고개를 돌린 채 말했다.

"며칠동안 감기끼가 있어서 야드에 나가지 않았다."

젊은이가 보니 아무래도 이상해서 말했다.

"아저씨, 잠깐 문 쪽으로 와 보세요."

그 말을 듣고 할 수 없이 다가오는 노인의 안경 뒤를 보니 눈가에 멍이 들어 있었다. 모든 상황을 눈치 챈 젊은이는 간단히 인사를 하고 건물을 나와 야드로 가서 먼저 큰 형님에게 '월남 친구가 참겠다는 약속을 어기고 노인에게 손을 댔다'는 소식을 전했다. 형무소에서 여러 조폭 출신들을 만난 내 경험으로는 하나같이 병적으로 소중히 여기는 공통점이 있었다. 물론 예외도 있긴 하지만, 거의 모두가 자신이 뱉은 말에 대해서는 손해가 나더라도 꼭 지킨다는 것이고, 만약 약속을 어기게 되면 그에 걸맞는 대가를 치뤄야만 하는 무언의 법칙이 있다는 것이다. 인간 쓰레기 집합소로 불리는 형무소에서 이처럼 더욱 더 약속을 철저하게 지키고 있는 것이다.

이 소식을 듣고난 큰 형님은 일단 월남 친구 중에 나이 많은 사람과 만나 문제 해결을 의논하려고 그를 찾았지만 그날 하필 그 사람이 그때 치료소에 있었기 때문에 만날 수가 없었다. 이처럼 일 대 일로 일어나는 두 사람의 문제를 수습하지 못하다보면 단체 대 단체의 문제고 커지게 되는 경우가 허다하다.

대다수가 종신형 수감자들인 젊은 수감자들은 싸움에 관련된 기록이 있으면 나중에 있을 가석방 위원회의 가석방 면접에서 자동으로 기각당할 위험이 있다. 일단 사건이 일어났으니 여러 사람에게 피해가는 것을 막기 위해서 큰 형님은 젊은 월남 친구를 빨리 만나 다른 야드나 숙소로 자진해서 이동하도록 얘기할 계획이었다. 그런데 그 날은 만나지 못하고 다음날로 미뤘는데, 그 사이에 운이 나쁘게도 일이 터져버린 것이다.

큰 형님 생각처럼, 일을 진행하다가도 만약 월남인 측에서 동의하지 않으면 문제는 자연히 커지게 된다. 그런 상황을 잘 아는 에릭은 문제가 단체로 번지는 것을 막기 위해 자신이 그 월남 젊은이와 일 대 일로 해결하기로 결정하고서 그 월남 친구를 만나 단 둘이서 야드를 걸으며 대화를 시작했다.

"문제는 간단하다. 방안에서 노인과 문제가 있다고 해서 여러 사람이 너희 둘을 분리시키려 빈방을 찾는데 노력하고 있다. 너는 그동안 참고 기다리겠다고 약속했지?"

"그래. 그렇지만… "

"그럼에도 불구하고 너는 네가 뱉은 약속을 어기고 노인에게 손을 댔다."

"그러나 …"

"너도 이 생활을 수 년간 해봤으니 약속을 어기는데 따르는 처벌이 뭔지 잘 알고 있겠지."

"그래서 어쩌자는 거야?"

에릭은 월남 친구가 말을 미처 다 끝내기도 전에 간수들의 눈을 피하여 그 녀석의 코와 턱을 눈깜짝할 사이에 주먹으로 갈겼다. 느닷없이 벼락같은 주먹을 맞고 쓰러지는 녀석을 에릭은 부축해주면서 정신을 찾을 때까지 함께 걸었다. 왜냐하면 쓰러진 그 녀석을 거기다 내버려두면 감시탑에 있는 간수가 금방 적발하기 때문이다.

차츰 정신을 차린 그 녀석의 코에서는 피가 멈추지 않고 흘러나왔고, 당황한 그 녀석은 옷으로 코피를 닦으면서 에릭의 부축을 뿌리치고 치료소로 뛰어갔다. 뒤에서 거리를 두고 따라가서 그 녀석이 정말 치료소로 향하는 것을 확인한 뒤에 에릭은 일단 안심하고 야드 반대쪽에 있는 한국인 형들에게 그 녀석을 혼내준 사실에 대해 말하려고 바삐 걸어갔다. 에릭이 한국인 형들에게 그 일을 알리려는 이유는 자기가 한 일을 자랑하려는 목적이 아니고, 그 상황을 모든 한국 형들이 미리 알고 있어야만 혹시 있을 수 있는 월남 친구들의 보복에 대비할 수 있기 때문이었다.

그런데 에릭에게 얻어맞은 녀석이 피를 흘리면서 치료소로 급히 뛰어가는 것을 본 다른 월남 사람이 '무슨 일이냐'고 묻자 그 녀석은 에릭에게 얻어맞은 것을 얘기했고, 그것을 들은 녀석은 즉시 야드에 있던 다른 월남 사람들 모두에게 한국인이 월남인을 때렸다고 알린 것이다. 평소에도 단결력이 좋기로 유명한 월남 사람들은 순식간에 한 자리에 모여들었고, 아직까지 에릭이 그 월남 녀석을 때렸다는 사실을 모르고 있던 한국 사람들을 한꺼번에 공격한 것이다. 에릭은 문제가 커져서 형들까지 관련되는 것을 방지하고자 나름대로 자기 선에서 해결을 하겠다고 일을 벌인 것인데, 녀석의 상처가 의외로 심해서 역효과를 가져온 셈이 되어버렸다.

느닷없이 공격을 받은 한국 친구들은 일단 처음에는 몇 대 맞다가 곧바로 반박에 나섰고, 평소 한국인들과 친하게 지내던 사모아, 필리핀 친구들도 월남인들의 습격을 보고 한국인들을 도와주어서 월남 사람 몇 명을 때려눕히기도 했다. 한국 친구 중에는 예전에 조폭 행동대원을 맡아하던 스피디 형이 있었다. 그 형은 형무소 생활을 20년 넘게 했는데, 그동안 여러 형무소를 이동하여 다니던 중 몇 번이나 흑인 여러 명을 혼자서 때려눕힌 적이 있어서 형무소 안에서도 이름이 유명했다. 20년 넘게 수감생활을 한 타인종 사람들도 여러 형무소를 돌아다니다가 스피디 형을 알게 된 사람들이 많았는데, 그들 모두가 스피디란 별명이 그 형에게는 안성마춤이라고 했다. 이런 스피디 형이었기 때문에 기습을 당해서 먼저 한 대를 맞았지만 빠르기로 유명한 주먹으로 즉시 반격에 나서니 순식간에 월남 녀석 몇 명이 나가 떨어졌다. 특히 그 중 한 녀석은 스피디 형의 주먹에 목을 얻어맞고는 피를 토하며 뒹굴었다.

우리 한국인 10명과 우리를 돕는 사모아, 필리핀 친구 5-6명까지 있었지만, 월남인은 30명을 넘다보니 숫자로는 우리쪽이 불리했다. 그러나 스피디 형이 혼자서 여러 명을 한꺼번에 여유 있게 때려눕히고 있어서 균형을 이루었다. 에릭하고 가장 친한 필리핀 친구 볼로는 자기가 쓰고 있던 전기냄비로 월남인 한 녀석의 얼굴을 갈겨서 냄비는 부서지고 맞은 놈은 코가 부러지며 졸도하기도 했다. 그로 인해 모든 수감자에게 야드에서 전기냄비 사용이 일제히 금지되었다. 우리와 친한 멕시칸과 흑인들은 그 후 '너희들 때문에 추울 때 야드에서 물도 못 끓여먹는다'고 투덜거리기도 했다.

패싸움이 시작된지 1분 만에 패싸움을 목격한 간수들이 즉시 알람을 울렸고, '엎드려'를 외치면서 패싸움이 일어나고 있는 쪽으로 뛰어왔다. 그래도 한 번 일어난 패싸움은 이곳저곳에서 그칠 줄 모르고 계속됐다. 간수들이 싸움을 중지하라는 명령에 불복하는 이들에게 최루가스를 뿌리기 시작하면서 드디어 하나 두 명씩 따가운 눈을 비비면서 싸움을 멈추고 땅에 엎드리기 시작했다.

싸움의 시발점이 되었던 에릭도 형들에게 사건을 알리려고 가던 중에 멀리서 패싸움이 일어나는 것을 보고 도우려고 급히 뛰어갔다. 그러나 거리가 너무 멀었던 탓에 간수들이 야드에서 모든 움직임을 중단시키면서 더 이상 가지 못하고 땅에 엎드려야만 했다. 에릭의 진심을 우리 모두는 잘 알기 때문에 아무도 그를 탓하지 않았다. 나중에 생각해보면 오히려 이번 패싸움에 에릭이 개입되지 않은 것은 천만다행이었다. 만약 이 패싸움에 끼어들어 처벌을 받았다면 훗날 에릭의 인생을 좌우하는 가석방 면접 때 치명타가 되었을 것이기 때문이다.

간수들은 일단 싸움을 중단시키고 모든 이들을 땅에 엎드리게 한 다음에 장시간의 조사를 시작했고, 최루가스를 맞은 이들은 엎드린 채 따가운 눈을 닦으려고 옷자락으로 눈가를 훔쳐야만 했다. 최루가스를 맞아보면 그 효력은 물로 한참 씻어내기 전까지 계속되며 따가움이 가실 줄을 모른다.

  이 사건은 어찌 보면 충분히 피할 수 있었던 사건이었다. 한 방안에서 함께 지내는 두 동료(cellie)의 양보 없는 이기심과 격한 감정으로 인해 싸움이 크게 확대된 것이었고, 그로 인해 여러 종신형을 받은 수감자들은 오래 동안 피해를 받게 되었다. 오전에 일어난 이 사건에 대해 간수들은 바로 조사를 하기 시작했지만 한 사람 한 사람 조사하는데 시간이 많이 걸려서 해질 무렵이 되어서야 마무리가 됐다. 이번 싸움에 아무런 관련도 없으면서 하루 종일 야드 바닥에 엎드려 누워있어야만 했던 타 인종 수감자들은 그제서야 야드에서 일어날 수 있었고, 각 건물별로 들여보내졌다. 싸움의 관련자들은 밤이 되어서야 형무소안의 형무소라고 불리는 '홀(hole)'에 갇히게 되었다. 홀이라고 불리는 그곳은 싸움이나 문제를 일으킨 수감자들을 분리시켜 처벌하는 곳으로, 이번 싸움에 관련된 자들도 그곳으로 한 명씩 옮겨지기 시작했다.

침대 깔개(Mattress) 배달 작전

그날 패싸움을 벌였던 관련자들이 모두 홀(hole)에서 풀려나는 데는 6개월이나 걸렸고, 그 후부터 다들 형무소의 따분한 예전의 삶으로 되돌아갔다. 나는 그동안 홀에서 먼저 나온 한국 친구들과 주말마다 만나서 침대 깔개(mattress)를 형님과 친구들에게 전달하는 방법을 궁리했다. 그러던 어느 날 드디어 애타게 찾던 해결책이 나왔다.

1980년대서 부터 2010년까지 30년 동안 지나치게 강화된 캘리포니아 주 법의 징벌체계로 인해 형무소 수감자들이 폭발적으로 증가되었다. 이처럼 급속하게 늘어난 수감자들을 수용하려고 그동안 34개의 형무소를 지었지만, 모든 형무소가 수용 한계를 200%나 넘어서서 이제는 더 이상 수감자들을 수용할 수 없는 상황이 되었다. 이런 문제를 해결하기 위하여 형무소 행정부에서는 형무소 내의 공간인 복도, 실내 운동장, 휴게실 등에 침대를 넣어놓고 넘치는 수감자들을 그곳으로 수용하였다. 초만원을 이룬 형무소 사정 때문에 이런 곳에서 생활을 해야 하는 수감자들의 불편은 이만저만이 아니었다. 수감자 숫자는 날로 늘어나는데 형무소의 공간은 제한되어 있기 때문에 갈수록 문제가 커져갔다.

새로 당선된 주지사는 이런 문제를 해결하는 방법의 하나로 예전부터 해오던 형무소 신축 정책을 중단시켰다. 그리고 20년을 넘게 문제를 일으키지 않고 노력하면서 새로운 삶을 추구하는 종신 수형자들을 추려내어 가석방을 시키는 정책으로 방향을 바꾸었다. 주지사의 이러한 새로운 정책은 그동안 절망에 가까운 상태였던 많은 종신 수형자들의 삶에 큰 희망을 주었다. 동료들이 하나 둘씩 가석방 되는 것을 본 수형자들은 너 나 할 것 없이 가석방 심의위원회에서 가석방 면접을 볼 때 필요한 것을 서로 알려고 했다.

그런데 크게 봐서는 당연히 반가운 소식이었지만 내가 그동안 비교적 편하게 지냈던 알파숙소에는 예상치 못한 결과를 가져왔다. 알파숙소는 수감자 급증 이전부터 있었던 건물이었지만, 모든 공용 수용소를 없애려고 하는 정책에 따라 폐지 대상 건물이 되었기 때문이다. 이 소식을 듣고 그동안 이 숙소에서 20년 넘게 생활해온 수감자 대다수는 다시 좁은 방(cell)으로 돌아가야 한다는 것에 대해 몹시 답답해했다. 형무소 안이었지만 비교적 활동하는 데 있어서 제재가 다른 곳보다는 훨씬 적었던 이곳에서 떠날 생각을 하니 걱정부터 앞섰지만, 형무소의 결정에 따를 수밖에 없는 수감자들이니 아무리 싫어도 울며겨자먹듯이 따라야만 했다.

불행 중 다행이랄까. 알파숙소의 모든 수감자들이 이동하기로 된 곳은 바로 한국인 형님과 아우들이 있는 B야드였다. 그래서 숙소를 옮기는 이동은 그동안 기다렸던 침대 깔개를 옮기기 위한 절호의 기회이기도 했다. 그 후 약 한 달이 지나서 수감자들의 이동이 시작되었는데, 매번 수감자의 짐을 간수들이 일일이 조사한다고 했지만 350명이 넘는 수감자들을 모두 조사하기는 불가능했다. 그런 탓에 처음 20-30명을 깐깐하게 조사한 이후부터는 형식상으로 수색하면서 그냥 넘어갔다. 이러한 모습을 확인한 나는 뒤쪽에서 기다리면서 미리 최대한으로 압축시켜 준비해 두었던 침대 깔개용 스펀지를 바퀴 달린 이동용 손수레의 가장 아래쪽에 놓고, 그 위에 다른 짐을 가득 채운 다음 수색담당 간수들이 우리 차례를 부를 때까지 기다렸다. 10명이 넘는 몫의 침대 깔개를 만들 수 있을 만큼 스펀지를 준비했더니 부피가 꽤나 커서 짐이 비교적 적은 흑인과 백인 친구들에게 남는 스펀지를 주는 조건으로 부탁해서 몇 개를 그들의 이동용 손수레의 밑부분에도 실었다.

드디어 우리 차례가 돌아와서 간수들은 수색을 한답시고 우리 손수레를 두리번거리며 살펴보더니 '웬 물건이 이렇게 많냐'고 투덜거렸지만 검사하느라고 지쳤는지 그냥 통과시켰다.

우리는 이동용 손수레를 밀면서 B야드로 향했다. 일단 이쪽 관문은 통과했지만 새로 이사 들어가는 건물의 간수도 수감자들의 물건을 수색할 수 있기 때문에 신경을 곤두세워가며 건물에 도착하니 우리 앞에 도착한 수감자들이 각자 이동용 손수레에 가득 실어놓은 짐을 가지고 줄을 지어 들어가야 할 건물의 문 앞에서 기다리고 있었다. 차례를 기다리는 동안에 유리 창문을 통해 건물 안에 있는 간수들이 짐을 수색하는 것을 보니 그들도 알파숙소 간수들과 마찬가지로 너무 많은 수의 이동 수감자들 때문에 지쳤는지 대략 수색하는 시늉만 내고 있었다.

우리 차례가 왔을 때도 별 문제없이 간수들의 수색을 통과해서 각자 배치된 방으로 가서 일단 모든 짐을 좁은 방에 다 넣었다. 그런데 10명 몫의 스폰지를 보관하려니까 부피가 너무 커서 일단 3명이 적당하게 나누어서 각자 방으로 들여놓았다. 우리가 새로 배치받은 B야드의 1번 건물에는 마침 큰 형님과 에릭이 살고 있었기 때문에 스폰지를 전해주는 것은 다행히 쉽게 해결이 됐다.

그날 오후 운동시간을 마치고 건물로 들어오는 큰 형님과 에릭을 만나는 즉시 스폰지를 전달할 방법을 생각했다. 같은 건물이라고는 하지만 간수들의 눈을 피해야 되니까 건물 안에 사람이 많이 있는 저녁 식사 후에 전달하기로 시간을 정했다. 포장해놓은 스폰지 덩어리를 망사로 된 세탁주머니에 넣고 내 방에서 가지고 나와서 전해 주기로 했다. 저녁 시간 후에 건물 안에서 진행하는 휴게실 사용 시간 때는 간수 두 명이 방마다 다니며 문을 열어준다. 이때 나는 내 월남인 동료(cellie)와 각자 스폰지가 들어있는 세탁주머니를 들고 나왔는데, 그걸 보고 간수 한 명이 물었다.

"너희 둘, 손에 든게 뭔데 그렇게 크냐?"

"이사 하느라고 지난 주에 빨래 수거 시기를 놓쳐서 지금 이 건물에 있는 빨래 카트에 넣으려고요."

"그 빨래주머니 부피로 보면 너희들은 빨래를 몇 주 동안 안한 것 같은데, 앞으로 내 건물에 살려면 매주 빨래를 꼭 해야 돼. 지저분한 것은 난 딱 질색이야."

신경질적으로 보이는 간수가 우리들에게 경고를 하고 떠났다. 그 후 나는 곧바로 건물 뒷부분에 있는 빨래 카트 쪽으로 갔다. 그곳에는 이미 큰 형님과 에릭이 와서 기다리고 있었다. 두 사람은 말로만 듣던 스폰지를 손으로 만져보더니 그 푹신함에 놀라는 표정이었고, 빨리 방으로 가지고 가서 침대 깔개를 만들고 싶어했다. 휴게실 시간을 마칠 때는 종을 치는데 그걸 듣고 수감자들은 매 층마다 각자 자기의 방문 앞에 서 있으면 간수 두 명이 1층부터 4층까지 수감자들을 방에 가두는 작업을 다음과 같이 진행한다.

1) 첫 간수는 방 번호 1번서부터 순서대로 마지막 방까지 문을 여는 작업만 하고 지나간다.
2) 수감자들은 자기 방문이 열리면 바로 방안으로 들어간다.
3) 둘째 간수는 수감자들이 방안에 들어간 뒤 문을 열쇠로 다시 잠근다.

내가 3층에 살고 있었고, 큰 형님과 에릭은 2층에 살고 있어서 그들의 방문이 먼저 열리니 각자 스폰지를 들고 무사히 방으로 들어가는 것을 확인할 수 있었다. 내가 층계에서 바라보고 있으니 두 사람은 엄지손가락을 올리고 웃으면서 방안으로 들어갔다.

그 다음날 우리 모두 아침 일찍 일을 가는 탓에 서로를 보지 못했고, 오후에 일을 마치고 와서야 만날 수 있었다. 일을 가장 늦게 끝마친 나는 건물에 들어오자마자 큰 형님과 에릭이 있는 방으로 뛰어갔다. 방안에서 나와 눈을 마주친 에릭이 함박웃음을 지으며 소리쳐 말했다.

"이건 생애 최고의 크리스마스 선물입니다.(This is the best Christmas present ever), 형님!"

이때가 마침 연말이었는데 수감 생활 중에 명절 같은 것은 별로 신경을 안쓰다보니 나는 크리스마스가 다가오는 것도 모르고 있었다. 그날 저녁식사를 마치고 건물로 돌아와서 휴게실 테이블에 앉자마자 에릭이 말했다,

"쓰고 있던 침대 깔개를 실을 풀어 호청을 열어보니 얼마나 오래 됐던지 솜이 완전히 종이장 같이 납작하게 돼 있었어요. 솜을 안에서 끄집어 내버리고 형님이 가져다준 스폰지 두 조각을 맞추어 집어넣고 호청을 다시

바늘로 꿰맸더니 밖에서 쓰는 침대 깔개 못지않게 됐어요."

"와! 네 것이랑 큰 형님 깔개를 하느라고 일이 엄청 많았을 텐데 수고가 많았구나. 솜을 만지느라고 먼지도 많이 뒤집어썼지?"

"말도 마세요. 얼마나 오래 됐는지 더러운 냄새하고 먼지는 눈을 따갑게 했어요. 그렇지 않아도 아까 형님 오시기 바로 전에 작업 마치고 방을 청소한 다음 몸을 씻고 들어오는 길이었어요. 오늘 저녁 큰 형님하고 나는 지난 20년 만에 처음으로 잠 같은 잠을 자보겠어요."

이렇게 얘기를 하며 웃음을 그칠 줄 모르는 에릭의 모습에 나 또한 말할 수 없이 흐뭇했다. 에릭은 어린 나이에 들어와 20년이란 세월을 압박과 부족함 속에서 살아온 덕분에 바깥 기준으로 보면 보잘 것 없는 것에도 기뻐할 줄 아는 지혜를 터득한 것이었다.

그 다음날 아침, 큰 형님도 참으로 오랜만에 편하게 잠을 자봤다며 고마워했고, 나머지 스폰지를 다른 건물에 있는 한국 친구들에게도 빨리 보내주도록 길을 찾자고 했다. 그래서 우리가 생각해낸 것은 빨래 수거용 손수레를 이용하는 방법이었다. 매 건물마다 매주 수감자들의 빨래를 걷어서 이동용 손수레에 싣고 형무소 세탁소(laundry)에 맡기려고 복도로 끌고 가는데, 그 통로는 한국 친구들이 사는 건물들을 모두 지나가게 되어 있었다. 마침 우리 1번 건물에서 세탁물을 걷어가는 것을 담당하는 수감자가 큰 형님과 잘 아는 사이였다. 그래서 2번과 5번 건물에 있는 한국 친구들이 있는 방까지 그가 알아서 스폰지를 배달해 주면 남는 스폰지 하나를 그에게 주겠다고 제안을 했다. 그도 소문으로만 듣던 귀한 스폰지를 가질 수 있는 기회였기 때문에 곧바로 우리 제안에 동의했다.

그 후 며칠이 지나서 주말에 야드로 나가니 한국 친구들 모두가 새로 받은 스폰지 침대 깔개 이야기로 꽃을 피우고 있었다. 모두들 침대 깔개의 호청을 따서 솜을 꺼내 버리고 스폰지를 넣는 작업에서 먼지를 뒤집어쓴 얘기들을 하면서, 하나같이 그토록 편히 잠을 자본 것이 너무 오랜만이라며 기뻐했다.

과거에 무슨 사연이 있어 이런 생활을 시작하게 되었는지는 이제 중요치 않았다. 수 년 동안이나 말 못할 고생을 하면서 인연이 되어 서로가 서로를 지탱하며 의리를 지키고 우정을 나누는 이 친구들이야말로 진정한 벗이 무엇인지를 몸으로 보여주었다. 변변치 않은 것에도 이토록 기뻐하는 친구들을 보며 나는 그들이 안쓰러웠고 나를 벗으로 받아 주는 것이 새삼 고마웠다. 사회 그리고 때로는 친구와 가족으로부터도 버림을 받고 있는 이들과 이처럼 메마른 곳에서 동족애를 나눌 수 있는 시간은 나에게 있어서 현재의 처지를 잠시라도 잊을 수 있는 귀중한 시간이었다.

4
자유와 희망의 길을 걷다

에릭의 새로운 출발

내가 에릭을 만났을 때 받은 첫 인상은 묵직함이었다. 처음 만났을 때 에릭은 벌써 수감생활을 10년 가까이 한 처지였다. 말보다 행동이 앞서고, 판단력이 부족한 사춘기 시절에 동네 형들을 따라다니다가 큰 실수를 범해서 종신형을 받고 들어온 처지였지만, 그동안 많은 것을 겪어서인지 나이는 20대였지만 행동이나 생각하는 것은 훨씬 성숙했다. 에릭과 나는 서로를 차츰 알아가면서 우정이 쌓여갔고, 서로 속깊은 대화를 자주 하면서 많은 시간을 보냈다. 에릭은 매사에 생각이 깊고 심지가 굳은 어른으로 성장해 갔다.

우리 둘 다 가장 잘 맞았던 점은 운동을 광적으로 좋아한다는 것이었다. 그래서 야드에서 만날 때마다 농구, 미식축구, 야구 등 형무소에서 할 수 있는 모든 운동을 함께 하면서 시간을 보냈다. 한때 에릭과 나 그리고 잠시 우리와 함께 생활을 했던 어린 한국 친구 한 명이 한 조를 이루어서 다른 팀과 3 대 3 농구를 했는데, 항상 이기다보니 동료들이 '한국인 특급(Korean Express)'이라는 별명까지 지어주기도 했다.

침대 깔개 작전을 무사히 마친지 얼마 안돼서 우리에게 기쁜 소식이 들려왔다. 약 1년 전부터 시행된 주지사의 종신형자 가석방 정책이 에릭에게도 해당될 수 있다는 것이다. 가석방을 고려하는 위원회에서 에릭에게 6개월 후인 2011년 9월 12일로 잡힌 면담 날짜를 통보했다. 거의 20년이나 형무소 생활을 해온 에릭에게는 이곳을 나갈 수 있는 절호의 기회였다. 우리 모두는 진심으로 기뻐하면서, 각자 나름대로 할 수 있는 모든 도움을 주고 싶었다.

에릭이 가석방 심사위원회의 면담을 준비하는 데는 먼저 서류준비와 복사작업이 많이 필요했다. 그 작업을 하기 위해서는 복사기가 있어야 하고, 문서 편집기(word processor)가 필요했다. 그것은 사무실에서 일하는 내가 할 수 있는 일이었기 때문에 나는 에릭을 돕는데 동참할 수 있다는 것이 기뻤다. 에릭이 준비해야 하는 가석방 위원회의 준비서류를 보니 내가 예전 경찰 시절 때 접했던 익숙한 내용들이 많이 있어서 면담을 해야 할 에릭에게 적지 않게 도움을 줄 수 있었다.

그 직후부터 나는 주말마다 에릭과 야드에서 만나 둘 다 좋아하는 모든 운동을 중단하고 면담에 필요한 서류준비에만 온 힘을 쏟았다. 에릭이 준비한 서류를 내가 하나하나 검토하여 문법과 내용을 고친 뒤에 주중에는 내가 일하는 곳에서 서류를 작성한 후 복사해서 에릭에게 전달하였다. 에릭과 나는 남은 6개월 동안 주말마다 이런 식으로 서류 준비와 면담 연습을 열심히 반복해서 거의 완벽해지도록 준비했다.

이때 한국 친구들 중에 형량을 20년 넘게 받고 형무소 생활을 해온 친구들이 여러 명이나 되었고, 그들 또한 앞으로 받게 될 면담을 위한 준비로 분주하게 움직이면서 나에게도 서류를 준비하는데 필요한 도움을 요청했다. 나는 날짜가 임박한 에릭에 대한 준비를 우선으로 하고, 시간이 나는 대로 틈틈이 앞으로 면담을 하게 될 친구들이 작성한 서류들을 보면서 문장 수정과 인쇄 및 복사 등을 도와주었다. 그들 중에는 아직 면담을 받을 단계까지는 많은 시간이 남아있지만 나름대로 형무소 생활을 하는 동안 대학 과정까지 밟은 어린 친구들도 있었다. 그런 그들에게 가장 필요한 것은 형무소에서 구하기가 힘든 문방도구였다. 다행히 내 일자리에서는 그런 물품들을 풍부하게 구할 수 있었는데, 이런 물품들은 그들이 공부하는데 큰 도움이 되었다.

하루는 흥미로운 일이 있었다. 바비라는 이름을 가진 백인 청교도 광신자가 나에게 엉뚱한 질문을 던진 것이다. 바비는 지난 3년 정도 같은 공장에서 일을 하면서 알게 된 사이였는데, 인간성이 나쁘지는 않았지만 엉뚱하게 행동할 때도 많고, 종교 생활도 무슨 시합을 하는 것으로 여기는 친구였다. 그는 타 종교를 공부하는 모임에도 빠짐없이 찾아다녔는데, 그 목적은 그 종교를 비판할 꺼리를 찾아내기 위한 것일 만큼 청교도 광신자였다.

비가 오는 그 날 점심시간에, 내가 사무실 앞 처마 밑 의자에 앉아 내리는 비를 바라보고 있는데 이 친구가 싱글벙글 웃으며 지나가다가 내 옆자리에 앉더니 느닷없는 질문을 했다.

"너는 이 공장에서 물건을 훔쳐다가 팔면 한 달에 벌이가 얼마나 돼냐?"

"바비, 왜 또 어디서 뭘 듣고 그런 말을 하냐?"

"아니, 그냥. 너는 카톨릭 신자로 알고 있는데, 그렇게 벌면 마음이 편한가 해서?"

"알았어, 바비. 나중에 또 너랑 이런 얘기를 하기 싫으니까 내가 하는 말 잘 들어. 나뿐만 아니라 이 공장에서 일하는 우리 모두 나름대로 조금씩 물건을 가져다 파는 사람도 있고, 필요로 하는 친구들에게 그냥 주는 사람도 있어. 전자든 후자든 나는 좋다고 생각해. 이 공장에서 우리에게 주는 보수는 착취 수준이지 '월급'이라고 볼 수는 없어. 그리고 우리가 만들어 내는 저 가구들이 얼마에 팔리는 줄 알아? 이 공장의 연간 수입이 얼마인 줄 상상이나 가? 아무 선택의 여지가 없는 수감자 인력으로 어마어마한 이익을 남기는 이 공장에서 일하는 우리가 서로를 돕기 위해 또 일부는 수입이 모자라서 생활비를 보충하려고 하는 것뿐이야."

"그래도 훔치는 건 훔치는 거잖아."

"그래, 법대로 아니면 성서에서 가르치는 문자 그대로 따지면 훔치는 거가 맞겠지. 그러면 생각을 바꿔서 그와 같은 이치를 우리 처지에 적용해 보자. 시간당 30센트를 주는 건 공장에서 우리 임금을 훔치는 거 아니야? 그 액수를 따지면 누가 더 큰 도둑놈이야? 그런데 바비, 너도 인생을 살아 보니까 모든 게 지금 네가 말하듯이 항상 그렇게 깨끗하게 흑백으로 나누어졌니?"

"나는 어쨌든 훔치는 건 나쁘다고 생각해."

"바비, 그러니까 세상을 그렇게 좁고 제한된 네 생각만을 기준으로 해서 보지 말고 전체 상황을 보고 판단할 줄 알아야 해. 우리는 모두 같은 처지에 있는 사람들이고, 다들 부족하지만 서로 도우며 어떻게든 살아남아서 우리 가족들하고 다시 만나는 그날을 희망하며 하루하루를 살아갈 뿐이야. 그리고 우리의 보잘 것 없는 개념으로 하느님의 말씀이나 뜻을 우리에게 편리한 대로 맞추려고 하지 마. 신앙생활이란 나는 맞고 너는 틀렸다고 하면서 겨루는 시합이 아니야."

내가 말을 끝마치자, 바비는 마치 자기가 이겼다는 듯한 만족한 표정을 지으며 일어났다.

에릭의 면담 준비를 도와주다보니 어느덧 시간이 흘러 면담 날짜가 드디어 2주 앞으로 다가왔다. 우리 둘은 준비한 서류에서 혹시 빠진 게 있는가를 최종 검토하면서 면담 준비를 마무리했다. 에릭도 지난 6개월 동안 면담 준비에 자신이 할 수 있는 모든 것을 다했으니 결과에 상관없이 후회는 없을 것이라고 말했다.

"꼭 좋은 결과를 얻을 테니 항상 긍정적으로 생각하며 지내자."

나는 에릭의 열정과 담대한 마음가짐을 높이 사주고 싶어 그에게 격려의 말을 해주었다.

드디어 고대하던 면담일인 2011년 9월 12일이 되었다. 면담 시간이 오전 10시였기 때문에 아침에 식사할 때 식당에서 에릭을 만날 수 있었다. 큰 형님을 비롯한 우리 모두는 에릭과 악수를 하고 행운을 빌어주었다. 이날 나는 일을 하러 가서도 매 시간 시계를 보며 에릭의 면담이 어떻게 진행되고 있는지 궁금하기만 했다. 마음이 다른 곳에 가있다보니 일이 손에 잡히지 않아서 나는 까마귀와 윌리를 찾아가서 하루 종일 공장 창고에서 시간을 보냈다. 아무리 답답해도 기다리는 수밖에 없다보니 시간이 새삼 더디게 지나갔다.

지루하게 하루 일을 마치고 건물로 서둘러 와서보니 에릭은 아직까지도 보이지 않고, 큰 형님이 혼자 건물 안에서 마음을 조리면서 에릭을 기다리고 있었다. 에릭이 면담을 시작한 지 벌써 5시간이나 지났는데, 그때까지도 에릭의 소식을 알 길이 없었다. 나는 너무나 답답해서 아는 간수에게 어떤 상황인지를 물어보니, 고맙게도 가석방 위원회 사무실 담당 간수에게 직접 전화를 해서 알아봐 주었다. 에릭 바로 앞서서 진행된 다른 종신형자의 면담이 예상 외로 길어져서 에릭은 오후 1시가 되어서야 겨우 면담이 시작되었다고 했다. 그 말을 듣고나니 일단 안심이 되었지만, 저녁 식사시간이 다가오는 시간까지도 에릭이 보이지 않으니 궁금하고 초조한 마음을 안고 큰 형님과 나는 저녁을 먹으러 식당으로 향했다.

식판에 음식을 받아서 자리에 앉았지만 나는 계속 복도가 보이는 식당 출입구만을 쳐다봤다. 한동안 지나가는 이가 없어서 초조한 마음을 달래지 못하고 있는데, 어느 순간 갑자기 에릭이 식당 출입구에 보였다. 우리 쪽을 바라보며 다가오는 에릭을 보고 나는 일어서서 엄지 손가락을 올리며 몸동작으로 잘 됐느냐고 물었다. 바로 이때 내 생애에서 가장 기쁜 순간중 하나가 펼쳐졌다. 에릭은 얼굴에 미소를 띠고 자신의 엄지손가락을 치켜들면서 우리 쪽으로 성큼성큼 걸어왔다.

나는 종종 그때 그 순간을 떠올려본다. 그럴 때마다 매 순간순간이 선명하게 기억나면서 감동에 빠져 온몸에 소름이 끼치는 걸 느낀다. 에릭이 약 10미터 정도 가까이 왔을 때 나도 일어나서 그를 향해 걸어갔다. 그때 우리 두 사람의 눈에는 눈물이 맺혀 있었고, 서로를 껴안고 한참동안 말없이 눈물을 흘렸다. 오랜 형무소 생활 동안 말할 수 없이 쌓였던 아픔과 슬픔이 한꺼번에 씻겨 내려가는 순간이기도 했다. 두 남자가 껴안고 눈물을 흘리는 모습은 형무소에서는 보기 드문 모습인 까닭에 식당에 있는 사람들의 시선이 우리들에게 집중됐지만 말할 수 없이 기쁜 우리들에게는 상관할 바가 아니었다.

한동안 식당에 앉아서 한없이 기쁜 얼굴로 서로를 바라보고 있었다. 아무런 말도 필요가 없었다. 저녁 식사 시간이 끝나서 헤어지면서 모두들 에릭에게 축하한다는 말과 악수를 건네줬다. 우리는 1번 건물로 다시 돌아와서 방에 들어가기 전에 1시간 동안 건물 안 휴게실에서 에릭의 오늘

하루 일정을 하나도 빠지지 않고 다 들었다. 피를 말리는 순간들이 장장 6시간이 넘게 진행되었는데, 세밀하게 묻는 세 명의 심사위원들이 했던 질문들은 우리가 연습했던 것과 흡사해서 별로 막히는 것 없이 대답을 했더니 끝에 가서야 가석방 허락이라는 결정을 내렸다고 한다. 일단 가장 큰 관문을 통과하긴 했지만 가석방에 관한 모든 절차가 마무리 되려면 앞으로 사소한 몇 단계를 더 거쳐야 했다. 그 기간이 약 6개월이었는데, 처음 며칠 동안은 모두들 기뻐하면서 들뜬 마음으로 보냈지만 그 후 모두 각자 일상생활로 돌아갔다. 에릭도 묵직하게 평소처럼 변함없이 하루하루를 보내며 다음 단계를 기다렸다.

에릭의 가석방 결정 소식은 주위에 매우 좋은 영향을 미쳤다. 모든 동양인 종신형자들도 희망에 차서 각자 면담 준비를 하면서 예전의 절망감에서 벗어나는 것이 역력하게 보였다. 특히 면담을 준비하는데 큰 도움이 되는 에릭의 면담 경험을 듣고 싶어하는 친구들이 여기저기서 생겨났다. 에릭은 그들 한 사람 한 사람에게 빠짐없이 자신의 경험을 이야기해 주었다. 자신의 남은 가석방 절차를 기다리는 동안 에릭은 이렇게 동료들을 도우면서 지내다 보니 시간이 절로 빨리 갔다. 에릭의 남은 단계들은 다행히 별 문제가 없이 통과되었고, 드디어 에릭 자신과 그의 가족이 기다리던 가석방 날짜를 통보받았다. 그날은 2012년 2월 15일이었다.

가석방 날짜를 받고나면 더 이상 의심할 여지가 없이 100% 나가게 된다. 이걸 아는 우리는 모두 조심스레 기다리던 마음에서 벗어나 에릭을 마음껏 축하해주고 어린 소년들처럼 장난을 치고는 했다. 매 순간순간이 기쁨 그 자체였다. 에릭은 나가기 일주일 전에 나를 찾아와서 서로 오랜 시간동안 대화를 나눌 수가 있었다.

"에릭, 이게 이별(goodbye)이 아닌 건 알지? 그저 잠시 떨어져 있을 뿐이야."

"예, 나도 잘 압니다. 내가 먼저 나가서 형님들 나올 때 도울 수 있도록 노력할게요."

"네 마음은 우리 모두 잘 알고 있다만, 아직 너는 30대이니 무엇보다도 네 앞길을 계획하고 마련하는 게 우선이다. 우리 걱정은 말고 열심히 살아라."

"한편으론 기쁘면서도 또 한편으론 좋고 나쁜 걸 모두 함께 겪었던 정든 형들과 친구들을 뒤로 하고 혼자만 나가려니 미안한 마음이 자꾸 생깁니다."

"그런 말은 그만 하고 네가 나가서 떳떳하게 새 삶을 시작할 때 바로 그게 우리의 우정에 보답하는 거다."

"그동안 형님께 많은 걸 배웠고 특히 가석방 면담 준비 때 도와 주신 건 평생도록 기억할 겁니다."

"내가 아직까지 아무에게도 이런 말을 한 적이 없다. 나는 왠지 어릴 때부터 남동생을 원해서 철없이 부모님께 떼를 쓴 적도 있었지. 이제 너는 내 동생이야."

"예, 형님. 우린 한 가족(family)입니다."

"그래, 고맙다. 나도 이제 머지않아 나갈 테니 우리 꼭 다시 만날 걸 약속하자."

"기다리고 있을 게요."

그동안 앞으로 우리 모두 나가서 다시 만나 함께 새 삶을 시작하자던 꿈만 같던 얘기가 이제는 눈앞의 현실로 다가오고 있었다.

2012년 2월 15일, 아침식사 때 식당에서 친구들이 모여 에릭에게 다시 한 번 작별인사를 했다. 큰 형님과 나는 식사를 마치고 에릭과 함께 1번 건물로 다시 돌아와서 간수가 에릭을 출구 쪽으로 데리고 갈 때까지 함께 있었다. 나는 이날 늦게 출근할 수 있도록 미리 허락을 받아놓았기 때문에 마음 놓고 에릭과 함께 있을 수 있어서 기뻤다.

아침 8시 30분쯤 되어 간수가 에릭의 이름을 부르면서 건물 문쪽으로 오라는 손짓을 했다. 그 모습을 보고 큰 형님과 나는 에릭을 한 번 더 안아주고 악수를 한 뒤에 떠나보냈다. 정든 녀석의 출감이 한편으로는 더할 수 없이 기뻤지만, 다른 한편으로는 언제 다시 만날지 모르는 앞날이 아쉽기만 했다. 묘하게 기쁨과 슬픔이 어우러진 복잡한 감정을 지닌 채 큰 형님과 나는 우리를 계속 뒤돌아보는 에릭의 모습이 문가에서 사라질 때까지 손을 흔들며 서 있었다.

에릭을 떠나보낸 후 복도로 나와서 일자리를 향해 걸어가며 나는 에릭에게 마음속으로 말했다.

"에릭, 넌 참 멋진 놈이야. 20년이란 세월을 잘 견뎌낸 네가 자랑스럽구나. 부디 행복해라."

켈리의 편지와 면회

에릭이 떠난 후 쓸쓸한 마음을 이겨내기 위해 나는 운동과 독서에 평소보다 더 많은 시간을 보냈다. 주중에는 일, 주말에는 운동과 독서를 반복하며 쳇바퀴 돌 듯 살고 있는데, 켈리의 편지를 받았다. 한동안 소식이 뜸해서 마음에 좀 걸리던 참에 받은 소식이라서 무척이나 반가웠다.

보고픈 오빠,

많이 힘들지? 그동안 직장 부서를 옮겨 일하면서 좀 바쁘다는 핑계로 연락을 소홀히 해서 미안해. 2주 후 휴가 때 오빠 보러 갈게. 오빠를 보게 될 걸 생각만 해도 신난다. 어머님과 내가 오빠를 기다리고 있으니 항상 건강에 주의하고, 거기 음식이 맛 없어도 끼니는 거르지 말고 먹어야 돼, 알았지?

요즘 어머님 자주 뵙고 있어. 어머님께선 성격은 여전하시고 건강도 비교적 좋으신 거 같아서 보기 좋으셔. 예전부터 오빠 어머님 뵈며 나도 자식이 있으면 저토록 자식을 위해 헌신하고 사랑할 수 있을까 하고 자신에게 묻게 되지만 요즘 그 생각이 더해. 아무튼 그런 어머님을 가진 오빤 행운아야.

내 계산으론 오빠 나올 날이 머지않아 다가오는 것 같은데 너무 신난다. 오빠하고 놀러 다닐 생각만 해도 기분이 들떠. 그때는 그동안 못먹은 맛있는 것들 같이 먹자.

그동안 좋은 소식도 있고 오빠하고 의논할 것도 있는데, 상세한 건 다음 주에 면회 가서 얘기할게. 아무튼 항상 보고픈 내 오빠 건강하고 다음 주 봐요.

사랑하는 켈리가.

늘 보고 싶은 켈리였고, 또 마침 어머니께서 한 달 동안 집안일로 한국을 방문 중이라서 나를 면회 올만한 사람이 없던 중에 반가운 소식이었다.

토요일 아침에 면회 준비를 했다. 준비라고 해봐야 그저 머리 밀고 면도하고 좀 깨끗한 수감자 옷과 신발을 신는 것이다. 준비를 마친 채 방안에서 기다리고 있는데 간수가 문 앞에 와서 면회가 있다면서 문을 열어 주길래 급히 면회실로 발걸음을 재촉했다. 면회실에 들어가니 켈리가 한 쪽 구석 자리에 앉아서 머리를 숙이고 조그만 책자를 들여다보고 있었다. 그는 아직도 대학 때처럼 티없이 맑고 선한 모습 그대로였다.

내가 소용히 뒤로 가서 어깨를 툭 지니 삼싹 놀라 뒤놀아보았다. 그러면서 나를 바라보더니 그 전형적인 눈이 없어지는 미소를 지으며 내게 안겼다. 우리는 미소 가득한 얼굴로 서로의 눈을 잠시 바라보며 안고 서있었다. 좀 야윈 것을 빼면 켈리는 대학 시절 때의 모습 그대로였고, 항상 편한 동생 같은 느낌까지도 그대로였다. 우리는 마주보며 의자에 앉아서 내가 먼저 말문을 열었다.

"일이 많이 힘든 모양이구나. 살이 빠진 걸 보니 말이다."

"진짜? 돈을 주고도 살을 못빼서 안달하는 요즘 시절에 나는 이렇게 공짜로 빠지니 얼마나 좋아!"

"그러다 어느 날 하루아침에 할머니 될라."

"그렇지 않아도 요즘 대학 갓 졸업하고 입사하는 애들이 날보고 고약한 할머니라고 부른대요."

"하하, 벌써? 그러게 애들한테 좀 잘해 주지."

"잘해 주고 있는데 뭐. 아무튼 그런데, 빠진 건 오빠가 정말 빠진 거 같네. 그 까다로운 식성을 여기서 맞춰줄 일은 없을 거고, 항상 먹는 게 불편하지?"

"이젠 괜찮아. 숙달이 될대로 되어서 아무 걱정 없어. 그리고 여기 한국 친구들이 꽤 되는데 그 중에 큰 형님 음식솜씨가 보통 요리사 뺨쳐. 그래서 요즘 잘 얻어먹고 있어."

"여긴 한국 사람이 많아?"

"10명 정도 되는데, 약 한달 전에 아우처럼 지내던 젊은 친구가 종신형을 살다 가석방으로 집에 가는 경사가 있었어."

"야, 진짜 너무 잘됐다. 몇 살인데?"

"서른 다섯."

"그럼 새로 시작하는데 충분한 나이네."

켈리는 이 말을 하며 조심스레 내 눈치를 보는 모습이더니, 잠시 후 말을 이었다.

"말이 나왔으니 말인데, 오빠도 이제 나올 날이 다 되어가지?"

"1년 반쯤 남은 거 같아."

내 말이 떨어지자 켈리는 내 손을 다시 잡고 그 반짝이는 눈빛으로 나를 바라보며 말했다.

"오빠, 나오면 계획이 뭔지 물어봐도 될까?"

"무슨 계획이라고 할 게 있나? 나가서 첫 3년은 중범죄자 관찰당국에서 시키는 거 하기 바쁠 테니 말이야. 겪어본 친구들 말로는 똥개 훈련시키는 거래. 조금만 어긋나면 트집을 잡아 다시 집어넣으려고 눈이 시뻘게져 있다니 계획이라고 하면 그저 3년을 무사히 마쳐야겠지."

"여태까지 여기서도 잘 견뎌냈는데 뭐. 오빤 잘 해낼 거야."

"켈리야, 그토록 고대했지만 오지 않을 것만 같던 출감날이 정말 다가오고 있구나. 진짜 꿈만 같아. 한편으론 믿기 힘들게 기쁘다가도 또 한편으론 어중간한 나이에 새로 시작해야 한다는 압박감이 나를 심하게 누를 때도 있어."

"오빠를 믿고 돕고자 하는 분들이 많아. 아무리 힘들어도 포기하면 안돼. 남 신부님 말씀 기억하지, 절대 포기하지 마!"

"출감이란 기쁨 뒤에는 처절한 현실이 숨어 있어. 나이 50이 넘은 한 푼 없는 빈털털이가 홀어머니를 어떻게 모실지? 아니 모시기는커녕 짐이라도 안되어야 할 텐데 걱정이다."

"왜 그렇게 부정적으로만 생각해? 예전에 그 박력 넘치던 오빤 어디 갔어?"

"그러게 말이다."

"내가 오빠한테 오래 전부터 하고픈 말이 있어. 그 급한 오빠 성격을 알지만 끝까지 들어줘. 오빠를 아는 사람치곤 그 지나치게 강한 오빠 자존심을 모르는 사람은 없을 거야. 그래서 내가 너무 조심스러워서 여태까지 망설였던 거야."

켈리가 말을 멈추고 잠시 망설이기에 내가 물었다.

"야, 웬 서론이 이렇게 기냐?"

"아무튼 내 말이 끝날 때까지 꼭 다 들어주겠다는 약속해 줘."

"또 무슨 뚱단지 같은 소릴 하려고?"

"약속해!"

"그래, 그래. 약속!"

"실은 작년에 우리 회사에서 실리콘 벨리(Silicone Valley)에 지사를 열면서 내가 이쪽 연구팀을 맡아 달라는 요청을 받고 와서 근무하고 있어."

"야, 정말? 너무 잘됐다. 그런데 진작 말을 하지. 어쨌든 출감 후 첫 3년 동안은 여행금지를 한다니 씨애틀에 있는 너를 보기 힘들 줄 알았는데 여기로 이사 왔다니 이제 매일 봐도 되겠네. 진짜 희소식이다!"

"그래서 내가 생각한 건데, 오빠 나와서 좀 쉬면서 천천히 일자리 구하는 거 어때?"

"일자리를 구하는 게 절대 쉽지만은 않을 거니 자연히 쉴 시간은 많아지겠지. 왜? 그게 약속까지 하게 만든 말이야?"

"아니…. 오빠 처음 나와서 어디 있을 계획이야?"

"그거야 당연히 어머니하고 같이 있어야겠지."

내 말을 듣고 켈리는 그 초롱초롱한 눈으로 한참 나를 쳐다보고 있다가 고개를 숙이더니 속삭이듯 말했다.

"오빠, 대학시절 때부터 지금까지 오빠에 대한 내 마음, 말이 더 필요해? 오빠하고 나는 앞으로 이렇게 그냥 있을 거야?"

"예전에 내가 눈이 멀어서 앞에 있는 너를 못 본 건 사실이다만 지금은 너도 아다시피 난 네게 아무 것도 해줄 게 없어. 오히려 짐 밖에 안 될 거야. 그런 내가 무슨 염치로 너와 앞날에 대해서 얘길 하겠냐?"

켈리는 다시 음성에 힘이 들어가기 시작했다.

"그게 바로 내가 두려워했던 그 쓸데없는 오빠의 자존심이야."

나는 더 말하려는 켈리의 말을 끊었다.

"솔직히, 욕심 같아선 나도 켈리 너랑 함께 살고 싶지만 그건 네 덕을 볼려는 비겁한 짓밖에 안돼. 그리고 아직도 충분히 골라잡을 수 있는 넌데 엉뚱한 생각 그만하고 나 같이 아무것도 없는 구닥다리는 접어둬. 게다가 네 부모님이 들으면 뭐라고 하시겠냐? 저 미친놈이 당신네 아리따운 딸을 꼬셨다고 난리를 치실 테니 말이다."

"말도 안되는 소리 하지 마. 내가 무슨 20대 아가씨야? 우리 부모님도 한땐 시집 안간다고 안달하셨는데 이젠 포기하신 것 같아. 아마 시집간다고 하면 속 시원해 하실 걸."

"그러니 빨리 좋은 놈 찾아 가라니까. 요즘도 대학 때처럼 많이 따라다니지?"

"꿈 깨세요. 나 같은 노처녀는 쳐다도 안봐요. 아무튼 오빠 나와서 새로 시작하는데 어떻게든 도움이 되고픈 마음이야. 복잡하게 생각하지 마. 난 그저 오빠랑 함께 할 수 있는 우리만의 공간을 만들고 싶을 뿐이야. 오빠의 새로운 시작이자 우리의 새로운 시작이 되는 셈이지. 나랑 같이 거기서 오빠가 시간을 가지고 천천히 하고 싶은 것 찾으면 좋겠다는 게 내 생각이야. 어머님 마음엔 비교할 수가 없지만 15년 넘게 오빠를 빼앗긴 내 마음도 아파. 대학 졸업 후 용기가 없어 오빠한테 내 마음을 고백하지 못한 걸 지금 이 순간까지 후회하고 있어. 그땐 물론 오빠는 날 쳐다도 안봤겠지만 이번엔 정말 오빠를 안 놓칠래. 어머님은 매 주말에 우리 함께 찾아뵈면 되잖아. 솔직히 첫 한 두 달은 그동안 서로만 바라보고 고대하던 어머니와 아들이니까 한없이 기쁘겠지만 너무 오랜 시간을 늙은 아들 데리고 있으면 어머님도 피곤해 하실 걸.”

켈리는 나를 설득하는데 여러 가지 방법을 동원하고 있었다. 켈리의 깊은 마음에 더 이상 거절을 계속하면 상처를 줄 것 같아서 그만 말하기로 했다. 나는 켈리의 두 손을 내 손으로 잡고 눈을 마주보며 눈시울이 뜨거워지는 것을 참고 말했다.

"켈리야, 이토록 나를 생각해주니 고마운 네 마음을 말로 어떻게 표현을 할 길이 없고, 그 마음에 나도 보답하고 싶어. 고마운 네 마음을 이제 잘 알았으니 앞으로 남은 시간동안 생각을 해보자. 나가서 결정해도 되니까 말이다."

"지금 당장 결정하라는 거 아니야. 다만 생각을 해봐. 꼭이야! 약속했다!"

"그래, 그래. 고맙다."

얼마 남지 않은 짧은 면회시간을 즐거웠던 옛 추억으로 꽃을 피우다가 헤어질 시간이 다가와서 다음에 만날 것을 약속하며 아쉬운 작별을 했다. 면회실을 나와 방으로 걸어가는데 켈리의 말과 모습이 내 머리 속에서 계속 맴돌았고 동생으로만 생각했던 켈리가 이토록 깊이 우리 관계를 생각했다니 고마운 것은 물론이고 켈리의 진심에 눈이 멀었던 예전의 내 자신이 원망스러웠다. 그 면회 이후 켈리는 내 마음속에서 떠나지를 않았다.

예상치 못한 위기

켈리와 만난 후 여러 가지 생각으로 마음이 복잡했지만 어쨌든 앞으로 일 년 남짓 남은 시간을 무사히 마치는 게 우선이었다. 형무소에서 복사기처럼 반복되는 일상생활을 보내면서 크게 달라진 것은 없었지만 일을 할 때도 예전보다는 좀 더 조심스러워졌다.

형무소의 똑같이 반복되는 일상이 따분하긴 하지만 그 반면에 바로 그 지루한 삶 안에도 안정 같은 것이 있다. 일반적으로 출감하는 일을 제외하면, 형무소 생활에서 수감자의 삶에 닥치는 변화란 90% 이상 절대로 좋지 않은 일을 뜻한다. 형무소 생활에서 수감자에게 영향을 미칠 수 있는 나쁜 일들은 거의 무제한적으로 존재한다. 그래서 쳇바퀴 도는 삶이긴 하지만, 더 이상 나빠지지 않으면 일종의 안정감 같은 것이 생겨나는 것이다. 이것은 바로 형무소에서 고통스런 경험을 겪었던 수감자들이 삶을 대처하는 방식이기도 하다.

나도 이런 삶을 여러 해 동안 겪다보니 자연히 변화를 두려워하게 되었고, 그래서 남은 일 년 동안은 무사히 보내려고 매사에 조심하고 있었다. 그런데 어느 날 갑자기 나에게 캘리포니아 형무소 심리학 관할에서 면담 통보가 왔다. 나름대로 형무소 생활에 숙달이 되어서 예전처럼 마음이 흔들리는 일은 없을 것으로 생각했는데, 이 통보를 받고 왠지 불안한 느낌이 들었다. 이제까지 형무소에서 생활하는 동안 처음 들어보는 캘리포니아 형무소 심리학 관할에서 나를 보자는 통보였기 때문이다. 날짜와 시간 그리고 장소가 적힌 통보서에는 다른 아무런 설명이 없었기 때문에 나의 불길함은 더해갔다. 정해진 면담 날짜가 될 때까지 내 머리 속에는 궁금증과 불길함으로 가득 차 있었다. 아무리 궁금해도 누구에게 함부로 물어볼 수 없는 게 이곳 현실이니 면담 날짜가 될 때까지 혼자서 전전긍긍하는 수밖에 없었다.

면담 부서에 관한 정보를 알면 도움이 될까 해서 도서관에 가서 책자를 찾아보니 대략 무슨 일을 하는지는 알 수 있었다. 그렇지만 그들이 나를 보고자 하는 이유를 여전히 알 길이 없었고, 오히려 더 많은 의문만 생겨났다. 혹시나 그 부서를 소개하는 책자 안에 무슨 답이 있지 않을까 하는 생각에서 책자를 빌려 방으로 가져와서 더욱 상세히 읽기로 했다. 마침 주말이 다가왔지만 이틀 동안 야드에도 나가지 않고 방안에 머물러서 이 책자를 읽어보았다. 나에게 해당될 수 있는 부분이 있을까 해서 여러 내용을 읽어보았지만 궁금증만 더 생겼고 내 걱정은 더욱 깊어졌다.

약 12년 전 캘리포니아 북부에서 미성년자 납치살인사건으로 떠들썩한 적이 있었다. 그 사건은 말할 수 없이 잔인해서 캘리포니아 주민 전체의 분노를 샀고, 그 같은 분노 감정을 이용하여 몇몇 정치인들이 앞장서서 강력한 범죄자 처벌 법안을 만들었다. 당시 인기가 추락해서 정치 생명이 위태롭게 된 일부 정치인들이 주민들의 집단적 분노와 두려움을 교묘하게 이용하여 범죄에 강하게 대처한다면서 '강경진압(tough on crime)'이라는 제목을 내걸고 통과시킨 법안이었다. 그 법안은 캘리포니아 형무소 심리학 관할부를 설립하고 성범죄자라는 죄명으로 유죄판결을 받은 모든 수감자는 원래 법원에서 내린 형량에 관계없이 형을 마치기 1년 전에 바로 이 심리학 관할부의 성범죄자 면담 결과에 따라 성적 심리에 질병이 있다고 판단되면 법원에서 내린 형을 마친 후에도 치료라는 이름으로 수감자를 무한적으로 형무소에 붙잡아둘 수 있도록 한 것이었다.

특히 가장 걱정되었던 것은 심리학 전문가의 면담이나 그 후에 작성되는 면담 보고문서가 모두 주관적이라는 점이었다. 만약 일이 잘못된다면 남은 생애를 이곳에서 보내다가 죽을 수도 있다는 생각을 하니 걷잡을 수 없는 두려움이 밀려왔다.

이제까지 같은 수감자들한테서도 혐오를 받는 성범죄자라는 억울한 누명을 쓰고 형무소 생활을 하면서 가는 곳마다 신분까지 숨기며 살아야만 했다. 그렇게 지난 15년 동안 불안한 생활을 해왔는데, 출감을 불과 1년 남짓 남겨놓고 이게 무슨 터무니없는 횡포란 말인가? 나는 그 책의 내용을 알게 된 이후로 매 순간마다 가슴을 짓누르는 무거운 두려움과 분노심을 안고 하루하루를 보내야만 했다. 분노와 두려움은 그 이후에도 내 마음을 떠나지 않았으며, 다가오는 면담 날짜를 생각하다보면 떨리는 가슴을 견디기가 힘들었다.

대학 첫 학기 때 기본 심리학 과목을 택한 적이 있었다. 그 때는 심리학에 대한 깊은 관심보다는 지나가는 호기심으로 그저 필요한 학점을 채우기 위해서였기 때문에 기억나는 게 별로 없었다. 그런데 면담 통보를 받고나서 여러 가지 생각을 하다가 그때 교수님이 해주신 말이 문득 생각났다. 현실주의자인 교수님은 심리학이 매우 주관적이라고 말했었다. 그리고 인간사회에서 말하는 진실이라는 것도 보는 각도에 따라서 변할 수 있다면서, 그 당시 법원에서 진행되는 재판을 그 예로 들었었다. 이같은 기억이 내 마음을 더욱 불안하고 불편하게 만들었다.

면담 통보를 받은 후부터 떠나지 않는 스트레스로 압박을 받으면서 지내다가 드디어 면담을 하는 그 날이 왔다. 정해진 시간과 장소에 도착해서 담당 간수에게 내 수감자 신분증을 보이니 대기실에서 기다리라고 했다. 형무소에서 지내는 수감자들에게 또 하나의 동반자는 기다림인데, 평소처럼 지루함보다는 조마조마한 마음이 들어서인지 기다리는 시간이 더욱 길게 느껴졌다. 기다리는 동안 내 머리 속에선 그 심리학 담당자가 내게 무슨 질문을 어떻게 물어볼지 그리고 내 대답을 어떻게 해야 할지를 생각하면서 머리가 복잡했다.

약 한 시간쯤 지나서 간수가 내 이름을 부르고 면담실로 데리고 갔다. 방에 들어가니 첫 인상이 냉정해 보이고 유대인계로 보이는 심리학 담당자는 자기소개를 하면서 면담 절차에 대해서 설명을 하기 시작했다.

"캘리포니아 주 상 하원에서 책정된 이 법안은 성범죄자의 심리학적 상태를 파악하는데 중점을 두고 두 차례의 면담을 통해 그 상태를 분석한 뒤 그 결과에 따라 출감 여부를 결정합니다. 지금 이 면담 결과를 통해 당신의 성적 심리에 문제가 없다고 판단이 되면 예정된 날에 출감을 하게 될 것이고, 만약에 문제가 있다고 판단이 되면 당신은 형을 마치는 그 다음날 캘리포니아 주 심리학 병원으로 옮겨지고 거기서 치료를 받으며 병원에서 정하는 기간에 면담을 다시 해서 출감 여부를 결정하게 됩니다. 그때 면담에서 당신이 치유됐다는 판결이 나면 퇴원할 수 있지만, 만약에 그렇지 않을 경우 무제한으로 그곳에 입원해 있으면서 면담에서 치유가 되었다는 결과가 나올 때까지 계속 반복해서 면담을 해야 합니다. 자 그럼, 지금 면담을 하는데 당신에게 두 가지 선택권이 있습니다. 첫째는 앞으로 한 시간 반쯤 걸릴 면담에서 내가 묻는 질문에 대답을 할 수도 있고, 둘째는 내 질문에 답변을 거부할 수도 있는 권한이 있습니다."

나도 말문을 열었다.

"나는 전혀 예상치 못했던 이 통보를 받고 지난 한 달을 끊임없이 궁금증과 스트레스로 보냈습니다."

내가 말을 계속 하려는데 그가 웃으며 말했다.

"제가 지난 10년 동안 이 일을 하면서 경험한 결과 인터뷰 통보를 받은 수감자들의 99%가 보이는 동일한 반응입니다. 그건 알지 못하는 것에 대한 두려움(fear of the unknown)으로 지극히 정상적인 인간적 반응입니다. 힘들겠지만 차분히 잘 생각해서 결정을 하세요."

"가설적인 질문을 하나 하겠습니다. 만약에 면담 결과가 성적 심리에 병이 있다고 판단되면 평생 그 병원이란 곳에서 잡혀 있을 확률이 얼마나 있는 거지요?"

"낮은 확률이지만 있습니다."

"그런데, 방금 면담을 두 번이나 해야 된다고 했는데…"

"네, 그건 법이 그렇게 정해졌기 때문에 그 부분은 당신이나 나나 선택권이 없습니다."

"한 번 하는 것도 이렇게 힘든데 이걸 두 번 해야 된다니…"

"아무튼 면담에 응할 것인지를 먼저 결정해 주셔야겠습니다."

아무리 생각을 해도 명확한 답을 찾기는 어려웠다. 면담에 응한다면 무슨 질문이 나올지, 내 응답을 어떻게 해석할지, 혹시 응답이 잘못 전달되거나 잘못 받아들여져서 일이 더 꼬일지 등등 여러 가지 복잡한 생각들로 머리가 가득 차서 한동안 망설이다가 말했다.

"만약에 면담을 거부한다면 어떻게 됩니까? 괘씸죄 같은 게 적용될까봐 묻는 겁니다."

"무슨 소문을 들었는지 모르지만 그건 전혀 그렇지 않습니다. 아다시피 당신과 나의 만남은 오늘로서 처음이자 마지막일 확률이 높습니다. 그러므로 우리는 서로에게 좋든 나쁘든 아무 개인적인 감정이 없습니다. 믿거나 말거나지만 내 나름대로 내일에 자부심을 갖고 항상 최선을 다하고자 하는 것이 저의 주관입니다. 그래서 당신이 면담을 거부하면 나는 단지 지난 15년 동안 당신의 형무소 생활에 대한 기록을 바탕으로 보고서(report)를 작성할 의무 밖에 없습니다. 거기에 개인감정은 개입할 여지가 없습니다."

이렇게 설명을 하는 면담 담당자의 표현과 말투에서 뭔가를 읽으려고 집중했지만 아무런 소용도 없었다. 다만 그의 말이 일리가 있게 들렸다. 참으로 정하기 어려운 이 두 가지 선택 중에서 덜 나쁘게(lesser of two evils) 생각되는 형무소의 내 기록에 모든 걸 걸기로 결심하고 말했다.

"제가 면담을 거부하는 걸 당신 개인에 대한 무례가 아님을 다시 한번 강조하고 싶습니다. 저는 지난 15년의 제 형무소 기록에 판단을 맡기겠습니다."

"잘 알겠습니다. 그럼 이걸로 오늘의 절차는 마치고 앞으로 약 한 달 이내에 다른 심리학 담당자가 당신을 만나러 올 겁니다."

그는 첫 인상처럼 냉정하게 사실만 얘기하고 말을 마쳤다.

"마지막으로 묻겠습니다. 당신의 보고서 결과를 나에게도 통보해 주는가요?"

"당신이 병원으로 가게 되면 통보를 받을 것이고, 그렇지 않으면 아무 통보가 없을 겁니다."

"알겠습니다. 고맙습니다."

나는 불안하고 섬찟한 마음을 지닌 채 방을 나왔다. 일단 면담 거절 결정을 하고 그 방을 나왔지만, 불안한 마음은 여전했고 특히 앞으로 한 번 더 면담을 해야 한다는 사실이 더욱 마음에 걸렸다. 아무리 생각을 해도 정답이 없는 상황이었다. 방으로 돌아와서 침대에 엎드려 '부디 돌봐 주십시오' 하고 기도를 하자마자 긴장이 풀려서인지 곧바로 곯아떨어졌다.

두 번째 면담 날짜 통보가 올 때까지는 거의 한 달이 걸렸다. 나는 두 번째 면담을 기다리는 동안 첫 면담 결과에 대한 궁금함과 기다려야 하는 두 번째 면담 생각으로 하루도 마음 편한 날이 없었다. 괴롭게 지나가는 시간은 천천히 흘러갔고, 드디어 두 번째 면담 날짜가 되었다. 면담 장소에 도착하니 지난번과 마찬가지로 대기실에서 기다리라고 했다. 한참 있으니 내 이름을 불렀고 모든 게 지난번처럼 거의 똑 같은 절차로 진행되었다. 오로지 달라진 건 면담하는 방이 다른 곳이라는 점이었다.

방에 들어가니 평범한 옆집 아저씨 같은 백인 담당자가 앉아 있었는데, 지난번 담당자와는 달리 좀 더 인간적인 면이 있어 보였다. 관상이란 게 참 묘하다는 걸 자주 느끼지만, 이 사람은 생긴 모습과 비슷하게 여러모로 설명을 좀 더 상세하게 했다. 그리고 망설이는 내 마음을 이해하면서 안쓰러워하는 반응도 느낄 수 있었다. 서로 소개를 마치고 절차는 지난번과 비슷했기 때문에 이미 내 기록에 맡기기로 한 내 결정을 얘기하면서 내가 먼저 말을 시작했다,

"궁금하고 두려운 게 너무 많아서 요즘 생각은 물론이고 일상생활조차도 잘 안됩니다."

"네, 상상이 갑니다. 저도 이런 일을 수 년 동안 하면서 이런 처지에 놓인 수감자들 모두로부터 거의 동일한 반응을 보아 왔습니다."

"저는 형을 마치면 다시 내 삶을 찾아서 노력할 생각뿐이었는데 상상을 초월하는 이토록 무서운 형벌의 가능성이 있을 줄은 꿈에도 몰랐습니다. 당신이 내게 면담을 하느냐 마느냐의 결정을 어느 쪽이 더 유리하다고

말을 해줄 수 없다는 건 잘 압니다. 다만, 제 기록과 모든 걸 참작할 때 과연 어떤 결정이 나올지를 조금이나마 추측해줄 수는 없겠읍니까?"

담당자는 내 눈을 한참 쳐다보더니 안쓰러워하는 모습을 지으며 말문을 열었다.

"솔직히 내가 당신에게 조언을 할 수 있는 입장은 아니지요. 그렇지만 내 권한 안에서 당신에게 두 가지 말을 해줄 수 있습니다. 첫째, 10년 넘게 이 일을 해 오면서 그동안 내 개인적 통계만 봐도 약 10% 정도가 심리학 병원으로 옮겨집니다. 그리고 한 가지 더 말해준다면 그 병원이란 곳은 이름만 그렇게 붙였을 뿐이지 형무소와 다를 게 하나도 없는 곳이고, 오히려 더 잔인한 곳일 수도 있지요. 둘째, 아직 시간이 없어 당신의 기록을 부분적으로 검토해 봤지만 내 예전 경험으로는 당신과 비슷한 기록을 가진 수감자들의 예를 보면 크게 걱정할 게 없다고 생각됩니다."

"큰 도움이 되는 말입니다. 고맙습니다."

떨리는 내 목소리에 그는 아무 말 없이 미소를 띠우며 면담을 마무리했다. 일문일답에 대한 기록만 하면 되는 자신의 의무적 책임을 벗어나서 나에게 소중한 정보로 희망을 볼 수 있게 해준 따뜻한 마음을 지닌 그 사람은 내 기억에 오래 남아 있을 것이다. 나는 그 사람의 따뜻한 손길을 새삼 느끼면서 지난 한 달 동안 나를 짓누르던 압박감으로부터 조금씩 벗어나기 시작했다.

두 번째 면담을 끝마치면서 한숨을 놓긴 하였지만 그것도 잠시 뿐이었고, 시간이 지나면서 불길한 생각들이 다시 내 마음을 괴롭히기 시작했다. 일이 자칫 잘못되면 내 인생은 여기서 끝날 가능성이 있기에 결과를 기다리는 남은 몇 개월이 지금까지 지낸 15년의 수형 생활보다 더 길게 느껴졌다. 조마조마한 마음으로 보내는 나날들이 이어졌고, 매일 아침 눈을 뜨면서 버릇처럼 오늘도 아무 소식이 없기를 기도했다. 잠시라도 일에 몰두해서 잊고 있다가도 갑자기 다시 생각이 나면 가슴이 답답해지는 것을 수 없이 겪었다.

그러던 어느 하루, 나를 찾는 전화가 왔는데 내 담당 상담사였다. 그 순간 숨이 컥 막히고 땅이 꺼지는 느낌이었다. 겪어보지 않으면 상상이 안되는 숨막힘이 일어났다. 왜냐하면 형무소에서 상담사가 예고없이 보자고 하는 것은 100% 나쁜 소식이기 때문이다.

 수감자들 사이에서는 예전부터 이런 말이 떠돌아다녔다. 상담사가 수감자를 예고없이 부를 때는 식구 중에 누가 죽었든지, 본인의 의사에 관계없이 갑자기 다른 형무소로 이동된다든지, 또는 출감 날짜가 연기됐다든지 하는 좋지 않은 소식이 있기 때문이다. 그런데 나는 아무에게도 말할 수 없는 심리학 면담이 있었고, 그 결과를 기다리고 있었기 때문에 상담사의 전화를 받고는 도살장에 끌려가는 기분이 들었다. 아무리 긍정적인 생각을 하려고 해도 이는 첫 심리학 면담 담당자가 내게 말했던 바로 그 '통보'라는 불길한 생각이 머리속을 떠나지 않았다.

 나는 그렇게 내 자리에서 한동안 부동자세로 멍하니 앉아있었다. 얼마나 시간이 지났는지 모르지만 감독관 와서 나를 재촉할 때까지 그대로 앉아 있었다.

 "야, 김. 상담사가 빨리 오라고 또 전화 왔어!"

 관리자가 외치는 소리를 듣고서야 나는 정신을 차리고 '알았어요' 하면서 사무실을 걸어나갔다. 이때 내 마음속에서 일어나고 있던 불안감과 경련은 적절하게 표현할 길이 없다. 멍한 상태로 떨어지지 않는 발길을 상담사 사무실 쪽으로 그냥 옮길 뿐이었다. 상담사 사무실에 가까워질수록 점점 더 조마조마해지는 마음을 안고 도착했다. 사무실 문을 두드리고 한동안 기다리니 상담사가 나와서 문을 열고 들어오라고 했다. 그 뒤를 따라 들어가며 책상 앞에 있는 의자에 앉으니 그가 바로 말을 시작했다.

 "긴말은 필요 없고 당신에게 나쁜 소식이 있다."

 순간 내 가슴은 출렁하면서 내 온몸이 땅바닥으로 꺼지는 듯 했고, 모든 게 갑자기 조용해지는 느낌이 들면서 압박감이 내 온몸을 짓눌렀다. 자동으로 내 상체를 앞으로 구부려서 얼굴을 양손으로 가리고 무릎에 기대며 그 자세로 가만히 있었다. 얼마동안 그 자세로 있었는지 모르지만 상담사가 말했다.

"이봐, 이봐. 김, 뭘 그리 생각하는 거야?"

하면서 나를 부르는 소리에 정신을 차렸다. 나는 또 한번 '억울한 판결'을 받는구나 하고 생각하며 그가 말을 계속하기 전에 말했다,

"아, 예. 그냥 좀 생각을 하느라고요… 어쨌든 당신이 뭘 말하려는지 알거 같아요."

그런데 이번에는 그가 내 말을 가로막고 신기하다는 표정을 지으며 물었다,

"아니, 내가 무슨 말을 할지 당신이 벌써 안다고? 그럼 통보를 받았소?"

"무슨 통보요…?"

"통보를 못 받은 거 같은데 무슨 소릴 하는 거요?"

"아니, 내가 말을 잘못한 것 같습니다."

그 순간 내 생각과는 다른 내용인 것 같은 직감에 나는 얼른 말을 돌렸다.

"거 참, 이상하네. 아무튼 나쁜 소식은 당신 출감날짜가 연기됐다는 거요."

그 말을 듣고 나는 상담사가 무슨 말을 하고 있는지 잘 이해가 되지 않아서 다시 물었다.

"통보 받은 건 없는데, 도대체 그게 무슨 말인지 구체적으로 얘기 해 주세요."

"싸크라멘토 본부에서 당신 형량 계산을 당초에 잘못해서 최근에 다시 교정한 결과 출감 날짜가 약 5개월 뒤로 미뤄진 거요. 그런데 당신은 이걸 이미 알고 있었단 말이요?"

나는 그제서야 상담사가 말하는 것과 내가 두려워했던 것이 별개라는 사실을 깨달았다,

"아니 그게 아니고, 내가 다른 생각을 하다가 말을 잘못한 것 같습니다."

"그럼 그렇겠지. 나도 오늘 아침에 처음 통보 받는데…"

상담사는 자기 위치의 권리를 내가 크게 침범이나 한 것처럼 투덜거렸

다. 걱정했던 일이 아니라는 사실에 일단 안심을 했고 차츰 정신을 차렸다. 그리고 의문이 생겨서 상담사에게 물었다.

"그런데 하루 이틀도 아니고 어쩌다 5개월이나 차이가 날 정도로 계산 착오가 생긴 겁니까?"

내가 묻는 말에 그가 불쾌한 듯 대답했다.

"그건 나도 잘 모르겠고, 다만 나는 당신에게 통보를 했으니 의문이 있으면 여기 본부 주소로 직접 연락해보시오."

나는 그가 건네주는 주소를 받으며 조심스럽게 물었다.

"그럼 오늘은 그게 다입니까?"

"그렇소."

"고맙습니다."

나는 일어나서 사무실을 나왔다. 밖으로 걸어 나오니 긴장이 풀리면서 갑자기 다리가 휘청거리고 온 몸에 힘이 빠졌다. 벽에 잠시 기대서서 몸을 추스린 다음에 공장까지 천천히 걸어갔다. 그리고 일터에 도착하자마자 의자에 푹 주저앉았다.

한동안 그렇게 멍하니 앉아있으면서 오늘 일어난 분명한 두 가지 사실을 생각해 보았다. 첫째로, 출감 날짜가 미루어진 것은 결코 좋은 소식이 아니라는 점이다. 둘째로, 그래도 다행히 내가 두려워했던 것은 아니라는 점이다. 상담사 사무실로 걸어갈 때는 도살장으로 끌려 들어가는 느낌이었다. 한 시간 전에 일어났던 그런 느낌과는 달리 지금은 마음이 조금씩 가라앉기 시작했다. 퇴근 전 남은 시간 동안 오늘 있었던 일을 생각하면서 마음이 조금씩 안정되어 갔지만, 한편으로는 드디어 다가오던 출감날짜가 5개월이나 뒤로 미루어 진 것을 어머니께 어떻게 알려드려야 할지 고민이 되었다.

그렇게 며칠이 지나 주말이 되어서 어머니와 면회 때 내 출감일이 연기됐다고 말씀 드리니 어머니는 실망을 감추지 못하셨다. 그래서 조금이나마 힘이 나시도록 어머니 손을 잡고 말했다.

"지난 16년 동안도 잘 기다렸는데 고작 5개월은 금방 지나갈 겁니다.

우리가 그동안 겪어봐서 잘 알다시피 여기에서는 한 번 결정되면 바뀌는 거 없잖아요. 아득히 멀기만 멀던 그날도 이제 우리에게 곧 옵니다. 마음이 상하시더라도, 그동안 잘 참았는데 조금만 더 힘내세요."

어머니는 한숨을 쉬며 말씀하셨다.

"그래, 할 수 없지. 그렇지만 어쩌면 이렇게 끝까지 물고 늘어지냐!"

그 후로도 늘 마음 한 구석에 자리잡고 있는 통보에 대한 생각이 나를 따라 다녔지만 최선을 다해 일상생활에 몰두하면서 잊으려고 애를 썼다. 다행히 별일 없는 나날들이 계속되었고, 내가 그토록 고대하는 출감이라는 현실이 서서히 다가오고 있었다.

꿈

그토록 길고 느리기만 하던 세월도 흘러서 드디어 출감 한 달을 앞두게 되었다. 그때까지도 다행히 내가 우려하던 통보 소식은 없었다. 형무소에서 출감을 앞둔 친구들이 행하는 공통된 문화가 있는데, 떠나기 전에 자신이 먹고, 쓰고, 입고, 모아 두었던 모든 물건을 함께 지냈던 친구들에게 나누어 주고 가는 것이었다. 예전에 집에서 소포를 받을 때 받아 놓고는 아끼느라 한 두번밖에 입지 않았던 옷들과 아껴 먹던 음식, 그리고 보잘것 없는 것들이지만 식생활의 필수품 등을 앞으로도 기약없이 여기에 남아 있어야 하는 친구들에게 물려주는 것이다. 떠나는 사람은 친구를 남기고 나갈려니 안타까워서 자신이 가지고 있던 무엇이라두 주고 싶은 마음이 들고, 남은 사람은 떠나는 친구의 출감을 진심으로 함께 기뻐하지만 이별이 아쉬워서 물려받은 물건으로 떠난 친구를 기억하게 된다.

나도 가진 물건이 많지는 않았지만 몇 가지 아끼던 옷과 재산 1호였던 전기 쇠냄비 등 거의 모든 것을 큰 형님과 한국 아우들에게 내주고, 나머지 물건들은 친하게 지내던 멕시칸, 흑인, 백인 친구들에게 나누어줬다. 그 주 토요일에 우리는 모두 야드에 모여서 큰 형님이 만든 음식을 먹으며 그동안에 있었던 얘기를 나누는 시간을 가졌다. 겪었던 당시에는 무척이나 힘들었지만 돌이켜보면 우습기도 하고 어이없기도 한 일들이 많았다.

나이가 어린 친구들 몇은 나에게 밖에 나가서 가장 먼저 먹을 음식이 뭔지를 물었다. 모두들 집이 그리워서 하는 말이기 때문에 늘 그랬지만, 오늘 따라 어린 나이에 들어와서 오랜 세월을 여기에서 보내고 있는 아우들이 더욱 안쓰러웠다. 그래서 내가 지각없이 재미있게 수다를 떨면 남아있을 아우들의 마음이 괜히 더 심난해질까봐 간단히 대답을 했다.

"그야 어머니께서 해 놓으신 것을 먹겠지."

그리고 대화를 바꾸려고 했지만 애들이 계속해서 물었다.

"그래도 형이 먹고 싶은 게 있을 거잖아요?"

"그래, 실은 짜장면이 가장 먹고 싶다."

"와, 나도…"

"그래? 나도 그런데…"

여기저기서 동의하는 말들이 많았다. 먹고 싶은 음식으로는 짜장면이 압도적인 1등이었지만, 그 다음으로는 다양한 종류의 음식이 나왔다. 어느 한 친구가 말했다.

"난 순두부 찌개. 그것도 아주 맵게…"

그러자 여럿이 그 뒤를 따라 목소리를 냈다.

"난 곱창 전골에 소주 한 잔…"

"뭐니뭐니 해도 나는 싱싱한 회하고 따끈한 정종이 최고야."

"너희는 뭘 모르는구나. 삼겹살에 소주보다 더 좋은 게 어디 있냐!"

모두들 집이 그리워서 하는 말들이었다. 술을 좋아하는 친구들은 예전에 자신들이 즐겨마시던 술 이름까지 들먹이며 신나게 떠들어댔다. 모두들 이렇게 한참동안 먹고 마시고 싶은 것으로 꽃을 피우더니 서로 할 말을 다 했는지 마침내 대화가 다른 내용으로 바뀌어졌다.

그들과 한참 얘기를 하다보니 작년에 이곳을 나간 에릭이 생각났다. 당장은 아니라도 자리가 좀 잡히면 서로 볼 수 있을 거라는 생각을 하니 내 마음도 들떴다. 어느덧 야드 마치는 시간이 되었고, 이렇게 옛날을 그리워하는 하루를 보내고나서 이제 2주일 남짓 남은 시간을 아쉬워하며 각자 방으로 갔다.

타 인종 친구 중에서도 까마귀가 내 출감을 가장 기뻐해줬고, 이별을 아쉬워했다. 그 다음 주말에는 까마귀가 멕시코음식 부리또(burrito)를 해주었는데, 어디서 구했는지 고수잎(cilantro)을 넣어서 만든 부리또는 매우 맛이 좋았다. 여러 친구들과 야드에 모여 그동안 있었던 얘기를 나누며 장난과 농담의 시간을 보낼 때 백인 친구 하나가 자신이 만든 보드카 술(white lightening)을 가지고 와서 서로 한 잔씩 마셨고, 흑인 친구는 마리화나를 가지고와서 나누어 피웠다.

평소에는 한 자리에 모이기 어려운 타 인종들이었지만, 그동안 사이좋게 지냈던 내가 출감을 하게 되니 축하해 주기 위해서 서로 어울린 것이었다. 모두들 오래 수감생활을 한 처지라 간수들의 눈을 노련하게 피하면서 마시고 놀았다. 나는 운좋게 형무소에서 타 인종들과 결코 쉽지 않은 인연을 잘 맺고 지냈다. 기약없는 말이지만 서로 이별을 아쉬워하면서 모두들 나가서 만날 수 있으면 좋겠다며 얘기를 했다. 까마귀는 '나중에 한국을 한 번 가보고 싶으니 그때 날 보고 여행 가이드를 해달라'고 말했다. 모두들 그리 해주라면서, 웃으며 건배를 했다.

이곳에 모인 친구 중에서 나이는 우리보다 어리지만 모두와 잘 지내며 재치가 있는 백인 친구 숀이 흥미로운 얘기를 해줬다. 그는 고아로 커나가면서 형무소를 들랑날랑 자주 하게 되었다고 했다. 이번에도 몇 달 전에 들어와서 내년에 나가게 되는데, 자기 나름대로 세상이 많이 바뀐 것에 대해 이야기를 해 주고 싶다면서 말을 시작했다.

"케인, 16년 됐다고? 어휴, 나가게 되면 몰라보는 게 많을 거야. 요즘 인간들은 너도 나도 스마트 폰으로 일을 삼는 꼴이 한심하기 짝이 없어! 인터넷에서 봤는데 어떤 사람은 고개를 숙이고 스마트 폰만 쳐다보고 걸어가다가 차에 치어 죽었대. 그런 사건들이 수두룩해. 나도 이곳에 들어오기 전에 재미있는 일이 있었는데 들어볼래?"

이 친구는 말주변이 좋아서 주위 분위기를 항상 띄운다. 그러자 모두들 빨리 얘기를 해 보라며 바람을 넣었다.

"하루는 내가 여자 친구랑 식당엘 갔는데 우리 바로 옆자리에 젊은 남녀가 와서 앉더라고. 보아하니 둘이 첫 데이트인 것 같아 보였어. 20대 초반쯤 보이는 여자애가 아주 예쁘더라고. 그래서 기회가 될 때마다 내 여자 친구의 눈을 피해서 그 여자의 젖가슴하고 얼굴을 훔쳐보고 있었지. 남자 녀석은 돈 좀 버는 꽁생원같이 생긴 놈이었고."

예쁜 여자라고 하니 모두들 귀가 쫑긋해져 있는데, 우리들의 진지한 모습을 보고 숀은 신이 나서 계속 이야기를 이어나갔다.
"그런데 둘이서 음식을 시킨 다음에 남자가 데이트 나온 여자하고는 얘기를 안하고 자기 스마트 폰만 뚫어지게 쳐다보면서 혼자 히히닥 거리더라고. 그래서 그 여자 얼굴을 쳐다보니 자기 앞에 앉은 남자를 쳐다보면서 눈을 마주치고 싶어하는 데도 이 녀석은 스마트 폰에 빠져서 전혀 눈치를 못채고 있는 거야. 음식이 나올 때까지 그러고 있는 여자애가 보기 딱했지만 나로선 어떻게 할 수가 없었어. 왜냐면 내 앞에는 세상에서 가장 질투가 심한 내 여자 친구가 경호원처럼 앉아 있었으니까 말이야. 그 녀석 꼬락서니가 하도 답답하고 얄미워서 한 대 때려주고 싶은 찰라에 내 여자 친구가 화장실 간다고 일어나더라고."
까마귀가 흥미진진한 얼굴로 물었다.
"그래서 그 다음엔?"
"노인네, 기다려 봐. 얘기를 서두르면 안돼."
그러면서 천천히 청중들의 기대감을 높여나갔다. 우리는 모두 까마귀와 마찬가지로 빨리 그 얘기의 주요 부분을 듣고 싶었다.
"여자 친구가 화장실에 들어가는 뒷모습을 확인하고 바로 일어나서 그 남녀가 있는 탁자로 갔지. 여자는 나를 보고 살짝 미소를 지으며 '왜요?' 하고 물었는데, 이 녀석은 그때까지도 스마트 폰만 쳐다보느라 정신이 없더라고. 그래서 내가 여자에게 말을 했지. '이 녀석이 네 남자 친구야?' 여자애는 좀 당황한 표정으로 고개를 천천히 끄덕였지만 확신을 주는 표정은 아니었어. 그제서야 낯선 남자가 자기 여자하고 얘기 하는 걸 보더니 어리둥절한 얼굴로 나에게 '뭐 도와줄까요?' 하고 묻더군. 그래서 나는 여자애한테서 눈도 떼지 않고 그 녀석에게 왼손으로 손가락질을 하면서 말했지. '아니, 너는 그 스마트 폰이나 계속 보고 있어.' 그런데 내 여자 친구가 곧 돌아올 테니 시간이 없잖아. 그래서 바로 그 여자애한테 말했지. '바로 앞에 장미를 놔두고 소중히 여길 줄 모르는 이런 머저리 하고는 더 이상 시간 낭비 하지 말고 여기 이 전화번호로 언제든지 연락해.' 그러면서 그 녀석을 쳐다보니 이 병신이 자기 앞에서 자기 여자 친구한테 전화번호까지 건네주는 나한테 말 한 마디도 못하는 용기 없는 놈이더라고. 그래서 내가 내 탁자로 돌아오면서 그 여자에게 한 마디 더 말했지. '저봐, 자기 앞에서 너를 뺏으려 하는데도 아무 말도 못하는 용기없는 놈이야. 자기 스마트 폰을 너보다 더 좋아하는 녀석하고는 시간 낭비 그만 해!' 하고 말하면서 내 테이블로 돌아와 앉으니 내 질투녀가 그때서야 화장실에서 나오더라고."

까마귀가 물었다.

"아슬아슬하게 안 들켰네. 근데 그 여자애 하고는 그 후에 만났냐?"

숀은 큰 기침을 한 번 하더니 가슴을 과장해서 내밀고 미소를 크게 지으며 말했다.

"몇 번 따 먹었지…."

자랑을 하는 그에게 우리는 한꺼번에 달려들어서 머리에 꿀밤을 주면서 '운 좋은 놈!'을 외치며 웃었다. 우리는 오후 야드 시간을 이렇게 보내고 헤어질 시간이 되어 내가 친구들에게 말했다.

"좋은 동료, 좋은 음식과 마실 것, 재미있는 이야기, 그리고 '메리 제인[13]'을 빼 놓을 수 없지. 모두 고마워. 이곳을 떠나도 영원히 잊을 수가 없을 거야. 훗날 다시 만나게 되길 바래. 이 지긋지긋한 소굴에서 벗어나기를, 그리고 좋은 일만 있기를 기도할게. 고마워!"

이렇게 나는 친구들과 아쉬운 작별의 인사를 한 뒤에 한 명씩 악수를 했다. 까마귀가 제일 먼저 대답했다.

"좋아, 케인. 나는 너를 만난 게 행운이야. 네가 나를 도와주지 않았었다면 나는 지금 여기에 있지도 못했을 거야. 내가 무슨 말을 하는지 알지?"

까마귀의 이 말에, 예전에 있었던 마약 사건을 잘 알고 있는 친구들 모두는 크게 웃었다. 수렌요 친구인 샽건이 말했다.

"그래, 너도 잘 지내."

---

[13] 메리 제인(Mary Jane)은 마리화나에 대한 속어

다른 수렌요 친구 조도 한 마디 했다.

"누가 뭐라 해도 우리 모두 너를 그리워 할 거야."

백인 친구 스틱스는 평소 말이 적은 모습답게 간단히 말했다.

"나도 마찬가지야."

아메리칸 인디안 친구 레드도 말했다.

"너는 좋은 녀석이야, 케인. 앞으로 너에게 좋은 일만 있기를 빈다."

평소 빠른 재치와 농담(black humor)을 잘하는 흑인 친구 인쎄인이 모두를 바라보며 말을 시작했다.

"야, 너희들 다 게이냐? 왠놈에 기집애들 같이 이렇게 말들이 많냐?"

그런 다음 웃으면서 내 앞으로 다가와서 내 가슴을 손가락으로 쿡쿡 찌르며 말했다.

"딴 놈들은 몰라도 나한테는 연락 안하면 죽을 줄 알아!"

인쎄인이 하는 이 말을 듣고 우리 모두는 웃으면서 헤어졌다. 출감 전날 밤에 조용히 침대에 앉아 일기장을 열고 내 인생의 전반을 빼앗긴 억울함을 이겨낼 수 있었던 수많은 사연들이 적힌 한장 한장을 넘기면서 지난 16년을 회상 하다가 형무소에서의 마지막 날을 맞이하는 소감을 몇 자 적었다.

그날 밤은 자연히 들뜬 마음에 잠을 설치고 새벽부터 일어나서 옷을 입고 좁은 방안에서 긴장된 마음으로 이리저리 왔다갔다했다. 잠든 동료(Cellie)를 깨울까봐 조용히 즉석커피를 한 잔 끓여 마시면서 창가에 서서 기억 속으로 지나가는 지난 16년 동안을 떠올려보았다. 해가 막 떠오르기 시작하는 침침한 하늘을 바라보며 '오늘이 드디어 악몽의 여정을 마치는 날이구나' 하는 생각이 들면서 마음이 동시에 들뜨고 멍했다. 그동안 있었던 말 못할 사연들이 머리속을 스치고 지나갔다. 화가 나서 울분에 찼던 미칠 듯한 순간순간들, 또 아슬아슬했던 여러 순간들, 그나마 가끔씩 웃을 수 있었던 순간들, 그리고 이곳에 남기고 가야만 하는 좋은 친구들....

이렇게 창밖을 바라보고 있는 동안에 나도 모르게 시간이 흘러서 잠자던 동료(cellie)도 깨어났고, 곧 이어 아침 식사 시간이 되어 방을 나왔다.

식당에서 만난 동양 친구들 몇 명과 악수를 나누니 모두들 '행운을 빈다!(good luck!)'라고 외쳤다. 식사를 마치고 친구들은 모두 각자 일자리를 향해 갔고, 나는 혼자 방으로 와서 간수가 내 이름을 부를 때까지 기다리며 지난 16년 내게 힘과 희망을 가져다준 성서 그리고 내 일기장을 챙겨서 손에 쥐고 바라보고 있었다. 어려울 때 내게 그분의 사랑을 말 해준 성서 그리고 내 수감 생활의 모든 것을 아는 벗이 되어준 일기장이었다. 그동안 여러 공책을 붙여서 만든 일기장은 모서리가 떨어지고 낡았지만 내겐 소중한 보물이었다.

지나고 보면 짧은 시간이었지만 그때 기다리던 한 시간은 영원처럼 느껴졌다. 조급하고 설레이는 마음으로 좁은 방을 이리 저리 걸어다니고 있는데, 드디어 방문을 두드리는 소리에 고개를 들어 쳐다보니 간수가 내 이름을 부르고 출감을 외치면서 방문을 열었다. 꿈만 같던 이 두 글자 '출감'이라는 말을 듣고, 나는 허겁지겁 성서와 일기장을 들고 방을 나와서 간수를 따라 건물 출입구까지 왔다. 그런 나를 보고 출감소까지 뛰지 말고 천천히 걸어서 가라는 잔소리를 간수는 마지막 순간까지도 빼놓지 않고 했다. 내 마음은 이미 들떠 있어서 무슨 소리를 하는지 잘 들리지도 않았지만 난 그냥 '알았다'고 대답을 한 뒤에 건물을 나와 출감소로 걸어갔다.

그동안 수백 번도 넘게 걸어 다니던 복도였지만 오늘 따라 새삼스럽게 다른 길처럼 느껴졌다. 그렇게 한참을 걸어서 출감소에 도착해 문을 두들기니 조금 지나서 간수가 안쪽에서 문위에 있는 조그만 창문을 열고서 '이름?' 하고 외쳤다. 그 소리를 듣고 지난 몇 시간 동안 붕 떠있던 내 정신은 현실로 돌아왔고, 드디어 말로만 듣던 출감 절차가 시작되었다.

출감소라는 곳은 인수처(I & R)이기도 했다. 출감 이외에도 새로 들어오는 수감자 처리도 함께 하는 곳이니 자연히 간수들로 붐볐다. 출감자와 새 수감자들을 수용하는 대기실(holding tank)이 따로 있어서, 나는 출감자 대기실로 가서 내 차례가 되기를 기다렸다. 시간이 조금 지나니 백인 한 명과 빠이싸 한 명이 들어왔다. 한참 후에 간수가 와서 오늘은 평소보다 출감자 숫자가 적어 오래 기다리지 않아도 되니 우리가 운이 좋은 거라고 떠들어대면서 출감 절차를 시작했다.

한 사람씩 이름을 부르며 간부들이 기다리고 있는 사무실로 데리고 갔는데, 내가 사무실에 들어갔을 때 간부들은 한참 농담을 하며 히히닥 거리고 있는 중이었다. 내가 들어오는 것을 보고도 그들은 자기네들의 잡담이 끝날 때까지 나에게는 전혀 신경을 쓰지 않고 무시했다. 사무실 입구에 그렇게 혼자 서있는 나를 보더니 한 녀석이 이름을 대라고 했다. 그리곤 책상 옆에 있는 의자를 가리키며 앉으라고 하면서 질문을 하기 시작됐다. 많은 질문을 했는데, 그 모든 내용이 자기네들의 과실로 인해 수감자를 잘못 출감시키지 않도록 하는데 주된 목적을 두고 있는 질문들이었다. 즉, 엉뚱한 사람을 실수로 잘못 출감시키는 일이 없도록 철두철미한 절차를 만들어 놓은 것이다. 그들의 섬세하고 정확함은 캘리포니아 형무소 역사상 단 한 번도 잘못 출감시킨 사례가 없는 데서도 잘 드러난다.

이처럼 사무실에서 질문과 대답을 끝내고 나니 손에 서류를 쥐어 주면서 바깥에 있는 다른 부서로 데리고 갔다. 그곳으로 가니 다른 간수들이 첫 사무실에서 만났던 간부들의 질문과 똑같은 내용의 질문을 하며 내 신분을 재차 확인했다. 나는 거기서 재확인으로 끝나는 줄 알았는데, 출감소에서 모든 절차를 마치고 형무소 정문에서 나가기 전에 마지막으로 한 번 더, 세 번째로 간수가 똑같은 질문을 낭독했고 내 대답을 들으면서 하나하나씩 기록했다.

드디어 3-4시간이 지나서야 이 모든 관문을 통과했고, 운송 담당 간수가 3명의 출감자를 차(van)에 싣고 가족들이 기다리고 있는 주차장으로 향했다. 약 5분이 걸려 주차장에 도착하니 어머니를 모시고 함께 온 켈리의 차가 멀리 서 있는 게 보였다. 너무 반가워서 차에서 창밖으로 손을 흔들었지만, 어머니와 켈리는 나를 보지 못한 듯 했다. 드디어 간수가 차를 세웠고 나는 바로 내렸다. 그때서야 어머니가 나를 보았고, 나는 어머니를 향해 뛰어갔다. 드디어 어머니와 형무소 밖에서 만난 것이다.

이렇게 밖에서 다시 만나는 기분은 뭐라고 표현할 수가 없었고, 동시에 너무 오랜만이어서인지 잘 믿어지지가 않았다. 이 얼마나 그리웠던 순간인가! 나는 어머니를 꼭 부둥켜안고 놓을 줄을 몰랐고, 눈물로 범벅이 된 서로의 얼굴을 바라보면서 울고 웃으며 그 자리에서 그렇게 한참동안을 서 있었다. 한참이 지나 정신을 차려보니 켈리의 모습이 보였다. 켈리도 눈물을 흘리며 우리쪽으로 다가왔고, 우리 세 사람은 다시 그 자리에서 서로를 껴안고 움직일 줄을 몰랐다. 잠시 후 정신을 차리신 어머니는 차로 가자마자 준비해오신 생두부를 꺼내어서 내게 먹였다. 어떻게 보면 미신 같은 행위이지만 그렇게 해야 어머니 마음이 편하실 거라는 생각을 하며 나는 생두부를 한 입에 꿀꺽 넘겼다. 길다면 길고 짧다면 짧을 수 있는 한맺힌 지난 16년은 이렇게 끝났다.

우리 세 사람은 켈리가 운전하는 차를 타고 한동안 말없이 조용히 고속도로를 달렸다. 지나가는 창밖을 보며 나는 왠지 그냥 한숨만 계속 나왔다. 기쁘면서도 한편으로는 기분이 묘하게 착잡했다. 내가 형무소에서 지낼 때 바깥에 있는 병원에 갈 때마다 온몸이 쇠사슬에 감긴 채로 달렸던 바로 그 길이었다. 창가를 멍하니 바라보면서 아무 생각도 나지 않았고, 드디어 형무소를 벗어났다는 게 잘 믿겨지지도 않았다.

그렇게 차를 타고 제일 먼저 간 곳은 어머니 집 가까이에 있는 모후의 성당이었다. 마침 주 중이었고, 미사가 없는 시간이라서 성당 안에 들어가 십자가에 매달린 예수님을 한참 동안 바라보고 있으니 눈물이 눈앞을 계속 흘렸다. 눈가를 훔치고 밖으로 나와서 성모상 앞에 서서 함께 보살펴 주신 우리 어머니께도 감사를 드리면서 한동안 그렇게 있었다. 그때 켈리가 '우리 모두 피곤 할 테니 집에 가자'고 해서 자리에서 일어났다.

집에 도착해서 제일먼저 성서와 일기장을 책자에 잘 모셔두었다. 그 다음 어머니께서 손수 담은 된장으로 끓인 시금치국과 예전에 친구들 사이에서 유명했던 어머니의 민어찜 그리고 아버지와 내가 서로 다투어 즐겨먹던 부추전 등 여러 가지 내가 좋아하는 음식들로 차려진 밥상이 나를 기다리고 있었다. 우리 셋은 자리에 앉았고 나는 어머니가 해주신 민어찜 맛을 보는 순간 가슴이 뭉클했다. 그동안 얼마나 그리웠던 어머니의 손길이었나! 우리 셋은 이 꿈 같은 시간을 아껴가며 순간순간 서로를 바라보면서 맛있게 먹고 즐겁게 애기꽃을 피웠다.

　식사를 마치고 한동안 애기를 하다가 어머니께서 나를 보고 형무소에서 입고나온 옷은 버려야 하니 예전에 입던 옷으로 갈아입으라고 하면서 옷장으로 나를 데리고 갔다. 옷장 문을 열어보고 나는 깜짝 놀랐다. 예전에 내가 즐겨입던 옷들이 깨끗이 세탁되어 비닐 포장 속에 질서있게 걸려있었다. 켈리와 나는 놀란 입을 벌리고 옷을 바라보고 서 있다가 내가 어머니께 여쭸다.

　"이거 다 내가 전에 입던 옷들 아닙니까?"

　어머니는 고개를 끄덕이셨다. 내가 다시 물었다.

　"안면은 있지만 새것 같은데 혹시 새옷들을 샀습니까?"

　"아니다. 네가 보고 싶어 참기 힘들 때면 네 옷이라도 보고 만지며 내 마음을 달래려고 매 년 한 번씩 세탁을 해서 지난 16년을 보관한 게다."

　나는 어머니의 자식에 대한 깊은 사랑에 말문이 막혀 순간 울컥해졌다. 부모의 이런 깊은 마음을 자식들이 감히 다 알 수 있겠는가!

자유(Freedom)와 또 다른 족쇄

꿈같은 첫날을 켈리는 하루 종일 우리와 함께 했고 밤이 늦어 집에가며 다음날 오겠다고 약속했다. 켈리의 차로 마중 나가서 포옹(hug)을 하고 우리는 미소로 가득 찬 서로의 얼굴을 맞대면서 내가 말했다,

"고마워, 켈리야."

"오빠, 이제 지난 건 다 뒤로 하고 힘차게 앞으로만 나가면 돼, 알았지?"

"그래, 그래."

그토록 그리던 어머니와 켈리를 바깥세상에서 다시 만난 것이 꿈만 같았다. 내게 이 두 사람이 있다는 사실은 앞으로 아무리 힘들어도 이겨낼 수 있는 힘을 주었다.

집에 들어오니 어머니는 내가 없는 동안 켈리가 얼마나 당신을 위해서 고맙게 했는지를 말씀해 주시면서, 언젠가는 보답을 꼭 해야 한다고 말씀하셨다. 어머니의 말씀을 들으면서 나는 지난 16년 넘게 우리와 함께 한 켈리의 깊은 우정을 새삼 알게 되었다. 켈리를 보내고 나는 집에 들어와서 어릴 때 어머니 손을 잡고 함께 잠을 잔 것처럼 자리에 누워 야위신 어머니의 손을 잡고 지난 얘기를 하며 잠이 들었다.

오랜만에 침대에서 자고 일어났지만 숙달이 안돼서 그런지 생각했던 것보다 편치 않았다. 간단히 씻고 동네 산책을 다녀오니 켈리가 벌써 와 있었다. 아침식사를 어머니께서 또 근사하게 차려주셔서 우리는 맛있게 잘 먹었다.

캘리포니아의 모든 출감자는 출감 후 의무적으로 3일 내에 주 정부 출감

자 관찰당국에 등록을 해야 되기 때문에 우리 셋은 차를 타고 제일 먼저 브레이든에 있는 관찰당국으로 향했다. 그곳에 도착해서 담당자를 만나고 절차를 마치는데 무려 3시간이 넘게 걸렸다. 등록하러 가서 바로 돌아오지 않는 나를 기다리시던 어머니와 켈리는 '무슨 일이 또 생긴 건 아닐까' 하며 또 한번 마음을 조려야만 했다.

　담당자는 까다롭고 고지식하게 굴었고, 나에게 내려진 관찰 기간은 앞으로 3년이라고 말하면서 여러 가지로 요구 사항이 많았다. 앞으로 3년 동안 가장 수치스러운 것은 내 발목에 내가 언제 어디를 가는지를 관찰할 수 있도록 '위치추적장치(GPS)'를 채운다는 것이었다. 이 장치는 그 안에 특수한 자물쇠가 있어 한번 채우면 고리를 특수한 도구로 자르기 전에는 뺄 수가 없도록 되어 있는데, 앞으로 3년 동안 나의 행동 하나하나를 살펴보게 될 식구나 마찬가지였다. 담당자는 예전에 어떤 출감자가 이 장치의 자물쇠를 칼로 자르고 도망간 예를 들면서 그럴 경우에도 언젠가는 꼭 잡힌다며 겁을 줬다. 단단한 플라스틱으로 된 도구인 탓에 발목이 불편하고, 시간이 어느 정도 지날 때까지도 발목살과 복숭아뼈를 눌러서 통증도 꽤나 있었다. 게다가 부피가 커서 가랑이 폭이 넓고 긴 바지를 입어야만 발목에 찬 도구를 사람들 눈에 띄지 않도록 가릴 수가 있었다. 이 위치추적장치는 12시간마다 건전지를 충전을 해야 하고 물에 오래 잠겨 있는 것을 피해야 한다고 했다. 만약 그렇게 하지 않으면 즉시 관찰 담당자에게 신호가 온다면서 잘 차고 있으라고 경고를 했다.

　그 외에도 앞으로 3년 동안 내게 해당되는 금지사항과 요구사항은 35가지나 되었는데, 중요한 몇 가지만 적어보면 다음과 같은 내용들이다.

　1. 내가 거주하는 곳을 당국에서는 언제든지 조사할 수 있다.
　2. 주 정부에서 하청을 받아 운영하는 심리학 치료소에서 매 주 한 번씩 '치료'를 받아야 하고, 거짓말 탐지기 시험을 주기적으로 받아야 한다.
　3. 3년 동안 뺄 수 없는 위치추적장치(GPS)를 발목에 차고 있어야 한다.
　4. 브레이든 시에서 50마일 반경 범위를 벗어나면 안된다.

5. 만약에 벗어나야 할 일이 있으면 미리 꼭 허락을 받아야 한다.
6. 취직하기 전에 당국에 통보 후 허락을 받고 취업을 해야 한다.
7. 교통수단으로 사용하는 차량의 모든 정보를 당국에 통보해야 한다.
8. 만약에 새로 여자를 만나게 되면 그 여자의 신분을 당국에 통보해야 한다.

이들 조항 이외에도 여러 가지 크고 작은 사항들이 많았지만, 나에게 있어서 가장 큰 위협은 1번 사항이었다. 이 내용을 듣고나니 출감과 자유는 별게라는 현실을 깨달았다. 언제든지 그들이 조사를 빌미삼아 집을 뒤질 수 있다는 사실을 알면서 내가 어머니 집에 함께 있을 수는 없었다.

왜냐하면 내가 어머니 집에 있기로 결정하면 당국에서는 시도 때도 없이 어머니 집으로 와서 나를 관찰한다는 이유를 들어 수색한다면서 형무소 안에서 당했듯이 쑥대밭을 만들어놓을 게 분명했기 때문이다. 또한 그들의 발길이 잦다 보면 자연히 이웃에서 내 신분을 알게 될 것이고, 그러면 어머니조차 그곳에서 살기가 힘들어지기 때문이다. 더구나 만약 일이 잘못돼서 문제가 생겨나게 되면 나에게 또 무슨 일이 닥칠 줄 모르는 위험까지도 따르게 된다.

이런 내용을 알고 나서 관찰당국의 담당자가 내 주소를 물었을 때 나는 그 자리에서 순간적인 판단을 해야만 했다. 어머니에게 피해가 가지 않도록 결코 그네들에게 어머니 주소를 알려주지 말자는 생각을 했다. 그래서 나는 순간적으로 이렇게 결정을 내리고 말했다.

"나는 오갈 데 없는 노숙자요. 주 정부에서 나같이 아무 것도 없는 전과자들을 돕는 사회복지제도는 없습니까?"

"그렇다면…"

그는 내 물음을 못들은 척 했다.

"보다시피 아무것도 없는 내 처지를 당신이 제일 잘 알고 있을 테니 12시간마다 위치추적장치(GPS)를 충전할 곳을 마련해 주시오."

내 말에 그는 짜증을 부리며 말했다.

"그럼 충전만 하도록 당신 어머니 집에서 하루에 두 번, 아침에 1-2시간 저녁에 1-2시간씩만 지내는 것을 허락한다."

그러면서 내 발목에 채운 위치추적장치를 가리키며 겁을 줬다.

"그 대신에 만약 그 이상의 시간을 넘기면 위치추적장치로 금방 위치를 알 수 있으니 위반하면 어떻게 되는지 알지?"

"그렇다면 내 거주지 등록 주소가 어머니 집으로 되는 거요?"

"아니오. 오로지 거기서 일주일 밤을 넘게 지내게 되면 그렇게 될 수도 있는데…. 왜, 그럴 생각인가?"

"아니오. 당신들이 나를 관찰하기 쉽게 내 차를 이 사무실 가까이 매일 저녁 세워놓고 차안에서 잠을 잘 거요."

"그렇다면 당신 어머니 주소는 필요 없소."

일단 가장 큰 문제를 해결하고 난 뒤 나는 필요한 나머지 것들을 마무리 하고 건물 밖으로 나오면서 생각했다. 출감의 기쁨에 찬물을 끼얹는 이러한 족쇄 때문에 이제 캘리포니아 주 정부에서는 나는 공식적인 노숙자로 분류하게 되는구나. 억울한 현실이었지만 내게는 오로지 한 가지 생각뿐이었다. '수단방법을 가리지 말고 앞으로 3년 동안을 무사히 시간을 보내자. 나의 앞날에 형무소란 다시는 없다!'

긴장을 하면서 기다리고 있던 어머니와 켈리는 담당자 사무실에서 나오는 나를 보고 안도의 숨을 쉬었다. 우리는 함께 차를 타고 그 건물을 일단 벗어났다. 켈리는 오늘의 계획을 말하면서 운전을 했지만 내 마음은 오로지 내가 어머니 집에 있지 못하는 결정을 어떻게 이 두 사람에게 얘기를 해야 하는가 하는 문제로 망설이고 있었다. 게다가 발목에 채워진 위치추적장치도 보게 되면 놀랄 게 분명했다.

관찰당국에서 시간을 너무 많이 보내버린 탓에 벌써 오후였다. 우리는 예전에 즐겨 찾아갔던 '작은 이탈리아(Little Italy)' 식당에서 늦은 점심식사를 하기로 했다. 차를 타고 가면서 앞으로 3년 동안의 관찰 기간에 대한 내용을 다른 내용들과 함께 간단히 설명했다. 그리고 언젠가는 알려야 할 것이니 미리 알려주는 것이 나을 것 같아 왼쪽 바지를 끌어올려 웃으며 발목에 차고 있는 위치추적장치도 보여주었다. 예상했던 대로 둘 다 놀라워했고, 특히 어머니는 지난 16년 넘게 고통을 겪게 만든 놈들이 끝까지 비열하게 한다며 또 다시 화를 내셨다.

이 동네에서 오랜 역사를 자랑하는 '작은 이탈리아' 식당은 메뉴나 건물 장식이 예전과 크게 바뀐 게 없이 그대로였다. 다만 나와 친했던 웨이터 아저씨는 은퇴하고 없었다. 오랜만에 먹는 파스타와 마늘빵(garlic bread) 그리고 무제한으로 제공되는 빵(sourdough)을 배가 터지도록 먹었다. 다 먹고 커피를 시켜 마시며 한참동안 우리는 얘기를 나누다가 나는 어머니와 켈리에게 용기를 내서 그제야 말을 했다.

"아침에 관찰당국에서 있었던 일 중에 한 가지 더 얘기할 게 있는데…"

내가 말을 더 이어 가려는데 어머니 얼굴은 벌써 경직이 되셨고 켈리도 얼굴이 굳어지며 내말을 끊고 물었다.

"뭔데? 무슨 일 있어?"

내 앞에 근심으로 가득 찬 두 사람의 얼굴을 바라보며 차근차근 왜 내가 어머니 집에 있을 수 없는가를 설명했지만, 내 앞에 앉은 두 사람은 믿기지 않은지 한동안 말없이 나를 쳐다만 보고 있다가 켈리가 조심스럽게 말문을 열었다.

"왜 그렇게 해야 돼? 그 방법 밖에 없어? 그러면 어디 가서 있을 거야?"

"네가 무슨 생각하는지 잘 알겠고, 그 마음은 고마워. 그렇지만 지금 내 처지에서 주어진 현실을 이겨 나가려면 때로는 정석을 벗어난 해결책을 찾아야 돼. 이 상황이 바로 그런 거고, 이게 지금으로선 최선의 선택이야. 불행 중 다행이라고 마침 어머니 차가 소형 밴(minivan)이잖아. 그래서 방법을 찾는 동안 당분간은 그 차가 내 집이야. 형무소 안에서도 살았는데 이쯤이야 새발의 피야!"

"말도 안돼! 무슨 뚱단지 같은 소리야? 집을 놔두고 왠 차…"

하고 켈리는 외쳤다.

"내가 말했잖아. 그렇게 간단한 문제가 아니라고. 더럽지만 이제 나는 어딜 가나 기록이 따라 다니는 전과자가 내 현실이야. 어머니 집에서 함께 있으면서 어머니를 모시고 싶은 건 그 누구보다도 내가 더 원하는 거야. 그리고 솔직히 욕심 같아선 나도 이제 따뜻한 방에서 포근한 침대에 자고 싶어. 그렇지만 거기에 따르는 위험과 불편은 감당할 수 없이 많기 때문에 그 길은 피해야 한다는 게 내 결정이야. 당분간 차에서 지내다 보면 길이 생기겠지."

어머니께서 말씀하셨다.

"아니 집을 놔두고…. 앞으로 3년이란 기간을 무사히 넘기는데 필요한 모든 조건을 네가 가장 잘 알고 있는 줄 안다. 그래서 나는 너를 믿는다만 왜 꼭 그런 선택을 해야 하는지는 완전히 이해가 가지 않는구나."

"무슨 말씀인지 충분히 알겠어요. 이것이 바로 저희가 예상치 못한 상황이 일어날 수 있는 가능성을 최대한 줄이고, 그들의 수작을 피해 갈 수 있는 가장 안전한 방법입니다. 아까 담당자가 당장 오늘 저녁부터 어디서 잘 거냐고 들이댈 때는 결정을 해 놓고도 너무 섣불리 결정을 했나 하는 의문도 없지 않았지만, 그 후 계속 곰곰이 생각해 볼수록 지금 내 처지엔 이게 최선의 선택이라고 확신이 생깁니다. 그래도 불행 중 다행으로 아침 저녁으로 1-2시간씩 발목에 찬 이걸 어머니 집에서 충전하는 건 허락 받았지 않습니까? 그게 어딥니까? 그때 샤워하고 밥 먹을 시간은 충분하잖아요."

켈리는 그 또릿또릿한 눈빛으로 그동안 그가 묻고 싶었던 질문을 어머니께 했다.

"어머니, 그럼 오빠가 우리 집에 와 있는 건 어떨까요?"

어머니는 예상 외의 질문에 당황하신 모습이었고 곤란해 하셨다.

"그야 참으로 고마운 말이지만 지금까지 우리가 네게 너무 많은 폐를 끼쳤는데, 그건 잘 모르겠구나."

내가 웃으면서 예전 어릴 때 내가 어머니께 반말로 장난칠 때처럼 말했다.

"장본인을 앞에 놔두고 둘이서 북 치고 장구 치고 잘 노는구먼."
"나도 어머니 집에 오빠 담당자가 나와서 괴롭히는 건 싫어. 그러니까 우리집에 와있으면 되잖아. 나는 그 사람들 오는 거 전혀 신경 안써. 하나도 겁 안나."
"켈리, 너한테 고마운 마음은 내가 평생 가도 표현도 보답도 다 할 수 없어. 3년이면 지나갈 걸 그렇게까지 여러 사람에게 폐를 끼치는 건 싫다. 내 자존심도 허락하질 않고…."
"어휴, 그 고리타분한 오빠 자존심, 또 나오네. 오빠 고집은 아무도 못 꺾는 거 알지만 당장은 아니라도 생각을 해봐, 알았지?"
"그래 그래, 언제든지 내 마음이 바뀌면 너한테 제일 먼저 부탁할게."
이쯤 되니 분위기가 너무 침체된 것 같아서 내가 농담을 했다.
"켈리, 그런데 어제부터 느낀 건데 네 얼굴이 참 좋다. 어머니, 예 얼굴 한번 자세히 보세요. 뭐 좀 다르지 않아요?"
내 말을 듣고 어머니는 켈리를 주시해서 보더니 잘 모르겠다고 하셨고 나는 장난으로 켈리에게 말했다.
"아, 이제 알았다. 혹시 애인…? 푸하하!"
내 장난에 켈리는 얼굴을 찌푸리면서 소리쳤다.
"으이, 오빠. 그 장난은 바뀐 게 없구만. 어머니, 오빠 항상 저랬어요?"
"신경 쓰지 마라. 키 큰 놈 치고 싱겁지 않은 놈 없다고 했잖니…"
어머니는 한 수 더 떠서 말씀하셨다. 나는 내 결정에 대해 계속 옥신각신하는 것을 막고 싶어서 계속 말했다.
"아니, 켈리. 뭔가 찔리는가 본데 그 운 좋은 놈이 누구야?"
켈리는 대학 시절 때부터 내 농담을 잘 받아주었지만, 지금은 어머니가 계시니 말은 더 이상 못하고 눈에 불만 키고 있었다.
일단 내가 거주지로 정할 곳에 대한 계획까지 마련되었기 때문에, 우리는 어머니의 소형차에서 내가 밤에 잠을 잘 수 있도록 필요한 깔개와 창문

커튼 등 몇 가지 물품을 구해서 집으로 왔다. 소형차의 뒷좌석과 가운데 좌석을 빼니 공간이 꽤나 넓게 나왔다. 그 다음에는 밤에 바깥 불빛이 들어오는 것을 막으려고 옷감가게(fabric store)에서 구한 커튼으로 차창을 막아봤더니 완벽하게 바깥 시선을 차단 할 수 있었다. 마지막으로 대형 요가(yoga) 깔개를 자동차 바닥재 위에 깔은 뒤 3단요 비슷한 깔개를 그 위에 놓고 이불과 베개를 놓으니 침실이 만들어졌다. 다 꾸며놓고나서 한 번 누워보니 다리를 충분히 펼 수도 있었고, 몸부림을 쳐도 될 만큼 공간이 충분히 되었다. 어차피 이곳이 앞으로 3년 동안 내 집이 되어야 한다면 몸이든 마음이든 빨리 적응하고 받아들이는 게 나에게 편했다. 그렇게 만들어놓고 나는 한 번 더 어머니와 켈리의 마음을 달래기 위해 말했다.

"아무리 기분이 좋지 않아도 한 가지 기억해 주세요. 이곳이 형무소 안보다는 훨씬 편하고 좋다는 걸."

차마 더 이상 말은 못해도, 어머니와 켈리는 영 마땅치 않은 표정이 분명했다. 잠자리 준비를 마치고나니 저녁 시간이 되었다. 어머니는 매콤하고 시원한 콩나물국에 내가 좋아하는 반찬들로 한 상 크게 차려 주셨고, 우리 셋은 저녁을 맛있게 먹었다. 남달리 과일을 좋아하는 아들을 먹이려고 어머니가 사 놓으신 체리, 천도 복숭아, 포도 등이 많아서 나는 배가 터지도록 먹은 후에 내일부터 직장 찾는 일에 대해서 얘기를 시작했다. 어머니와 켈리는 적어도 첫 주에는 푹 쉬고 난 다음 일자리를 구해도 된다고 했지만, 나는 어차피 매일 집에 오래 있지 못하니 결코 쉽지 않을 직장 구하는 일을 하루 빨리 시작해야겠다고 했다. 출감 첫 이틀을 우리와 함께 하고 집에 가는 켈리를 마중 나가서 손을 잡고 말했다.

"켈리, 내가 아무리 농담을 하고 때론 내 생각이 네 마음에 들지 않을 때도 있겠지. 그렇지만 한 가지 절대 변함없는 것은 네게 고마운 마음이다."

"오빠 마음은 잘 알아. 작년에 면회 갔을 때 한 애기 기억나? 내 마음은 변함이 없어. 나는 오빠하고 살고 싶어."

이렇게 말하는 켈리의 얼굴은 천진난만한 아이 같았고 내 마음을 더욱 아프게 했다.

"그래, 나도 그러고 싶지만 말했다시피 지금은 아니야. 나를 따라다니는 문제 요소가 너무 많아. 지난 16년 넘게도 기다렸는데 조금만 더 기다려 보자."

켈리는 차를 타면서 주말에 다시 오겠다는 약속을 하고 밝은 미소, 눈이 없어지는 그 미소를 지으며 떠났다.

숨죽이며 보낸 3년

바로 그날 밤부터, 그러니까 나온 지 이틀째 되는 날부터 나는 새로운 '집'으로 마련한 차안에서 밤을 보내기 시작했다. 우선 밤새 차를 안전히 세울 수 있는 장소를 찾아야 했다. 너무 외딴 곳도 아니고 또 너무 번화가도 아닌 곳을 찾는다는 것이 힘들었지만, 마침내 시간이 걸려도 적당한 곳을 찾게 되었다. 그곳에 차를 세우고나서 운전석 뒤로 몸을 옮겨 차안에 커튼을 치고 이불을 펴고 잠자리에 누웠다. 그런데 첫날이어서인지 숙달이 안된 탓에 잠이 들 때까지는 꽤 오래 걸렸다. 이불 안에 들어가 누워 있으면 스폰지 깔개가 두툼해서 아늑했고, 단지 조금 추운 것을 빼면 잠자는 데는 별 문제가 없었다.

전과자들이 노숙자로 분류되면 지방 경찰서에 매달 의무적으로 등록을 해야 한다. 그런데 내가 가야 하는 곳은 다름아닌 바로 내가 경찰 아카데미부터 시작해서 근무를 했던 브레이든 경찰서였다. 16년이 넘었지만 아직도 기억이 생생한 이 장소를 나는 이제 전과자이며 노숙자 신분으로 등록하러 갔다. 차를 몰고 가면서 이런 저런 생각이 많이 났다. 참으로 비참한 운명이었지만 나에게는 신세타령 같은 것을 할 만큼 마음의 여유가 없었다.

기다리는 시간이 길 것으로 예상하여 아침 일찍 찾아가니 벌써 한 명이 정문 앞에서 기다리고 있었고, 그도 나와 마찬가지로 등록을 하러 왔다고 했다. 들어보니 등록을 오랫동안 한 것 같아서, 몇 가지 사항을 물어보니 자세한 설명을 해줬다. 그렇게 약 두 시간 정도 기다리고 있는데 경찰들이 한 두 명씩 보이더니 조금 있다가 무더기로 경찰서 뒷문을 향해 걸어 들어갔다. 바로 오전팀 출근시간이었다. 일부러 피할 것도 없었고, 찾아가 아는 척을 할 필요도 없었다. 지나가는 무리 중에는 몇몇 아는 얼굴들이 보였는데, 그 중에 한 명은 나와 아카데미를 같이 나온 필리핀계 친구였다. 다들 살이 찌고 나이를 먹은 표가 났다.

아무튼 그렇게 출근 시간이 지나서 다들 사라지고, 조금 있다가 경찰서 문이 열려서 등록을 하려고 기다렸다. 내 이름을 부를 때까지 약 30-40분이 더 걸렸고, 그동안 경찰서 내에서 사무직 민간인들이 분주히 다니는 게 보였다. 그 때 예전에 같은 부서에서 근무하던 멕시칸 비서와 눈이 마주쳤는데, 그는 조금 놀라는 표정을 짓더니 나에게 다가와서 간단히 인사를 하고 가면서 등록하는 곳으로 곧 부르겠다고 했다. 그 후 곧바로 등록실로 나를 불렀고 비교적 빨리 절차를 마쳤다. 그녀의 도움을 받아 등록을 마친 나는 나오면서 그녀에게 간단히 고맙다는 인사를 했지만, 착찹한 마음을 지닌 채 바로 일자리 구하는 데 도움을 주는 사회복지센터를 찾아갔다.

나에게 이런 일이 생기기 전까지는 생각해보거나 거들떠보지도 않았던 사회복지센터였다. 이곳에서는 노숙자들, 노인들, 미혼모들에게 여러 종류의 도움을 제공해주는 곳인데, 이미 몰려든 사람들로 인해 초만원 상태였다. 안내부서에 가서 직장 찾는 일에 도움이 필요하다고 했더니 구직부서로 가라고 안내해줬다. 거기서 두 시간쯤 기다리니 내 차례가 와서 담당자와 상담을 했다. 나라에서 제공하는 여러 가지 프로그램들이 있었는데, 노숙자를 위해서 주 정부로부터 매달 약 250달러의 협조금을 받는 절차에 필요한 서류 작성을 했다. 너무나 빈약한 액수지만 지금 내 처지에서는 일단 그 돈이라도 받아야만 했다. 그런 절차를 끝마치고 나니 구직을 위해 구인란을 검색할 수 있는 컴퓨터가 여러 대나 있는 곳으로 나를 데리고 가서 작동시키는 방법을 알려줬다.

어릴 때부터 컴퓨터에 대한 필요성을 느끼지 못했고 대학 때 주위에서 너도 나도 컴퓨터를 유행처럼 구입하는 친구들을 보고 거부감까지 느꼈던 나여서 컴퓨터 쓰는 방법을 전혀 몰랐다. 어릴 때부터 나는 내가 불필요하다고 생각하는 것들에 사람들이 지나치게 몰려들면 거꾸로 거부감을 느끼면서 그와 정반대로 행동하곤 했다. 그런 습관 때문에 청개구리라는 말도 들었고, 개인적으로 손해를 볼 때도 많이 있었지만 지금까지 생긴 대로 살아온 것에 대한 큰 후회는 없었다. 나이가 들고 내 성격이 뚜렷해지면서 이 버릇은 더욱 굳어졌고, 지금까지도 주위에서 좋아하니까 함께 따라하는 유행 같은 것은 거부하며 살아왔었다.

아무튼 봉사자 아주머니는 웃으면서 컴퓨터에 대해 자상하게 쓰는 법을 차근차근 보여줬다. 난 처음에 예전처럼 직장을 찾아가서 신청서를 넣으면 되는 줄로만 알았다. 그런데 지금은 모두 전자우편(e-mail)으로 신청한다고 해서 나는 분야나 급료를 따지지 않고 첫날 약 50여 곳에 응모를 했다.

이렇게 구인란을 보며 마땅한 곳을 찾고 있던 중에 옆 자리에서 내 나이쯤 돼 보이는 남미 친구가 내게 컴퓨터에 관한 질문을 해왔다. 미국 속담에 '장님이 장님을 이끈다(blind leading the blind)'는 말이 있는데, 바로 우리 두 사람을 보고 하는 말 같았다.

"실은, 나도 당신이랑 비슷한 컴퓨터 무식쟁이야."

"정말? 나만 그런 줄 알았는데 나 같은 사람이 또 있구먼."

그러면서 그는 크게 웃었다. 나도 그를 따라 웃으며 말했다.

"내 이름은 케인인데, 당신 이름은 뭐요?"

"나는 리고라고 해. 만나서 반가워."

우리는 이렇게 인사를 하고 악수를 했다. 호탕한 성격을 지닌 그와 나는 금방 친해졌다. 그 후로 우리는 구직센터에서 매일 만나 봉사자 아주머니로부터 배운 컴퓨터 지식을 서로 나누었고, 새로 나온 일자리 정보도 나누었다.

어려운 사연들이 있어 이런 구직 센터에 오는 우리 모두는 예고없이 찾아오는 인생의 불청객을 헤쳐 나가려고 애쓰는 사람들이었다. 매일 평균 30-40군데에 응모를 하니 며칠이 지나면서 몇 군데에서 답장이 오기 시작했다. 들뜬 마음으로 바로 응답을 해서 면담 날짜를 받았다. 그 날 오후 리고를 만나서 얘기를 하니 날 보고 운이 좋다며 자기는 여기에 온지 한 달이 넘었는데 아직 면담 요청을 한 번도 받지 못했다고 투덜거렸다. 한편으로는 내가 그런 얘기를 한 것이 미안해질 정도였지만, 털털한 그는 곧바로 다른 얘기를 하며 괜찮아했다. 우리는 각자 구직 컴퓨터를 들여다보며 서류 작업에 몰두했다.

그 무렵 내 하루 일과는 다음과 같았다. 아침 일찍 차에서 자고 일어나서 어머니 집으로 간다. 도착해서 볼 일을 보고 샤워를 한 뒤 식탁에 앉아서 발목에 있는 위치추적장치를 충전시키면서 어머니가 준비하신 아침 식사를 한다. 식사하는 동안 위치추적장치에 충전이 다 됐다는 파란불이 들어 온 것을 확인해 보고, 식사를 마치고 약 10분쯤 쉬었다가 집을 나선다. 그 다음 바로 구직센터로 가서 직장 찾는 일을 하다가 점심은 거기서 무료로 제공하는 샌드위치, 사과 그리고 우유를 리고와 함께 먹는다. 그후 컴퓨터와 씨름을 하며 일자리를 찾다가 센터가 오후 4시에 문을 닫으면 그 때 리고와 함께 나온다. 가끔 리고와 함께 옆에 있는 도서관에 갈 때도 있지만 센터에서 나오면 주로 각자 갈 길을 찾아간다.

한동안은 갈 곳이 마땅치 않고 또 돈도 없는데 차만 몰고 다니니 기름값이 많이 나왔다. 그래서 해결책을 찾다가 좀 떨어진 곳이지만 큰 쇼핑몰에 가보았다. 그곳은 오전 10시에 문을 열어서 밤 9시에 닫고, 여름에는 시원하고 겨울에는 따뜻한 곳이어서 생각 이상으로 편했다. 그리고 음식판매소(food court)는 장소도 컸고, 뭘 사먹든 말든, 아무리 오래 앉아 있어도 아무도 잔소리 하는 사람이 없었다. 또 곳곳에 화장실 시설도 잘 되어 있어서 편리했다. 여기에서 4시 이후부터 머물고 있다가 약 8시쯤에 어머니 집으로 가서 간단히 씻고 저녁 식사를 하며 또다시 위치추적장치를 충전하였다. 충전기에 파란불이 들어오면 잠시 쉬었다가 다시 잠자리를 찾아 나섰다. 이처럼 매일매일 같은 날이 끊임없이 반복되는 영화 '그라운드혹 데이(Groudhog Day)'처럼 보내고 있었다.

출감 후 매주 의무적으로 출석해야 하는 '전과자 재활 치료소'에도 다닌 지가 벌써 몇 개월이 지났다. 이 제도는 캘리포니아의 한 정치인이 자신의 정치생명을 유지하기 위해 만든 것에 불과한데도, 거기에서 일하는 사람들은 사회에 무슨 큰 기여를 하는 것처럼 으스대곤 했다. 그들은 현실에 맞지도 않는 이론이나 상황을 내세우며 우리를 지도했지만, 실제로는 우리와 같은 처지에 있는 사람에게는 전혀 맞지도 않는 것들만 강조하고 있었다. 그렇기 때문에 가만히 듣고 있기에는 매우 힘들었다. 이곳에서 만난 대다수 전과자들의 첫째 목적은 출감 후에 주어지는 관찰 기간을 무사히 마치고 새 삶을 시작하는 것이기 때문에 실질적인 준비가 필요하였다. 그래서 그곳에서 강조하는 이론 같은 것은 소기의 목적을 달성하는데 오히려 걸림돌이 된다. 매주 한 시간 반씩 들어야만 하는 이런 내용도 적지 않은 스트레스를 주었지만, 그곳 직원들이 지도하는 방식대로 고분고분 들어주지 않고 다른 의견을 말하면 관찰 당국 책임자에게 보고하여 골탕을 먹이기도 했다.

지금 내 처지에서는 시급히 무엇이든 일을 찾아야만 했다. 그래서 전공이나 경험에 관계없이 내가 할 수 있겠다거나 아니면 배울 수 있겠다는 생각이 들면 응모를 했고, 면담 준비를 했다. 처음에는 들뜬 마음에 나름대로 탐색과 준비를 열심히 해서 면담을 했지만, 차츰 시간이 흐르면서 알게 된 것은 나의 전과 기록 때문에 매번 불합격이 된다는 것이었다. 면담이 잘 진행되어 가능성이 높은 경우에도 결국에는 마지막 신원조회에서 전과 기록이 나오면 100% 떨어지곤 했다. 그래도 처음에는 실낱같은 희망에 매달렸지만 그렇게 한 달, 두 달을 보내고나니 답답함과 좌절감만 깊어져 갔다.

매달 받는 쥐꼬리만한 보조금을 가지고 최소한의 지출로 생활을 유지하려니 쉽지는 않았다. 그렇지만 어머니 집에서 매일 식사와 샤워를 해결할 수 있다는 것이 더없이 다행이었다. 복지센터와 경찰서를 오가며 처지가 비슷한 사람들을 자주 만나서 서로 얘기를 나눠보면 나보다 처지가 딱한 이들도 수두룩했다. 만약 여기에서 내가 좌절하고 만다면 결국 나는 이런 처지로 나를 몰아넣은 자들에게 항복하는 것이나 마찬가지였다. 그래서 삶을 포기하거나 절망의 늪에 빠져 허우적 거리면 안된다는 다짐을 스스로에게 하면서, 반드시 다시 일어나서 나의 참된 모습을 보여주리라고 자신에게 다짐하고 또 다짐했지만 내 앞에 놓인 현실은 결코 만만하지가 않았다.

힘든 취업의 길

　직장을 찾기 시작한지 6개월쯤 되었을 때 우연히 시간제(part-time) 일자리 구인광고를 보게 되었다. 주일 미사를 마치고 나오는 길에 성당 주보 뒷면을 보니 시간제(part-time) 영어/한국어 번역 구인 광고가 있어서 연락을 해서 면담 날짜를 받았다. 그러나 지금까지 거절만 당해온 나로서는 큰 기대를 하지 않았다.
　면담 날짜에 시간을 맞추어서 알려준 주소로 찾아가니 중년쯤 보이는 직원이 4명 있는 조그만 사무실에 주인은 70살쯤 들어보이는 한국 노인이었다. 첫 인상이 매우 신경질적이고 까다로워 보였는데, 면담을 해보니 점잖은 척 하는 모습이 지나친 가식처럼 보였다. 여러 가지 질문사항이 많았는데, 내가 듣기에는 평범한 한국식 영어(konglish)를 하면서 자신의 영어 실력이 대단하다는 착각이 심했다. 내 영어 실력을 측정한답시고 나머지 대화는 영어로 했고, 다음은 영어로 된 문장을 한 장 주면서 그 자리에서 한글로 번역하라고 했다. 모든 것을 마친 후 만족한다는 표정으로 언제부터 일을 시작할 수 있느냐고 묻기에 그 다음 주부터 바로 시작할 수 있다고 했다. 일자리는 시간제(part-time)이기 때문에 사무실에 출근하지 않고 집에서 번역일을 하라고 했다. 매주 금요일에 사무실에서 번역할 자료를 받기로 하고, 작업량과 봉급에 대해 합의를 본 후에 그 사무실을 나왔다. 주인이 구두쇠라서 그런지 비용이 드는 신원조회는 언급하지 않을 걸로 봐서 일단 일은 무사히 시작할 수 있어 보였다.
　첫 번역 자료를 받기위해 그 다음 금요일에 사무실로 갔다. 사무실 문을 열고 들어서는데 안쪽에서 고함 소리가 들리길래 엉겁결에 혹시 내가 뭘 잘못했나 하고 멈춰 서서 귀를 기울이니 주인이 직원들에게 야단치는 내용이었다. 아무튼 나와 직접 관련된 것이 아니었기 때문에 나는 휴게실(lobby)에 앉아서 기다렸다. 그런데 주인의 고함 소리는 점점 더 커졌고, 30여분의 시간이 지났는데도 끝날 기미가 안보였다. 주인이 야단을 치는 내용 중에 욕지꺼리와 서류 집어던지는 소리도 들렸고, 그 분위기는 한국에서 1960-1970년대에 학교에서 일부 선생들이 학생들을 자기 화풀이 대상으로 다루는 모습을 떠올리게 했다. 시간 약속까지 해서 불러놓고는 이런 불편한 분위기 속에서 막연히 기다리게 하는 것에 대해 나는 차츰 불쾌해지기 시작했다. 보아하니 직원들을 옛날 양반, 쌍놈 시절에 종을 다루듯이 하는 이 노인과 일을 시작 하는 게 과연 옳은 선택이었는지를 다시 생각하고 있는데, 주인이 나왔다. 그리고 내게는 미소를 띄워가면서 번역 자료를 설명해줬다. 자료를 받아 사무실을 나오면서 나는 시간제(part-time) 직원이라 자료를 받아서 집에서 일을 할 수 있는 게 참 다행이라는 생각뿐이었다.

첫 달은 주인과 번역 자료를 주고받으며 별일 없이 지나갔다. 그런데 두 달 째부터 주인은 핑계를 대며 내 임금을 1-2주일씩 미뤄서 지불하기 시작했다. 얼마 되지도 않는 내 임금을 가지고도 치사하게 굴었을 뿐만 아니라 거의 매번 번역 자료를 가지러 갈 때마다 직원들을 학대하는 하는 모습을 보게 되었다. 주인 영감은 기분이 나쁠 때마다 직원들에게 괜한 트집을 잡아 욕지걸이를 퍼부으면서, 손에 잡히는 대로 재떨이든 전화기든 마구 집어 던지는 몰상식한 영감이었다. 아무리 일을 잘 해줘도 절대 칭찬하는 법이 없이 그저 잔소리만 하는 영감이었는데, 직원들에게 잔소리를 할 때 보면 직원들의 실수만을 꼬집는 게 아니고 인격을 모독하는 말을 예사로 했다.

그러면서도 주인 영감은 스스로 카톨릭 신자라고 떠들고 다니면서 사무실 곳곳에 십자고상을 걸어놓았고, 성당과 기타 카톨릭 단체에는 떠들썩하게 과시하면서 기부금을 내고는 그런 사실을 주위 사람들이 알아주기를 바라는 유치한 졸부이기도 했다. 또 카톨릭 신문이나 잡지에 자기 사업의

광고를 실어놓고는 그것들을 차곡차곡 모아 책자로 만들어서 자랑하기도 했다. 그리고 중년시절에 자기가 유명 인사와 찍은 사진을 사무실 가장 잘 보이는 곳에 걸어놓고는 기회만 되면 자랑하면서 주위에서 자신을 얼마나 비꼬는지도 전혀 깨닫지 못하고 있었다.

이런 주인 영감의 행위를 볼 때마다, 언젠가 친구와 얘기를 나누다가 내가 '있는 놈들이 더 치사하다'고 했을 때 친구가 '그렇게 치사하게 살았으니 그 정도라도 모았겠지'라고 했던 말이 떠오르곤 했다. 아무튼 주인 영감은 세상에 무수히 많은 치사한 졸부 중 하나가 분명했다. 그렇지만 돈이 필요한 놈은 나였으니 참고 일을 해야만 했다.

번역 일을 시작 한지 5개월이 지났고 일주일에 한번 만나는 우리였지만 직원 4명과 나는 곧 친해졌다. 다들 무슨 사정이 있어서인지 이런 영감 밑에서나마 벌어먹는다고 고생을 하고 있었다. 그래서 한 금요일에 그곳에 갔을 때 직원들에게 시간이 되면 그들과 저녁 식사를 같이 하고 싶다고 했더니 하나같이 좋아했다. 우리는 근처 태국 식당으로 가서 음식을 시킨 뒤에 이야기를 나누기 시작했는데, 화제는 자연히 주인 영감에 대한 것이었다. 사무실에서 직원들이 모이면 그 사람의 욕을 하는 게 일이라고 했다. 한 사람이 그 영감도 따지고 보면 진실된 사랑을 한 번도 받아보지 못한 불행한 사람이니까 우리라도 동정을 해줘야 한다고 말했다가 우리 모두의 야유를 받았다.

"저 영감이 분명 지옥 가서는 그럴 거야. '하느님, 저는 지옥에 올 사람이 아닙니다. 뭘 착각 하셨겠지요! 제가 살아 있을 때 얼마나 많은 돈을 성당과 종교 단체에 기부했는지 아세요?' 하고 말하면서 하느님한테도 돈으로 해결하려고 잔소리를 지껄일 사람이 바로 저 인간이야!"

다른 한 친구가 이런 말과 함께 주인 영감의 욕심은 한이 없다는 말을 계속하였다. 또 직원들에게 월급을 줄 때마다 이런 말을 한다고 했다.

"다들 하는 것도 없이 이렇게 받아가면 자존심 상하지 않아? 나 같으면 그만 두겠다!"

연말에 한 번 주는 보너스도 기분에 따라 준다고 했다가 며칠 지나서는

'올해는 없어!' 하면서 약속했던 말도 지키지 않는다고 했다. 계속 듣다 보니 인간관계의 모든 것을 돈으로 저울질하는 사람이었다. 그러면서도 자기 자식에 대한 자랑은 끝이 없었다. 이 영감이 하는 짓을 보면서 예전에 아버님께서 해주셨던 말씀이 생각났다.

"니도 커서 아 생기면 절대 넘 앞에서 니 자슥새끼 자랑하는 그런 바보 짓 하지마래이. 지 자슥 안 예쁜 놈 어대 있겠노? 그런데 그건 니만 예쁘지 넘은 니 같이 그렇게 안 예쁘거든. 그저 골빈 것들이 주책없이 지 자슥이 천재니 뭐니 자랑을 지껄이니까 사람들이 마지못해 들어 주는 것 뿐이대 이."

바로 이런 사람들을 두고 하신 말씀 같았다. 이 세상에 이런 사람이 있다는 것을 말로만 듣다가 내가 직접 대해보니 처음에는 참 신기하기도 했지만, 시간이 지나면서 일주일에 한번 보는 것도 싫었다.

그러던 어느 하루였다. 그날도 다른 날처럼 일감을 받으러 갔는데 나를 자기 사무실 안으로 들어오라고 했다. 사무실로 걸어가는데 직원들 책상을 거쳐 가면서 그 사람들의 얼굴을 보니 하나같이 경직되고 어두운 모습이었다. 주인은 자기 사무실로 들어선 나를 쳐다보지도 않고 내게 딱딱한 표정을 지으며 말했다.

"앞으로는 주말에 사무실로 나와서 일을 하세요."

"제 번역에 무슨 문제라도 있어서 그러는 겁니까?"

내 질문에 신경질을 벌컥 내면서 소리쳤다.

"아니, 내가 고용주로서 나오라면 나오세요."

"시간제(Part-time)로 하는 번역 일을 주말에 사무실까지 나와서 하고 싶지 않습니다."

"이 사람이 배가 부른 모양이군 …"

"저희가 처음에 맺은 계약 조건을 기억하세요?"

"이 사람이 그냥 하라면 하는 거지, 무슨 말이 이렇게 많아?"

"제가 틀린 말을 했습니까? 그리고 어디서 하든지 번역에 문제가 없으면 뭣 때문에 주말에 사무실로 나오라는 겁니까?"

"그게 싫으면 그렇게 할 수 있는 직장 찾아가면 될 거 아니야?"

지금 내 처지가 아무리 딱해도 나를 두고 노예 취급하는 이 영감과 일을 계속 하다가는 예상치 못한 더 큰 일이 생길 게 분명했다. 그런 위험을 무릅쓰고 더 이상 생각 할 여지가 없었고 나는 바로 그만두기로 결정했다. 그때부터 내가 하는 말이 다른 직원들에게 잘 들리도록 사무실 문을 활짝 열고 큰 소리로 말을 시작했다.

"보쇼 영감, 한 달에 겨우 몇 백불 주면서 나를 노예로 구입한 것으로 착각을 하는가 본데 그렇지 않아도 당신 같은 유치한 졸부하고 인연 맺은 걸 후회하던 참에 잘 됐수다. 지난 한 달 밀린 내 보수나 주쇼. 짜증스런 당신 얼굴을 일 초라도 더 보고 싶지 않으니 말이오."

영감은 평소에 남을 휘두르기만 하다가 거꾸로 자신이 횡포를 당하게 되니 어쩔 줄을 모르고 입에 거품을 물며 재떨이를 내가 있는 벽쪽으로 던졌다.

"어이쿠, 오늘 돈 좀 벌겠구먼. 뭘 기다리쇼? 이번에는 빗나가지 않고 잘 맞게 내가 앞으로 다가가 줄테니. 자, 빨리 한번 더 던지지."

나는 웃으면서 내 얼굴을 영감 앞에 내밀었다.

"이놈이 미쳤나! 빨리 꺼져!"

"그래. 밀린 내 돈만 줘, 바로 나갈 테니. 솔직히 나도 당신 얼굴 단 일 초라도 더 보고 있는 거 고역이야."

"경찰 부르기 전에 빨리 꺼져!"

그렇게 말하면서 수화기를 집어 들었다.

"당신 말 잘했소. 정말 경찰 불러볼까?"

평소 의심이 많은 영감은 자기 사무실 천장에 감시(cc) 카메라를 장치해 놓았고, 녹화는 항상 되고 있었다. 나는 그것을 가리키며 계속 말했다.

"경찰 오면 당신이 조금 전에 내게 재떨이 던진 거 저 카메라에 찍혀 있다고 하면 증거물로 넘겨야하니 꼴 좋을 거요."

내 말을 듣더니 들었던 전화기를 놓고 어쩔 줄 모르고 얼굴을 붉히며 말을 더듬었다,

"너 저 정말. 이 이럴 거야? 빠 빨리 나 나가지 못해!"

"얼씨구, 말까지 더듬어? 큰소리 칠 때는 언제고 이렇게 비참 한 모습을 보일까?"

영감은 앉아있던 자리에서 일어나더니 할 말을 잃었는지 문쪽을 향해 나가라는 손짓만 하고 서 있었다. 나는 마지막 한 마디를 더하고 떠나고 싶었다.

"영감, 어릴 때 악한 계모 밑에서 학대 받았소? 그래서 그 때 받은걸 평생 남에게 복수하는 거요? 어릴 때 사랑을 못 받고 커서 마음이 그토록 사악해졌소? 지금 겨우 돈 좀 만지는 걸로 하늘이 낮다고 까부는 걸 봐서 당신 어릴 때 지지리도 못 살았는가 봐! 당신 꼬락서닐 봐서 앞으로 살아갈 날도 오래 남지 않은 거 같은데 죽기 전에 철이 들까 의심 가네. 지금 이런 식으로 사람을 업신여기고 야비한 짓을 계속하면 당신 끝이 비참할 거요. 정신 차리쇼. 당신 입으로 아는 척 하는 성서구절, 식사 때 남의 눈에 잘 띄도록 과장해서 긋는 성호, 타인에게 과시하려고 떠벌리는 당신 종교가 그토록 악하게 행동하라고 가르쳤소?"

나는 사무실을 나가면서 자기 영어 실력을 늘 자랑하는 그에게 영어로 마지막 한 마디를 더 해주고 건물을 나왔다.

" '잘 사쇼'라는 말이라도 해주고 싶지만 그건 거짓말이 될 테니 생략 하리다…('I'd tell you to 'have a good life' but then I'd be lying')"

내 말을 듣던 영감은 아무 말 없이 충격을 받은 표정으로 의자에 다시 주저앉았다.

새로운 출발

 시간제(Part-time) 번역 일을 그만둔 후로 여전히 다람쥐 쳇바퀴 도는 것처럼 직장 찾기는 전혀 진전이 없었다. 고리타분한 나날들은 계속되었고, 모든 것을 아무리 긍정적으로 생각하려 해도 돌파구가 전혀 보이지 않는 이 시점에서 때로 나는 자신도 모르게 어두운 생각들이 걷잡을 수 없이 떠오를 때도 있었다. 하루 종일 하는 일 없이 떠돌아다니는 것도 1년 가까이 계속되다보니 내 정신의 근본까지 흔들리기 시작했다. 이토록 쓸모없게 된 자신이 너무 싫었고 어머니와 켈리를 보는 것도 민망스러워서 주말마다 찾아오는 켈리도 핑계를 대고 피해 다닐 때가 있었다.
 이렇게 할일없이 힘든 나날들이 거북이 속도로 지나가고 있던 어느 날이었다. 하루는 중소기업 화물 운수업체의 면담 수락을 받게 되었다. 그 회사의 트레버 린든 사장은 네델란드계 사람이었고 첫 인상은 비교적 좋은 편이었다. 하지만 지난 1년 동안 이미 수십 번이나 퇴짜만 받아온 내게는 이번도 같은 결과를 예상하고 별 기대없이 만나러 갔다. 그의 사무실은 보통 생각하는 한 회사의 사장 사무실과는 달리 초라할 정도로 허름해 보였는데, 눈에 띄는 것은 가톨릭 성당의 달력이었다. 면담을 시작하기 전에 나는 그의 책상 앞에 서서 먼저 솔직히 얘기했다.
 "우리가 서로의 시간 낭비를 피하기 위해 내가 간단히 요점을 얘기할 테니 들어보고 나서 면담을 계속할 만한 가치가 있다, 없다 간단히 결정해 주세요."
 내 말을 듣고 난 그는 첫 반응으로 '뭐 이런 게 있나?' 싶은 표정으로 나를 쳐다보고 얼굴에 미소를 살짝 띄우더니 말했다.

"그래요? 지금까지 사람을 20년 넘게 고용해 봤지만 당신처럼 시작도 하기 전에 먼저 조건을 걸고 나오는 사람은 처음인데… 어쨌든 호기심 가는 일이네요. 어디 한번 들어봅시다."

나는 내 이름을 시작으로 전과 기록과 사건의 간단한 줄거리, 그리고 지금 내 처지를 간결하게 설명했다. 내 말을 다 듣고 난 그는 팔짱을 끼고 의자에서 몸을 뒤로 기대며 창밖을 바라만 보고 있길래 나는 '이번에도 또 꽝이구나' 하는 생각이 들어 시간을 내줘서 고마웠다는 인사를 하고 돌아서 나오려는데 그가 입을 열었다.

"앉아요."

"…?"

그는 일어나서 자기 사무실 문을 닫고 다시 자리에 앉으며 말했다.

"첫째, 당신의 솔직함이 마음에 듭니다. 둘째, 나는 화물 운송업체에서 일을 충실히 할 사람을 찾는 것이지 천사를 찾는 게 아닙니다."

이 사람의 말은 내가 예상했던 반응과는 너무 대조적이라서 순간 내 귀를 의심하면서 그 자리에 우두커니 서서 그를 바라보다가 입을 열었다.

"그게 무슨 말이지요…?"

"케인 씨 말을 듣고 보니 그냥 생각나는 게 있어서 하는 말이니 좀 고리타분해도 오해는 마세요. 이 세상에 상처 없는 사람은 없어요. 각자 지고 가야 하는 짐이 있기 마련입니다. 내가 듣기에는 케인 씨의 짐은 단지 그 종류가 보통 사람과는 좀 다르고 무거울 뿐입니다. 내게 가장 중요한 건 당신이 우리 회사에서 충실히 일할 생각이 있는지 그 여부입니다."

내 앞에 있는 사람이 보통 사람이 아니란 것은 분명했지만, 나는 그가 도대체 무슨 말을 하는지 몰라 혼란스런 생각에서 벗어나지 못하고 천천히 말을 이어갔다.

"출감 후 지금까지 수없이 직장 인터뷰를 통해 거부반응만 받아왔고, 오늘도 그럴 거라고 예상하고 별 기대없이 여기 왔습니다. 솔직히 입장이 바뀌었어도 나 또한 전과자에 대한 거부 반응은 마찬가지였을 거라고 생각하기 때문에 그 사람들을 원망하지는 않습니다. 단지 내 처지가 한심 할 뿐이지요. 사장님이 기회만 주신다면 좋습니다."

"당신이 예전에 경찰로 근무했다니 이런 일 쯤이야 문제 없을 것이고, 단지 지금 당신에게 필요한 것은 새로운 시작을 할 수 있는 기회가 아니겠소? 그 기회는 내가 줄 수 있소. 그렇지만 아무리 쉬워도 일은 철저히 해야 하고, 내가 신뢰할 수 있어야 해요. 이 두 가지를 당신이 지킬 수 있겠소?"

지금까지 수많은 면담에서 나를 향한 하나같이 공통된 반응은 거부감과 두려움 그리고 비판의 눈길이었는데 이 사람만은 달랐다. 단지 내게 잘 해줘서가 아니라 그는 표현할 수 없는 뭔가를 분명히 지니고 있었다. 일단 은 내게 기회를 주니 한편으로는 고마웠지만 또 한편으로는 세상은 악의 소굴이라고 생각했던 내 인식을 흔들어 놓는 사람이었다. 그렇게 한동안 서 있다가 생각을 가다듬고 말했다.

"기회를 주신다면 말보다 행동으로 보여 주겠습니다."

"좋아요. 그러면 내가 줄 수 있는 월급은 당신 전직의 경찰 연봉에 비하면 형편없는 시간당 17달러요. 이런 조건에도 괜찮다면, 일은 언제부터 시작할 수 있소?"

"지금 당장이라도 시작할 수 있습니다."

"하하, 그러지 말고 오늘이 수요일이니 주말까지 쉬고 다음 주 월요일 아침 7시까지 출근하세요."

"감사합니다, 린든 사장님. 절대 후회하지 않을 겁니다.(Thank you! You won't regret this, Mr. Linden.)"

나는 그길로 바로 집으로 달려갔다. 어머니를 만나 오랜만에 좋은 소식을 전하고 켈리에게도 알렸다. 우리 셋은 다가오는 토요일에 나의 새 직장을 축하하는 저녁 식사를 약속했다.

주말을 잘 보내고 오랜만에 맑은 정신으로 월요일 아침에 고대하던 출근을 했다. 린든 사장은 자신의 오른팔이라고 하는 총지배인(General Manager)에게 나를 소개하고, 그의 말을 잘 따르라고 한 뒤 자기 사무실로 들어갔다. 총지배인인 마이크는 중년의 나이에 몸집이 큰 멕시칸계 사람으로, 부드러운 인상과 상대방을 편하게 해 주는 농담을 잘 하는 성격을 지닌 이였다. 운수업체라서 대형 창고가 두 줄로 여러 개가 있었고, 창고마다 운반해야 할 물건들이 가득했다. 창고들 앞에는 운수 트럭 40-50대가 물건을 실으려고 대기하고 있었다.

마이크는 내가 일을 시작할 부서로 데리고 가서 직원들에게 나를 소개한 뒤 직책을 차근차근 설명해 주면서 긴장해 있는 나에게 농담을 하며 너무 걱정하지 말고 마음을 편하게 가지라고 했다. 내 자리는 창고 한 쪽 구석에 자리잡은 조그만 칸막이 뒤에 있는 탁자였고, 다른 동료들은 모두 하루 일을 시작하기 전에 모닝커피를 마시며 대화를 나누고 있었다.

이 회사는 미국 서부 전역에 화물운송을 하는 업체였는데, 직원 수는 약 100명 정도였다. 첫날부터 느꼈지만 날이 갈수록 직원들로부터 이 회사는 하나의 공동체라는 느낌을 받았다. 서로를 단지 직장 동료가 아닌 가족처럼 대하는 분위기가 눈에 보였다. 예전 경찰 시절에 느꼈던 공동체 의식과 비슷한 바가 있지만, 경찰들 사이에서는 알게 모르게 서로 경쟁과 시기가 있는 반면 이 회사 직원들은 훨씬 더 긍정적이고 서로를 진심으로 대하는 한 가족 같았다.

아무튼 이런 생소한 분위기가 있는 직장을 처음 접하는 내게는 첫 달부터 매일 새로움의 연속이었다. 새 직장 생활을 하면서 차츰 알아갈수록 이 회사는 분명히 특이했다. 직원 모두에게 은퇴를 위한 저축을 제공해서 회사에 대한 소유 의식을 심어주면서 회사가 잘 나갈 때는 직원들과 그 이익을 나누었고, 어려울 때는 모두 함께 허리띠를 조으며 희생을 했다. 단 1%도 안되는 이익 때문에 인력을 삭감하는 사업체가 대다수인 환경에서 이 회사의 색다른 분위기는 우연히 조성된 것이 아니었다. 그 뒤에는 린든 사장의 진심어린 배려가 있는게 분명했다.

첫 인상에서 보여주었듯이 마음이 후하고 매사에 흥분하지 않는 린든 사장은 종업원 한 사람 한 사람의 이름을 다 기억하면서 자기 가족처럼 생각하고 있었다. 말로만 그러는 게 아니라 상대방이 피부로 느낄 수 있게 개개인을 진심으로 대했다. 그의 진심을 느낀 종업원들도 그를 하나같이 친척 아저씨처럼 대했다. 나는 직장 생활에서 처음 겪어보는 생소한 분위기가 의아해서 기회가 있을 때마다 직장 동료들에게 물어봤다.

"린든 저 사람, 직원들 더 많이 부려 먹으려고 우리를 형식상 저렇게 대하는 거 아니야?"

나를 놀라게 한 것은 단 한 명도 내 말에 동감 하는 사람이 없었다는 점이다. 오히려 그렇게 말하는 나를 꾸짖는 동료들이 더 많았다. 하루는 마이크가 시간 있으면 퇴근 후 맥주 한 잔 하자고 해서 동료들이 단골로 가는 직장 가까이 있는 선술집(Sports Bar)에서 만났다. 술집에 들어가니 낯익은 다른 동료들 몇 명이 이미 한 테이블에 앉아 있어서 나도 합석을 하며 맥주를 시켰다. 마이크가 그런 나를 바라보면서 말을 시작했다.

"새 직원이 입사할 때마다 주로 케인과 같은 반응을 갖는데, 그게 정상이겠지요. 왜냐하면 요즘 같은 세상에 린든 사장처럼 직원들을 양심적으로 대하는 사장은 없으니까요. 솔직히 나도 14년 전 입사했을 때 당신과 똑같은 생각을 가졌었고, 그 때 회사 선배들이 지금 우리가 당신에게 하는 것처럼 회사에 대해서 말을 해줬어요."

"내가 가장 알고 싶은 건 직원들 모두가 어떻게 하나같이 그토록 즐겁게 일을 할 수 있는지 궁금합니다."

"린든 사장은 신앙이 아주 깊은 사람입니다. 내 추측에는 어릴 때 아마 신부가 꿈이었던 것 같아요. 그런데 자신의 믿음을 떠들어대는 일은 절대 없어요. 나도 같은 가톨릭이고 매주 미사를 드리지만 그분의 타인을 향한 배려는 직접 겪기 전에는 믿을 수 없을 겁니다. 우리 회사 경력 10년 이상 되는 동료들 아무에게나 물어 보면 알겠지만 2008년 세계적 경제 위기 때 우리 회사에도 타격이 컸지요. 그 때 전설 같은 일이 생겼어요. 온 세계 경제가 흔들리니 우리라고 그 여파를 피할 수는 없었고, 우리 모두가 두려워하던 인원 삭감이란 현실이 우리 회사를 찾아왔지요. 이를 미리 대비해서 다른 직장을 찾아 나간 소수의 직원들도 있었지만 대다수가 린든 사장의 옛 의리를 잊지 않고 끝까지 버티고 있었는데, 하루는 사장이 직원 모두를 창고에 모으고 회의를 했어요."

"그야 뭐 인원을 줄인다는 애기였겠지요."

"그때는 우리 모두도 당연히 그 생각을 했지요. 그런데 우리 모두를 놀랍게 한 것은 린든 사장의 말이었어요. 그는 이렇게 말했어요. '여러분, 세계경제 위기의 영향이 드디어 우리 회사에도 왔습니다. 이 상황에서 회계사는 회사를 계속 운영하려면 오로지 인원 삭감만이 유일한 길이라고 했습니다. 하지만 내 생각은 그렇지 않습니다. 제가 보기에는 우리에게 두 가지 길이 있습니다. 첫째, 간부직에서부터 말단까지 삭감인원 명단을 만들어 회사를 축소해서 경비를 줄이고 이끌어 나가다가 경제가 회복을 하면 삭감했던 직원들을 다시 고용하는 것입니다. 하지만 우리 회사를 떠난 직원들이 우리가 다시 부를 때까지 다른 직장을 찾아가지 않고 기다린다는 보장도 없고, 그걸 요구할 수도 없는 만큼 우리 회사의 소중한 인력이었던 그들을 잃게 되는 결론에 이르게 됩니다. 둘째, 우리 모두 각자 봉급에서 30%를 줄이면 당분간 어렵겠지만 인원 삭감을 피할 수 있습니다. 그리고 회사가 회복될 때까지 내 봉급은 보류하겠습니다. 먹어도 같이 먹고 굶어도 같이 굶으며 우리 회사를 이 시점까지 이끌어 온 여러분을 단 한 분이라도 '삭감' 하기 싫은 게 내 심정입니다. 그러나 어떤 결정을 내리건 여러분께서 합의한 최종 결정을 존중하겠습니다.' 케인, 이토록 자신의 종업원을 생각하는 사장을 본적이 있습니까?"

"… 할 말이 없네요. 지금처럼 험악한 세상에 이런 사람이 있다는 게 믿기질 않습니다. 지난 한 달 동안 그의 배려를 의심스런 눈초리로 본 내 자신이 부끄러울 뿐이네요."

직장을 다시 다니기 시작한 지도 어느새 1년이 다 되어갔고, 마이크 총지배인(Manager)과 린든 사장의 신임을 얻어서 나는 부서에서 한 단계 승진을 했다. 그러다보니 자연히 책임증가로 인해 매일 초과근무(overtime)를 2-3시간씩 하기 시작했고, 이는 내 급료를 보충하는데 도움이 되었다. 오후 늦게야 일을 마치니 퇴근 후 어머니 집에 가면 씻고 저녁 식사를 하기에 바빴다. 그리고 GPS충전을 마치면 바로 내 잠자리를 찾아

나갔다.

하루는 여느 날처럼 퇴근 후 집에 가니 따뜻한 밥과 내가 좋아하는 콩나물국 그리고 야채 반찬들과 조기를 구워 놓으신 밥상이 진수성찬이었다. 내가 식탁에 앉으면서 어머니에게 말했다.

"야, 진수성찬인데 오늘 무슨 날이에요?"

말하면서 어머니를 쳐다보니 어머니 눈시울이 부으셨다.

"밖에 나와서도 집에서 못 지내고 매일같이 추운 차안에서 자는 너를 생각하면 나는 매일 뜬 눈으로 밤을 샌단다. 나는 이렇게 따뜻한데서 지내는데 내 새끼는 얼마나 추울까 하는 생각이 한시도 나를 떠나지 않는구나. 어미가 못나서 이렇게 자식새끼를 제대로 건사를 못하니…"

"아따, 오늘 따라 또 왜 이래요? 다 괜찮다니까 그래. 이제 남은 1년도 금방 지나갈 거야."

"오늘이 네 생일이라서 내 마음이 더 그런가보다."

"거참, 우리 생일 같은 건 이제 안하기로 몇 번 약속을 했구만…"

"별거 아니다. 남들처럼은 못해도 네가 좋아하는 몇 가지라도 해야 내 마음이 조금 덜 무겁겠다."

"그건 알겠는데 어머니가 그러면 나도 힘들어요. 우리 약속 했잖아요, 3년만 고생하면 된다고. 어쨌든 차에서 지내더라도 그 전에 지낸 곳보다는 나으니 너무 마음 무겁게 생각하지 마세요."

"그래야지 하면서도 매일 밤만 되면 네 생각이 절로 나니 나도 마음대로 안 되는구나."

맛있게 먹고 설거지를 하려는 나를 부엌에서 밀어내는 어머니를 나는 꼭 껴안았다. 어머니도 나를 안고 등을 두드리며 흐느끼셨다. 나는 미소를 지으며 어머니 얼굴에 흐르는 눈물을 닦고 말했다.

"이제 조금만 더 참으면 다 괜찮아질 겁니다."

이렇게 말하고 있는데, 초인종이 울려 문을 열어보니 켈리였다. 함박웃음을 띤 얼굴로 포도 상자를 들고 들어왔다.

"바쁜데 주 중에 웬일이야?"

"안녕하세요, 어머니? 응, 오빠 요즘 직장 생활이 어떤지 궁금해서 왔지요. 헤헤."

"고작 보잘 것 없는 말단 일자리가 뭐 별게 있겠냐? 하지만 사장이 참 흥미로운 사람이야."

"어떤데?"

"참, 그 사람도 카톨릭이래. 요즘 세상에 보기 드문 사람이야. 직원 중에 단 한 명도 그를 싫어하는 사람이 없을 정도로 마음이 후하고 양심적이야. 내가 운이 좋은 놈인가 봐."

"정말 다행이다. 그게 다 어머님이 오빠 위해 기도하시는 덕이야."

"그래그래, 네 말이 맞다. 그나저나 배고프지? 어머니, 애 밥 많이 먹여야겠어요. 저 야윈 얼굴 좀 보세요."

어머니는 벌써 켈리 먹이려고 밥과 국을 데우고 계셨다.

"자, 우리 아가씨. 어서 이리 와서 한 숟가락 떠요."

채식가인 켈리는 입맛이 대체로 우리와 비슷해서 어머니 음식을 무척 좋아했고, 맛있게 먹으면서 조잘거렸다.

"어머니, 이 부추무침 어떻게 하셨는데 이렇게 맛있어요? 어머님이랑 살면 살찌겠다. 저기 보세요, 오빠 얼굴이 요즘 두 배가 됐잖아요. 호호."

모녀처럼 얘기꽃을 피우는 두 사람의 정다운 모습을 보는 내 마음이 흐뭇해서 괜히 장난기가 났다.

"아이고 이 두 아줌마에게 나는 이제 필요 없구먼. 옆에 놔두고 본척만척 하니 말이야."

내 말에 켈리가 일부러 성난 얼굴 표정을 짓더니 말했다.

"저보세요, 어머니께서 너무 잘 해준 버릇 때문에 아직도 자기만 봐달래요."

어머니께서도 웃으며 말하셨다.

"그러게 말이다. 늙은 게 언제 철이 날런지, 걱정이다."

식사를 마치고 우리 셋은 소파에 앉아 포도를 먹으며 얘기를 한동안 하다가 피곤해 보이는 켈리를 어머니는 빨리 집에 가라고 보냈고, 나도 내가 머물고 있는 '집'으로 가려고 켈리가 나갈 때 따라 나왔다. 함께 차를 타려고 걸어가는데 켈리가 물었다.

"회사 사장이 좋다니 듣는 내 마음도 정말 편하다, 오빠."

"그런 사람 만난 것도 다 그 분의 손길이겠지. 너무 양심적이라서 처음에는 그 사람이 쇼 하는 줄 알았는데 겪을수록 세상에 대한 내 선입감에 혼동을 가져다주는 사람이야."

켈리는 차를 타기 전에 드디어 오늘 나를 찾은 이유를 얘기했다.

"실은 오빠, 내달 싼 마누엘에 있는 수도회에서 미국 카톨릭협회가 주최하는 침묵 피정이 있는데 오빠하고 어머님께서 나랑 같이 갔으면 해서?"

"…?"

"상세한 내용은 몰라도 그 때 수도회 문제로 오빠 마음에 아직 상처가 남아 있지? 그 외에 다른 것도 많을 거고… 근데 이번 피정은 상처와 용서라는 제목으로 여러 수도자와 성직자들의 삶을 바탕 한 주제이기 때문에 오빠 마음을 치유하는데 도움이 될 거야."

"솔직히 요즘 그 때 일까지 생각 할 마음의 여유가 없어. 어머니랑 네가 가면 좋을 거 같은데, 두 사람만 다녀오지 그래."

"오빠, 모든 것에 너무 고집만 피우지 말고 다른 사람 말도 가끔 들어주면 안될까? 듣기 싫어도 이 말은 꼭 해야겠어. 항상 얘기 하지만 이제 그 자존심과 고집을 좀 다스릴 때가 됐다고 생각 안해?"

"틀린 말은 아니지만 언제부터인가 모르게 내 신앙은 좀 메마른 상태이기 때문에 그런데 가면 솔직한 자세로 임하지 못할 것 같아서 그래. 그나저나 우리 켈리, 수녀님 다 됐네."

"그게 아니고 나는 우리 아버지를 믿어. 길을 열어 주시든 오빠한테 필요한 힘을 주시든 꼭 오빠와 함께 하실 걸 믿어."

이렇게 말하는 켈리의 눈빛은 유난히 맑았다. 이 말을 듣고 그 동안 그 분을 까마득히 잊고 내 코앞만을 보고 때로는 복수까지 생각하며 살아온 내 자신이 부끄러웠다. 이토록 단순하면서도 순수한 믿음으로 신뢰하는 켈리가 내게는 너무 과분한 친구라는 것을 새삼 느꼈다. 그리고 켈리의 믿음 앞에서 내가 예전에 고작 지나가는 감정을 오해하면서 수도회까지 응모했다는 사실조차 창피해졌다. 진정 수도자의 길을 걸어야 마땅한 믿음의 소유자는 바로 내 앞에 있는 이 고운 영혼이었다. 켈리는 계속해서 말했다.

"내가 이런 말 하면 많은 사람들이 오해를 해서 될 수 있으면 피해. 기억이 나, 남 신부님 말씀? 우리 아버지와 개개인의 관계는 극히 개인적이고 떠들썩한 말이 아니고 조용한 행동이라고."

뜻밖에 듣는 켈리의 바른 소리에 나는 순간 부끄러웠고 생각을 가다듬어 말했다.

"네 말이 맞다. 창피하게도 아직 자신만 생각하며 고집 피우던 어릴 적 버릇을 버리지 못했구나."

"그러니까 이번에 우리 셋이 함께 길지도 않은 2박 3일 피정 다녀오자고."

"그래, 네가 다 알아서 예정을 잡고 알려주라."

직장을 다닌 지 어느덧 2년이 지났다. 어느 날, 린든 사장은 나를 자기 사무실로 불러서 이렇게 말을 했다.

"케인씨, 입사한지 2년이 넘었지요? 처음부터 회사 일을 잘 배우고 그 동안 마이크와 제가 당신이 일하는 걸 주시해서 봤는데 우리 회사에 충분히 도움이 될 수 있는 사람이고 앞으로 회사를 이끌어 나갈 수 있는 인재라고 결정했소."

"말씀 고맙습니다만 제게 기회를 준 것도 사장님이고 직원들 모두가 회사에 소유 의식을 가지고 일을 열심히 할 수 있는 분위기를 조성해 주시는 것도 또한 사장님이시니 저는 그저 행운아일 뿐입니다."

"우리 마음 맞는 사람들 모두가 앞으로 더욱 열심히 해서 우리 회사를 키워 나갑시다. 그래서 말인데 오늘부터 케인씨가 마이크 밑에서 부팀장 (Assistant Manager)을 맡아 주었으면 합니다."

시간이 갈수록 종업원을 위하는 린든 사장의 마음과 전체적인 회사 분위기가 마음에 들어 은퇴할 때까지 이 회사에 몸담고 싶은 것이 나의 조그만 소망이었는데, 생각하지도 못한 린든 사장의 제안은 내 가슴을 뭉클하게 했다.

"예? … 고맙습니다. 그동안 남달리 잘 가르쳐 준 마이크와 힘을 합쳐 회사의 발전에 기여하겠습니다."

"그러면 됐어요. 케인씨도 이제 매니저 레벨이니 봉급은 시간제에서 연봉제로 바꾸고, 부팀장(Assistant Manager) 연봉은 75,000달러가 시작인데 괜찮습니까?"

"저는 그저 감사할 뿐입니다. 사장님의 신뢰에 어긋나지 않도록 열심히 하겠습니다."

아무도 내게 기회를 주지 않았을 때 나를 받아줬고 이제 승진까지 시켜서 앞으로 내 삶에 안정을 도와준 린든 사장은 분명 은인이었고, 이 또한 그분의 손길이라 믿는다.

형무소 생활 16년도 시간이 흘러 지나갔듯이, 짧고도 길었던 3년의 관찰 기간도 어느덧 마감하는 날이 왔다. 3년이 되는 날도 여느 날처럼 차에서 자고 일어나 어머니집에 들어서는데 오랜만에 어머니의 얼굴에는 싱글벙글 미소가 가득하셨다. 16년 형무소 생활을 마치고도 지난 3년 동안 이어졌던 또 다른 감옥생활에 늘 가슴 아파 하시던 어머니께 이제 드디어 마음의 평안이 온 것이었다. 우리 모자는 홀가분한 마음으로 아침식사를 했다.

내가 관찰당국 담당자를 찾아가서 마감 서류 작성을 마치는 데는 약 30분이 걸렸다. 마지막까지 겁을 주는 녀석에게 나는 처음이자 마지막으로 한 마디 했다.

"지금 계속 겁을 주는 것도 당신네들의 임무라서 그런 줄 알지만 그런 걱정은 놓으세요. 앞으로 내 남은 생애에서는 당신들과 절대 다시 만날 일이 없을 겁니다."

녀석은 서류 절차를 마치고 드디어 절단기(cutter)를 가지고 와서 내 발목을 옆 의자에 올리고 바지를 걷어 올리라고 했다. 지난 3년 동안 매 순간 내 발목에 붙어 다니며 나의 일거일동을 감시한 위치추적장치(GPS)의 플라스틱 고리를 자르고나니 그동안 고리가 발목을 두르고 있던 부위에는 굳은살이 배겨있었다. 그것을 빼내고 난 뒤 나는 너무 홀가분해서 잠시 넋을 잃고 내 발목을 어루만지고 있었다. 그러자 녀석이 내 어깨를 툭툭 치고 문을 가리키며 이제 가도 된다고 했다.

   나는 3년 관찰 기간을 성공적으로 마쳤다는 서류와 증명서를 받아들고 건물을 나왔다. 들어갈 때와는 달리 그 건물을 벗어나면서 지난 20년 동안 어깨에 지고 다니던 짐을 내려놓은 기분이었고, 몸과 마음은 참으로 오랜만에 홀가분했다. 구속과 재판으로 보낸 첫 1년, 그 다음 16년의 형무소 생활과 3년의 관찰기간, 이렇게 내 인생의 20년을 빼앗겼지만 이제부터는 내 삶의 새로운 시작이었다. 드디어 밤은 지나가고 새 날이 밝아왔다.

- 끝 -

삶의 진실에 대한 문학적 탐색
  - 김동하 장편소설 《5,896》

김봉진(문학평론가)

　세계 자본주의의 첨단을 걷고 있는 현재의 미국 사회는 여러 가지 병폐를 지니고 있다. 자본주의 세계의 첨단을 걷고 있다고는 하지만, 그 안에 감춰진 일부 현실에 대해서는 눈을 감고 있기 때문이다. 약육강식이 일상화 되어가고 있거나 돈으로 사회적 기능과 역할 그리고 판결까지도 좌우되는 극단화된 자본주의의 풍경, 또한 빈부격차가 극심해서 노숙자가 넘쳐나는 모습은 청교도 정신으로 세워진 미국의 또다른 어두운 현실을 보여준다. 특히 경찰국가로 나아가고 있는 모습이나, 수많은 범죄자들로 가득 찬 형무소의 실태는 미국 사회의 감춰진 모습이라고 할 수 있다.

　이처럼 겉으로 잘 보이지 않은 현실을 통해 그 시대 삶의 의미와 가치를 드러내기 위해서는 구체적인 사례를 통한 진실찾기가 필요하다. 글을 쓰는 사람이 진실을 드러내기 위한 방법에는 여러 가지가 있다. 일반적으로 자신이 겪은 일과 사연을 기록하는 수기는 관점에 따라 때때로 왜곡되고 다르게 변질될 수 있어서 그 한계성을 지니고 있다. 그래서 진실을 드러내기 위해서는 수기보다는 소설이 훨씬 더 가치를 지닌다. 물론 이것은 소설적인 형상화가 제대로 이루어질 때 할 수 있는 말이기도 하다. 소설이란 문학장르가 허구성을 특징으로 하는 것도 바로 진실을 드러내기 위한 방법이기 때문이다. 소설은 작가 자신의 경험한 사실들과 함께 그 시대를 반영하는 사회의 여러 제도와 풍경들을 담고 있기 마련이지만, 진실성은 그걸 제대로 담아냈을 때 드러난다. 결국 작가는 자신만의 세계를 작품으로 말할 수 있어야 한다.

　재미동포인 김동하의 소설 《5,896》은 미국 사회의 또다른 세계인 감옥이라는 공간에서 생활했던 한 수감자의 삶을 그린 작품이다. 어느 사회나 형무소란 일반적으로 죄를 지은 사람들을 가두어두는 장소를 말한다. 죄는 그 사회에서 정한 규범에 어긋나는 행위를 했을 때 받게 되는 형벌이기 때문에 형무소에 갇혀있는 죄수들은 그 사회의 사회규범에 따르지 않은 사람들이라고 할 수 있다. 그러나 죄가 되느냐 아니냐의 판결은 사람이 하기 때문에 그 문제는 항상 논란과 다툼의 여지를 갖고 있다. 어느 사회에서나 판결에 이의를 제기하는 사람들이 나오기 마련이지만, 특히 미국사회는 그 언저리에 돈이 가장 큰 역할을 하고 있어서 돈이 있어야만 자신의 억울함을 제대로 밝혀낼 수 있다. 따라서 돈이 죄의 유무를 판가름하는 경우도 많을 수밖에 없다.

소설 《5,896》은 젊은 시절 범하기 쉬운 크고 작은 한 때의 실수가 우리네 삶에 얼마나 큰 영향을 끼칠 수 있는가를 단적으로 보여주고 있다. 1인칭 화자가 주인공인 이 작품에서 화자인 나는 불법체류자 신분에서 영주권자가 되었다가 다시 시민권을 얻어 미국경찰관이 된다. 관광비자로 들어간 미국에서 많은 고생을 한 끝에 대학을 마치고 미국 시민권을 얻어 경찰관까지 된 것이다. 경찰관 생활을 하던 화자인 나는 우연히 술집에 다니는 재미동포 여자를 알게 되고, 그녀와 자주 만나면서 순간의 즐거움만을 탐닉한다. 그러던 중 결혼요구를 하는 그 여자에게 화자인 나는 멸시하며 모욕적인 말을 내뱉는다. 그런 남자에게 한을 품은 여자는 강간폭행범으로 화자인 나를 고발한다. 결국 법정에서 뛰어난 연기력을 발휘하여 눈물을 흘리면서 고통을 호소하는 그 여자로 인해 나는 배심원들에게 유죄평결을 받고 성범죄자가 되어 감옥에 갇히게 된다. 화자인 나는 억울함을 풀기 위하여 항소도 해보지만 변호사 비용을 마련하지 못한 까닭에 결국 더 이상 재판을 진행하지 못하고 감옥에서 16년이라는 긴 시간을 보내게 되는 것이다. 이러한 화자의 모습은 '여자가 한을 품으면 오뉴월에도 서리가 내린다'는 우리네 속담처럼, 한때 즐기다가 버린 여자에게 한을 품도록 만든 결과인지도 모른다.

억울한 누명을 쓰고 감옥에 가게 된 화자인 나는 범죄자들이 가장 증오하는 경찰관 출신이었기 때문에 살아남기 위해 자신의 신분을 철저히 감추고 감옥생활을 하게 된다. 어느 나라나 신분이나 주어진 위치 그리고 사회적인 계급에 따라 일어나는 대립과 갈등은 존재한다. 그러나 감옥이라는 공간에서 벌어지는 대립과 갈등은 극한적인 환경에서 일어나는 일이기 때문에 항상 죽음과 마주해야 한다. 따라서 화자가 겪어야만 했던 생생한 경험은 삶에 대한 의미찾기이며, 자신의 존재가치에 대한 탐색이다. 그 속에는 약육강식의 문제뿐만 아니라 민족과 종족간의 갈등과 대립, 우정과 화해의 모습도 있고, 같은 한국인끼리 동포애를 발휘하는 모습도 있다. 이같이 다양한 문화와 특성을 지닌 여러 종족들이 미국 사회의 닫힌 공간인 감옥 안에서 만나 서로 다투며 살아가는 모습은 동물화된 인간세계의 또다른 풍경이라고 할 수 있다.

닫힌 세계 안에서 온갖 어려움을 겪으며 지내던 화자인 나는 믿음에 의지하면서 자신의 삶을 정직하게 기록하는 일을 통해 자신을 구원하고 절망에서 빠져나오게 된다. 자신의 존재 의미를 찾기 위해 하루하루의 삶을 글로 기록함으로써 지난날의 아픔을 극복하고 있는 것이다. 현실의 삶은 화자인 나에게 큰 아픔과 고통을 가져다주었지만 주어진 삶에 대한 정직한 기록을 통해 아픔은 그저 잊고 지내는 것이 아니라 더 명확하게 인식해야 극복할 수 있다는 사실을 보여준다. 화자인 나의 젊은 시절을 모두 빼앗아간 긴 세월의 아픔과 고통은 바로 이 작품의 제목인 '5,896'이라는 숫자에 함축되어 있다. 감옥에서 보낸 하루하루를 쌓아놓은 이 숫자가 바로 화자가 얼마나 고통스런 시간을 보냈는지를 말해주고 있는 것이다.

누구나 잘못을 저지를 수 있지만 그 잘못에 대한 처벌은 똑같이 이루어지지 않는다. 특히 미국처럼 개인주의가 강조되고 돈이 모든 가치의 기준으로 작용하는 자본주의 체제에서는 돈이 없다는 것조차 잘못된 삶을 살아가는 것으로 평가받는다. 그런 사회에서 가장 힘없는 이들은 돈이 없어서 자신을 제대로 변호하지 못한 채 억울하게 감옥생활을 해야 하는 사람들일 것이다. 이 작품에서도 화자뿐만 아니라 그런 친구들이 여러 명 등장하고 있지만, 이는 근본적으로 독자들이 판단해야 할 문제이다. 이 점은 죄의 유무보다도 죄의 경중에 따른 문제로 보이기 때문이다.

우리나라도 세계화가 진행되면서 미국을 여행하는 사람들이 엄청나게 많아졌다. 그러나 미국 세계를 제대로 알지 못한 채 그저 한쪽만을 보고는 미국을 다 아는 것처럼 여기는 사람들도 또한 많아졌다. 그런 사람들에게 이 소설은 미국의 또다른 단면을 보여주어 미국 사회를 다양하게 이해하고 바라볼 수 있도록 해준다. 미국 사회가 안고 있는 구조적인 문제를 작가의 생생한 경험을 바탕으로 하여 구체적으로 그리고 있는 소설 《5,896》은 고발문학과 현장문학으로서 의미를 지니고 있기 때문에, 우리 시대를 보는 작가의 눈과 진실성이 이 작품의 가치를 결정하게 될 것이다. *

작가 **김동하**

재미교포로, 미국에서 대학을 나오고 경찰관으로 근무하던 중 강간폭행범이라는 누명을 쓰고 감옥에서 16년간을 복역하였다. 그 후 자신의 삶과 경험을 바탕으로 소설 《5,896》을 썼고, 현재는 미국에서 평범한 직장인으로 살아가고 있다.

5,896

지은이 : 김동하
펴낸이 : 김봉진
펴낸날 : 서기 2018년 3월 5일 1판 1쇄 펴냄
펴낸곳 : 도서출판 비움과 채움
㈜06753 서울시 서초구 강남대로 25길 15,
동인빌딩 302호
전화 02-999-0053 전송 02-998-3622
전자주소 : ranto@hanmail.net
ISBN 978-89-93104-44-8 03810

14,000원

* 지은이와 합의 아래 인지는 생략합니다.
* 잘못 만들어진 책은 구입한 곳에서 바꾸어 드립니다.